W0368001

Neckarufer Verlag

Der Autor

Jeremias Trumpf wurde 1974 in Stuttgart geboren. Er studierte in Tübingen und promovierte an der Medizinischen Fakultät. Er ist praktizierender Arzt, lebt und arbeitet in Stuttgart. Die Bücher im Neckarufer-Verlag Stuttgart erscheinen unter einem Pseudonym. Als Mediziner verfügt Trumpf über profunde Kenntnisse auf den Gebieten der Rechtsmedizin und der Psychiatrie.
Seinem Thriller-Debüt „Eins", dem Überraschungserfolg aus dem Sommer 2013, folgte noch im gleichen Jahr die Veröffentlichung von „Zwei-Die Galerie der Totenbilder", das auf einer wahren Begebenheit basiert. „Drei-Cernunnos" folgte im März 2015 und feierte im Rahmen der Stuttgarter Kriminächte seine Premiere.
„VIER-Der Piano-Mann" zeichnet das schockierende Portrait eines Serienmörders und erschien im Herbst 2016.
„FÜNF-Land der Zypressen" ist das fünfte Buch aus der fulminanten Stuttgart-Thriller-Reihe um Kurt Schockenried, Dennis Rathvan & Co. Derzeit arbeitet er an weiteren spannenden Projekten.

Schreiben Sie Jeremias Trumpf unter:
Jeremias.Trumpf@live.de

Besuchen Sie ihn im Internet unter:
https://twitter.com/jeremiastrumpf

www.fb.com/JeremiasTrumpf

Jeremias Trumpf – Google+:
https://plus.google.com/104640632114163597771

Das Buch

Mit einem seltsamen Anruf am Neujahrstag, beginnt in der Notrufzentrale Stuttgart das neue Jahr 2019. Ein Mann möchte den Mord an sich selbst melden, der in wenigen Minuten geschehen wird.
Während eine eisige Kälte die Stadt fest im Griff hat, steht das Dezernat 1.1 vor einem ermittlungstechnischen Scherbenhaufen: Die von Professor Brandner - dessen begabter Neffe Felix derzeit ein Praktikum im Rechtsmedizinischen Institut absolviert - am Schienbeinknochen einer Leiche entdeckte Zahlenkombination gibt ebenso Rätsel auf, wie eine Zypresse am Tatort und der bitter-süße Geruch des Todes. Immer wenn die Polizei glaubte einen Verdächtigen gefunden zu haben, starb dieser selbst unter merkwürdigen Umständen. Ein Anwalt, ein Arzt, und ein Pfarrer sind ebenso unter dubiosen Umständen in die Geschehnisse verwickelt, wie der bekannte Thriller-Autor Simon Bonfrère, dem eine ganz besondere Rolle zuteilwird.
Dann braut sich ein heftiges Unwetter über der Region zusammen, in dessen Schneesturm die Ermittler nicht nur den Durchblick, sondern möglicherweise auch ihr Leben verlieren …
Auch die Nebenschauplätze der Handlung haben es mal wieder in sich: Kurt Schockenried, der allerhand private Probleme am Hals hat, liefert sich eine brisante Fehde mit Kriminalrat Scheible, bei der beide nicht nur ordentlich austeilen, sondern auch einstecken müssen. Dennis Rathvan weiß vor lauter Chaos in den eigenen vier Wänden mal wieder nicht, wo ihm der Kopf steht, und Tatjana von Senden wird sich bald mit einer neuen Mitarbeiterin herumschlagen müssen. Mit von der Partie sind auch

dieses Mal wieder der eifrige Holger Grünbaum, die Kriminalpsychologin Jessica Dornfeld, und Mark Scheck, der einmal mehr höher hinaus muss, als ihm lieb ist. Auch Stuttgarts cleverste Nachwuchsspürnasen, Karl Kessel und seine Freundin Marlene Monroe, geben ein kurzes Gastspiel im „Land der Zypressen".

Originalausgabe April 2019

Veröffentlicht durch Neckarufer-Verlag Stuttgart.
Lektorat: Johanna Trommer
Umschlaggestaltung: Simone Wiedenberg
Satz: Marc Nicolai Schlecht
Druck und Bindung: e.kurz+co druck und medientechnik
gmbh, Stuttgart
Printed in Germany
ISBN 978-3-9818170-6-5

Gerade das Abweichen vom Wege des Gewöhnlichen ist für die Vernunft ein Fingerzeig, der sie auf die Straße zur Wahrheit weist.

(Der Meister) Edgar Allan Poe (1809-1849)

Für meine Familie.
Für Inge.

und
für
Jeremias

Fünf.
Die Fünf ist die Zahl der Liebe.
Sie symbolisiert Verantwortungsgefühl, Helfen, Heilen,
Dienen und Wärme, ebenso Gottverbundenheit und
den Sinn des Lebens.
Aus ihr bestehen Ischtar, Pentateuch, Sterne, Körper
und geometrische Formen.
Sie ist Primzahl und ordnet das Element Bor.
Doch die Fünf ist auch ungerade und mangelhaft,
sie steht für Taktlosigkeit, Intoleranz und
Unbeweglichkeit.
Unseren Händen und Füßen verleiht sie Stabilität und
Funktion, hilft bei Flucht und Kampf,
und verleiht somit Macht über Leben und Tod.

M.N.S., MD

Prolog

Samstag, 1. Dezember 2018

Es war fast halb zwei, als Kurt Schockenried an diesem Samstagnachmittag frierend auf dem Teppichboden des Wohnzimmers in seinem kleinen Appartement im Stuttgarter Stadtteil Asemwald aufwachte. Im ersten Moment konnte er sich an nichts erinnern, die fürchterlichen Kopfschmerzen zeugten aber von einer rauschenden Nacht. Bekleidet war er mit einem dunkelbraunen Parka, karierten Boxershorts und schwarzen Socken. Seine Jeanshose suchte er vergeblich, bis er sie schließlich auf einem Kleiderbügel entdeckte, der an der Gardinenstange hing.
„Du solltest definitiv weniger trinken, Kurt", sagte er zu sich selbst.
Nach einer Dusche, drei Tassen Filterkaffe und einem kleinen Frühstück ging es ihm etwas besser, trotzdem war er froh, dass Wochenende war und er heute nicht zur Arbeit musste. In diesem Zustand wäre er den Kollegen wahrscheinlich keine große Hilfe gewesen.
Er setzte sich auf die Couch, schaltete den Fernseher an und zappte mit der Fernbedienung durch die Programme, bis er auf dem Kanal des SWR hängen blieb. Dort lief gerade eine Dokumentation über den bekannten Stuttgarter Krimi- und Thriller-Autor Simon Bonfrère. Obwohl Kurt sich nicht gerade als Leseratte bezeichnen würde, hatte er alle vier bisher publizierten Bücher Bonfrères gelesen und war ziemlich angetan davon. In einem Interview, das in der pompösen, privaten Bibliothek des Schriftstellers

geführt wurde, sprach er über das neueste Buch seiner Thriller-Reihe, das zu Beginn des neuen Jahres erscheinen sollte. Außerdem erzählte er von einem anderen spannenden Buchprojekt, dessen Arbeit er bereits aufgenommen habe. Dabei ließ er, abgesehen von einigen kleinen Andeutungen, offen, wovon es handeln würde. Schlaue Strategie …, dachte sich Kurt.
Im Anschluss an die Dokumentation liefen Regionalnachrichten. Ein Sprecher der Polizei sprach von großangelegten Verkehrskontrollen der vergangenen Nacht im gesamten Stadtgebiet, die angeblich ein voller Erfolg waren.
Das Thema erweckte in Kurt ein ungutes Gefühl, das er nicht sogleich zu deuten wusste. Er ging zum Fenster und hoffte, sein Auto irgendwo an der Straße zu entdecken, doch er hielt vergeblich Ausschau nach dem dunkelblauen VW Passat. Anschließend machte er sich an seiner Jacke zu schaffen und war erleichtert, dass sich das Portemonnaie noch in einer Seitentasche des Parkas befand, er es also nicht verloren hatte. Hektisch kramte er darin herum. Sein Führerschein war unauffindbar.
Nach und nach kam die Erinnerung an die Ereignisse des letzten Abends und der Nacht zurück, und offenbarte ihm schonungslos, was er befürchtet hatte: Nämlich, dass er selbst in die großangelegten Kontrollen geriet und wegen zu viel Alkohols am Steuer seinen Führerschein hatte abgeben müssen.
Kurt raufte sich die Haare. „Verdammte Scheiße …“
Jetzt war guter Rat teuer. Nicht auszudenken, käme heraus, dass der Erste Kriminalhauptkommissar betrunken am Steuer erwischt worden war. Er musste unbedingt verhindern, dass jemand Wind von der Sache bekam. Das dürfte schwer werden.

1.

Land der Zypressen, von Simon Bonfrère – Auszug aus Kapitel 9:

[...] Gemeinsam knieten sie nieder, falteten die Hände zum Gebet und richteten ihre Blicke auf das Kreuz. „Sprich mir nach, Wort für Wort und Satz für Satz. Der Herr kann zwar nicht ungeschehen machen was passierte, doch auf diese Weise wird er dir vergeben, wie er auch mir einst vergab. Mehr können wir zum jetzigen Zeitpunkt nicht für dich tun. Übe dich weiter in Geduld, mein Sohn. Auch der finsterste Tag wird irgendwann einmal zu Ende gehen."
Er hatte längst keine Tränen mehr, die er noch weinen konnte. Doch in seinen Augen spiegelte sich mehr denn je jene Traurigkeit wider, die zusehends drohte ihn um den Verstand zu bringen. Arme und Beine zitterten ebenso wie seine Stimme, als er ehrfürchtig nachsprach: „Gott, sei mir gnädig nach deiner Güte und tilge meine Sünden nach deiner großen Barmherzigkeit. Wasche mich rein von meiner Missetat und reinige mich von meiner Sünde. Denn ich erkenne meine Missetat, und meine Sünde ist immer vor mir. An dir allein habe ich gesündigt und übel vor dir getan, auf dass du recht behaltest in deinen Worten und rein dastehst, wenn du über mich richtest. Siehe, in Schuld bin ich geboren, und meine Mutter hat mich in Sünde empfangen. Siehe, du liebst Wahrheit, die im Verborgenen liegt, und im Geheimen tust du mir Weisheit kund. Entsündige mich, so dass ich rein werde. Wasche mich, so dass ich weißer werde als Schnee. Lass

mich hören Freude und Wonne, dass die Gebeine fröhlich werden, die du zerschlagen hast. Verbirg dein Antlitz vor meinen Sünden und tilge alle meine Missetat. Schaffe in mir, Gott, ein reines Herz und gib mir einen neuen, beständigen Geist. Verwirf mich nicht von deinem Angesicht und nimm deinen heiligen Geist nicht von mir. Erfreue mich wieder mit deiner Hilfe, und mit einem willigen Geist rüste mich aus. Ich will die Übertreter deine Wege lehren, so dass sich die Sünder zu dir bekehren. Errette mich von Blutschuld, Gott, der du mein Heiland bist, dass meine Zunge deine Gerechtigkeit rühme. Herr, tue meine Lippen auf, dass mein Mund deinen Ruhm verkündige. Denn Schlachtopfer willst du nicht, ich wollte sie dir sonst geben. Die Opfer, die Gott gefallen, sind ein geängstigter Geist. Ein geängstigtes und zerschlagenes Herz wirst du, Gott, nicht verachten."

Er hatte genug gehört. Die ungeheuerlichen und schockierenden Dinge, die er vernommen hatte, drängten den eigentlichen Grund für seinen Kirchenbesuch an diesem Abend in den Hintergrund. Das musste er erst einmal verdauen. Er wollte nur noch weg von diesem Ort.
Im Schutze der vor ihm stehenden Kirchenbänke schlich er sich vorsichtig und in geduckter Haltung bis ans rechte Ende der Bankreihe, von wo aus er sich unbemerkt zum Ausgang stehlen konnte. Außer den beiden Männern, die er belauscht hatte, und ihm selbst, war niemand in der Domkirche gewesen. Das hatte er im Voraus so geplant. Nicht ohne Grund war er erst zu so später Stunde gekommen. Was er nicht eingeplant hatte, war die Anwesenheit des dritten Mannes. Er hatte inständig gehofft, dass sie nur zu zweit und somit ungestört sein würden. Nur sie beide, genauso wie früher. Nur mit dem Unterschied, dass

er es jetzt sein würde, der dem anderen die Grenzen aufzeigte und vorgab, was zu tun oder zu lassen war, um zu den wenigen Auserwählten zu gehören, die ins Land der Zypressen gelangen konnten.
Was er soeben unverhofft miterlebt hatte, änderte alles. Es machte ihn fassungslos und zornig. Zunächst musste er alles verarbeiten und eine neue Strategie entwickeln. Was er gehört hatte, war äußerst bedeutungsvoll und durfte keinesfalls einfach so hingenommen werden.
Warum sollte er nicht gleich zwei Fliegen mit einer Klappe schlagen, wenn sich ihm die Gelegenheit förmlich aufdrängte? Ihm war klar, dass er diese einzigartige Möglichkeit zur Regulierung nicht ungenutzt verstreichen lassen durfte. Die Frage war nur: Wie sollte er vorgehen?

***

Fluchtartig verließ er die Domkirche Sankt Ferdinand und geriet vor dem Haupteingang heftig ins Straucheln, als er beim Versuch, mehrere Treppenstufen auf einmal zu überspringen, auf dem feuchten Boden wegrutschte. Er fiel direkt in die Arme eines großgewachsenen Mannes, dem es durch sein beherztes Zupacken gelang, ihn im Sturz aufzufangen. „Hoppla, warum so eilig, junger Mann? Man könnte ja meinen, der Leibhaftige sei hinter dir her, und das, obwohl du aus einer Kirche kommst?“, fragte der Mann scherzhaft, nachdem er sich vergewissert hatte, dass der junge Kerl in seinen Armen unbeschadet war.
„Lassen sie mich in Ruhe“, knurrte dieser und riss sich los.

Sein Gegenüber war irritiert: „Entschuldige bitte, ich wollte dir nur helfen. Was um Himmels willen ist dir denn über die Leber gelaufen?“

Bevor er auf die Frage antwortete, sammelte er sich kurz. Dabei fiel ihm auf, dass der Mann außergewöhnlich groß war. Er war nicht schlaksig, wirkte aber elegant. Dieser Eindruck bezog sich nicht auf die Kleidung des Fremden, denn die war für seinen Geschmack recht gewöhnlich. Eine Ausnahme bildete lediglich eine olivgrüne Schildmütze, die er falsch herum und schief auf dem Kopf trug, so dass der Schirm nach hinten zeigte. Er schätzte den Mann auf Anfang Vierzig, doch die Art und Weise, mit der er sich bewegte und mit der er sprach, ließ ihn wesentlich jünger wirken. „Tut mir leid, ich wollte nicht unhöflich sein. Danke, dass Sie mich aufgefangen haben. Wer weiß, wo ich sonst aufgeschlagen wäre, bei dem Tempo, das ich drauf hatte“, gab er sich nun wesentlich freundlicher.

„Ist schon gut, denn genau genommen kann ich ja überhaupt nichts dafür, dass ich zufällig zur richtigen Zeit am richtigen Ort war, um dich aufzufangen. Wäre ich nur fünf Sekunden später dran gewesen, hätte ich dich verpasst.“

„Nochmals danke jedenfalls. Was hatten Sie eigentlich so spät am Abend noch hier verloren? Wollten Sie in die Kirche?“

„Ja, das wollte ich.“

„Aber es ist doch schon nach Zehn …“

„Na und? Du kamst doch auch eben erst heraus gestolpert, oder etwa nicht?“

„Glauben Sie mir, mein Besuch hatte andere Gründe als Sie vermuten würden.“

„Wieso, was würde ich denn deiner Meinung nach vermu-

ten?“
„Dass ich zum Beten oder Beichten hier war.“
„Warst du nicht?“
„Nein, ich bin nicht gläubig und war es auch noch nie. Meine Eltern legten aber immer Wert darauf, dass ich in die Kirche gehe. Wenn du eines Tages erwachsen bist, kannst du selbst entscheiden, was für dich richtig ist. Aber bis dahin entscheiden wir für dich, höre ich sie noch immer sagen. Aber alles nur Gerede, denn so christlich wie sie taten, waren sie bei Weitem nicht: Von wegen in guten wie in schlechten Zeiten, bis dass der Tod uns scheidet … Mein Vater hat sich aus dem Staub gemacht, noch bevor ich ihn richtig kennengelernt hatte. Und meine Mutter hat mir nie ein Wort geglaubt. Du täuschst dich, mein Junge. Das kann überhaupt nicht sein und ist bestimmt alles nur ein großes Missverständnis hat sie immer gesagt.“
„Was war ein Missverständnis?“, fragte der Fremde neugierig.
„Das geht Sie nichts an. Sorry, ich hätte erst gar nicht davon anfangen sollen. Danke nochmal, dass Sie mich vor einem Sturz bewahrt haben. Ich muss jetzt gehen, war nett, Sie kennengelernt zu haben“, sagte er freundlich, aber bestimmt, und ging einfach an dem Unbekannten vorbei.
„Willst du denn gar nicht mehr wissen, was ich heute Nacht hier zu suchen hatte?“, rief ihm dieser hinterher. Ohne sich umzudrehen sagte er laut und deutlich: „Nein, das interessiert mich nicht.“
„Das ist schade, denn ich könnte mir sehr gut vorstellen, dass wir wegen derselben Person da waren. Möglicherweise war der Beweggrund ein anderer, aber die Person könnte dieselbe sein.“

Diese Bemerkung ließ ihn aufhorchen. Er wandte sich um. „Wie kommen Sie darauf?“
„Man muss nicht besonders helle sein um zu wissen, dass um diese Uhrzeit außer dem Pfarrer und dem Mesner höchstens noch ein paar verirrte Schäfchen anzutreffen sind, die beten wollen oder Schutz vor der Kälte suchen. Und dass der hiesige Pfarrer oft bis in die späten Abendstunden da ist, um denen die Beichte abzunehmen, ist kein Geheimnis. Könnte doch also gut sein, dass du ebenfalls zu ihm wolltest, oder?“
Normalerweise hatte er im Umgang mit fremden Personen keine Schwierigkeiten, es sei denn sie waren ihm aus irgendeinem Grund überlegen, was selten der Fall war. Ihn überkam das Gefühl, dass jener Fremde einer dieser wenigen Menschen sein könnte. In einem für ihn untypischen Anflug von Unsicherheit wollte er Stärke demonstrieren, indem er sagte: „Ich kann mich nicht daran erinnern, Ihnen das Du angeboten zu haben. Auch wenn ich deutlich jünger bin als Sie, möchte ich darum bitten, mich mit dem gebührenden Respekt zu behandeln. Ich bin mir sehr sicher, dass ich das verdiene. Und was soll die blöde Theorie, dass wir beide wegen derselben Person hier gewesen sein könnten? Das ist reine Spekulation und zudem vollkommen bedeutungslos.“
Der Mann mit der schief sitzenden Mütze setzte ein freundliches und selbstsicheres Lächeln auf, als er erklärte: „Es ist eben nicht bedeutungslos. Natürlich weiß ich, dass es tausend mögliche Gründe gibt, aus denen du heute Abend hier gewesen bist. Möglicherweise hattest du ja nur die spontane Idee, mal wieder zu beten, vielleicht wolltest du auch einen Schritt weiter gehen und dir in der Beichte die Absolution für deine Sünden erteilen lassen. Oder du wolltest den Pfarrer töten, weil du noch eine

Rechnung mit ihm offen hast."
„Es reicht, hören Sie auf mit dem Unsinn."
„Oh, habe ich da etwa ins Schwarze getroffen? Ich hätte ehrlich gesagt nicht gedacht, dass es so leicht sein würde, den wahren Grund zu erraten."
„Das ist nicht der wahre Grund."
„Gut, ganz wie du meinst. Dann spekuliere ich eben munter weiter: Könnte es sein, dass du ein Rendezvous hattest und Hals über Kopf flüchten musstest, weil du dem armen Mädchen ungefragt an die Wäsche gegangen bist?"
„Sie sind ja vollkommen wahnsinnig. Ich wollte weder den Pfarrer umbringen noch habe ich jemanden begrapscht."
„Ruhig Blut und nichts für Ungut. Nachdem du mich eben einfach so hast stehen lassen, fühlte ich mich ein wenig provoziert und wollte es dir heimzahlen. Was ich gerade sagte, war natürlich nicht ernst gemeint."
„Es ist trotzdem ziemlich merkwürdig, auf was für schräge Gedanken Sie kommen."
„Warum?"
„Na, immerhin haben Sie mir eben unterstellt, dass ich sowohl ein Mörder als auch ein Vergewaltiger sein könnte."
„Glaub mir: Wenn du mich erst mal besser kennengelernt hast, wirst du wissen, dass ich gerne Provokationen einsetze, um die Menschen aus der Reserve zu locken."
„Mir stellt sich da eher die Frage, was für ein Mensch überhaupt auf solche Gedanken kommt?"
„Ich erwarte nicht, dass mich jemand versteht."
„Warum erzählen Sie es mir dann?"
„Weil ich bei dir vom ersten Moment an das Gefühl hatte, dass du mich verstehen kannst. Das ist sehr selten, denn die meisten Menschen sind dazu leider nicht in der Lage."

„Gut, ich denke, das Ganze wird mir jetzt zu viel. Sie nähern sich mir auf einer Ebene, die mir zu persönlich ist."

„Bitte, gib mir nur eine Chance, dich von dem zu überzeugen, was ich in der Welt sehe und was ich fühle."

„Was fühlen Sie denn? Ich rate Ihnen, nicht auf dumme Gedanken zu kommen."

„Da hat wohl jemand schlechte Erfahrungen gemacht, was? Nein, um das, was du möglicherweise meinst, geht es mir nicht. Ich habe höhere Ziele und schlage Folgendes vor: Keine fünf Minuten von hier ist ein nettes Café, in dem ich sehr viel Zeit verbringe und bekannt bin wie ein bunter Hund. Anhand der Art und Weise, wie die Leute mir dort begegnen, kannst du möglicherweise besser einschätzen, was für ein Mensch ich bin. Ich möchte dich gerne dorthin einladen, damit wir ein bisschen plaudern können. Nicht mehr und nicht weniger, versprochen. Sollte ich dir dann immer noch suspekt sein, kannst du sofort aufstehen und gehen. In Ordnung?"

„Und wenn nicht?"

„Dann reden wir über die wichtigen Dinge des Lebens!"

[...]

2.

Das Wetter war lausig, und ein eisiger Wind pfiff durch die leeren Straßen, als wolle er sie von mehr als dem Schmutz der vergangenen Nacht säubern. Die durch das Silvesterfeuerwerk entstandene Dunstglocke hing am Neujahrsmorgen noch über dem Talkessel der Stadt. Mit gemischten Gefühlen traf Charlotte Hengnacher an diesem Tag bei ihrer Arbeitsstelle ein. Sie ärgerte sich einerseits maßlos darüber, dass sie den ersten Tag des Jahres nicht, wie viele Andere, in aller Ruhe zu Hause auf dem Sofa verbringen konnte. Andererseits würde ihr heutiger Einsatz wenigstens eine geringfügige Gehaltszulage zur Folge haben. Alles in allem war ihr bewusst, dass sie es wesentlich schlimmer hätte treffen können: Immerhin hatte ihr das Los die Mittelschicht von 11.45 Uhr bis 20.15 Uhr beschert, und die war zum Jahreswechsel mit Abstand die Angenehmste. In der Silvesternacht und den frühen Stunden des Neujahrsmorgens glühten nämlich in der Notrufzentrale Stuttgart für gewöhnlich die Telefondrähte, während die Apparate tagsüber teilweise sogar stillstanden. Der Grund dafür war simpel: Ein großer Teil der Bevölkerung schlief während dieser Zeit seinen Rausch aus oder erholte sich von anderweitigen Strapazen der vergangenen Nacht. Wie an allen besonderen Tagen des Jahres, war jedoch die Zahl der Anrufer, die aufgrund von Einsamkeit nach Aufmerksamkeit

suchten, wesentlich höher als gewöhnlich. Häufig war es in diesen Gesprächen bereits ausreichend, den richtigen Ton zu treffen und in beruhigender Manier sowie der gebotenen Kürze auf die verzweifelten Menschen einzugehen. Das galt selbst dann noch, wenn sie sich mehrfach am selben Tag meldeten, was keine Seltenheit war. Für solche Situationen waren Charlotte und ihre Kollegen bestens geschult.
Im Vorfeld zu den Feiertagsschichten wurden alljährlich unter der Belegschaft sogar Wetten abgeschlossen, welche alten Bekannten an diesem Tag wieder einmal durchklingeln würden. So auch für den Jahreswechsel von 2018 auf 2019. Und prompt kam es so, dass einer der ersten Anrufe in ihrer Schicht von einem allseits bekannten älteren Herrn, nämlich dem sechsundachtzigjährigen Waldemar Messerle aus Stuttgart-Münster, kam. Verzweifelt gab er an, sich lediglich mit einem Bademantel bekleidet aus seiner Wohnung ausgesperrt zu haben, nachdem er raus gegangen war, um den Briefkasten zu leeren. Zeitgleich drohte jedoch angeblich die Flamme des Gasherdes alles in Brand zu stecken, da dieser nun unbeaufsichtigt war. Den eigenen Angaben zu Folge war Herr Messerle gerade dabei gewesen, eine köstliche Neujahrssuppe für seine Enkelkinder zuzubereiten, die ihn wie jedes Jahr am Nachmittag des ersten Januars besuchen würden.
Das alles hatte mit der Wirklichkeit nichts zu tun: Herr Messerle hätte beim Verlassen der Wohnung wohl kaum sein Festnetztelefon eingesteckt, den

Schlüssel aber zurückgelassen. Zudem kam am Neujahrstag keine Post, und Enkelkinder hatte er nicht, genau so wenig wie eigene Kinder. Nie war sie einem der Menschen persönlich begegnet, mit denen sie in den üblicherweise sehr kurzen Telefonaten in Kontakt kam. Dennoch machten Charlotte all die Dramen, Unglücke, Tragödien und Katastrophen sehr zu schaffen, mit denen sie sich alltäglich konfrontiert sah. Noch ahnte sie nicht, was dieser Tag mit sich bringen sollte.

3.

„Notrufzentrale Stuttgart – wie kann ich Ihnen helfen?“, meldete sich Charlotte Hengnacher so, wie sie es immer tat.
Die gedämpfte Stimme eines Mannes antwortete zögerlich: „Ich ... ich möchte einen Mord melden.“
So eine Meldung war keineswegs alltäglich. Bei Charlotte schrillten sofort sämtliche Alarmglocken. Sie war aufmerksam und konzentriert. Gleichzeitig blieb sie gelassen und stellte souverän die erforderlichen Fragen: „Bitte bleiben Sie ganz ruhig und nennen mir Ihren Namen und die Adresse, an der Sie sich befinden und sagen mir, wer außer Ihnen anwesend ist. Anschließend schildern Sie bitte kurz, was passiert ist.“
„Noch ist gar nichts passiert …“, sagte der Mann.
Charlotte wiederholte: „Bitte nennen Sie mir Ihren Namen und den Ort, an dem Sie sich befinden. Sonst können wir Ihnen nicht helfen!“
„Ich fürchte, Sie verstehen nicht …“, entgegnete der Anrufer.
„Ich kann Sie gut hören. Und ich frage Sie noch einmal: Wie heißen Sie? Wo sind Sie? Und was ist passiert? Beantworten Sie mir bitte diese Fragen, dann wird so schnell wie möglich Hilfe zu Ihnen unterwegs sein.“
„Mir kann niemand mehr helfen …“
„Vielleicht ja doch. Worum geht es? Bitte reden Sie

mit mir. Wer wurde ermordet?“
„Noch niemand“, blieb der Mann weiter einsilbig.
„Was soll das heißen … Noch niemand? Sie sprachen eingangs davon, dass Sie einen Mord melden wollen …“
„Das stimmt. Das Besondere daran ist, dass der Mord noch nicht geschehen ist.“
Charlotte war vollends verwirrt. So etwas hatte sie in all den Jahren ihrer Tätigkeit noch nicht erlebt. Hilfesuchend schaute sie sich um. Es waren nur wenige Kollegen anwesend. Und diejenigen, die da waren, befanden sich selbst in Gesprächen, so dass sie niemand um Unterstützung bitten konnte. Da half es ihr in diesem Moment reichlich wenig, dass das Gespräch – wie alle eingehenden Notrufe – aufgezeichnet wurde. Der Eingangsserver verriet ihr nichts über den Anrufer, denn die Nummer war unterdrückt. Die Gesprächsqualität war allerdings sehr gut, so dass davon auszugehen war, dass der Anruf entweder von einem Festnetztelefon oder von einem Mobilfunktelefon kam, das sich in einem Bereich mit guter Netzabdeckung befand.
„Es wurde also niemand getötet?“, fragte sie.
„Nein, noch nicht.“
„Bitte erklären Sie mir, wer wen beabsichtigt zu töten. Sind Sie es etwa selbst, der jemanden ermorden möchte?“
Für einige Augenblicke herrschte Stille, bevor der Anrufer sagte: „Ich möchte den Mord an mir selbst melden.“

Charlotte war außer sich. „Um Gottes Willen, beabsichtigen Sie etwa, Selbstmord zu begehen? Bitte ... tun Sie es nicht. Es gibt für alles eine Lösung, die in jedem Fall besser ist als das."
„Was wissen Sie denn schon ...", antwortete der Mann fast gleichgültig und fügte hinzu: „Es kann erlösend sein, wenn die Lasten des Lebens endlich von einem genommen werden."
„Hören Sie, ich weiß zufälligerweise eine Menge über Schicksalsschläge, unerfüllte Wünsche und geplatzte Träume. Bitte glauben Sie mir, nichts von alldem ist es wert, dass wir unserem Leben selbst ein Ende setzen. Das hat die Natur nicht so vorgesehen. Bitte, tun Sie es nicht. Eines Tages werden Sie verstehen und mir Recht geben. Also, wer sind Sie? Und wo können wir Sie finden?"
„Die Natur hat so manches nicht vorgesehen, und dennoch geschieht es."
Charlotte flehte förmlich: „Bitte, sprechen Sie endlich mit mir, damit wir Ihnen helfen können!"
„Sie wollen, dass ich mit Ihnen rede? Also gut ... Dann lassen Sie uns reden."
Charlotte riss allmählich der Geduldsfaden: „Hier spricht aber nicht die verdammte Telefonseelsorge, sondern die Notrufzentrale der Stadt Stuttgart. Für therapeutische Gespräche bin ich der falsche Ansprechpartner. Meine Aufgabe ist es zu veranlassen, dass Ihnen so schnell wie möglich geholfen werden kann. Das kann ich aber nur tun, wenn Sie mir einige Informationen geben. Können oder wollen Sie das

nicht begreifen?“
„Ich verstehe Sie sogar sehr gut. Aber es ist zu spät. Niemand wird mir mehr helfen können“, entgegnete der Anrufer.
Charlotte hatte für einen Moment den Eindruck, er habe nach Luft geschnappt. „Hallo, geht es Ihnen gut?“, wollte sie wissen.
Hustend kam die Antwort: „Nein, mir geht es ganz und gar nicht gut. Jegliche Hilfe käme für mich jedoch zu spät.“
„Hilfe ist immer möglich, man muss sie nur wollen. Sie allerdings möchten anscheinend keine? Wenn dies so ist, dann legen Sie jetzt bitte auf und verschwenden nicht weiterhin meine Zeit. Wenn Sie schon selbst keine Unterstützung annehmen möchten, sollte Ihnen klar sein, dass Sie die Leitung für andere Menschen blockieren, die in ihrer Not dringend auf Hilfe angewiesen sind und diese auch gerne in Anspruch nehmen möchten.“
„Da haben Sie nicht ganz Unrecht. Aber wissen Sie was?“
„Nein, was denn?“
„Ich hätte es gar nicht verdient, Hilfe zu bekommen. Inzwischen ist mir das alles aber scheißegal, denn ich lande sowieso in der Hölle. Ob ich nun noch ein weiteres Menschenleben zerstöre, indem ich die Notrufleitung blockiere, ist unwichtig.“
„Sie fangen langsam aber sicher an, mir gehörig auf die Nerven zu gehen. Wenn Sie in Selbstmitleid zergehen und sich umbringen wollen … bitteschön.

Dann ist das ganz allein Ihre Entscheidung. Für mich zählt jedes einzelne Menschenleben. Und wenn ich das eine – nämlich das eines nach eigenen Angaben ohnehin zur Verdammnis verurteilten Selbstmörders – nicht retten kann, dann darf das nicht zu Lasten vieler anderer gehen. Haben Sie das verstanden?"

„Wenn ich Ihnen egal bin, dann legen Sie doch einfach auf. Wer hindert Sie denn daran? Bedenken Sie jedoch eines: Wenn man mich in den nächsten Tagen vermissen wird, ein fürchterlicher Gestank nach außen dringt und die Polizei schließlich meine von Insekten zerfressene Leiche gefunden haben wird, dann werden Sie es bereuen. Würden Sie damit für den Rest Ihres Lebens klar kommen?"

Charlotte war verzweifelt. Sie hatte nicht die geringste Ahnung, was der Mann am anderen Ende der Leitung bezweckte. Es schien fast so, als spielte er auf Zeit. Also beschloss sie, ihre Taktik zu ändern, um ebenfalls Zeit zu gewinnen, bis ihr möglicherweise jemand helfen konnte. Sie gab sich gesprächsbereit: „Was hat Sie in diese ausweglose Lage gebracht, in der Sie sich jetzt befinden?"

Der Anrufer atmete schwer und hustete abermals, als er antwortete: „Na also, es geht doch. Wo ein Wille ist, ist auch ein Weg. Endlich wollen Sie mit mir reden. Und bevor Sie mir meine Aussage bezüglich des Willens und des Weges gleich um die Ohren hauen, sei gesagt, dass mein Wille unwiderruflich gebrochen wurde. Es kann keinen Ausweg mehr für mich geben."

„Erklären Sie mir doch bitte, warum Sie sich selbst töten wollen", forderte sie ihn auf.
„Ich habe nie gesagt, dass ich mich selbst töten möchte. Ich sprach lediglich davon, dass ich einen Mord melden möchte, und zwar den an mir selbst."
„Heißt das etwa, dass Sie bedroht werden? Ist jemand bei Ihnen?", wollte Charlotte wissen.
„So könnte man es ausdrücken. Doch aus der Bedrohung wurde nun Gewissheit. Es ist aus und vorbei."
„Ich frage Sie nochmals: Sind Sie alleine oder nicht?"
Erneut wich er der Frage aus. Eine gehörige Portion Zynismus schwang in seiner Stimme mit, als er sagte: „Angeblich sind wir doch niemals alleine. Gott der Allmächtige und sein Sohn Jesus Christus sind immer bei uns – auch in den schwersten und dunkelsten Stunden."
„Antworten Sie doch bitte endlich auf meine Frage und weichen Sie nicht dauernd aus. Ich wiederhole: Ist in diesem Moment noch jemand bei Ihnen?"
Es klang gequält, dennoch ließ sich der Mann zu einem leisen Lachen hinreißen: „Ihre Vermutung ist richtig: Ich bin nicht alleine. Jemand ist bei mir, nämlich der Mensch, der mich bald getötet haben wird. Er versicherte mir aber, dass er gleich gehen werde, damit wir beide ungestört sind, meine Liebe."
„Er? Ist es ein Mann, der Sie töten will? Ich flehe Sie an, sagen Sie mir doch endlich, wo wir Sie finden können!"
„Es ist zu spät. Ich habe höchstens noch fünf oder sechs Minuten zu leben. Tun Sie mir einen Gefallen?",

fragte er unter einer schweren Hustenattacke, während seine Stimme immer schwächer wurde.
„Wenn … wenn ich kann", geriet Charlotte etwas ins Stottern.
„Wollen Sie mich in diesen, meinen letzten Minuten, begleiten? Es wäre mir eine Ehre."
„Ja, natürlich begleite ich Sie am Telefon. Was habe ich denn für eine Wahl?"
„Ich finde, wir sollten die verbleibende Zeit nutzen, um uns etwas besser kennenzulernen. Was halten Sie davon?", schlug er vor.
„Meinetwegen …", lenkte Charlotte notgedrungen ein.
Trotz allem noch zu einem ironischen Kommentar fähig, entgegnete er: „Nicht so enthusiastisch, meine Liebe. Erzählen Sie mir doch etwas über sich. Wie heißen Sie eigentlich?"
Charlotte wusste nicht, was sie tun sollte, entschied sich jedoch dazu mitzuspielen. „Ich heiße Charlotte. Sind Sie im Gegenzug bereit, mir auch Ihren Namen zu verraten?"
„Nicht so schnell, Charlotte. Mich würde noch brennend interessieren, wie alt Sie sind. Doch bevor Sie antworten, lassen Sie mich raten. Achtundzwanzig?"
„Ich bin zweiunddreißig Jahre alt."
„Dann lag ich ja gar nicht so falsch. Um ehrlich zu sein, hatte ich Sie auch ein wenig älter eingeschätzt, ich wollte nur nicht unhöflich erscheinen."
„Wie aufmerksam von Ihnen. Ich denke aber, dass es in unserer Situation nicht um den Austausch von Höf-

lichkeiten geht, oder?“, entgegnete Charlotte zynisch.
„Bitte, Charlotte … es ist nicht die Zeit für Zynismus. Verraten Sie mir lieber, ob Sie verheiratet sind und Kinder haben?“
„Das geht Sie nichts an.“
„Ich bitte Sie, diese Informationen sind in Anbetracht der Lage wirklich nicht besonders persönlich, oder?“
„Nun gut“, lenkte Charlotte ein und fuhr fort: „Ich bin nicht verheiratet, habe aber einen liebevollen Freund und Partner, der auch gleichzeitig der Vater meines ungeborenen Kindes ist. Ich bin im fünften Monat schwanger“.
Er hustete kräftig und klatschte dabei in die Hände. „Oh, wie schön. Meine allerherzlichsten Glückwünsche. Es schließt sich die obligatorische Frage an: Wird es ein Junge oder ein Mädchen?“
„Anhand der bisherigen Untersuchungsergebnisse deutet alles darauf hin, dass es ein Junge ist. Endgültig weiß man das aber erst, wenn das Kind auf der Welt ist. Wir wären nicht die ersten Eltern, die diesbezüglich eine faustdicke Überraschung erleben. Auch die moderne Medizin kann mal irren.“
„Wie Recht Sie doch haben. Ich gratuliere. Wie soll der kleine Mann denn heißen?“
„Das wissen wir noch nicht.“
„Ich hatte auch mal einen Sohn.“
„Sie sprechen in der Vergangenheit von ihm. Bedeutet das, dass er nicht mehr am Leben ist oder haben Sie sich mit ihm überworfen?“
„Er ist schon seit vielen Jahren tot.“

„Das tut mir aufrichtig leid."
„Ja, allen tut es immer so furchtbar leid. Aber in Wirklichkeit sind die Heuchler doch nur froh darüber, dass sie nicht selbst von einem solchen Schicksalsschlag heimgesucht wurden. Aber Ihnen, Charlotte, nehme ich Ihr Mitgefühl ab. Ich denke, Sie sind ein guter Mensch. Mir bleibt nicht mehr viel Zeit. Daher habe ich noch eine letzte Frage an Sie, bevor ich gleich sterben werde."
Ein starker Hustenanfall hinderte ihn daran, fortzufahren. Die Stimme klang immer schwächer und verwaschener, fast so, als hätte er Schmerzen beim Sprechen. „Sind Sie bereit, mir diese Frage zu beantworten?"
„Das hängt davon ab, um welche Frage es sich handelt?"
„Sie besteht aus zwei Teilen: Erstens, was war der bisher schönste Moment Ihres Lebens? Und Zweitens, was war der Schlimmste?"
„Das ist wirklich sehr persönlich. In Anbetracht der absurden Situation, in der wir uns jedoch befinden, werde ich darauf antworten. Aber nur unter einer Bedingung ..."
„Und die wäre?"
„Sie werden mir dieselben Fragen ebenfalls ehrlich beantworten."
„Alles klar, Charlotte. Das werde ich tun, versprochen. Schießen Sie los!"
„Der schönste Moment meines Lebens war, als ich erfahren habe, dass ich schwanger bin. Es ist unser

absolutes Wunschkind und wir sind unendlich glücklich darüber, eine gemeinsame Familie gründen zu können. Das soll nicht bedeuten, dass ich nicht noch viele weitere schöne Momente gehabt hätte, aber dieser war ganz bestimmt der Allerbeste!“

„Kommen wir nun zum schlimmsten Moment Ihres Lebens?“

„Halt, nicht so schnell. Bevor ich weiter antworte, müssen Sie mir vom schönsten Moment in Ihrem Leben erzählen. Nicht vergessen, wir hatten eine Abmachung.“

„Okay, das ist nur fair. Ich will mich sehr kurz fassen, denn ich spüre bereits, wie das Leben aus meinem Körper weicht …“

„Sie atmen so schwer. Was geschieht mit Ihnen?“, wollte Charlotte wissen, die bis vor einigen Augenblicken noch einen kleinen Rest Hoffnung gehabt hatte, dass sich die ganze Angelegenheit am Ende doch noch als völlig harmlos entpuppen würde.

„Es geht zu Ende, das ist alles. Doch nun zurück zu deiner Frage … und entschuldige bitte, dass ich ungefragt zum du übergehe. Aber ich denke, dass der Mensch, mit dem man die letzten Minuten seines Lebens teilt, nicht gesiezt werden sollte. Einverstanden?“

„Ja, das geht in Ordnung.“

„Ich hatte einen Sohn. Seine Geburt war der schönste Moment meines Lebens. Niemals werde ich den Moment der vollkommenen Glückseligkeit vergessen, als ich das kleine, wundervolle Wesen in meinen Armen hielt.“

Er hustete wieder heftig und fuhr fort: „Die Zeit spielt nun unerbittlich schnell gegen mich, Charlotte. Daher verrate ich dir auch gleich, dass sein Tod der fürchterlichste Moment meines Lebens war. Kein Kind sollte vor seinen Eltern gehen. Das ist gegen die Regeln. Damals ist meine Welt zerbrochen, und die Scherben konnte ich nie mehr zusammensetzen, so sehr ich mich auch bemühte."
„Das tut mir sehr leid. Dennoch verstehe ich nicht ganz, was Sie meinen. Es ist doch nachvollziehbar, dass man vollkommen aus der Bahn geworfen wird, wenn das eigene Kind stirbt."
Charlotte konnte ihren Satz nicht vollenden. Hinfällig war damit auch der Part der Abmachung ihrerseits, vom schlimmsten Moment des Lebens zu erzählen. Sie wurde jäh unterbrochen, als der Mann seine letzten Kräfte bündelte, um mit langsamer Stimme, schwer schnaufend mitzuteilen: „Charlotte, seit wenigen Sekunden bin ich endlich alleine und es gibt keine Waffe mehr, die auf mich gerichtet ist. Nun kann ich offen sprechen: Bitte helfen Sie mir. Mein Name ist Elmar Bischof und ich befinde mich in meiner Kanzlei in der Solitudestraße in Stuttgart-Weilimdorf."
Charlotte notierte sofort den Namen und die Adresse. Dann machte sie den Fehler, dass sie keine weiteren Fragen nach dem Täter stellte. Sie brachte es einfach nicht übers Herz, dem offenbar sehr schnell immer schwächer und leiser werdenden Menschen am anderen Ende der Leitung in seine wahrscheinlich letzten Worte zu fallen.

Diese waren: „Leben Sie wohl, Charlotte. Es tut mir von Herzen leid, dass Sie das neue Jahr 2019 mit mir und vor allem auf diese Weise beginnen mussten. Machen Sie sich bitte keine Vorwürfe. Sie hatten zu keinem Zeitpunkt auch nur die geringste Chance, mich zu retten. Alles Gute für Sie, Ihren Partner und das Kind. Passen Sie gut auf sich auf und halten Sie das Glück so fest Sie können. Man sieht den Moment nämlich nicht kommen, in dem es einem entrissen wird. Machen Sie es besser als ich …"
Charlotte rief ins Telefon: „Herr Bischof … hallo … so sagen Sie doch etwas!"
Doch es kam nichts mehr. Etwa dreißig Sekunden wartete Charlotte Hengnacher noch auf eine Antwort, bevor sie auflegte und die Rettungskräfte verständigte, die schon wenige Minuten später in der Solitudestraße eintrafen.

4.

Tatjana von Senden hatte große Mühe, sich den Weg durch die neugierige Menschentraube zu bahnen, die sich vor dem schicken Einfamilienhaus am Rande des Ortszentrums von Stuttgart-Weilimdorf gebildet hatte. Einer der Gaffer stellte sich ihr sogar demonstrativ in den Weg und wollte sie daran hindern, die Absperrungen zu passieren. Wichtigtuerisch wies er darauf hin, dass aufgrund polizeilicher Ermittlungen momentan niemand das Haus betreten oder verlassen dürfe. Tatjana stutzte den Kerl gehörig zurecht, indem sie ihm ihren Dienstausweis so dicht vor die Nase hielt, dass kaum ein Blatt Papier mehr dazwischen gepasst hätte. Dann veranlasste sie, dass eine Kollegin der Schutzpolizei die Personalien des Gaffers aufnahm und drohte ihm gleichzeitig mit einem Verfahren wegen Behinderung einer Polizeibeamtin im Einsatz.
Wenige Minuten später stand sie in einem der Büros der Anwaltskanzlei Bischof und beobachtete die Kollegen der Spurensicherung bei der Arbeit, die routiniert ihr Programm abspulten. Direkt vor ihr lag die Leiche. Es stand nahezu fest, dass es sich um den Inhaber der Kanzlei, den Rechtsanwalt Elmar Bischof, handelte. Auf dem edel restaurierten Holzboden befanden sich jede Menge Blutflecken und -spritzer unterschiedlicher Größe. Nichts deutete auf einen stattgehabten Kampf oder einen Einbruch hin. Der Leichnam lag, alle Viere von sich gestreckt, auf dem Bauch. In etwa zwanzig Zentimetern Entfernung zu seiner rechten Hand lag das schnurlose Telefon, über das er das Gespräch mit Charlotte Hengnacher geführt hatte. Der Akku war fast leer.
Vor einigen Monaten war Tatjana zur Kriminalhaupt-

kommissarin aufgestiegen und abgesehen vom Staatsanwalt an diesem Neujahrstag die oberste diensthabende Beamtin des Dezernats 1.1 der Stuttgarter Kriminalpolizei. Ihre Kollegen, Kriminalhauptkommissar Dennis Rathvan und der Erste Kriminalhauptkommissar Kurt Schockenried, hatten frei, obgleich sie trotz allem für besondere Ereignisse telefonisch erreichbar sein mussten. Für einen kurzen Moment zog Tatjana in Erwägung, einen der beiden hinzuzuziehen, verwarf den Gedanken jedoch wieder. Vor allem Dennis gönnte sie den freien Tag von Herzen. So konnte er gemeinsam mit seiner Lebensgefährtin Jessica Dornfeld den ersten Tag des Jahres verbringen. Die beiden hatten eine schwere Zeit hinter sich. Kurt Schockenried hingegen hätte sie nur zu gerne aufgescheucht. Sie befürchtete nur, dass er ihr keine große Hilfe gewesen wäre, da er in diesem Moment wahrscheinlich – geplagt von einem fürchterlichen Kater – im Unterhemd vor der Glotze hocken und das Neujahrsskispringen der Vierschanzentournee in Garmisch-Partenkirchen verfolgen würde. Also beschloss sie, sich alleine um die Bestandsaufnahme in diesem eigenartigen Fall zu kümmern. „Ein glückliches neues Jahr wünsche ich Ihnen, Frau von Senden. Möge es Ihnen an Erfolg, Gesundheit und Kindersegen nicht mangeln. Der Kindersegen kommt aber nicht aus heiterem Himmel. Daran müssen Sie schon hart arbeiten, wenn Sie verstehen, was ich meine“, hörte sie hinter sich eine aufdringliche Stimme sagen, die ihr bestens vertraut war.
Als sie sich umdrehte, kam Professor Dr. Simon Brandner, der Ärztliche Leiter des Rechtsmedizinischen Instituts, schnurstracks auf sie zu und deutete an, sie umarmen zu wollen. Auf unsensible Art und Weise wich Tatjana aus, womit sie ihn, durchaus gewollt, forsch zurückwies. Sie

zweifelte in keiner Weise an Simon Brandners fachlicher Kompetenz. Dass sie ihn persönlich aber nicht ausstehen konnte, war ein offenes Geheimnis. Immer wieder waren die beiden in den vergangenen Jahren aneinander geraten, was nicht zuletzt an Brandners leicht anzüglicher und überheblicher Art lag, mit der er bei einer strengen und pedantischen Person wie Tatjana natürlich nicht landen konnte. Ganz im Gegenteil: Sie verachtete ihn sogar dafür und war stets darauf bedacht, ein rein professionelles Verhältnis zu ihm zu pflegen. Bisweilen gelang ihr das nicht besonders gut. Immer wieder ließ sie sich zu verbalen Scharmützeln mit ihm hinreißen. Die Wortgefechte, die sie sich dabei lieferten, besaßen im Präsidium schon Kultstatus. Beschwichtigend hob Simon Brandner die Arme.
„Schon gut, ich kann Sie ja schließlich nicht zwingen, mich zu umarmen. Auch wenn ich überhaupt nicht verstehen kann, wie man eine solche Gelegenheit leichtfertig verstreichen lassen kann. Sie haben ja keine Ahnung, wie viele weibliche Kolleginnen Sie darum beneiden würden. Aber bitte, ich wollte nur höflich sein …"
Unterkühlt entgegnete Tatjana: „Ich betrachte das nicht als gute Gelegenheit, sondern eher als Strafe. Aber, nichts für Ungut. Ich wünsche Ihnen ebenfalls ein gutes neues Jahr."
Sogleich kam sie zum Punkt: „Können Sie mir schon etwas zur Leiche sagen?"
„Nun ja, da gibt es schon Einiges zu sagen: Herr Bischof ist seit schätzungsweise einer Stunde tot. Es bestehen keine sichtbaren Anzeichen einer äußerlichen Gewaltanwendung. Dennoch ist klar, dass er keines natürlichen Todes gestorben ist."
„Bei der Vorgeschichte mit dem merkwürdigen Notruf war damit zu rechnen, dass er nicht ausgerechnet zu die-

sem Zeitpunkt an einem Herzinfarkt gestorben ist, oder?“, erwiderte Tatjana schnippisch und schickte hinterher: „Wenn es also bitte etwas konkreter ginge, wäre ich dankbar.“

„Riechen Sie das?“, fragte Brandner.

Tatjana hielt ihr Näschen in die Luft und schnupperte. „Riecht irgendwie süßlich…“

Professor Brandner bestätigte: „Bittermandel, um genauer zu sein. Allerdings ist der Geruch nicht ganz so charakteristisch, wie ich es schon des Öfteren erlebt habe. Irgendwas ist anders, ich weiß nur nicht genau, was.“

„Also eine Vergiftung mit Blausäure?“

„Ja, so sieht es zumindest im Moment aus. Dazu passen auch die vielen Flecken und Spritzer auf dem Boden. Vereinfacht ausgedrückt kam es infolge der langsam eintretenden Atemlähmung zur Ausbildung eines Lungenödems. Dadurch steigt der Druck in den Blutgefäßen und den Alveolen, was schließlich zum Abhusten von schaumigem Blut führen kann.“

„Wäre es denkbar, dass es sich um einen Suizid handelt?“, wollte Tatjana wissen.

„Ein Selbstmord ist damit nicht ausgeschlossen. Die Blausäure, oder sagen wir lieber: Das Gift, könnte selbstverständlich auch in suizidaler Absicht eingenommen worden sein. Dagegen spricht allerdings, dass im ganzen Haus bis jetzt nichts davon gefunden werden konnte. Das deutet eher darauf hin, dass es ihm verabreicht wurde. Aufgrund der Gesamtumstände, die auch das dubiose Telefonat mit der Notrufzentrale einschließen, halte ich es für wahrscheinlich, dass er nicht freiwillig aus dem Leben geschieden ist. Aber das ist natürlich zum jetzigen Zeitpunkt rein spekulativ und bedarf Ihrer weiteren Ermittlungen. Ich kann erst mehr sagen, wenn ich ihn auf dem

Obduktionstisch hatte. Das würde ich gerne lieber jetzt als später in die Tat umsetzen, allerdings steht zu befürchten, dass die formalen Mühlen am heutigen Neujahrstag sehr langsam mahlen werden. Die staatsanwaltschaftliche Genehmigung wird möglicherweise erst in einigen Stunden vorliegen. Ich bitte also noch um etwas Geduld, bevor ich weiter ins Detail gehen kann. Ich werde Sie umgehend kontaktieren, sobald ich weiß, wann ich mit der Obduktion starten kann."

Tatjana nickte: „Einverstanden. Wie immer werden wir zu zweit erscheinen. Welcher Kollege mich begleiten wird, kann ich noch nicht sagen."

Simon Brandner wollte gerade gehen, als Tatjana einen ungeahnten Anflug von schlechtem Gewissen verspürte.

„Ach, Herr Brandner, da wäre doch noch etwas …"

„Ja, was denn?", entgegnete dieser leicht genervt.

Etwas verlegen sagte sie: „Ich möchte mich bei Ihnen entschuldigen."

„Ach ja … wofür denn?", fragte Brandner verdutzt.

„Sorry, dass ich eben so distanziert war. Ich wollte nicht unhöflich sein, als ich die flüchtige Umarmung ablehnte."

Professor Brandner lächelte, als er antwortete: „Kein Problem. Diese Art von Reaktion ist mir nicht fremd. Und meine Art von Humor ist zugegebenermaßen nicht jedermanns Sache. Also, Schwamm drüber. Wir sehen uns dann im Institut?"

„Ja, bis dann."

Simon Brandner packte seine Arbeitsutensilien ein und trottete davon. Beim Blick aus dem Fenster konnte Tatjana im Schneetreiben erkennen, dass sich die Menschenmenge auf der Straße etwas gelichtet hatte und der Rechtsmediziner keine Mühe hatte, zu seinem Dienstfahrzeug zu gelangen. Er verstaute seine Sachen im Kofferraum des Kombis, stieg ein und brauste davon. Auch die Kollegen der Spurensicherung machten sich nach getaner Tatortarbeit bereits einer nach dem anderen aus dem Staub, so dass Tatjana bald alleine war. „Merkwürdige Geschichte, dachte sie bei sich und weiter: Was hatte es nur mit dem Anruf in der Notrufzentrale auf sich? Der Anwalt wollte letztlich doch gerettet werden? Warum hat er das dann nicht früher kundgetan? Die Chancen, ihm noch rechtzeitig helfen zu können, wären dann sicher größer gewesen. Zu verlieren hatte er in dieser Situation doch nicht mehr viel. Oder etwa doch? Anscheinend wurde er gezwungen, in der Notrufzentrale anzurufen. Wollte damit jemand sicher gehen, dass er so schnell wie möglich gefunden wurde, aber gleichzeitig lange genug bei ihm warten um auszuschließen, dass er überleben würde? Mit einer auf ihn gerichteten Waffe hatte sich Bischof vielleicht dazu entschieden zu tun, was sein Peiniger sagte. Und wenn er wusste, dass der, der ihn bedrohte, vor dem Eintreten seines Todes gehen würde, hoffte er vielleicht darauf, dass die Zeit für eine Rettung reichen könnte. Wäre er an Ort und Stelle erschossen worden, hätte er definitiv keine Chance mehr gehabt. Oder nahm er möglicherweise billigend in Kauf, dass es für jede Hilfe zu spät war, weil er eigentlich gar nicht gerettet werden wollte? Auf all diese Fragen fand Tatjana zu diesem Zeitpunkt keine Antworten. Sie wollte gerade gehen, als ihr Blick in einer Ecke des Büros auf einen der Ganzkörperanzüge fiel, wie sie von den Ermittlern am Tatort getragen wurden, um keine Spuren zu hinterlassen, die später die Auswertungen erschweren würden. Die Farbe des Anzugs war jedoch nicht weiß, so wie die, die üblicherweise von der Polizei getragen wurden, sondern hellblau. Und diese Farbe hatten – zumindest in Stuttgart – nur Anzüge der rechtsmedizinischen Mitarbeiter. Sollte Professor Brandner seinen Anzug hier vergessen haben? Das passte gar nicht zu der peniblen Ordnung, für die er bekannt war. Tatjana hatte noch nie erlebt, dass der Rechtsmediziner etwas von seiner Ausrüstung an einem Tatort liegen ließ. Sie packte den Anzug ein und nahm ihn mit.

5.

Land der Zypressen, von Simon Bonfrère – Auszug aus Kapitel 3:

[…] Wir müssen alle Opfer bringen, mein Kind. So sehr du dich jetzt auch dagegen wehrst, wirst du eines Tages begreifen, dass es nichts Falsches ist, was wir tun. Jedes Kind sollte einen Vater haben … und da der Heilige Vater zu beschäftigt ist, um hier sein zu können, bin ich es, der an seine Stelle tritt."

„Aber … ich habe einen Vater."

„Schweig! Ein Mann, der sein Kind im Stich lässt, verdient es nicht, als Vater bezeichnet zu werden."

„Er hat mich nicht im Stich gelassen … Ich weiß es. Er musste gehen, weil er mich lieb hat."

„Nichts als verlogene Ausreden! Er ist von Grund auf schlecht. Vergiss ihn! Im Schoß des Herrn liegt von nun an deine Bestimmung."

„Ich möchte das aber nicht!"

„Nun, mein Junge … überlege dir gut, was du aus deinem Leben machen möchtest. Nicht jeder Bastard bekommt die Chance, die ich dir eröffne."

„Was ist ein Bastard?"

„Bastarde sind Dreck. Sie sind durch Unzucht entstanden. Du kannst nichts dafür, dennoch bist du einer von ihnen."

„Was hat das zu bedeuten?"

„Dass du es schwerer im Leben haben wirst als andere und dich deshalb besonders anstrengen musst, mein Kind."

„Ich verstehe das nicht …“.
„Ich will dir damit sagen, dass jeder – sogar du – eines Tages Gottes heilige Länder betreten darf, wenn er sich als rechtschaffen erwiesen hat.“
„Und was muss ich tun, um rechtschaffen zu sein?“
„Du musst nur tun, was ich dir sage, dann wird alles gut werden.“
„Wo sind die heiligen Länder? Ich war mit meiner Mama mal in Frankreich und da war es wunderschön. Ist da vielleicht ein heiliges Land?“.
„Gewiss, Frankreich ist möglicherweise ein schönes Land, genauso wie viele andere Länder auch. Aber Gottes heilige Länder, die sind ganz anders.“
„Ja, wie sind die denn?“
„Sie sind warm, prunkvoll und schön. Alle Menschen sind dort gleich, egal ob sie Bastarde sind oder nicht.“
„Kann ich da auch mal hin fahren?“
„Aber sicher doch.“
„Wie?“
„Spürst du die Wärme in meinem Bauch?“
„Nein.“
„Er ist voller Schmetterlinge … und wenn es dir gelingt sie zu befreien, dann fliegen sie mit dir ins Land der Zypressen.“
„Ins Land der Zypressen?“
„Ja, das ist eines der heiligen Länder des Herrn. Dort ist es wundervoll.“
„Oh, wie schön. Bitte erzählen Sie mir mehr darüber.“
„Nicht so schnell, mein Kind. Zunächst musst du eine ganz besondere Prüfung bestehen. Erst wenn du diese gemeistert hast, kann ich beurteilen, ob du auch wirklich würdig bist, mit den Schmetterlingen zu den Zypressen zu fliegen.“ […]

6.

Kurt Schockenried war der erste des Dezernats 1.1, der an diesem zweiten Januar, dem ersten offiziellen Arbeitstag des neuen Jahres, im Büro erschien. Sowohl die Weihnachtsfeiertage als auch die Zeit zwischen den Jahren waren nicht besonders schön für ihn gewesen. Mehr als vier Jahre waren mittlerweile vergangen, seitdem sich seine Frau Brigitte von ihm getrennt hatte. Die Scheidung war seit fast einem Jahr rechtskräftig. Brigitte lebte noch immer in der Doppelhaushälfte in Stuttgart-Möhringen, die sie einst gemeinsam gekauft hatten, um ein gemeinsames Leben aufzubauen. Gemeinsam mit den Kindern Harald und Martina verbrachten sie dort viele mehr oder weniger glückliche Jahre. Die Kinder waren inzwischen längst erwachsen und schon vor langer Zeit ausgezogen. Sein Sohn Harald hatte ihnen mit seiner Frau Fanny drei Enkelkinder geschenkt und lebte mit seiner Familie in Stuttgart. Die Tochter Martina hingegen hatte es ans andere Ende der Welt, genauer gesagt nach Australien, verschlagen. Während eines Urlaubs vor fast zehn Jahren hatte sie dort den einheimischen Todd Dumatranidis kennengelernt, sich Hals über Kopf in ihn verliebt und beschlossen, alle Zelte in Deutschland abzubrechen, um fortan mit ihm in Downunder zu leben. Die Ehe der beiden blieb bis jetzt kinderlos, was Kurt nicht sehr bedauerte. Der Sumatra-Tiger, wie er Todd immer etwas despektierlich nannte, war in seinen Augen nicht mehr als ein zweitklassiger Gigolo, der seine Tochter um den Finger gewickelt hatte, um sie auszunutzen. Von Zeit zu Zeit besuchte Martina ihre Eltern in Deutschland. Im Laufe der Jahre waren die Besuche aber immer seltener

geworden. Zuletzt war sie, gemeinsam mit Todd, über die Weihnachtsfeiertage des Jahres 2015 in ihrer schwäbischen Heimat gewesen. Da Kurt und Brigitte schon damals getrennt lebten, hatte er sehr gelitten. Denn mehr als zwei oder drei flüchtige Treffen mit seiner Tochter waren seinerzeit aus den verschiedensten Gründen nicht zustande gekommen. Er vermisste sie sehr, hatte sich aber inzwischen mehr schlecht als recht an den Zustand gewöhnt. Woran er sich indes niemals gewöhnen würde, war der unerträgliche Zustand, von seiner großen Liebe Brigitte getrennt zu leben. Das bereitete ihm Schmerzen, die an den besonderen Tagen des Jahres naturgemäß noch stärker waren als sonst. Trotzdem gönnte er Brigitte ihr neues Leben, in dem sie scheinbar so viel glücklicher war als mit ihm. Was er ihr nicht gönnte, war die Tatsache, dass sie seit einiger Zeit einen neuen Lebensgefährten hatte. Der Depp war sogar vor einigen Monaten bei ihr eingezogen. An vielen Abenden war Kurt im Schutze der Dunkelheit dort vorbeigefahren, um von der Straße aus durch die erleuchteten Fenster zu schauen. Dabei beobachtete er wie sie gemeinsam zu Abend aßen oder sich angeregt unterhielten. Das Schlimmste daran war, dass die beiden zusammen lachten und fröhlich zu sein schienen. In diesen Momenten brach stets eine Welt für ihn zusammen und die Schmerzen steigerten sich ins Unermessliche.
Häufiger als es gut für ihn war, betäubte er seine Schmerzen mit Alkohol. Nach einigen Eskapaden war der Tiefpunkt schließlich vor einigen Wochen erreicht, als er wegen Trunkenheit am Steuer den Führerschein abgeben musste. Bisher war es ihm glücklicherweise gelungen, diesen Fauxpas im Präsidium geheim zu halten.
Eines Tages hatte er beschlossen, sich dem Martyrium

nicht mehr freiwillig auszusetzen und die nächtlichen Ausflüge nach Möhringen zu unterlassen. Nachdem er einige Zeit lang zur Untermiete bei seinem Freund und Kollegen Dennis Rathvan – und später übergangsweise bei ihrem gemeinsamen Bekannten Mark Scheck – gehaust hatte, bewohnte er seit knapp zwei Jahren ein möbliertes Eineinhalbzimmerappartement in einem der Hannibal-Hochhäuser des Stuttgarter Stadtteils Asemwald. Ohne Führerschein war er nicht mehr mobil, da er die öffentlichen Verkehrsmittel scheute wie der Teufel das Weihwasser, weshalb er nun aus Bequemlichkeit immer öfter mit Schlafsack und Isomatte unter dem Schreibtisch in seinem Büro nächtigte. Außer dem Leitenden Sachbearbeiter des Dezernats, Holger Grünbaum, dem er notgedrungen von seiner misslichen Lage erzählt hatte und der ihn treuherzig so oft es ging durch die Gegend kutschierte, durfte niemand im Präsidium Wind von der Sache bekommen. Ein leitender Kriminalbeamter, der vor dem Scherbenhaufen seines Privatlebens stand, wegen Alkohols am Steuer vorübergehend keine Fahrerlaubnis hatte und seine Nächte regelmäßig auf dem Büro-Fußboden zubrachte, hätte das Fass zum Überlaufen gebracht und würde zurecht eine große Angriffsfläche bieten. Daher musste er auf Holgers Verschwiegenheit vertrauen und sich geschickt anstellen, um nicht aufzufliegen. Vermutlich war es nur eine Frage der Zeit, bis man ihm auf die Schliche kam, aber das wollte er wenigstens so lange wie möglich hinauszögern. Vielleicht würde ihm sogar das Kunststück gelingen, das Versteckspiel so lange erfolgreich durchzuziehen, bis er die Fahrerlaubnis wieder zurück hatte.

Etwas rabiat verschaffte sich Kurt Platz auf seinem Schreibtisch, indem er einfach alles von der Platte fegte, was keinen festen Platz hatte. Und das war eine Menge. Er ließ sich in den Stuhl plumpsen, legte die Beine auf den Tisch und zündete sich eine Zigarette an. Dass im gesamten Polizeipräsidium striktes Rauchverbot herrschte, kümmerte ihn nicht. Den Rauchmelder an der Decke seines Büros hatte er längst eigenhändig abmontiert. Unangemeldete Besuche bekam er so gut wie nie, und wenn die alljährlichen offiziellen Begehungen der Dienstzimmer stattfanden, schraubte er das Teil einfach wieder notdürftig dran. Sein Büro war vom Flur aus nicht zu betreten, weil es beim Bau des Gebäudes versäumt worden war, eine separate Tür anzubringen. Diesem Schildbürgerstreich war es geschuldet, dass der Zugang nur durch eine Verbindungstüre zum gemeinsamen Büro der Kriminalhauptkommissare Tatjana von Senden und Dennis Rathvan möglich war. Besonders bei Tatjana sorgte dies häufig für Unmut, da sie sich durch den Zigarettenqualm, der andauernd aus Kurts Büro drang, belästigt fühlte. Alle Beschwerden ihrerseits waren jedoch bisher verpufft, da Kurt – wie in vielerlei Hinsicht – unbelehrbar war. Als er zu Ende geraucht hatte, fuhr er den Computer hoch und öffnete sein E-Mail-Fach. So machte er es jeden Morgen. Wie immer ignorierte er dabei die meisten Nachrichten. An einer jedoch blieb sein Blick hängen: Sie war von Tatjana von Senden und enthielt ein vorläufiges Protokoll zu einem neuen Fall vom Neujahrstag. Aufmerksam las er die Zeilen. „Merkwürdige Geschichte, das könnte interessant werden“, murmelte Kurt, als er fertig war, und begann, im Internet über den Toten zu recherchieren. Wenig später, es war inzwischen kurz vor halb acht Uhr morgens, konnte Kurt durch die geschlossene Tür hören, wie Dennis Rathvan und Tatjana von Senden fast zeitgleich an ihren Arbeitsplätzen eingetroffen waren. Er öffnete das Fenster, um zumindest notdürftig für frische Luft zu sorgen, und betrat dann das Büro seiner Kollegen. Freundlich begrüßte er sie: „Einen schönen guten Morgen, die Herrschaften. Ich wünsche euch ein gutes neues Jahr und hoffe, ihr seid gut reingerutscht. Tatjana, wie ich eben gesehen habe, gab es gestern Arbeit?"

Kurz und knapp antwortete Tatjana: „Danke, dir auch ein gutes Neues. Ja, ich war gestern ganz schön lange im Einsatz. Meinen vorläufigen Bericht habe ich euch per E-Mail geschickt. Alles Weitere dann gleich in der Besprechung."

Gewohnt freundlich, dennoch leicht vorwurfsvoll, erwiderte auch Dennis Kurts Neujahrswünsche: „Danke, lieber Kurt. Das wünsche ich dir natürlich auch. Ich hoffe, du hast die letzten Tage gut überstanden. Der Einladung, den Silvesterabend bei uns zu verbringen, bist du ja leider nicht gefolgt. Das ist kein Problem, dennoch wäre es schön gewesen, wenn du wenigstens abgesagt hättest. So hingen wir mit unseren Planungen bis zuletzt in der Luft und wussten nicht, ob wir dich mit einkalkulieren sollten oder nicht."

„War's denn schön?", erkundigte sich Kurt, ohne dabei näher auf Dennis' Vorwurf einzugehen.

Dennis bestätigte: „Ja, das war es. Aber wie angekündigt nichts Besonderes. Im kleinen Kreis haben Jessica und ich, gemeinsam mit meiner Schwester Anna, ihrem Freund Bernd und meiner kleinen Nichte Mia Raclette gegessen. Dann haben wir einige Spielchen gespielt, ein paar Gläser Wein getrunken und uns unterhalten. Bernd musste dann zur Arbeit, da er ja immer noch als DJ tätig ist und in der Silvesternacht sehr gefragt war. Die kleine Maus haben wir ins Bett gebracht und dann um Mitternacht vom Fenster aus das Feuerwerk beobachtet. In diesem Jahr konnten wir uns noch nicht einmal dazu aufraffen, auf die Straße raus zu gehen. Für Jessica ist es nach wie vor etwas mühsam, die vielen Stufen vom dritten Stock runter und wieder hoch zu steigen. Unsere Hausdrachen – das Ehepaar Stiefel aus dem Erdgeschoss – haben es sich wie alle Jahre wieder nicht nehmen lassen, bereits gegen 0.35 Uhr persönlich alle Hausbewohner darauf hinzuweisen, dass am Neujahrstag bis spätestens 12.00 Uhr mittags sämtliche Überreste des Feuerwerks sorgfältig beseitigt zu sein haben.“

Dennis lachte als er fortfuhr: „Aber ebenso alljährlich interessierte das natürlich keine Sau.“

„Was für spießige Vollidioten. Ich bereue noch heute, dass ich denen nie einen großen Hundehaufen von Schorsch vor der Wohnungstüre platziert habe. Die dummen Gesichter hätte ich gerne gesehen …“, lachte Kurt und fügte etwas traurig hinzu: „Leider werde ich dazu keine Gelegenheit mehr bekommen.“

Kurts Hund Schorsch war kürzlich gestorben. „Verdammter Magenkrebs …“

„Vielleicht hättest du ihn nicht so oft mit deinem legendären Chili con Carne füttern sollen. Und dass altbackenes Brot, in einer Mischung aus Milch und Hefeweizenbier aufgeweicht, gut für Hundemägen sein soll, kann ich mir beim besten Willen nicht vorstellen“, gab Dennis zwar scherzhaft, dennoch mit einer Spur Ernsthaftigkeit, zu bedenken.

Kurt räumte ein: „Vielleicht hast du ja Recht, aber der gute alte Schorsch hat diese Kreationen über alles geliebt.“ Kurt holte einmal tief Luft. „Tatsache ist jedenfalls, dass er jetzt nicht mehr unter uns weilt, und das tut mir fürchterlich weh, denn ich vermisse ihn sehr.“

„Wie hast du denn die Silvesternacht verbracht, Kurt?“, erkundigte sich Dennis.

Kurt winkte ab. „Völlig unspektakulär … Ich habe mir so eine komische Show im Fernsehen reingezogen und dazu ein paar Bierchen gekippt. Gegen ein Uhr morgens bin ich dann in die Falle. Nichts für Ungut, aber ich wollte lieber alleine sein und hatte einfach keine Lust auf Gesellschaft und Spektakel. Demzufolge war ich am Neujahrstag erstaunlich fit in diesem Jahr. Das habe ich in der Vergangenheit häufig ganz anders erlebt. Meistens musste ich mir nach dem Aufwachen erst einmal überlegen, wie ich heiße, wo ich bin und welches Jahr wir denn jetzt überhaupt haben."

„Das kommt mir bekannt vor, lieber Kurt. Hallöchen an alle und die allerbesten Wünsche für ein gesundes und erfolgreiches neues Jahr, ihr Lieben", hörten sie Holger Grünbaum flöten, der in diesem Augenblick den Raum betrat.

Der Leitende Sachbearbeiter versprühte beste Laune und hatte wieder mal an alles gedacht: Er platzierte eine große Neujahrsbrezel auf Tatjanas Schreibtisch, und drum herum drapierte er für jeden der drei ein Glücksschweinchen und einen Schornsteinfeger aus Marzipan. Dann stellte er vier Sektgläser auf den Tisch und zauberte gerade eine gekühlte Flasche Prosecco aus der Tasche, um mit seinen Lieblingskollegen auf das neue Jahr anzustoßen, als er hinter sich ein ohrenbetäubendes Gebrüll vernahm. „Jetzt schlägt's aber Dreizehn! Noch keine Minute gearbeitet im neuen Jahr, und schon wieder nur ans Feiern denken. Hier geht es ja schlimmer zu als im Affenhaus der Wilhelma", schimpfte Kriminalrat Hans-Dieter Scheible wie ein Rohrspatz, und legte auch sofort nach: „Wenn Sie nicht augenblicklich die Gläser und die Pulle wegpacken, Herr Grünbaum, dann können Sie sich auf was gefasst machen. Zum Donner, was denken Sie eigentlich, wofür Sie be-

zahlt werden?“
Holger wollte gerade zu einer Antwort ansetzen, als Kurt ihn am Ärmel seiner Jacke zupfte und den Kopf schüttelte. Er flüsterte: „Besser nicht. In diesem Zustand kann man nicht mit ihm reden. Glaub mir, ich weiß, wovon ich spreche.“
Fast schäumend vor Wut ging Scheible nun auf Kurt zu und deutete mit dem Finger auf ihn. „Und Sie, Schockenried, verkneifen sich am besten jeglichen Kommentar. Wahrscheinlich sind Sie heute noch betrunken von der Silvesternacht, in der Sie sich in irgendeiner Hinterhofkaschemme um Kopf und Kragen gesoffen haben. Ab heute weht in diesem – MEINEM – Dezernat ein anderer Wind. So viel kann ich Ihnen schon einmal versprechen. Und wer nicht mitzieht, den wird es knüppeldick treffen: Mit einer Suspendierung oder einer Entlassung ist es dann nicht getan, denn das wäre noch viel zu gutmütig. Nein, wer nicht spurt, wird degradiert und strafversetzt. Und glauben Sie mir, es wird kein schöner Ort sein, an dem Sie dann die verbleibenden Jahre bis zur Rente Ihr jämmerliches Beamtendasein fristen würden.“
Eine kurze Pause entstand, in der sowohl Tatjana als auch Kurt, Dennis und Holger Mühe hatten, sich das Lachen zu verkneifen. Wenn Hans-Dieter Scheible mit hochrotem Kopf die Contenance verlor, hatte das immer etwas Urkomisches an sich. Alle zogen es aber aus gutem Grund vor zu schweigen. „Wir sehen uns in zehn Minuten im kleinen Besprechungsraum. Es gibt Arbeit!“, befahl Scheible, machte auf seinen kleinen Absätzen kehrt und knallte die Tür zu Dennis’ und Tatjanas Büro zu.
Fragend sahen sich die vier an. „Was war das denn?“, sagte Holger baff.
„Da ist wohl einer völlig verkorkst ins neue Jahr gestar-

tet“, stellte Dennis fest und Kurt vermutete: „Dem haben sie sicher zum Jahresabschluss von oben die Hölle heiß gemacht. Wahrscheinlich waren sie mit den Zahlen und Statistiken seiner Dezernate nicht zufrieden. Klar, dass der Schwachkopf seine miese Laune jetzt an uns auslässt.“ Da Dennis und Holger aufgrund des Intermezzos mit dem Kriminalrat keine Zeit mehr hatten, sich vor der Besprechung noch Tatjanas E-Mail durchzulesen, weihte sie sie kurz und bündig in die Geschehnisse des Vortages ein, bevor sie gesammelt zum Besprechungsraum gingen, in dem sie Hans-Dieter Scheible bereits mit grimmiger Miene erwartete.

7.

Da es wenige Minuten zuvor gründlich schief gegangen war, begrüßte Kriminalrat Hans-Dieter Scheible alle Anwesenden im Besprechungsraum mehr oder weniger freundlich noch einmal und wünschte kurz und knapp alles Gute für das neue Jahr, um dann mit ernster Miene und ohne Umschweife sogleich zur Sache zu kommen. „Unsere Statistiken für das zurückliegende Jahr sind eine mittlere Katastrophe. Mehrere, wenn auch zugegebenermaßen kleinere, Delikte konnten überhaupt nicht oder nur unzureichend aufgeklärt werden. Die Dauer, die dabei für die Bearbeitung der einzelnen Fälle benötigt wurde, war insgesamt im Durchschnitt viel zu lange. Ressourcen wurden verschwendet und offizielle Dienstwege häufig nicht korrekt eingehalten oder gar völlig umgangen. Die entsprechenden Fallberichte, sofern sie überhaupt schon angefertigt wurden, sind schlampig und unvollständig. Von einem anständigen formalen Aufbau und der sachgemäßen Anwendung der deutschen Grammatik will ich dabei gar nicht erst reden. Selbst ein Schimpanse könnte womöglich bessere Berichte verfassen. Die Staatsanwaltschaft beschwerte sich außerdem völlig zurecht darüber, dass sie viel zu spät oder gar nicht in laufende Ermittlungen involviert wurde. Andererseits wurde teils um völlig unsinnige Genehmigungen ersucht, womit viel Zeit und damit auch Gelder vergeudet wurden. In diesem Zusammenhang möchte ich beispielhaft an den Durchsuchungsbeschluss erinnern, den Sie für die Büroräume der Karl-Olga-Schwesternschaft in der Hackstraße erwirkten, weil Sie eine Nonne für eine getarnte Terroristin hielten, die einen Anschlag plante. In Wirklichkeit hatte sie nur

das Sommergrillfest der Ordensschwestern organisiert. Oder das Einsatzkommando, das Sie losschickten, um einen potentiellen Kindsentführer dingfest zu machen. Wie sich dann herausstellte, handelte es sich um einen unschuldigen zehnjährigen Jungen, der mit seiner kleinen Schwester einen unerlaubten Ausflug an einen Badesee unternahm.
Die Liste wäre noch um manch ein Schmankerl dieser Art fortzusetzen. Um Sie aber nicht weiter zu denunzieren, verzichte ich darauf. In all diesen Fällen haben Sie sich völlig unprofessionell verhalten und das Dezernat bis auf die Knochen blamiert. Darüber hinaus fällt auf, dass kaum einer von Ihnen Überstunden ableistet. Wo sind Motivation und Enthusiasmus für unseren wundervollen Beruf geblieben? Dieser freizeitorientierte Dienst nach Vorschrift ist mir ein Dorn im Auge. Und jetzt kommt das Allerschlimmste: Die Fehltage wegen angeblicher Krankheiten sind in keinem anderen Dezernat so hoch wie in diesem. Man könnte fast meinen, dass in unserer Abteilung eine Epidemie die nächste jagt."
Für einen kurzen Moment unterbrach Scheible seine Ansprache, nahm die Brille ab und rieb sich mit beiden Händen angestrengt das Gesicht. Dann setzte er die Brille wieder auf seine Nase und schrie mit hochrotem Kopf: „Kurzum, Schockenried, Sie haben Ihre Abteilung null-kommanull im Griff! Wir sind der größte Sauhaufen des gesamten Präsidiums. Ab heute weht hier ein ganz anderer Wind, das versichere ich Ihnen. Qualifizierte Bewerber auf Ihre Posten, die es kaum erwarten können eine Chance zu bekommen, gibt es schließlich zu Hauf. Jeder von Ihnen ist ersetzbar, und zwar im Handumdrehen."
Verdutztes Schweigen machte sich nach der wütenden Rede des Kriminalrats in der Runde breit. Holger Grün-

baum meldete sich als Erster zu Wort: Es ist fürchterlich kalt hier drinnen … Ich friere. Könnte bitte mal jemand die Heizung etwas weiter aufdrehen?“, fragte er und zog dabei den Reißverschluss seiner Wollweste bis obenhin zu.
Scheible platzte nun vollends der Kragen: „Nix da. Das Einzige, was sich gleich drehen wird, ist Ihr Kragen, Herr Grünbaum. Und das übernehme ich liebend gerne höchstpersönlich. Ab heute wird in dieser Abteilung gespart, und zwar auf Teufel komm raus. Den Anfang machen wir gleich hier und jetzt bei den Heizkosten.“
„Was für ein kleinkarierter Vollidiot“, sagte Kurt leise hinter vorgehaltener Hand zu Dennis.
Hans-Dieter Scheible hatte ihn zwar nicht verstanden, witterte aber zu Recht eine abfällige Bemerkung. „Sparen Sie sich Ihre Unverschämtheiten, Schockenried. Wir beide sprechen uns sowieso noch. Wenn Sie wüssten, was ich alles über Sie weiß, wären Sie so groß mit Hut“, sagte Scheible energisch und untermalte seine Aussage mit einer Geste, die einen Abstand von höchstens zwei Zentimetern zwischen Daumen und Zeigefinger seiner linken Hand zeigte.
Als er sich kurz darauf wieder etwas beruhigt zu haben schien, zupfte er an seinem Jackett und rückte den Knoten seiner mit dünnen roten Streifen versehenen, violetten Krawatte zurecht, die in den Achtzigern des vergangenen Jahrhunderts wahrscheinlich der letzte Schrei gewesen wäre.
Er räusperte sich: „Ähem … Nachdem wir die administrativen Dinge nun zumindest einmal angesprochen haben, schlage ich vor, dass wir uns wieder dem Tagesgeschäft widmen. Da Frau von Senden am gestrigen Neujahrstag Dienst hatte, möchte ich sie kurz bitten, uns

mit der aktuellen Faktenlage des neuen Falls vertraut zu machen."

Die frisch gebackene Kriminalhauptkommissarin war wie immer bestens auf die Besprechung vorbereitet, so dass sie, ohne einen Blick in die vor ihr auf dem Tisch liegende Aktenmappe werfen zu müssen, frei referierte: „Gestern Nachmittag um 14.47 Uhr ging der Notruf ein, dessen Mitschnitt ich gleich in voller Länge vorspielen werde. Das merkwürdige Gespräch zwischen dem Anrufer und Charlotte Hengnacher – das ist die Telefonistin der Notrufzentrale, die den Anruf entgegennahm – dauerte insgesamt sieben Minuten und dreiundvierzig Sekunden. Nach sieben Minuten und elf Sekunden verstummte der Anrufer und weitere zweiunddreißig Sekunden später legte Frau Hengnacher schließlich auf, um die Einsatzkräfte zur genannten Adresse in der Solitudestraße nach Stuttgart-Weilimdorf zu schicken. Diese waren bereits wenige Minuten später, genauer gesagt um 15.06 Uhr, in der Wohnung des vermeintlichen Anrufers und fanden die Leiche von Elmar Bischof. Wie mir Herr Professor Brandner später bestätigte, war Herr Bischof zu diesem Zeitpunkt erst seit wenigen Minuten tot. Sämtliche Reanimationsversuche durch die Einsatzkräfte und den Notarzt kamen zu spät und waren somit vergeblich. Einbruchspuren konnten nicht gefunden werden, und soweit wir bisher feststellen konnten, fehlen auch keine Wertgegenstände. Ebenso wenig deutet etwas auf einen stattgehabten Kampf oder äußere Gewalteinwirkungen gegen das Opfer hin. Laut Professor Brandner trat infolge eines Lungenödems der Tod durch Ersticken ein. Ursächlich war eine Vergiftung, aller Voraussicht nach mit Blausäure. Herr Bischof hatte massenweise Blut ausgehustet, das überall auf dem Holzboden seines Büros zu finden war. Eine Vermischung mit fremdem Blut konnte bisher zumindest anhand der Blutgruppe nicht nachgewiesen werden. Aufgrund der großen Mengen und der kurzen Zeit seit Sicherung der Spuren, stehen genauere Typisierungen noch aus, ebenso wie das endgültige toxikologische Ergebnis und die Analyse der Körperflüssigkeiten von Herrn Bischof. Aktuell deutet alles darauf hin, dass ihm das Gift verabreicht wurde und dass er zu dem Anruf in der Notrufzentrale gezwungen worden war, möglicherweise unter der Androhung von Waffengewalt. Es scheint so, als hätte er seinen Peiniger selbst ins Haus gelassen. Möglich ist auch, dass der Täter einen eigenen Schlüssel besitzt. Aufgrund der Äußerung Bischofs zum Ende des Telefonats gehen wir davon aus, dass es sich bei dem mutmaßlichen Mörder um eine männliche Person handelt. Fremde Spuren konnten einige gesichert werden, was aber für eine Anwaltskanzlei nichts Ungewöhnliches ist. Diese müssen noch in Kleinstarbeit mit den Angestellten und Klienten sowie externen Dienstleistern, privaten Bekanntschaften und so weiter abgeglichen werden. Er führte die eigene Anwaltskanzlei alleine und war spezialisiert auf IT- und Medienrecht. Studiert hat er an der Uni Tübingen. Das zweite juristische Staatsexamen legte er mit Prädikat vor seinem dreißigsten Geburtstag im Jahr 2005 ab. Vor etwas mehr als drei Wochen feierte er seinen zweiundvierzigsten Geburtstag. Seit mehreren Jahren hatte er die gleiche Sekretärin und eine Anwaltsgehilfin angestellt, andere Anwälte waren nicht bei ihm beschäftigt. Im Großraum Stuttgart verfügte er auf seinem Fachgebiet über einen exzellenten Ruf und zählte einige Prominente zu seinen Klienten. Das berufliche Umfeld muss noch näher durchleuchtet werden, in der Kürze der Zeit habe ich jedoch niemanden finden können, der ein offensichtliches

Motiv gehabt haben könnte ihn zu töten. Die Kanzlei befand sich im Erdgeschoss des Einfamilienhauses in der Solitudestraße, das er seit vielen Jahren gemietet hatte. Die Vermieter beschreiben ihn als unkompliziert und zuverlässig. Letztmals gesprochen hatten sie ihn vor fast einem Jahr. Im Obergeschoss wohnte er, und zwar alleine. Nach einem schweren privaten Schicksalsschlag zerbrach die Ehe zwischen ihm und seiner Frau Eva. Sie trennten sich vor etwas mehr als zwei Jahren, nachdem der Sohn beim Spielen im Hof von Bekannten von einem parkenden Auto überrollt wurde, bei dem sich offenbar der Gang gelöst hatte und die Handbremse nicht gezogen war. Ich habe zu diesem Ereignis aus dem Sommer 2014 bereits Akteneinsicht beantragt. Die Ehe wurde inzwischen geschieden. Eva lebt aufgrund einer stattlichen nachehelichen Abfindungszahlung nicht schlecht und konnte sich so eine kleine Eigentumswohnung im Bohnenviertel finanzieren. Bevor wir auf weitere Einzelheiten eingehen schlage ich vor, dass wir uns jetzt zunächst gemeinsam die Aufzeichnung des Telefonats mit der Notrufzentrale anhören."

Ein Tablet-PC spielte das gesamte Gespräch zwischen dem Anrufer und Charlotte Hengnacher ab. Gebannt lauschten die Anwesenden dem Dialog, der viele Fragen offen ließ. Dennis Rathvan, der sich während des Zuhörens eifrig Notizen gemacht hatte, legte nach dem Ende der Aufzeichnung gleich los: „Können wir denn mit Sicherheit sagen, dass Elmar Bischof tatsächlich selbst der Anrufer war?"

Tatjana nickte: „Mit an Sicherheit grenzender Wahrscheinlichkeit, ja. Unsere Techniker haben die Stimme des Anrufers mit den Stimmen auf Bischofs Anrufbeantworter und der Mailbox seines Mobiltelefons abgeglichen und kamen zu dem ziemlich eindeutigen Ergebnis, dass sie identisch sind. Zur Absicherung müssen wir die Stimme des Anrufers noch von einem nahen Angehörigen und anderen Personen identifizieren lassen. Selbiges gilt im Übrigen auch noch für den Leichnam, wobei es sich aber um eine reine Formalität handeln dürfte. Die biometrischen Fotos in offiziellen Dokumenten wie Führerschein und Personalausweis stimmen mit seinem Aussehen überein. Glücklicherweise gehörte Herr Bischof zu den Personen, die im Rahmen der Ausstellung eines neuen Personalausweises freiwillig dazu bereit gewesen waren, ihre Fingerabdrücke dokumentieren zu lassen. So konnten wir auch diesbezüglich eine hundertprozentige Übereinstimmung feststellen. Natürlich hätte dies auch anderweitig nachgewiesen werden können, so ging es aber quasi per Mausklick."

„Das bringt mich direkt zur nächsten Frage: Wer sind denn die nächsten Angehörigen? Gibt es außer der Ex-Frau noch andere?", warf Dennis ein.

Tatjana von Senden musste ein wenig ausholen, um diese Frage zu beantworten: „Bischof war Einzelkind. Sein Vater ist 1988 früh verstorben, als Bischof gerade einmal zwölf Jahre alt war. Seine Mutter wohnt in einer Seniorenanlage für betreutes Wohnen in der Birkenwaldstraße. Ich konnte bisher noch nicht mit ihr sprechen, weiß aber aus verschiedenen Quellen, dass Bischof sie sehr regelmäßig besuchte und sich gut um sie kümmerte. Über weitere, nahe Familienmitglieder ist nichts bekannt. Beruflich hatte er viele Kontakte und hüpfte von einem Kongress und Bankett zum nächsten. Freundschaften pflegte er offenbar nicht allzu viele. Am Abend seines Geburtstages, am Samstag, dem 8. Dezember 2018, war er in Begleitung lediglich einer männlichen Person zum Abendessen in

einem italienischen Restaurant in der Calwer Straße, wo er vorab telefonisch einen Tisch für zwei Personen im Nichtraucherbereich reserviert hatte. Laut der Aussage des Inhabers verließen die beiden bereits etwa neunzig Minuten nach ihrer getrennten Ankunft gemeinsam das Restaurant. Anhand des Kassenbeleges deutet nichts auf ein rauschendes Fest hin. Beide hatten jeweils einen gemischten Salat zur Vorspeise. Zum Hauptgang bestellte Bischofs Gast Lasagne al forno, und das Geburtstagskind verspeiste eine Pizza mit Thunfisch. Zum Dessert hatten beide ein gemischtes Eis mit Sahne. Elmar Bischof trank dazu zwei kleine Pils, sein Gast lediglich stilles Wasser. Wer dieser Gast war, steht noch in den Sternen, wir werden es aber bald herausfinden, da wir eine ziemlich gute Personenbeschreibung haben."
Dennis atmete zweimal tief durch, bevor er sagte: „Puh, die Sache mit dem Jungen ist wirklich harter Tobak. Wie alt war er denn, als sich der Unfall ereignete?"
„Er war gerade einmal vier Jahre alt", antwortete Tatjana, ehe Dennis hinzufügte:
„Ich habe ja leider noch keine eigenen Kinder … Wenn ich mir aber vorstelle, welches Leid und welchen Schmerz die Eltern ertragen mussten, ist es nicht verwunderlich, dass dabei ihr Leben aus den Fugen geriet. Es gibt in so einem Fall wohl nur zwei Möglichkeiten: Entweder schweißt einen das gemeinsame Schicksal fast unzertrennlich zusammen oder man entfernt sich zusehends voneinander, weil Selbstmitleid und gegenseitige Vorwürfe alles zerstören, was einmal war."
Kriminalrat Scheible würdigte Tatjanas Darlegungen mit einem flüchtigen Lob und legte gleichzeitig das Procedere fest: „Vielen Dank, Frau von Senden. Die Vorarbeit, die Sie in der Kürze der Zeit geleistet haben, ist umfassend

und gut. Jetzt gilt es, gewissenhaft die Hausaufgaben zu erledigen und polizeiliche Basisarbeit zu leisten: Das bedeutet zunächst, dass umfassende Befragungen im gesamten Umfeld Bischofs unerlässlich sind. Und wenn ich gesamtes Umfeld sage, meine ich auch das gesamte Umfeld. Mutter, Ex-Frau, Angestellte bis hin zur Reinigungskraft, die Nachbarschaft, Freunde, Bekannte, Restaurants, Klienten, Geschäftspartner, Ärzte, Versicherungsvertreter, ja sogar die Kassierer der umliegenden Supermärkte müssen befragt werden. Das Gleiche gilt außerdem für die Telefonistin der Notrufzentrale, Charlotte Hengnacher. Sie muss ebenfalls nochmals vernommen werden. Dabei geht es unter anderem um die Prüfung des Sachverhaltes, ob sie eventuell falsch gehandelt haben könnte. Möglicherweise hätte sie sich nämlich während des Telefonats anders verhalten müssen, um frühzeitiger Hilfe zum Einsatzort schicken zu können. Das könnte ernsthafte Konsequenzen für sie haben. Die abschließende Beurteilung der Angelegenheit obliegt letztendlich einer anderen Instanz. Lediglich unsere Einschätzungen dazu werden mit einbezogen werden. Dann wäre noch zu klären, wer später der rechtsmedizinischen Obduktion durch Herrn Professor Brandner beiwohnen wird, die ja eigentlich bereits gestern Abend hätte stattfinden sollen, aber aufgrund einiger verzwickter Umstände erst auf den heutigen Vormittag terminiert werden konnte. Ich schlage hierfür die Kollegen von Senden und Rathvan vor."
Umgehend ergriff Dennis das Wort: „Ich hätte zwei Fragen zu Ihren Ausführungen, Herr Kriminalrat. Erstens: Sie ordnen an, dass sozusagen Gott und die Welt in dieser Angelegenheit zu befragen sind. Mit keinem Wort ziehen Sie jedoch die Befragung von Richtern und gegebenenfalls auch Staatsanwälten in Betracht, mit denen Herr

Bischof aufgrund seines Berufs sicherlich oft zu tun hatte. Warum? Und zweitens: Es müssen schon besonders verzwickte Umstände sein, die dazu führen, dass eine dringende rechtsmedizinische Obduktion vertagt wird und erst mit mehr als zwölf Stunden Verspätung stattfinden kann. Dürften wir den Grund dafür erfahren?"
Dennis' Fragen waren dem Kriminalrat offensichtlich unangenehm. Ziemlich plump drückte er sich vor einer präzisen Antwort: „Nun ja, Herr Rathvan ... Auf Ihre erste Frage kann ich erwidern, dass die Staatsanwälte – die im Übrigen, nur zu Ihrer Erinnerung, Ihre Vorgesetzten sind – ebenso wie die ehrenwerten Richter nicht mit polizeilicher Basisarbeit belästigt werden sollten. Etwaige Befragungen dieser Personen finden nicht ohne meine ausdrückliche Genehmigung statt. Habe ich mich da klar ausgedrückt?"
Dennis nickte halbherzig und schwieg. Scheible fuhr fort: „Wenn übergeordnete Instanzen die rechtsmedizinische Untersuchung einer Leiche terminieren, haben Sie sich nicht einzumischen, Kriminalhauptkommissar Rathvan."

Kurt Schockenried hatte sich wie so oft während der gesamten Erstbesprechung zurückgehalten und nicht ein einziges Wort gesagt. Er zog es strategisch vor, erst einmal so viele Informationen wie möglich zu sammeln, um sich dann ein eigenes Bild der Situation zu verschaffen. Die jahrelange Erfahrung hatte ihn gelehrt, dass diese bedachte Vorgehensweise meistens erfolgreicher war, als gleich im Übermut nach vorne zu preschen.
Gerade hatte er sich ein üppiges Stück der von Holger Grünbaum gestifteten Neujahrsbrezel abgerissen und wollte sich dieses, bestrichen mit einer dicken Messerspitze Butter und einem Löffel Erdbeermarmelade, genüss-

lich einverleiben, als ihm der Kriminalrat von hinten auf die Schulter klopfte und sagte: „Nichts für Ungut, Herr Schockenried. Ich hoffe, Sie nehmen mir meine Ansprache von vorhin nicht allzu übel. Manchmal ist es als Führungspersönlichkeit einfach unerlässlich, die Zügel etwas strammer zu ziehen und klare Kante zu zeigen. Und da Sie ja mein leitender Angestellter sind, bekommen Sie es natürlich als Erster zu spüren. Sie wissen doch, wie das ist, oder?"

„Äh, nein. Ich weiß nicht, wie das ist", gab Kurt vor. Dabei streiften Begriffe wie Arschkriecher, Vollidiot, Schleimer und Minderwertigkeitskomplex-Zwerg mit Glatze und hässlicher Krawatte seine Gedanken.

Als Scheible sicher war, dass alle anderen den Raum verlassen hatten und sie ungestört waren, nahm er Kurt beiseite und sagte anerkennend: „Übrigens, meinen herzlichen Glückwunsch."

„Glückwunsch wozu?", fragte Kurt überrascht, der eher mit einer weiteren Moralpredigt gerechnet hatte.

„Sie denken doch nicht etwa, dass ich blind bin und nicht sehe, was bei den Mitarbeitern meiner Abteilung vor sich geht, oder?", fragte Scheible.

Kurt hätte eine Menge Antworten auf diese Frage geben können, zog es jedoch klugerweise vor, abermals zu schweigen.

Scheible erläuterte triumphierend: „Seit mehreren Wochen steht Ihre alte Schrottkarre nicht mehr auf dem Parkplatz des Präsidiums. Offensichtlich haben Sie es endlich geschafft, sich von dem Hobel zu trennen. Wurde auch Zeit! Mich würde brennend interessieren, was Sie jetzt für ein Auto fahren?"

Damit hatte Kurt überhaupt nicht gerechnet und wurde kalt erwischt. Ahnte der Gnom etwa was oder war er nur ein aufmerksamer Beobachter? Stotternd antwortete Kurt und hoffte dabei inständig, dass ihm die Röte nicht anzusehen war, die ihm beim Lügen ins Gesicht stieg: „Ich … äh, nein … äh, habe gar kein neues Auto. Ich habe lediglich beschlossen, vermehrt auf öffentliche Verkehrsmittel zu setzen. Sie wissen schon … Feinstaubalarm und so weiter …“

Scheible schien begeistert und klatschte eifrig in die Hände. „Das finde ich großartig, Herr Schockenried. Endlich geht mal einer mit gutem Beispiel voran. Und wer wäre dafür besser geeignet als der Erste Kriminalhauptkommissar. Das werde ich doch gleich an die hohen Herren im Ministerium weiterleiten. Dem Ansehen unserer gebeutelten Abteilung wird das sicherlich gut tun. Weiter so, mein Lieber!“, kommentierte der Kriminalrat stolz und verpasste Kurt einen weiteren anerkennenden Klaps auf den Rücken.

Schockenried war verunsichert. Für gewöhnlich interessierte sich der Kriminalrat nicht im Geringsten für die privaten Belange seiner Mitarbeiter, solange sie ihm nicht schaden oder von Nutzen sein konnten. Kurt ahnte, dass er umso mehr auf der Hut sein musste, damit sein unrühmliches Geheimnis nicht ans Tageslicht kam.

8.

Land der Zypressen, von Simon Bonfrère – Auszug aus Kapitel 10:

[…] „Nach 22.00 Uhr trinke ich ganz sicher keinen Cappuccino mehr. Nicht, dass mich das in meinem Nachtschlaf stören würde, aber jegliche Form von Koffein dient für mich ausschließlich dazu, tagsüber wach zu bleiben oder morgens in die Gänge zu kommen. Letztendlich ist es nichts weiter als ein Genussmittel. Daher bevorzuge ich um diese Uhrzeit eher härtere Getränke, die beispielsweise Wodka, Gin oder Scotch beinhalten", sagte der elegante und großgewachsene Mann, als sie sich an einem kleinen Tisch im Café le théatre gegenüber saßen.
Das Café befand sich in der Gloriapassage und war seit vielen Jahren gleichermaßen ein Treffpunkt für das junge Stuttgarter Szenepublikum, für Künstler und Freigeister und natürlich auch die, die sich für solche hielten.
„Sind Sie öfter hier?", fragte er.
„Das kann man durchaus sagen. Mehrmals die Woche sogar. Es gefällt mir sehr gut hier, allerdings brauche ich gelegentlich etwas mehr Ruhe und Anonymität. Dann weiche ich auf andere Locations aus."
„Anonymität? Sie kommen mir nicht gerade so vor, als wären Sie menschenscheu und hätten etwas gegen Gesellschaft einzuwenden. Ganz im Gegenteil: Sie scheinen Gesellschaft sogar zu suchen."
„Das ist richtig. Wenn man aber einen gewissen Bekanntheitsgrad erreicht hat, nimmt man nicht mehr was man kriegen kann, sondern sucht sich die Gesellschaft lieber

aus."
„Bekanntheitsgrad … Sind Sie etwa prominent oder so?"
„Mehr oder weniger, ja. Ich wünschte, es wäre nicht so. Anfangs ist das alles unglaublich toll und aufregend, aber irgendwann ist es fürchterlich lästig. Natürlich nicht immer, aber manchmal schon", sagte er und hatte noch nicht zu Ende gesprochen, als ein junger Mann schnurstracks auf ihn zukam und ihm ein Buch unter die Nase hielt, mit der Bitte es zu signieren und mit einer persönlichen Widmung zu versehen: „Für Anne-Sophie … Und bitte so schreiben, dass ich noch was daruntersetzen kann … soll nämlich ein Geschenk werden."
„Für Anne-Sophie, mit den allerbesten Wünschen: Simon Bonfrère", schrieb er eifrig und möglichst leserlich.
Dann gab er dem Herrn das Buch zurück, der sich flüchtig bedankte, als er sich schon wieder abgewendet hatte.
„Ich scheine so ziemlich der einzige zu sein, der Sie nicht kennt. Wer sind Sie?"
„Im Grunde bin ich ein Niemand. Die Leute schauen in ihrer Oberflächlichkeit aber zu mir auf und suchen den Kontakt, weil sie so das Gefühl haben, irgendwie ein kleiner Teil meines Lebens zu sein. Ich gebe zu, dass der Kerl eben nicht in diese Schublade gehört. Der war einfach nur ziemlich frech, was leider auch immer wieder vorkommt. Doch wir dürfen uns nicht wehren. Ehe man es sich versieht, hat man einen handfesten Skandal oder zumindest negative Publicity an der Backe."
„Aber das sind Sie natürlich nicht?"
„Was bin ich nicht?"
„Nicht Sie, sondern die Leute."
„Die Leute sind nicht was? Ich fürchte, ich kann dir nicht ganz folgen."
„Sie sagten doch, dass manche Menschen ein Teil Ihres

Lebens sein wollen."
„Ach so, das meinst du. Ich hatte eben den Faden verloren. Nein, ich bin kein Teil ihres Lebens, jedenfalls nicht auf die Weise, die sie gerne hätten. Auf andere Weise schon, denn was wäre ein Autor ohne die Menschen, die seine Bücher kaufen und lesen?"
„Er wäre nichts weiter als einfach nur gewöhnlich."
„Richtig, daher sind Respekt und Dankbarkeit angebracht, aber vereinnahmen lassen darf man sich nicht. Die Grenzen müssen klar aufgezeigt werden, denn man ist kein Allgemeingut und hat das Recht auf Privatsphäre. Leider sehen das manche Menschen anders …".
„Daher ist es nicht nur wichtig die Grenzen aufzuzeigen, sondern es spielt auch eine Rolle, wie man das macht, oder?"
„Genauso ist es. Ich wusste, dass du mich schnell verstehen würdest."
Zunächst war er gegenüber dem Fremden mit der Mütze sehr skeptisch gewesen, doch zunehmend faszinierte ihn dessen elegante und leichte Art. Er strahlte etwas Souveränes und gleichzeitig Beruhigendes aus. Und obwohl nur vierzig Minuten vergangen waren, seit sie sich vor der Domkirche zum ersten Mal begegnet waren, fühlte er sich bei ihm irgendwie geborgen und vertraute ihm. „Wie machen Sie denn das dann mit den Grenzen? Ich könnte mir vorstellen, dass es sehr schwer ist, diese den Menschen aufzuzeigen, ohne sie dabei vor den Kopf zu stoßen."
„Eigentlich ist es gar nicht so schwer. Viele Leute sind intelligent genug und dadurch durchaus in der Lage, gewisse Verhaltensweisen zu interpretieren und daraus Schlüsse für ihr eigenes Verhalten abzuleiten. Wichtig ist dabei aber – bei aller gebotenen Distanz – freundlich und respektvoll mit den Menschen umzugehen. Natürlich

gibt es immer wieder Idioten, die nichts begreifen wollen, mangels Intellekt teilweise auch gar nicht in der Lage dazu sind. Da muss man dann deutlichere Worte finden."
„Was schreiben Sie denn für Bücher?"
Er lachte: „Kriminalromane. Damit liege ich voll im Trend, oder?"
Nachdem er ihm seinen Namen genannt hatte, gab er diesen in die Suchfunktion des Browsers im Smartphone ein und war völlig baff angesichts der Menge der angezeigten Treffer. Als er diese überflogen hatte, konstatierte er: „Wow, Sie sind ja nicht einfach nur ein Autor, sondern eine richtige Berühmtheit."
Fast eine Stunde lang plauderten sie bei einem weiteren Getränk über die Bücher und das Leben des Schriftstellers sowie über dessen Vergangenheit und Hobbys. Dabei stellten sie unter anderem fest, dass sie beide eine Vorliebe für Frankreich hatten. Nicht nur das schien die beiden zu verbinden. Trotz eines Altersunterschiedes von rund zwanzig Jahren lagen sie voll und ganz auf einer Wellenlänge. Freigeistliches und analytisches Denken spielte für beide eine ebenso große Rolle wie der Sinn für Gerechtigkeit und das Streben nach Regulierung von Ungleichheiten, basierend auf den Taten einiger Weniger, die keinerlei Unrechtsbewusstsein zu haben schienen.
„Ich versuche, diese Gedanken in meinen Büchern zu verarbeiten. Möglicherweise wirken sie dadurch authentisch", erklärte er.
„Das finde ich hochinteressant. Ich bin zwar in einer anderen Branche tätig, dennoch würde ich gerne viel mehr darüber erfahren. Ginge das? Ich meine, wäre es unverschämt, wenn ich Sie bitten würde, mir detaillierte Einblicke in Ihren Alltag als Bestsellerautor zu gewähren?"
„Kein Problem, gerne. Komm' mich doch in nächster Zeit

einfach mal zu Hause besuchen. Ich bin zurzeit sowieso fast immer da, da ich an einem neuen Projekt arbeite."
„Das würde ich furchtbar gerne tun. Worum geht es in dem neuen Buch? Ist es wieder ein Thriller?".
„Nein … zumindest nicht direkt. Ich experimentiere auf eher unbekanntem Terrain und versuche, eine Echtzeithandlung zu verfassen. Mit real existierenden Personen."
„Klingt toll …"
„Ja, von der Idee bin ich absolut überzeugt, die bisherige Umsetzung enttäuscht mich allerdings ziemlich."
„Diese Fähigkeit zur Selbstkritik ist lobenswert und zeugt von Größe. Warum sind Sie so unzufrieden?"
Er winkte ab. „Bei der Frage weiß ich gar nicht, wo ich anfangen soll. Ehrlich gesagt finde ich leider, dass es noch an allen Ecken und Enden fehlt."
„Was fehlt denn Ihrer Meinung nach konkret? Ist die Handlung noch nicht fertig durchdacht?"
„Nein, die Handlung ist nicht das Problem. Da es sich wie gesagt um eine Handlung in Echtzeit handelt, in der wahre Begebenheiten in ihrem Verlauf geschildert werden, schreibt sich diese quasi von selbst. Mir fehlen allerdings noch zwei ganz entscheidende Dinge."
„Und welche sind das, wenn ich fragen darf?"
„Das Buch hat bisher weder einen Titel noch eine klar definierte Hauptperson. Könntest du dir vorstellen mir zu helfen?"
„Sehr gerne. Ich wüsste aber nicht, wie ich Ihnen bei der Lösung dieser Probleme helfen sollte. Ich bin auf diesem Gebiet ein absoluter Laie", antwortete er bescheiden, fühlte sich aber geschmeichelt.
„Keine Sorge, ich werde dir schon zeigen, wie du mir helfen kannst."
Er kritzelte mit Kugelschreiber eine Adresse auf einen

Bierdeckel und schob diesen zu ihm rüber. „Morgen Abend um acht bei mir?“
„Abgemacht, ich werde da sein!“ […]

9.

Professor Dr. Simon Brandner war ganz im Glück. Ein zufriedenes Lächeln huschte über sein Gesicht, als er eine weiße Tasse unter den höhenverstellbaren Auslauf seiner neuen, voll automatischen Kaffeemaschine eines schweizerischen Herstellers platzierte und den Knopf drückte. Er konnte beobachten, wie die goldbraune, herrlich duftende Flüssigkeit leise surrend in die Tasse lief und diese etwa zu zwei Dritteln füllte. Er nahm sie und schnupperte daran. „Großartig, das war die beste Investition seit Langem", sagte er sich und kostete genüsslich einen Schluck des Heißgetränks.
Unglücklicherweise klingelte genau in diesem Moment das Telefon auf dem Schreibtisch seines Büros im Rechtsmedizinischen Institut. Ein Blick auf das Display verriet ihm, dass es seine Sekretärin war, die ihn störte. Widerwillig nahm er den Anruf entgegen und fragte genervt: „Was gibt es denn, Frau Schnabel?"
Die für ihre schrille, aufdringliche Stimme berüchtigte Dame plapperte ins Telefon: „Bitte entschuldigen Sie, Herr Professor. Ein Dr. Mark Scheck ist hier und gibt vor, einen Termin mit Ihnen zu haben. Ich habe ihm erklärt, dass in meinem Terminkalender nichts dergleichen vermerkt ist, und dass er sich bitte morgen wieder melden soll. Ich hoffe, das war in Ihrem Interesse? Schließlich könnte ja jeder kommen und behaupten …"
Simon Brandner unterbrach seine Sekretärin in ihren Ausführungen: „Ist schon gut, Frau Schnabel. Ich habe den Herrn tatsächlich darum gebeten, mich aufzusuchen. Richten Sie ihm doch bitte aus, dass er sich noch einen Augenblick gedulden möge, weil ich gerade etwas Wich-

tiges zu erledigen habe“, schwindelte Brandner, obgleich er sich im Klaren darüber war, dass Mark Scheck ihm das nicht abkaufen würde.
Er legte auf und widmete sich wieder hingebungsvoll seinem Kaffee, den er wie immer ohne Milch und ohne Zucker zu sich nahm.
Keine zwei Minuten später klingelte abermals das Telefon. Wieder kam der Anruf von Frau Schnabel, die nun etwas nervös klang. Fast peinlich berührt stammelte sie: „Ich … ich weiß, dass Sie sehr beschäftigt sind, Herr Professor. Gott ist mein Zeuge, dass die folgenden Worte nicht von mir stammen … Dieser Herr Dr. Scheck lässt wörtlich ausrichten …“
„Was lässt er denn ausrichten, Frau Schnabel? Kommen Sie zum Punkt. Und bitte, könnten Sie mir dabei einen Gefallen tun?“, unterbrach Simon Brandner die aufgebrachte Sekretärin.
„Ja, sehr gerne, Herr Professor. Was kann ich Ihnen Gutes tun?“, erkundigte sie sich.
„Lassen Sie bitte den lieben Gott aus dem Spiel. Sie wissen doch, dass ich Wissenschaftler bin und mich lieber an Fakten orientiere als an einem Mythos.“
„Aber sicher doch, Herr Professor. Ganz wie Sie wünschen. Ich habe es ja auch nicht so mit der Kirche … Neulich zum Beispiel, da habe ich bei der Konfirmation meines Neffen Paul seiner Mutter Klara mitgeteilt, dass ich …“
„Frau Schnabel, was hat denn Dr. Scheck nun gesagt?“, fiel Professor Brandner ihr ins Wort.
„Ach so, ja, also er sagte: Der schwer beschäftigte Herr Brandner soll gefälligst sofort seinen dicken Hintern aus dem Büro bewegen und mir sagen, was er von mir will. Schließlich war er es, der mich gebeten hatte, vorbei zu

kommen. Wenn er nicht innerhalb der nächsten zwei Minuten hier erscheint, mache ich mich vom Acker!"
Simon Brandner schaute auf seine Uhr und entgegnete: „Ist ja gut. Richten Sie ihm aus, dass ich gleich da sein werde."
Er legte auf und genehmigte sich ein weiteres Schlückchen aus der Kaffeetasse.

***

Mark Scheck und Simon Brandner hatten einst beide an der Eberhard-Karls-Universität in Tübingen Humanmedizin studiert und dabei gemeinsam einige Kurse und klinische Praktika absolviert. Seitdem waren sie befreundet, wenn auch nicht besonders eng. Mark hatte vor einigen Jahren für wenige Wochen bei Simon hospitiert, um praktische Einblicke in die Rechtsmedizin zu gewinnen, die so etwas wie seine heimliche Leidenschaft war. Da er sich dabei nicht immer sehr geschickt angestellt hatte, zog ihn Simon gerne damit auf, dass er es nur zum Facharzt für Orthopädie und Unfallchirurgie gebracht hatte und nicht wie er zu einem national anerkannten Experten auf dem Fachgebiet der forensischen Medizin. Mark hingegen machte sich häufig über den Körperbau des etwas klein geratenen und deutlich übergewichtigen Rechtsmediziners lustig, der sich schon zu Studienzeiten eine Abfuhr nach der anderen bei den Damen eigehandelt hatte. Abgesehen von kurzfristigen Erfolgserlebnissen hatte sich daran, sehr zu Simons Leidwesen, bis heute nicht viel geändert.
„Da bist du ja endlich. Schön, dass du es einrichten kannst, mich zu empfangen", begrüßte Mark seinen ehemaligen Kommilitonen.

„Eine renommierte Koryphäe wie ich ist nun mal nicht immer sofort abkömmlich. Da muss ein Wald-und-Wiesen-Haus-Orthopäde eben mal ein paar lächerliche Minuten warten", entgegnete Simon herablassend.
Mark konterte: „Was gab es denn so Wichtiges zu tun? Lass mich raten: Entweder du hast dir Schmuddel-Seiten im Internet angeschaut –irgendwie musst du armer Kerl ja auch auf deine Kosten kommen – oder du hast dir ein fettes Leberkäsebrötchen mit einer Tube Senf drauf einverleibt, damit deine Wampe noch größer wird als sie sowieso schon ist. Apropos Wampe, gibt es diesen Arztkittel eigentlich auch in deiner Größe? Der trägt ein wenig zu sehr auf, wenn du mich fragst. Du solltest dir besser ein individuelles Sonderexemplar mit Längsstreifen anfertigen lassen. Ich denke dabei an den guten Obelix. Die machen ja bekanntlich schlank, und selbst bei dir könnte möglicherweise das Schlimmste damit ein wenig kaschiert werden."
„Dich fragt aber keiner, du tollpatschiger Hungerhaken. Was war denn dein heutiges Tageswerk? Hast du wieder einmal unschuldige Patienten mit dem Stoßwellengerät malträtiert und anschließend bunte Klebestreifen auf sie gepappt? Und so etwas will ein Arzt sein … dass ich nicht lache", giftete Simon sichtlich getroffen zurück.
„Ich bemühe mich wenigstens, meinen Patienten zu helfen, und das mit beachtlichem Erfolg. Du hingegen wühlst in Leichen herum, genauer gesagt in dem, was noch von ihnen übrig ist, und spielst den großen Zampano. Bei mir kannst du mit dieser Masche nicht landen. Ich weiß genau, was du den ganzen Tag über treibst, nämlich herzlich wenig."
Das verbale Scharmützel fand noch für einige Minuten seine Fortsetzung, ehe sich die Wogen glätteten und die

beiden Freunde vorrübergehend einen normalen Umgangston pflegten. Gemeinsam betraten sie den größeren der beiden Sektionsräume des Instituts. Aufgrund der kühlen Raumtemperatur zog Mark den Reißverschluss seiner blauen Weste bis oben hin zu. Sein Blick fiel auf die mit einem Tuch bedeckte Leiche eines großgewachsenen Menschen. Er fragte: „Warum wolltest du mich denn so dringend sprechen? Hat das was mit dem da zu tun?"
„Ja, das hat es in der Tat", bestätigte Professor Brandner und legte die Stirn in Falten.
Er marschierte mit den für ihn charakteristischen kleinen Schritten zum Röntgenbildbetrachtungsschirm und knipste das Licht an. „Bevor ich dir die Leiche zeige, möchte ich, dass du dir die Röntgenbilder ganz genau ansiehst. Was siehst du darauf?", wollte er von Mark wissen. Dieser trat näher und inspizierte die vier aufgehängten Bilder. Bereits nach wenigen Sekunden setzte er zu einer Erläuterung an: „Da ich davon ausgehe, dass du nur die relevanten Bilder aufgehängt hast, kann ich mich natürlich nur auf das beziehen, was ich hier sehe. Weitere dfifferentialdiagnostische Aussagen, die man als Orthopäde ebenfalls mit in Betracht ziehen müsste, kann ich so natürlich nicht treffen."
„Deine Annahme ist korrekt. Erspare mir aber bitte dieses Blabla und schildere einfach so genau wie möglich, was du erkennst", forderte ihn Simon ungeduldig auf.
Mark erläuterte: „Ich sehe die das Kniegelenk mit einschließenden Röntgenaufnahmen beider Unterschenkel in zwei Ebenen eines recht großgewachsenen Menschen – mutmaßlich dessen, der hier unter dem Tuch liegt. Dabei fällt auf, dass er mehr oder weniger in anatomisch korrekter Stellung knöchern konsolidierte, also regelrecht verheilte Frakturen der proximalen Tibia auf beiden Sei-

ten aufweist. Die Brüche des oberen Schienbeins wurden jeweils operativ mittels Stabilisierung durch winkelstabile Platten unfallchirurgisch behandelt. Das lässt sich sowohl aus der Knochenstruktur als auch an den darin sichtbaren Veränderungen erkennen. Die ehemaligen Bohrkanäle für die stabilisierenden Schrauben lassen sich noch exakt nachvollziehen. Aufgrund der morphologischen Beschaffenheit der Knochen lässt sich zudem ableiten, dass beide Brüche mit primärer Operation ebenso zum gleichen Zeitpunkt stattfanden wie die späteren ebenfalls operativen Entfernungen der Metallplatten auf beiden Seiten. Wenn du mich fragst, handelt es sich dabei um das klassische Bild einer sogenannten Dashboard-Verletzung, wie sie häufig im Rahmen eines heftigen Auffahrunfalls mit dem Auto vorkommt, bei dem die Knie des Beifahrers mit großer Wucht gegen das Armaturenbrett stoßen. Je nachdem wie groß der Betroffene ist, unterscheidet sich dann logischerweise auch die Lokalisation der Fraktur. Da es sich auf den vorliegenden Bildern um einen großen Menschen handelt, sind die Brüche nicht in der Kniescheibe oder unmittelbar darunter am Schienbein lokalisiert, sondern deutlich tiefer. Dass sich diese Aussage nicht pauschalisieren lässt und natürlich auch die Höhe und Beschaffenheit des Armaturenbretts eine Rolle spielen, ist klar. Dass beide Seiten gleichzeitig betroffen sind, ist ungewöhnlich, aber nicht unmöglich."

Simon Brandner nickte, als er sagte: „Danke für die Belehrungen. Ich weiß sehr wohl, was eine Dashboard-Verletzung ist und wie sie zustande kommt. Immerhin sind wir uns bis zu diesem Punkt schon mal einig. Verblüffend ist aber gerade das, was auf den Röntgenbildern nicht zu erkennen ist. Folge mir zur Leiche, Kollege!"

Mark war gespannt wie ein Flitzebogen, was sich ihm bei

der Betrachtung der Leiche offenbaren würde. Mit einer geübten Bewegung entfernte der Rechtsmediziner das weiße Laken schwungvoll von dem toten Körper. Mark blickte auf den Situs eines männlichen Erwachsenen Mitte Vierzig, so schätzte er zumindest. Auf den ersten Blick konnte er nichts Interessantes erkennen. „Jetzt wird's spannend", kündigte Simon an.
Er streifte sich ein Paar puderfreie Latexhandschuhe über, bedeckte seinen eng sitzenden, weißen Kittel mit einer Plastikschürze und machte sich am rechten Bein des Toten zu schaffen. „Was machst du da?", wollte Mark wissen.
„Einen Moment noch", entgegnete Simon, während er mit einem Skalpell die provisorischen Nähte über dem oberen Schienbein der Leiche durchtrennte und anschließend mit einer Overholt-Klemme das Gewebe spreizte, bis der Knochen zu sehen war. Fachmännisch setzte er einen Spreizhaken ein, so dass die relevante Stelle gut einsehbar dargestellt war. Fragend blickte er Mark an und sagte: „Kannst du mir erklären, was das zu bedeuten hat? Hast du so etwas schon einmal gesehen?"
Mark Scheck schwieg für einige Sekunden. Dann räusperte er sich und erklärte erstaunt: „Hier wurde offensichtlich etwas in die Oberfläche des Knochens eingeritzt. Die schwärzliche Färbung und die Beschaffenheit lassen darauf schließen, dass dies mit einem Elektrokauter erfolgte."
„So weit war ich in meiner Analyse auch schon. Aber was hat das zu bedeuten?", hakte Simon nach.
„Nun ja, wie soll man das vernünftig und nachvollziehbar erklären?", geriet Mark in Verlegenheit.
„Probiere es doch einfach mal!", forderte ihn Simon auf.
Mark sammelte sich: „Nun gut. Wie soll ich es am besten sagen … Manche Chirurgen sind – ich betone dabei ausdrücklich, dass es sich um eine Minderheit handelt

– derartig selbstverliebt, dass sie ihre Operationen als Kunstwerk und den Patienten in diesem Zusammenhang nicht als Menschen aus Fleisch und Blut, sondern eher als Objekt beziehungsweise als Skulptur oder Leinwand betrachten. Daher hinterlassen sie so etwas wie eine Signatur im Körper des Patienten, ähnlich den Tags der Graffiti-Künstler."
„Tags?", fragte Simon unwissend.
„Ja, so etwas wie ein Pseudonym oder eine Signatur, die in Fachkreisen Rückschlüsse darauf zulässt, von welchem Künstler das jeweilige Werk stammt. Implantiert ein Chirurg beispielsweise eine Platte, einen Nagel, Schrauben oder ein künstliches Gelenk im Körper eines Patienten, kommt es in seltenen Fällen vor, dass er eine solche Signatur hinterlässt. Unter ethischen Gesichtspunkten ist das ein absolutes No-Go, dennoch schadet es den Patienten in keiner Weise und wird von ihnen auch niemals bemerkt. Wenn aber irgendwann eine erneute Operation bei dem Patienten in derselben Körperregion durchgeführt wird, zum Beispiel die Entfernung einer Metallplatte, kann das OP-Team, das den Eingriff vornimmt, möglicherweise identifizieren, wer ursprünglich am Werk war."
„Das ist absolut narzisstisch und krank!", gab sich Simon entsetzt.
Mark pflichtete ihm bei: „Da gebe ich dir Recht. Dennoch kommt es ab und an leider vor. Und der menschliche Knochen eignet sich nun mal wesentlich besser für so etwas als eine Leber, eine Lunge oder ein Herz. Ich möchte allerdings nicht ausschließen, dass auch an diesen Stellen so etwas vorkommen kann."
Simon Brandner stützte sein Doppelkinn auf die linke Hand, als er Mark fragte: „Das bedeutet also im Klartext, dass du davon ausgehst, dass bei diesem Menschen

irgendein selbstverliebter Aufschneider eine Signatur am oberen rechten Schienbeinknochen hinterlassen hat?"
„Es sieht ganz danach aus", bestätigte Mark.
Professor Brandner schnaufte tief, bevor er feststellte: „Ich wusste ja schon immer, dass ihr Knochen-Klempner einen an der Waffel habt. Aber so etwas abgrundtief Verachtenswertes habe ich nicht für möglich gehalten."
Beide schwiegen für einen Moment. Dann fragte Simon seinen Kumpel: „Möchtest du eine Tasse Kaffee?"

10.

Nachdem sie den Leichnam wieder abgedeckt hatten, gingen sie in Simons Büro, wo der Rechtsmediziner stolz seine neueste Errungenschaft präsentierte und Mark auf eine Tasse Kaffee einlud.
„Wie immer ohne Zucker und mit einem Schuss Milch", bat dieser.
Obwohl es schon fast neunzehn Uhr war, ließen es sich die beiden schmecken. Leicht berauscht von einer Überdosis Koffein an diesem Tag kündigte Simon an: „Die Kriminalhauptkommissare Tatjana von Senden und Dennis Rathvan werden voraussichtlich innerhalb der nächsten Minuten hier aufkreuzen, um sich über die detaillierten Ergebnisse der Obduktion zu informieren. Bei der ersten Leichenöffnung heute Vormittag konnte ich ihnen noch nicht viel Brauchbares berichten. Die beiden haben sich dann wie üblich ziemlich schnell wieder verdrückt. Nach der eindrucksvollen Entdeckung, die ich dir eben gezeigt habe, musste ich sie um einen zweiten Besuch bitten. Dennis war nicht gerade begeistert. Ich denke, er sehnte sich nach einem pünktlichen Feierabend."
Mark, der einst das gleiche Gymnasium in Stuttgart Vaihingen besucht hatte wie Dennis und seither eine innige Freundschaft zu ihm pflegte, gab sich verständnisvoll: „Kein Wunder, der arme Kerl hat ja momentan auch ganz schön viel an der Backe. Außer seinem Job muss er sich um Jessica Dornfeld kümmern, die sich nach ihrer schweren Verletzung immer noch in der Rehabilitationsphase befindet und obendrein mit seelischen Problemen zu kämpfen hat. Das ist gewiss keine leichte Aufgabe für einen Partner. Und wie wir beide wissen, ist Dennis sehr

sensibel und neigt dazu, möglicherweise etwas vorzeitig den Boden unter den Füßen zu verlieren, wenn er sich nicht in einem stabilen und harmonischen Umfeld bewegt."

Simon nickte zustimmend und ergänzte: „Und dass ihm seine Schwester Anna nebst nichtsnutzigem Partner und kleinem Kind in seiner eigenen Wohnung nach wie vor auf der Nase herumtanzt, macht die Sache nicht besser. Wenn du mich fragst, ist Dennis einfach zu gutmütig."

Mark nickte: „Da hast du ausnahmsweise mal Recht."

Abermals klingelte das Telefon auf Simons Schreibtisch. Und wieder meldete sich am anderen Ende der hausinternen Leitung die schrille Stimme Frau Schnabels, die berichtete: „Die beiden Polizeibeamten sind jetzt da. Sollen sie vor dem Sektionssaal warten?"

„Ja, bitte. Richten Sie aus, dass Dr. Scheck und ich umgehend dazu kommen werden."

Simon wollte gerade auflegen, als Frau Schnabel eine weitere Nachricht für ihn übermittelte: „Da wäre noch etwas, Herr Professor: Ihr Neffe Felix, der derzeit ein Praktikum bei uns absolviert, lässt sich für morgen entschuldigen. Er rief eben an und teilte mit, dass er sich nicht wohl fühle und lieber einen Tag zu Hause bleiben wolle, um sich auszukurieren."

Kopfschüttelnd knallte Simon den Hörer auf. „Ich sag's ja, die Jugend von heute … alles Weicheier!"

Fragend blickte Mark ihn an. „Ich verstehe nicht ganz. Was meinst du?"

Simon winkte ab: „Ach, ist nicht so wichtig. Das erkläre ich dir ein andermal. Lassen wir lieber den armen Dennis und Frau von Senden nicht so lange warten."

***

Vor dem Sektionssaal angekommen, staunten Simon Brandner und Mark Scheck nicht schlecht. Denn sie trafen nicht wie erwartet auf Tatjana von Senden und Dennis Rathvan, sondern auf Kurt Schockenried und Holger Grünbaum, die sie bereits erwarteten.
„Das ist ja eine Überraschung. Mit euch beiden haben wir nicht gerechnet", begrüßte Mark die beiden Männer, die er im Laufe der letzten Jahre – teils unter dubiosen Umständen – sehr gut kennengelernt hatte.
„Das könnten wir ebenso von dir behaupten. Was willst du denn schon wieder hier?", knurrte Kurt in seiner bekannt ruppigen Art und spielte dabei auf einige mysteriöse Begebenheiten in der Vergangenheit an, die Mark Scheck auf unerklärliche Weise immer wieder in die polizeilichen Ermittlungsfälle verwickelten.
Mark gab sich überzeugt unschuldig und hob beschwichtigend die Arme: „Ich bin nicht aus eigenen Beweggründen hier. Dafür solltet ihr euch bei Simon bedanken. Er war es, der mich bat, vorbei zu kommen."
Leicht vorwurfsvoll blickte Kurt zu Simon Brandner. „Stimmt das, Dr. Brandner?"
Hochnäsig antwortete dieser: „Also, zunächst einmal bin ich inzwischen Professor Dr. Brandner. So viel Zeit muss sein. Und ja, ich habe Dr. Scheck um seine fachliche Meinung gebeten, auch wenn das zugegebenermaßen schwer vorstellbar ist. Ich kann durchaus nachvollziehen, dass Sie daran zweifeln."
Unbeeindruckt kommentierte Kurt: „Ist mir völlig schnuppe, ob Sie Doktor, Professor oder der Depp vom Dienst sind. Einmal arrogante Flachzange, immer arrogante Flachzange."
Brandner gab sich entrüstet: „Ich muss doch sehr bitten, Herr Schockenried ..."

„Wie kamen Sie denn auf einmal zu dem Professorentitel?“, hakte Kurt nach.
Bevor Simon Brandner antworten konnte, mischte sich Holger Grünbaum ein: „Dass er sich hochgeschlafen hat können wir wohl ausschließen. Wer würde schon freiwillig … nun ja.“
Kurt und Mark brachen in schallendes Gelächter aus, von dem sich Holger mitreißen ließ.
Simon grummelte beleidigt vor sich hin: „Banausen, nichts als ungebildete Banausen. Dahinter steckt jahrelange harte Arbeit. Aber davon versteht ihr Armleuchter ja nichts. Kurt und Holger haben es noch nicht einmal bis auf die Toilette einer Universität geschafft, vom Innern eines Hörsaals ganz zu schweigen. Und was dich betrifft, Mark, sage ich am besten überhaupt nichts mehr. Der Worte wurden bereits genug vergeudet. Du bist und bleibst ein hoffnungsloser Fall.“
Als wieder Ruhe eingekehrt war, fragte Simon: „Warum sind Frau von Senden und Dennis nicht gekommen? Schließlich waren sie heute Mittag bei der ersten Obduktion dabei?“
Kurt Schockenried erklärte: „Im Gegensatz zu meiner Wenigkeit verfügen Dennis und Tatjana über so etwas wie ein Privatleben. Beide haben viel um die Ohren und sind nicht gerade darum zu beneiden. Ich hingegen hätte ohnehin nicht gewusst, was ich mit diesem verregneten Januarabend anfangen sollte.“
„Und was ist mit Holger? Hat der auch kein Privatleben?“, fragte Mark spitzfindig.
Mit einem süffisanten Lächeln winkte Kurt ab: „Das ist etwas ganz anderes. Ein schwuler Sachbearbeiter braucht nicht mehr Privatleben als er ohnehin schon hat. Bei zu viel Freizeit würde er nur auf krumme Gedanken kom-

men, wenn ihr versteht was ich meine."
Immer wieder aufs Neue überrascht von Kurts ignoranter Intoleranz, blickten sich Mark, Simon und Holger verdutzt an.
„Nein, wir verstehen ganz und gar nicht, was du meinst, Kurt. Es scheint mir aber nicht der geeignete Augenblick für eine Grundsatzdiskussion zu sein. Vielleicht verschieben wir das besser auf ein anderes Mal", entgegnete Mark und Simon ergänzte: „Sie lassen sich auffällig häufig von dem armen Holger durch die Gegend kutschieren. Ist er inzwischen außer Sachbearbeiter auch noch Ihr Chauffeur?"
Kurt wirkte etwas verlegen, als er antwortete: „Na ja, als Chauffeur würde ich ihn nicht gerade bezeichnen. Sagen wir mal so: Aufgrund einer misslichen Lage, in der ich mich bezüglich meiner Fahrerlaubnis befinde, tut Holger mir gelegentlich den einen oder anderen Gefallen und fährt mich von A nach B."
„Du hast deine Pappe verloren, weil du gesoffen hast. Stimmt's oder hab ich Recht?", sprach Mark geradewegs aus, was auch Simon schon gedacht hatte.
Kurt räusperte sich kleinlaut: „Ähem … ja … zusammenfassend könnte man es so auf den Punkt bringen. Ihr erinnert euch doch noch an die Kneipe in Ostheim, die wir mal inkognito aufsuchen mussten, weil eines der ersten Opfer des Piano-Manns dort als Kellnerin gearbeitet hatte. Was soll ich sagen … Der Laden hat mir ganz gut gefallen, und nach Dienstschluss bin ich immer öfter dort hingegangen. Hank der Barkeeper und ich sind im Laufe der Jahre so etwas wie Freunde geworden. An einem verhängnisvollen Freitagabend vor etwa vier Wochen habe ich den Begriff der Happy Hour wohl etwas zu wörtlich genommen und mich schadlos an Wodka-Tonic,

dunklem Hefeweizen und hausgemachtem Obstbrand gehalten. Hinzu kam diese Helga oder wie auch immer sie hieß – ich kann euch sagen, ein Klasseweib. Die ließ sich jedenfalls ständig von mir einladen, und da Double-Time war, hatte ich quasi gar keine andere Wahl als mitzutrinken. Am nächsten Tag konnte ich mich noch dunkel daran erinnern, wie zwei uniformierte Kollegen mich aufforderten, augenblicklich aus meinem Passat zu klettern, den ich auf dem Parkstreifen vor dem Polizeirevier in der Ostendstraße abgestellt hatte, um ein kleines Ausnüchterungsnickerchen zu halten. Das war's dann mit dem Lappen …"

„Wieso hast du dich denn mit deiner Karre vor das Polizeirevier gestellt? Also viel blöder geht es ja nun wirklich nicht", kommentierte Mark.

„Keine Ahnung, vermutlich dachte ich, dass ich in der Nähe eines Polizeireviers sicherer vor ungebetenen Gästen bin, als irgendwo auf einem verlassenen Parkplatz. Entscheidungen, die man in diesem Zustand trifft, sind nüchtern betrachtet häufig unverständlich und abwegig."

„Gehe ich recht in der Annahme, dass Sie diesen kleinen Zwischenfall bisher im Präsidium vertuscht haben?", wollte Professor Brandner wissen.

„Natürlich habe ich das. Stellt euch doch mal vor, wie der Vorgartenzwerg von einem Kriminalrat ausrasten würde, wenn er wüsste, dass sein Erster Kriminalhauptkommissar den Pappendeckel wegen Trunkenheit am Steuer verloren hat. Nicht auszudenken, was das für Wellen schlagen würde", räumte Kurt ein.

Simon Brandner grinste triumphierend, als er feststellte: „Mein lieber Herr Schockenried, da nun außer Holger auch Mark und ich von der Sache Wind bekommen haben, könnte sich dies, falls Sie denn an einem koopera-

tiven und respektvollen Umgang interessiert sein sollten, sehr positiv auf unsere Zusammenarbeit auswirken.
Ich denke, jetzt verstehen Sie, was ich meine, oder etwa nicht?"
„Schon gut, ich habe verstanden. Muss ja nicht jeder erfahren. Wäre also ganz nett, wenn ihr das für euch behalten würdet", grummelte Kurt.

***

Als sich die Herren endlich auf das besannen, was sie eigentlich an diesem Abend im Rechtsmedizinischen Institut zusammengeführt hatte, demonstrierte Professor Brandner seine Entdeckung am Leichnam des Toten. Kurt legte staunend die Stirn in Falten: „Donnerwetter, verseht ihr die Leichen jetzt schon mit Barcodes, damit sie systematischer gelagert werden können?"
„Der Gedanke ist gar nicht so doof", entgegnete Simon und fuhr fort: „Dr. Scheck und ich sind überzeugt davon, dass ein Chirurg während einer Operation mit einem Elektrokauter eine Art Signatur auf dem Schienbein seines Patienten hinterlassen hat."
„Ernsthaft?", fragte Kurt und schaute Mark dabei fassungslos an.
„Ja, es gibt leider Chirurgen, die so etwas tun. Ein normales Zeichen oder Initialen wären daher nichts Besonderes, aber hierbei handelt es sich um eine Zahlenreihe, die tatsächlich so etwas wie einen Code darstellen könnte", erläuterte dieser.
Die vier Männer starrten auf die Zahlen, während sie allesamt zu Dokumentationszwecken ihre Handys zückten und fotografierten. Da stand:

Simon Brandner erläuterte: „Was die Zahlen zu bedeuten haben, entzieht sich meiner Kenntnis. Klar ist aber, dass sie vorsätzlich unter der Anwendung eines monopolaren elektrischen Gerätes an der rechten proximalen anterolateralen Tibia eingeritzt wurden. Was die Lokalisation betrifft, bedeutet das im Klartext: Am oberen und vorderen, aber leicht seitlichen Bereich des rechten Schienbeins. Technisch geht das nur, indem man den Unterschenkel des Patienten leicht nach innen dreht. Wenn man davon ausgeht, dass der Schreiberling wie die meisten Menschen Rechtshänder war, dann kann er das kaum ohne Hilfestellung geschafft haben. Denn er kann unmöglich den Unterschenkel mit der rechten Hand innenrotieren und gleichzeitig mit dem Elektrokauter schreiben. Außerdem benötigt auch ein geübter Chirurg eine gewisse Zeit, um die Zahlen einzuritzen. Worauf ich hinaus will ist, dass eigentlich während dieser Operation jemandem aufgefallen sein müsste, was der Operateur da gemacht hat. Anhand der knöchernen Beschaffenheit lässt sich sagen, dass der Mann einen Bruch des oberen Schienbeins auf beiden Seiten hatte, der schon einige Jahre zurück liegt. Die Brüche wurden operativ mit einer sogenannten winkelstabilen Platte stabilisiert. Üblicherweise erfolgt die Entfernung der Platten und Schrauben in einer zweiten Operation nach einem oder spätestens zwei Jahren, da sie selbst sekundäre Komplikationen verursachen können. Bei unserem Mann liegt dieser Eingriff noch nicht lange zurück. Ich würde schätzen, dass er erst vor wenigen Monaten vorgenommen wurde. Klares Indiz dafür sind die noch deutlich sichtbaren Schraubenkanäle, mit denen die

Platte im Knochen verankert wurde, und die Hautnarbe, ebenfalls nicht älter als einige Monate. Da ich diese Sachverhalte zwar selbst vermutet habe, jedoch über keinerlei praktische Erfahrungen auf dem Gebiet der Unfallchirurgie verfüge, habe ich Herrn Dr. Scheck um seine Meinung gebeten – die meine Einschätzungen bestätigte."
Nach einem Moment des Schweigens wollte Kurt Schockenried gerade ansetzten etwas zu sagen, als Professor Brandner noch hinzufügte: „Ach ja, der Vollständigkeit halber sei noch erwähnt, dass es sich bei diesen charakteristischen und nahezu identischen Frakturen an beiden Schienbeinen aller Wahrscheinlichkeit nach um eine sogenannte Dashboard-Verletzung handelt, die in der Regel dadurch zustande kommt, dass die Beine im Rahmen eines rasanten Aufpralls bei einem PKW-Unfall mit voller Wucht gegen das Armaturenbrett auf der Beifahrerseite des Autos gestoßen werden."
Kurt kratzte sich am Kopf, als er sagte: „Ich habe zwar nur die Hälfte von dem verstanden, was Sie uns da eben erzählt haben, aber die Sache ist doch ganz einfach: Da wir die Identität des Toten kennen, sollte sich problemlos herausfinden lassen, wann er einen solchen Unfall hatte. Das gleiche gilt für den Zeitpunkt und den Ort der Operationen. Anhand der Unterlagen wissen wir dann auch, wer ihn operiert hat und können dem Dr. Schmierfink auf den Zahn fühlen und ihn fragen, was es mit dem Nummernsalat auf sich hat. Möglicherweise klärt sich dieser Todesfall dann deutlich schneller als befürchtet."
Nun meldete sich Holger Grünbaum zu Wort: „Der Mann ist ja wohl nicht durch das Einritzen der Zahlen gestorben, oder? Tatjana berichtete etwas von Ersticken infolge einer Vergiftung mit Blausäure. Hat sich diese Vermutung denn bestätigt?"

„Na, die interne Kommunikation in eurer Abteilung scheint ja richtig gut zu funktionieren. Hat euch Frau von Senden denn nicht meinen Befundbericht von heute Vormittag vorgelegt?“
„Jetzt schwingen Sie keine Volksreden. Raus mit der Sprache!“, preschte Kurt vor.
„Er ist infolge eines akuten Lungenödems erstickt, das ist korrekt.“
„Erstickt … und weiter?“, wollte Kurt wissen.
„Äußere Anzeichen wie sie beispielsweise beim Ersticken infolge von Erdrosseln, Strangulieren oder Erwürgen sichtbar sind, fehlen komplett. Keine Stauungsblutungen im Gesicht, den Bindehäuten oder den Augenlidern. Keine Anzeichen äußerer Gewalteinwirkung, keine Abwehrverletzungen. Die sogenannte Hypoxie als Todesursache konnte ich auch anhand der deutlich erweiterten rechten Herzkammer, den Einblutungen unter dem Lungenfell und der aufgrund der Blutarmut kontrahierten Milz feststellen. Das hämorrhagische Lungenödem ist ein Hinweis auf ein zentrales Atemversagen. Ursächlich dafür ist in der Tat eine Vergiftung. In diesem Fall hatte ich im wahrsten Sinne des Wortes den richtigen Riecher, denn irgendetwas irritierte mich an dem süßlichen Geruch der Leiche. Es war nicht der charakteristische Bittermandelgeruch, der durch eine Vergiftung mit Blausäure entsteht. Es roch noch stechender und süßer, und eine Note von Karamell konnte ich dabei wahrnehmen.“
„Mit Karamellbonbons dürfte er wohl kaum vergiftet worden sein, oder?“, spottete Kurt.
„Natürlich nicht“, bestätigte Brandner und erklärte: „Elmar Bischof wurde durch Furfural vergiftet. Dabei handelt es sich um ein farbloses Gas aus der Stoffklasse der heterocyclischen Aldehyde, das durch Licht-und Luftein-

wirkung zu einem bräunlichen und vor allem giftigen Öl wird. Es ist sowohl in Wasser als auch in Ethanol löslich und bewirkt bereits bei Konzentrationen von weniger als 0,1 Volumenprozent starke Schleimhautsekretion sowie bei entsprechend höheren Konzentrationen schwere Entzündungen der Atemwege bis hin zum akuten Lungenödem. Furfural kommt in der Natur als Bestandteil ätherischer Öle, beispielsweise in Gewürznelken und verschiedenen anderen Pflanzen vor. Besonders hoch ist die Konzentration im ätherischen Öl der Zypresse, das durch Wasserdampfdestillation aus deren Blättern und Zweigen gewonnen wird. Das Gift kann aber auch auf verschieden anderen Wegen chemisch synthetisiert werden. Furfural und das daraus gewinnbare Furan dienen vor allem als Rohstoff und Grundkörper für die Natur- und Arzneistoff- sowie die Lösungsmittelchemie."

„Ist das Zeug schwer zu beschaffen?", wollte Kurt wissen.

„Nein, es könnte im Grunde sogar selbst hergestellt werden."

„Auch von einem Laien?", hakte Holger nach.

Simon relativierte: „Nein, von einem Laien nicht unbedingt. Ein gewisses Sachverständnis und Geschicklichkeit sind schon nötig – man muss aber nicht für den Nobelpreis in Chemie nominiert sein, um so ein ätherisches Öl herzustellen. Die toxische Wirkung entfaltet sich wie gesagt schon bei einer niedrigen Konzentration. Und wenn man Furfural mit der Intention herstellt, jemanden zu vergiften, kommt es nicht auf die exakte und möglichst reine Zusammenstellung an. Simpel ausgedrückt: Es muss dann einfach nur giftig sein und zuverlässig wirken, das ist alles."

„Prima, dann suchen wir also nach jemandem mit einer Zypressenplantage und chemischem Fachwissen – und

schon haben wir den Schlawiner. Nichts leichter als das", scherzte Kurt.
„Stellt sich noch die obligatorische Frage nach dem Todeszeitpunkt", warf Holger Grünbaum ein.
Simon Brandner erläuterte: „Die Augen waren geschlossen, eine Hornhauttrübung lässt sich aber bereits nachweisen. Das ist ein Indiz dafür, dass er zum Untersuchungszeitpunkt bereits mindestens vierundzwanzig Stunden tot war. Unter Einbeziehung der Körperkerntemperatur, der Totenstarre und der Totenflecken komme ich zu dem Ergebnis, dass er inzwischen seit circa dreißig Stunden tot ist. Das bedeutet, der Zeitpunkt des Todes war gestern Nachmittag gegen 15.00 Uhr. Damit bestätigt sich meine erste Einschätzung, die ich Tatjana von Senden bereits am Fundort der Leiche mitgeteilt habe."
„Dann wären wir hier soweit durch, oder?", fragte Kurt.
„Von mir aus, ja. Wenn ihr keine weiteren Fragen habt, dann war's das fürs Erste. Den aktualisierten Bericht schicke ich heute Abend noch durch", entgegnete der Professor.
„Eine letzte Frage hätte ich noch", sagte Holger und runzelte kritisch die Stirn.
„Ja?", wollte Simon wissen.
„Warum fand die Obduktion nicht wie ursprünglich geplant gestern Abend statt, sondern erst mit einer mehr als zwölfstündigen Verspätung heute Vormittag? Weißt du Näheres dazu?"
„Natürlich weiß ich das", räumte Simon ein, gab aber gleichzeitig zu bedenken: „Ich weiß aber nicht, ob ich euch das sagen darf."
„Heißt das im Klartext, dass du es verbockt hast?", wurde Holger konkret.
Simon bat die beiden Polizisten darum, etwas näher an

ihn heranzutreten. Mark Scheck folgte ihnen natürlich unaufgefordert und spitzte ebenfalls die Ohren.

Leise berichtete Simon: „Nein, an mir lag es nicht. Ich war den ganzen Abend bereit und konnte es kaum erwarten, endlich loszulegen. Ich stand sozusagen mit gewetzten Messern da. Aber der Startschuss wollte einfach nicht fallen. Angeblich war der Staatsanwalt weder auf seinem Diensthandy noch über seine Privatnummer zu erreichen. Und zu Hause war er auch nicht anzutreffen. Er selbst erklärte später, das eine Telefon habe einen leeren Akku, das andere keinen Empfang gehabt, was er erst nach Stunden bemerkt habe. Er machte dafür eine Netzüberlastung verantwortlich. Wo er sich die ganze Zeit aufgehalten hat, wollte er nicht preisgeben und verwies auf seine Privatsphäre. Soweit ich mitbekommen habe, soll die Sache nicht an die große Glocke gehängt werden, könnte aber möglicherweise Konsequenzen für den guten Herrn Frey haben."

Herzhaft lachend winkte Kurt ab: „Konsequenzen … nie im Leben. Wir sprechen vom Leitenden Staatsanwalt. Die Angelegenheit wird wie immer schön unter den Teppich gekehrt werden. Passen Sie bloß auf, dass am Ende nicht Sie den Schwarzen Peter zugeschoben bekommen. Das würde mich bei dem Haufen rückgratloser Sesselfurzer nicht wundern. Die haben nämlich nichts anderes im Sinn, als die eigene Haut zu retten und selbst gut dazustehen. Wenn sie dafür andere über die Klinge springen lassen müssen, machen die das ohne mit der Wimper zu zucken."

„Wollen wir es mal nicht hoffen. Aber glauben Sie mir, Herr Schockenried, sollte es dazu kommen, wüsste ich mich durchaus zur Wehr zu setzen", entgegnete Simon.

11.

Es regnete in Strömen, als Dennis Rathvan mit einem großen Karton unter dem rechten Arm und einer Einkaufstasche über der linken Schulter versuchte, die Haustüre aufzuschließen. Zweimal fiel ihm der Schlüssel bei dem Versuch, ihn ins Schloss zu stecken, aus der Hand. Beim dritten Anlauf klappte es endlich, jedoch öffnete genau in dem Moment jemand von innen die Türe. Da er sich bereits dagegen gelehnt hatte, fiel er buchstäblich mit der Tür ins Haus, wobei ihm der große Karton unter dem Arm wegrutschte und zu Boden fiel. Beinahe der gesamte Inhalt landete auf dem nassen Fußboden des Treppenhauses, dessen Eingangsbereich gerade von Frau Stiefel mit reichlich Putzwasser geschrubbt wurde.
Die Stiefels waren ein kinderloses Ehepaar im Rentenalter, das eine der Erdgeschosswohnungen des Mehrfamilienhauses im Stuttgarter Westen bewohnte. Sie waren neugierig, vorlaut, geizig, besserwisserisch, empfindlich, stur, penibel und frech, um nur einige der auf sie zutreffenden Attribute zu nennen. Kurz gesagt, sie waren durch und durch unsympathisch. Das Amt des Hausdrachens hatte Frau Stiefel inne, da ihr Mann in der Regel zufrieden war, wenn er seine Ruhe hatte, sich nicht gestört fühlte und sich vor allem um nichts kümmern musste.
„Jetzt schau sich einer die Sauerei an! Ich habe gerade eben frisch gewischt, und Sie stapfen mit Ihren dreckigen Schuhen hier herein und werfen dann auch noch das ganze Zeug auf den Boden. Man könnte meinen, das hätten Sie mit Absicht gemacht, Herr Rathvan", blaffte Frau Stiefel.
„Hätten sie nicht die Türe aufgerissen, als ich mich gerade

dagegen gelehnt hatte, wäre das alles nicht passiert. Fast alle Blätter sind nass geworden, so ein Mist …“, schimpfte Dennis.
Mahnend hob Frau Stiefel den Zeigefinger: „Sie, nicht in dem Ton, gell. Bloß, weil Sie bei der Polizei sind, brauchen Sie noch lange nicht zu denken, Sie könnten sich hier im Haus alles erlauben.“
„Wovon reden Sie denn bitteschön? Helfen Sie mir lieber beim Aufsammeln meiner Unterlagen, bevor sie völlig durchnässt und damit unleserlich sind. Das sind wichtige Dokumente.“
„Sammeln Sie Ihren Mist gefälligst selbst auf. Und wenn wir schon dabei sind, Herr Rathvan: Wer wirft eigentlich immer die Windeln in die Biotonne?“
„Mehr Bio geht ja wohl nicht …“, konnte sich Dennis einen kleinen Scherz nicht verkneifen.
„Würde das Kind in anständigen Verhältnissen aufwachsen, würde es nicht mehr in die Hose machen.“
Dennis war empört: „Was erlauben Sie sich? Das geht Sie ja wohl überhaupt nichts an! Kümmern Sie sich gefälligst um Ihre eigenen Angelegenheiten.“
„Das muss ja wohl mal gesagt werden: Ein Kind sollte in geordneten Verhältnissen aufwachsen. Nicht genug damit, dass das arme Ding ein uneheliches Kind ist. Das Mädchen hat einen nichtsnutzigen Vater, die Mutter ist nie da, wenn man sie braucht, und der Onkel ist damit beschäftigt, für seine Geliebte den Krankenpfleger zu spielen.“
Dennis hatte inzwischen alle Papiere aufgesammelt und wieder im Karton verstaut, wodurch ihre Reihenfolge völlig durcheinander geriet. „Das geht Sie alles einen feuchten Kehricht an, Frau Stiefel. Und jetzt lassen Sie mich bitte endlich in Ruhe.“

Dennis stapfte an der Furie vorbei, und als er im ersten Stockwerk angekommen war, rief er nach unten: „Alte Hexe!“

„Wie bitte, was haben Sie da gerufen?“, rief Frau Stiefel zurück.

Dennis wusste, dass sie nicht mehr gut hörte und eigentlich auf ein Hörgerät angewiesen war, das sie jedoch aus Eitelkeit nicht immer trug.

„Kalter Wechsel, Frau Stiefel. Wir hatten einen besonders kalten Jahreswechsel dieses Mal. Guten Abend.“

Endlich war Dennis vor der Wohnungstüre im dritten Stock angekommen und jonglierte abermals mit Karton, Tasche und Schlüssel. Er freute sich, als es ihm auf Anhieb gelang, den Schlüssel ins Schloss zu stecken. Er ließ sich jedoch beim besten Willen nicht drehen. „Verflixt, da muss von innen ein anderer Schlüssel im Schloss stecken“, dachte er sich.

Er klingelte, doch nichts rührte sich. Als auch nach dem zweiten und dritten Klingeln nichts passierte, trommelte er mit der Faust gegen die Tür und forderte lautstark, dass ihm endlich jemand öffnen möge. Dann, nach einer gefühlten Ewigkeit, hörte er endlich Schritte. Bernd Plums, der Lebensgefährte seiner Schwester Anna, öffnete und sagte: „Dennis, was brüllst du denn hier so rum? Man könnte meinen, der Leibhaftige sei hinter dir her. Ich dachte schon, du wolltest du die Türe einschlagen? Das halte ich für keine besonders gute Idee.“

„Es ist keine gute Idee, die Tür von innen abzusperren und einen Schlüssel stecken zu lassen. Ist ja klar, dass dann von außen keiner aufmachen kann. Und da von euch keiner reagiert hat, musste ich eben laut rufen“, erklärte Dennis verärgert und ergänzte: „Mit dem Leibhaftigen liegst du aber gar nicht so falsch. Er hat sich als alte, schwäbische Hausfrau verkleidet und wischt gerade unten das Treppenhaus."

„Sorry wegen dem Schlüssel und der Tür. Das war ich … Dachte, dass ihr um die Uhrzeit schon alle zu Hause seid, deshalb habe ich abgeschlossen. War nicht böse gemeint", entschuldigte sich Bernd, und Dennis konnte dem Einfaltspinsel nicht weiter böse sein.

„Kein Problem, Bernd. Jetzt bin ich ja drinnen. Wo sind denn die anderen?"

„Mia bekommt gerade von Anna eine frische Windel verpasst und Jessica hört im Wohnzimmer Musik. Sie hat Kopfhörer auf und konnte dich deshalb wohl nicht hören", erklärte Bernd.

Nachdem Dennis Jessica begrüßt und sich gemütliche, trockene Kleider angezogen hatte, berichtete er ihr vom ereignisreichen ersten Arbeitstag des neuen Jahres. Gequält zeigte er schließlich auf den Karton mit den Papierstapeln: „Wie du siehst, musste ich leider jede Menge Arbeit mit nach Hause bringen. Das sind Ausdrucke aus den Klienten-Dateien Elmar Bischofs. Die muss ich alle heute Abend noch durchgehen und nach etwaigen Auffälligkeiten durchsuchen."

„Ist das die gesamte Datei?", erkundigte sich Jessica.

„Nein, nur die Hälfte. Die andere Hälfte hat Tatjana mit nach Hause genommen."

„Und Kurt hat nichts mitgenommen?"

Dennis lächelte: „Nein, natürlich nicht. Dafür ist er aber mit Holger zu Simon ins Rechtsmedizinische Institut gefahren. Da gab es wohl neue Erkenntnisse, die Simon unbedingt persönlich demonstrieren wollte. Kurt hat sich freundlicherweise bereit erklärt, das zu übernehmen, obwohl es eigentlich Tatjanas und meine Aufgabe gewesen wäre, da wir heute Morgen schon bei der Obduktion

dabei waren."
„Warum braucht er denn Holger dazu? Der hat als Sachbearbeiter doch eigentlich nichts in der Rechtsmedizin verloren, oder?"
Dennis überlegte: „Hm … da hast du eigentlich Recht. Keine Ahnung, vielleicht wollte er einfach nicht alleine sein. Ich habe den Eindruck, dass es Kurt zur Zeit ganz und gar nicht gut geht."
„Wenn er nicht gerne alleine ist, warum hat er dann auf unsere Einladung zu Silvester nicht reagiert?"
„Ich denke, er wollte sich nicht aufdrängen und uns keine Umstände bereiten", versuchte Dennis zu erklären, doch Jessica gab sich damit nicht zufrieden: „Als er hier für mehr als ein halbes Jahr wohnte, obwohl er nur ein paar Tage bleiben wollte, war es ihm herzlich egal, welche Umstände er damit machte. Ganz im Gegenteil: Der hat sich fast so aufgeführt, als gehörte ihm die Bude."
„Bitte, sei nicht so hart zu ihm. Er macht gerade wirklich eine schwere Zeit durch", warb Dennis um Verständnis für seinen Freund und Vorgesetzten.
Jessica lenkte ein und drückte Dennis einen Kuss auf die Wange: „Du hast ja Recht. Eigentlich geht es mich auch überhaupt nichts an. Ich möchte nur nicht, dass du von ihm ausgenutzt wirst."
Dennis lachte herzhaft, als er entgegnete: „Meine Schwester wohnt seit Jahren mit Kind und Kerl hier, ohne regelmäßig Miete zu zahlen. Außerdem bist du da und zwischenzeitlich wohnte nicht nur Kurt, sondern vorübergehend auch noch Mark hier im kleinen Zimmer am Ende des Flurs. Ich werde permanent ausgenutzt, und zwar von euch allen. Aber weißt du was?"
„Nein, was denn?"
„Es ist mir schnurzpiepegal, denn auf die unterschied-

lichste Weise liebe ich euch alle irgendwie. Und dich ganz besonders!"
„Ich weiß, und unter anderem für dein großes offenes Herz liebe ich dich so sehr. Soll ich dir eigentlich beim Auswerten der Akten behilflich sein? Ich könnte ein wenig Abwechslung gebrauchen. Wie du ja weißt, sind meine Tage nicht besonders aufregend. Vor zweieinhalb Wochen habe ich zum letzten Mal das Haus verlassen."
„Wie geht es dir heute? Hast du Schmerzen?", erkundigte sich Dennis.
„Die Schmerzen halten sich in Grenzen. Nach mehr als drei Jahren wird es endlich von Woche zu Woche besser. Koordination und vor allem Kraft lassen aber noch gehörig zu wünschen übrig. Vielleicht sollte ich mich öfter dazu zwingen, raus zu gehen und mich zu belasten, aber ich traue mich nicht."
„Warum traust du dich nicht?"
„Ich habe Angst davor feststellen zu müssen, dass ich noch lange nicht so weit bin, wie ich gerne wäre. Und mit Rückschlägen kann ich derzeit nicht besonders gut umgehen. Nach wie vor fällt es mir schwer, das alles zu verkraften."
„Ich wünsche mir einfach so sehr, dass du wieder völlig gesund wirst. Nimm dir dafür alle Zeit, die du brauchst. Ich bin da und helfe, wo ich kann."
„Ich weiß, und darum möchte ich jetzt dir helfen. Lass uns doch zusammen die Akten durchgehen, okay?"
„Sehr gerne. Selbst zu zweit werden wir ewig brauchen, alleine müsste ich mir dafür wohl die ganze Nacht um die Ohren schlagen. Ich hole mir eben noch ein Bier aus dem Kühlschrank, und dann legen wir los, okay? Soll ich dir auch was aus der Küche mitbringen?"
„Bring mir doch bitte den Rotwein mit, den wir gestern

Abend geöffnet haben."
„Mach ich", sagte Dennis und verschwand in der Küche. Als er den Kühlschrank öffnete, schlug ihm gähnende Leere entgegen. Seit Tagen war offensichtlich niemand mehr einkaufen gewesen. Verzweifelt suchte er nach dem Bier, denn er war sich sicher, dass noch mindestens drei Flaschen da sein mussten.
In diesem Moment kam Bernd in die Küche. In seiner rechten Hand trug er elegant drei leere Bierflaschen, die er in den Kasten unter der Arbeitsplatte stellte. „Bernd, hast du etwa alle drei Bier getrunken? Hättest du nicht wenigstens eine Flasche für jemand anderen übrig lassen können? Jetzt ist der Kasten alle."
„Sorry, Dennis. Ich hatte eben Durst. Ich kaufe morgen neues, versprochen", sagte er beiläufig und zog wieder von dannen, nachdem er sich eine Tüte Kartoffelchips und eine Packung Schokoladenkekse aus dem Schrank genommen hatte.
Dennis wusste ganz genau, dass er am nächsten Tag vergeblich darauf warten würde, dass Bernd neues Bier besorgte. In der Not beschloss er, ebenfalls Rotwein zu trinken.
„Kein Bier?", fragte Jessica, als Dennis zurück ins Wohnzimmer kam. Sie war bereits dabei, einen Stapel Akten zu sortieren.
„Leider nein, Bernd hat alles weggesoffen und jetzt ist nichts mehr da", antwortete Dennis zerknirscht.
„Ich sag's ja, du bist einfach zu gutmütig, mein Lieber", stellte Jessica wiederholt fest und strich ihm dabei über die Wange.
„Da könnte schon was dran sein", räumte Dennis ein, besann sich aber dann auf ihr eigentliches Vorhaben: „So, jetzt lass uns anfangen, die Unterlagen durchzuarbeiten,

sonst werden wir heute wirklich nicht mehr fertig."
Ohne genau zu wissen, wonach sie eigentlich suchten, gingen sie Akte für Akte durch und trafen zunächst eine Vorauswahl, indem sie drei Stapel anlegten. Nach links kamen die, die auf keinen Fall infrage kamen, in die Mitte diejenigen, die vielleicht interessant sein konnten, und nach rechts die eindeutig Auffälligen. „Unfassbar, womit sich Anwälte beschäftigen müssen", stellte Jessica fest.
„Dafür werden sie wenigstens extrem gut entlohnt. Wenn ich mir die Honorarvereinbarungen so anschaue, wird mir schwindelig. Er verlangte teilweise mehr als dreihundert Euro für eine angefangene Stunde, das ist schon harter Tobak."
Aufmerksam suchten die beiden nach Auffälligkeiten. Hatte Elmar Bischof möglicherweise Streit mit einem Mandanten wegen eines verlorenen Falles oder wegen nicht bezahlter Rechnungen gehabt? Wurde er erpresst oder bedroht? Wollte sich vielleicht jemand an ihm rächen? Als sie sich nach etwa fünf Stunden und einer weiteren Flasche Rotwein durch alle Akten gewühlt hatten, sahen sie sich den rechten Stapel etwas genauer an. Lediglich zehn Akten hatten es darauf geschafft, eine davon hatte es Jessica besonders angetan. „Kennst du diesen hier?", fragte sie und reichte Dennis einige Blätter.
Der schüttelte den Kopf: „Nein, von dem habe ich noch nie gehört. Wer soll das sein?"
„Das ist Simon Bonfrère, ein bekannter Thriller-Autor. Alle seine Bücher waren Bestseller. Erst kürzlich gingen die Filmrechte daran für sehr viel Geld über den Tisch. Er lebt und arbeitet in Stuttgart. Es ist bekannt, dass er sich komplett selbst vermarktet, weil er behauptet, Agenten und Verlage zögen Autoren nur über den Tisch und ihnen somit das Geld aus der Tasche. Offenbar war Bischof sein

Anwalt. Den Eintragungen nach ging es zuletzt um die Verletzung des Urheberrechts an einem seiner Bücher, genauer gesagt um eine Titelgleichheit. Bonfrère schien eindeutig im Recht zu sein, da sein Buch mehr als zwei Jahre vor dem Buch der Konkurrenz erschienen war. Dennoch ging der Fall nicht gut für ihn aus, weil die Gegenseite wohl den besseren Anwalt hatte. Bonfrère wollte Bischof nur einen geringen Teil des Honorars bezahlen, da er sich ärgerte und von Bischofs Leistung nicht besonders angetan war. Um weitere Streitigkeiten zu vermeiden, einigten sie sich irgendwo in der Mitte, und Simon Bonfrère bezahlte schließlich. Von dieser Sache würde ich mir an deiner Stelle die gesamte Korrespondenz besorgen. Ich sage nicht, dass es eine heiße Spur ist, dennoch könnte es interessant sein."

„Bonfrère? Ist er Franzose?", fragte Dennis.

„Nein, Bonfrère ist nur sein Künstlername und nichts weiter als die wörtliche Übersetzung seines deutschen Nachnamens Gutbruder", erklärte Jessica.

„Hast du seine Bücher gelesen?", wollte Dennis wissen.

„Ja, alle vier. Ist ziemlich harter Tobak, aber super geschrieben. Bestimmt nicht jedermanns Sache, aber ich mag den Stil. Und ganz viele andere Menschen offensichtlich auch, sonst wäre er nicht so erfolgreich."

In diesem Moment platzte Dennis' jüngere Schwester Anna ins Zimmer, gemeinsam mit ihrer dreijährigen Tochter Mia, die offenbar trotz vorgerückter Stunde noch kein Interesse daran hatte, schlafen zu gehen. „Wer spricht hier von Simon Bonfrère? Ich wusste gar nicht, dass ihr unter die Literaturkritiker gegangen seid und einen Lesezirkel betreibt", sagte Anna scherzhaft.

„Kennst du den etwa auch?", fragte Dennis verdutzt.

„Die Frage sollte eher lauten: Wer kennt ihn nicht?", ent-

gegnete seine Schwester spöttisch.
Die kleine Mia war ein zauberhaftes und liebes kleines Mädchen mit leicht rötlichen Haaren und vereinzelten, feinen Sommersprossen im Gesicht. Sie entwickelte sich prächtig und war ein nicht mehr wegzudenkender Bestandteil der skurrilen Wohngemeinschaft geworden. Das Zusammenleben mit vier – zeitweise auch schon mehr – Erwachsenen schien ihr gut zu tun. Von jedem konnte sie etwas lernen und profitierte von den unterschiedlichen Stärken und Schwächen der verschiedenen Charaktere. Obendrein genoss sie es natürlich, das Nesthäkchen zu sein und damit im Mittelpunkt zu stehen. Kurt Schockenried hatte sie einmal scherzhaft als „Die Königin der Herzen" bezeichnet. Das einzige, was allen zunehmend etwas Kopfzerbrechen bereitete, war die Tatsache, dass Mia auch mit fast dreieinhalb Jahren noch keine Anstalten machte, trocken zu werden. Sie wurde gründlich untersucht, und die Ärzte waren der Meinung, es sei alles in Ordnung und sie würde dafür eben einfach etwas länger brauchen als andere Kinder und das sei völlig normal. Wenn sie dann eines Tages so weit sei, würde es plötzlich ganz schnell gehen mit dem Trockenwerden. Darauf hofften sie alle schon seit geraumer Zeit, denn Mias Windeln waren gelinde gesagt eine Zumutung, und das nicht nur für Frau Stiefel. „Warum schläfst du denn noch nicht, Prinzessin?", fragte Dennis seine Nichte, die für ihn und Jessica fast wie ein eigenes Kind war.
„Ich bin nicht müde, Onkel Dennis", antwortete sie.
„Aber es ist doch schon nach Mitternacht", schickte Jessica hinterher.
„Du bist doch auch noch wach, Tante Jessica", sagte die Kleine frech.
„Nun ja, das ist aber was Anderes", versuchte sich Jessica

zu rechtfertigen. Mia ließ sie nicht weiter sprechen. Sie schüttelte den Kopf und stellte klar: „Nein, es nichts anderes. Jetzt gehe ich und schaue mir noch ein Buch an. Das mit den sechs Freunden, die einen großen Schatz suchen, der aus Parmesankäse ist, und dabei ganz viele Abenteuer erleben. Das mag ich am liebsten. Liest du mir das mal wieder vor, Onkel Dennis?"
„Aber sicher doch, mein Schatz", versprach Dennis und gab ihr einen Gute-Nacht-Kuss.
Als Mia im Bett war, sprach Dennis seiner Schwester gegenüber die Windel-Problematik an: „Sag mal, so langsam aber sicher sollte sie doch wirklich mal auf die Toilette gehen, meinst du nicht? Wie ist es denn möglich, dass ein so kleiner Mensch so oft kacken muss? Mias Windeln sprengen alles, sogar die Biotonne. Im Ernst, Anna, ihr dürft die Windeln nicht mehr in die Biotonne werfen. Da hat die alte Hexe von Frau Stiefel leider Recht, die gehören in fest verschlossene Tüten und dann in den Restmüll."
„Ist ja gut. Ich habe Bernd mindestens auch schon hundert Mal gesagt, dass er die Stinkbomben gut verpacken und dann in die schwarze Tonne werfen muss. Wie du weißt, muss man ihm gewisse Dinge leider etwas häufiger sagen, bis er es kapiert hat. Ich werde also in aller Ruhe nochmals versuchen es ihm beizubringen."
Dennis winkte ab: „Oh ja, das kannst du aber laut sage, dass der manchmal schwer von Begriff ist. Viel Vergnügen beim neuerlichen Versuch."
Dann ergänzte Anna noch: „Und was Mia betrifft: Die Ärzte sagen, sie sei organisch völlig gesund. Also geben wir ihr einfach noch die Zeit, die sie benötigt. Wir können daran sowieso nicht viel ändern, denn ..."
Ehe Anna Rathvan zu Ende sprechen konnte klingelte

Dennis' Handy. Er konnte sehen, dass es Kurt Schockenried war, der ihn jetzt noch anrief. „Kurt, was gibt's denn noch zu so später Stunde?"
„Es gibt Neuigkeiten, Kleiner. Wir haben den Quacksalber ausfindig machen können, der Elmar Bischof vor kurzem operiert hat. Dem statten wir einen Besuch ab, und zwar noch heute Nacht. Wir holen dich in etwa fünfzehn Minuten ab, in Ordnung?"
„Alles klar. Aber was heißt da wir? Ist Tatjana etwa bei dir?"
„Äh … nein … Holger fährt mich heute Nacht. Bis gleich", antwortete Kurt ganz kurz und legte auf ehe Dennis weitere Fragen stellen konnte.
„Merkwürdig, warum ist er zur Zeit ständig in Begleitung von Holger? Der müsste doch längstens Feierabend haben, und so etwas wie eine Notfallbereitschaft gibt es für Sachbearbeiter eigentlich nicht, noch nicht einmal bei der Polizei", fragte sich Dennis laut und Jessica vermutete: „Es ist bereits nach Mitternacht … und so wie ich den guten Kurt kenne, hat er bestimmt etwas Alkohol intus und möchte deshalb lieber nicht mehr selbst fahren, was sehr vernünftig ist. Du solltest dich nach den diversen Gläschen Rotwein übrigens jetzt auch nicht mehr hinters Steuer eines Autos setzen, mein Lieber."
„Wahrscheinlich hast du Recht", stimmte Dennis zu, ging ins Badezimmer um sich etwas frisch zu machen, und wartete darauf, dass Kurt und Holger eintrafen um ihn abholen.

12.

„Und der Arzt hat wirklich ein glaubhaftes Alibi?", erkundigte sich Kriminalrat Scheible zum wiederholten Male, da er nicht wahrhaben wollte, dass dieser somit bis zum Beweis des Gegenteils aus dem Kreis als Verdächtiger ausgeschlossen werden musste.
„Absolut hieb- und stichfest. Wasserdichter geht es nicht. Zur selben Zeit, als Elmar Bischof am ersten Januar mit Charlotte Hengnacher in der Notrufzentrale telefonierte, und bis circa zwei Stunden nach dem errechneten Todeszeitpunkt, führte Doktor Gravesen eine Operation durch. Mehrere Mitarbeiter der Klinik sowie sämtliche Berichte und Dokumentationen bestätigen dies. Außerdem führte er unmittelbar vor – und im direkten Anschluss an die Operation – Gespräche mit den Angehörigen des Patienten, den er und sein Team operiert hatten. Er kann unmöglich zeitgleich bei Bischof in Weilimdorf gewesen sein, um ihm mit vorgehaltener Waffe das Furfural einzuflößen und ihn anschließend zu zwingen, die Notrufzentrale anzurufen", erklärte Kurt Schockenried.
„Welche Informationen haben wir denn sonst noch über ihn?", wollte Scheible wissen.
Dennis legte ausführlich dar, was sie bisher herausgefunden hatten: „Doktor Henning Gravesen, geboren 1976 in Bremen, zog im Alter von elf Jahren mit seiner Familie nach Stuttgart, weil der Vater als Angestellter von Mercedes-Benz betriebsintern die Karriereleiter hinaufgeklettert war und hier eine höher dotierte Stelle mit mehr Verantwortung annahm. Nach dem Abitur 1995 absolvierte er zunächst die Grundausbildung bei der Bundeswehr und leistete dann den Wehrdienst in Calw ab, bevor er zum

Wintersemester 1997 sein Medizinstudium an der Uni in Ulm begann. Bis auf ein Auslandsemester in England, das er sich in Deutschland so gut wie nicht anrechnen lassen konnte, verlief sein Studium reibungslos und ohne Verzögerungen. 2004 legte er das dritte Staatsexamen ab und begann kurz danach als Arzt im Praktikum am RKU – den Universitäts- und Rehabilitationskliniken Ulm – in der Orthopädie. 2008 wechselte er als Assistenzarzt zunächst ans Klinikum Stuttgart und bereits ein Jahr später in die Unfallchirurgische Klinik des Sankt Ferdinand-Krankenhauses, wo ihm eine Stelle als Oberarzt in Aussicht gestellt wurde. Nach bestandener Facharztprüfung Ende des Jahres 2010 hat er diese dann zeitnah angetreten. Er galt stets als zuverlässig und talentiert, so dass er inzwischen seit 2017 dort das Amt des Leitenden Oberarztes bekleidet."

Hans-Dieter Scheible unterbrach Dennis: „So, so … er war bei der Bundeswehr. Das bedeutet also, dass er mit einer Waffe umgehen kann."

„Das hat ja wohl rein gar nichts zu bedeuten. Ich kann auch mit einer Waffe umgehen und bin deshalb nicht gleich verdächtig, oder?", machte sich Kurt lustig über die Feststellung des Kriminalrats, der jedoch sogleich konterte: „Warum denn nicht, Herr Schockenried? Wenn Sie möchten, kann ich Sie gerne unter Tatverdacht stellen und in Haft nehmen lassen. Dann haben Sie wenigstens einen offiziellen Grund dafür, hier zu übernachten."

Kurt fühlte sich ertappt und geriet ins Stottern: „Wie … äh … ich weiß gar nicht, wovon Sie reden."

„Ach, tun Sie doch nicht so scheinheilig. Sie wissen ganz genau, was ich meine. Glauben Sie etwa, ich wüsste nicht, dass Sie regelmäßig hier in Ihrem Büro schlafen?"

„Das ist eine Unterstellung", versuchte sich Kurt energisch

zu verteidigen, ohne allerdings irgendwelche Gegenargumente liefern zu können.
„Warten Sie nur ab, noch habe ich keine handfesten Beweise. Aber das wird sich bald ändern, versprochen!", kündigte Scheible an, und Kurt hatte nicht den geringsten Grund, an der Ernsthaftigkeit seines Vorhabens zu zweifeln. Er spürte, wie die Luft dünner für ihn wurde.
Dennis unterbrach das Scharmützel, indem er mit den Fakten zu Henning Gravesen fortfuhr: „Doktor Gravesen war es auch tatsächlich, der Elmar Bischof an beiden Beinen operierte. Und zwar sowohl nach dem Autounfall im Jahre 2013 als auch bei der Metallentfernung am 19. September 2017. Er streitet allerdings entschieden ab, irgendetwas mit den Zahlen an Bischofs rechtem Schienbein zu tun zu haben. Wir haben bereits alle Schwestern, Ärzte, Pfleger und sonstiges Personal befragt, die laut Protokoll bei dem Eingriff mitgewirkt oder aus anderen Gründen im Operationssaal zugegen waren. Niemand will etwas davon mitbekommen haben, dass Gravesen mit dem Elektrokauter etwas ins Bein von Elmar Bischof geritzt hat."
„Natürlich hat angeblich keiner von denen irgendwas mitbekommen. Wenn sie es zugeben würden, käme das ja dem Eingeständnis gleich, diese Art von Patientenschändung toleriert zu haben", gab Tatjana von Senden zu bedenken, die bisher geschwiegen hatte.
„Das sehe ich auch so, Frau Kollegin. Die Aussagen der Beteiligten an diesem operativen Eingriff sind mit Vorsicht zu genießen", unterstützte sie der Kriminalrat und hakte nach: „Konnten Sie denn über diese ominöse Zahlenreihe schon etwas in Erfahrung bringen?"
Leicht genervt antwortete Dennis: „Wenn mir nicht ständig jemand ins Wort fallen würde, hätte ich dazu

schon längst Stellung nehmen können. Also, wie uns aus fachkundigen Kreisen bestätigt wurde, kommt es leider nicht gerade selten vor, dass Chirurgen auf der ganzen Welt solche Signaturen hinterlassen. Gegen Gravesen als Verursacher spricht allerdings bisher, dass niemand etwas gesehen oder mitbekommen haben will, und, dass er Rechtshänder ist. Laut dem rechtsmedizinischen Befundbericht von Professor Brandner muss der Schreiber entweder Linkshänder gewesen sein oder ein Rechtshänder, der bei der Einwärtsdrehung des Beines Hilfe hatte. Leider konnte sich bisher keiner von uns – auch nicht die Informatik-Spezialisten – einen Reim auf die Zahlenkombination machen. Alle gebräuchlichen Code-Entschlüsselungsprogramme blieben erfolglos. Wir haben auch überprüft, ob die Zahlen, einzeln oder in Kombination, irgendeine Bedeutung für Henning Gravesen haben könnten, beispielsweise Jahreszahlen, Geburtstage oder Ähnliches. Leider blieben unsere Recherchen dahingehend ebenfalls erfolglos."

Kriminalrat Scheible wollte sich gerade wieder einmischen, als Dennis entschieden dazwischen fuhr: „Bitte, Herr Scheible – gestatten Sie, dass ich meine Ausführungen zu Ende bringe, denn das war noch lange nicht alles. Und wenn ich weiterhin ständig unterbrochen werde, dann sitzen wir hier morgen noch."

„Schon gut, Herr Rathvan, fahren Sie bitte fort", forderte ihn der Kriminalrat daraufhin auf.

„Henning Gravesen hat Elmar Bischof nicht nur zweimal operiert. Die beiden kannten sich persönlich. Sie waren schon seit vielen Jahren privat befreundet. Gravesen fungierte als eine Art Hausarzt für Bischof und seine Familie, und umgekehrt kümmerte sich dieser um eine Menge rechtlicher und administrativer Angelegenheiten für die

Familie Gravesen. Beide Familien gibt es im Übrigen nicht mehr. Wie ja bereits bekannt, starb Bischofs Sohn bei einem tragischen Unglück im Hof einer befreundeten Familie. Und jetzt wird's interessant: Ebendieses Unglück auf dem Grundstück der Familie Gravesen, und zwar anlässlich eines Grillfestes während der Fußball-Weltmeisterschaft im Sommer 2014. Und das Fahrzeug, mit dem der kleine Oscar überrollt wurde, gehörte Henning Gravesen. Soweit bekannt, war der Wagen nicht abgesperrt gewesen, woraus Gravesen allerdings kein Strick gedreht werden konnte. Das lag nicht zuletzt daran, dass sein Freund Elmar Bischof – trotz allen Schmerzes über den Verlust seines Sohnes – seinen Kumpel nicht in die Pfanne hauen wollte. Er gab Henning nicht die Schuld an dem Unglück. Anders sah es hingegen bei den Ehefrauen aus: Eva Bischof und Karin Gravesen trennten sich von ihren Männern, und die Ehen zerbrachen nach einiger Zeit vollends. Alle wurden zwischenzeitlich geschieden. Die Beziehung der Gravesens blieb kinderlos und auch die Bischofs bekamen keinen weiteren Nachwuchs mehr. Darüber hinaus konnten wir herausfinden, dass der Begleiter, mit dem Elmar Bischof an seinem Geburtstag im „Da Carmine" in der Calwer Straße zum Abendessen erschien, kein anderer als Henning Gravesen war. Wie wir ja bereits wussten, trank Bischofs Begleitung an diesem Abend laut Abrechnung ausschließlich Mineralwasser. Der Grund dafür ist einleuchtend: Henning Gravesen hatte an dem Abend und der darauf folgenden Nacht Rufbereitschaftsdienst im St. Ferdinand-Krankenhaus und durfte deshalb keinen Alkohol trinken. Ansonsten ist er, auch eigenen Angaben zufolge, einem guten Gläschen Wein nicht abgeneigt."

Scheible haute auf den Tisch: „Das stinkt doch zum

Himmel! Wenn der keinen Dreck am Stecken hat, fresse ich einen Besen. Auch wenn wir noch keinerlei Beweise haben, werde ich den Staatsanwalt anrufen, um eine vorläufige Festnahme zu erwirken."

„Na, hoffentlich geht der gute Mann dann ausnahmsweise mal ans Telefon", konnte sich Holger Grünbaum eine kleine Spitze nicht verkneifen.

Der Kriminalrat bekam einen hochroten Kopf und raunzte Holger an: „Wie bitte? Was erlauben Sie sich, Herr Grünbaum! Kümmern Sie sich gefälligst um Ihre eigenen Angelegenheiten. Und wo wir gerade schon dabei sind: Sie können Kommissar Schockenried so viel durch die Gegend fahren wie sie möchten, aber nicht während Ihrer Dienstzeit. Da gibt es genug anderes für Sie zu tun. Die vergeudete Zeit werden Sie künftig am Abend dran hängen. Haben wir uns verstanden?"

Noch bevor Holger antworten konnte, ging Kurt wieder auf Gravesen ein und gab zu bedenken: „Meines Erachtens ist die Faktenlage ziemlich dünn. Nur weil die zwei sich kannten, Gravesen Bischof mehrmals operiert hat und sie beide irgendwie an dem tragischen Unglück beteiligt waren, soll Gravesen verdächtig sein? Ich kann mir beim besten Willen nicht vorstellen, warum ein Staatsanwalt einer vorläufigen Festnahme zustimmen sollte. Und selbst wenn er es wider Erwarten tun würde, müsste Gravesen bis spätestens morgen Abend einem Ermittlungsrichter vorgeführt werden, der dann einen Haftbefehl erlässt und somit die Untersuchungshaft anordnet, da er sonst wieder auf freien Fuß gesetzt werden müsste. Bei unserem bis dato sehr vorläufigen Kenntnisstand halte ich das für äußerst riskant, denn alles was wir zum jetzigen Zeitpunkt gegen ihn in der Hand haben, sind nichts weiter als Indizien, die weder einen dringenden Tatverdacht

rechtfertigen, noch eine Flucht- oder Verdunklungsgefahr oder gar eine Wiederholungsgefahr nahelegen."
Hans-Dieter Scheible überlegte kurz, ehe er zerknirscht einräumte: „Ich denke, Sie haben Recht, Herr Schockenried. Wir sollten unser Pulver nicht zu früh verschießen. Er hat ein mehr als glaubhaftes Alibi für die Tatzeit, durch das zum aktuellen Zeitpunkt der Ermittlungen sämtliche Bemühungen in dieser Richtung voraussichtlich vergebens wären. Aber wir müssen ihm weiter auf den Zahn fühlen, denn ich bin mir sicher, dass er irgendwie in die Sache verwickelt ist."
„Was gibt es denn für Neuigkeiten aus dem Umfeld des Opfers? Seid ihr anhand der Mandanten-Dateien auf etwas gestoßen, das uns weiter helfen könnte?", wollte Kurt von Tatjana und Dennis wissen, die beide den Vorabend und weite Teile der Nacht damit verbracht hatten, Akten zu wälzen.
Beide berichteten in den nächsten Minuten ausführlich von ihren Erkenntnissen. Tatjana konnte bestätigen, dass Henning Gravesen offiziell Mandant bei Elmar Bischof gewesen war, und Dennis berichtete unter anderem über den bekannten Schriftsteller Simon Bonfrère, der mit der anwaltlichen Vertretung durch Bischof nicht zufrieden gewesen war. Dabei räumte er ein, dass es Jessica Dornfeld gewesen war, der die Akte von Bonfrère aufgefallen war. Auch wenn Jessica offiziell keine Kollegin mehr war und eigentlich auch keinen Zugang mehr zu Details der Ermittlungen haben durfte, wurde dies von allen begrüßt. Jeder im Team wusste, dass sie eine exzellente Expertin mit einem unvergleichlichen kriminalistischen Instinkt war.

13.

Land der Zypressen, von Simon Bonfrère - Auszug aus Kapitel 12:

[…] „Also ich denke, dass ich sie annehmen werde“, bemerkte er feierlich.
„Was wirst du annehmen?“
„Na, die Hauptrolle in deinem Buch.“
„Ach, das meinst du. Das freut mich außerordentlich. Ich bin nämlich absolut überzeugt davon, dass du die perfekte Besetzung für die Rolle sein wirst. Bist du dir denn sicher, dass du das durchziehen wirst? Andernfalls hätte es nämlich keinen Sinn. Das wäre aber völlig in Ordnung, ich könnte es sehr gut verstehen, denn immerhin handelt es sich um eine ziemlich anspruchsvolle Rolle. Ich finde es übrigens prima, dass du dich endlich dazu durchringen konntest, mich zu duzen.“
„Bei allem, was wir beide in der nächsten Zeit zusammen vorhaben, sollte man sich auf etwas persönlicherer Ebene begegnen, wie ich finde. Schließlich müssen wir uns grenzenlos vertrauen, damit die Sache wie geplant funktionieren kann. Meinst du nicht auch?“
„Natürlich, ich sehe das ganz genauso. Das muss gefeiert werden! Ich hole eine Flasche Schampus. Einverstanden?“
„Klar doch, sehr gute Idee. Aber bitte keine Umstände.“
„Umstände? Ich bitte dich, das ist doch wirklich kein Problem. Mein ganzer Keller ist voll mit dem Blubberzeug. Und weißt du, was das Beste daran ist?“
„Nein?“
„Hat mich keinen Cent gekostet, sind alles Geschenke.“

Wenig später stießen sie gemeinsam an: „Also dann, Herr Kollege. Auf das Land der Zypressen."
„Auf das Land der Zypressen. Einen besseren Titel könnte das Buch wirklich nicht tragen. Vielen Dank, dass du damit einverstanden warst, das bedeutet mir sehr viel."
„Da hast vollkommen Recht, ich finde ihn ebenfalls sehr gelungen", bestätigte der Schriftsteller und schlug vor: „Wir haben jede Menge Arbeit vor uns und noch unendlich viel zu besprechen. Lass uns am besten gleich damit anfangen, damit wir keine Zeit verlieren, okay?"
„In Ordnung, lass uns anfangen. Ich freue mich übrigens sehr, dass du dich mit dem Titel anfreunden konntest. Er macht das Buch zu etwas ganz Besonderem für mich. Ich habe dir ja erklärt, was es mit dem Land der Zypressen auf sich hat."
„Ja, das hast du. Und die Bedeutung für dich wurde mir immer klarer, als ich deine Geschichte gehört habe. Im Grunde lag der Titel damit auf der Hand. Mir wird jetzt noch ganz übel, wenn ich nur daran denke, dass, wann immer das perverse Arschloch sich an dir vergangen hat, er dich damit erpresste, dass du nur ins Land der Zypressen kämst, wenn du mitmachen oder es zumindest über dich ergehen lassen würdest. Hat er das den anderen Kindern eigentlich auch erzählt oder hatte er für jeden von euch eine andere Story auf Lager?"
„Das weiß ich ehrlich gesagt nicht. Ich war gerade einmal zehn Jahre alt und relativ neu bei den Ministranten. Ich denke, dass keines von uns Kindern mit irgendjemandem geredet hat, denn schließlich schämten wir uns alle in Grund und Boden für das, was uns da widerfuhr. Es fühlte sich so schmutzig an."
„Das ist wirklich grotesk: Ein Kind wird wiederholt sexuell missbraucht und schämt sich dafür. Wahrscheinlich

hast du dir sogar selbst die Schuld daran gegeben?"
„Nein, das nicht. Ich wusste, dass mich keine Schuld an alldem traf. Aber ich dachte, dass es dazu gehörte und unabdingbar war, wollte ich ein guter Christ sein und eines Tages das gelobte Land, genauer gesagt das Land der Zypressen, besuchen. Ich hielt es für eine Art Prüfung, die der Herr mir auferlegt hatte."
„Bis du eines Tages gemerkt hast, dass da etwas nicht stimmte?"
„Ja, nach ungefähr einem halben Jahr und mindestens einem Dutzend Übergriffen wurde mir nach und nach klar, dass da etwas ganz und gar nicht in Ordnung war. Ich behielt es zunächst für mich, doch der emotionale Druck in mir wurde irgendwann so groß, dass ich mich jemandem anvertrauen musste."
„Und dieser Jemand war deine Mutter?"
„Ja, leider. Ich hatte mich für die denkbar ungeeignetste Person entschieden, die man sich in diesem Zusammenhang vorstellen konnte. Aber für mich war es naheliegend. Zu wem hätte ich sonst gehen sollen? Schließlich war sie meine Mutter."
„Wie reagierte sie denn auf das, was du ihr anvertraut hast?"
„Sie hat alles komplett ignoriert und verdrängt. Sie wollte mir stets weismachen, dass ich mir alles nur einbildete. Als ich das aber vehement abstritt, meinte sie, es sei sicher alles nur ein Missverständnis und ich würde da bestimmt etwas falsch verstehen. Irgendwann unterstellte sie mir sogar, ich habe alles nur erfunden, um nicht mehr zur Kirche gehen zu müssen. Daraufhin rief sie Pfarrer Fromm an und teilte ihm stolz mit, dass ich ab sofort noch einmal öfter pro Woche zu ihm in den Unterricht kommen würde, damit er mir dabei behilflich sein könne,

nicht vom rechten Weg abzukommen."
„Unfassbar, sie hat dich also der Bestie quasi zum Fraß vorgeworfen?"
„Ja, in der Tat. So lässt sich das ziemlich treffend interpretieren."
„Hat sie denn ihren Fehler irgendwann einmal eingestanden?"
„Nein, niemals. Als sich die Vorwürfe gegen Fromm häuften und es endlich irgendwann einmal zur Anzeige kam, war die Polizei bei uns zu Hause, um Fragen zu stellen. Da dämmerte ihr sicherlich, dass was Schlimmes passiert sein musste, und sie mich nicht davor beschützt hatte. Eingestehen konnte sie das aber nie. Ebenso wenig hat sie jemals wieder mit mir darüber gesprochen. Nachdem das Verfahren gegen Fromm mangels Beweisen eingestellt worden war und er zumindest juristisch rehabilitiert war, schwieg sie die Sache einfach tot."
„Hattest du jemals Rachegelüste gegenüber deiner Mutter?"
„Als Teenager verspürte ich durchaus Aggressionen gegen sie, die ich aber stets im Griff hatte. Auch wenn sie mich im Stich gelassen und einen großen Fehler gemacht hatte, habe ich sie immer geliebt. Ich könnte meiner Mutter niemals etwas antun, obgleich sie noch viele weitere Fehler gemacht hat. Sie ist einfach eine schwache Person."
„Ja? Was meinst du konkret?"
„Ach, da geht es vor allem um meinen Vater: Ich hatte ja neulich im Café le Théâtre gesagt, er habe sich aus dem Staub gemacht, als ich sechs Jahre alt war. Das stimmt so nicht, denn wie ich inzwischen weiß, hätte er mich niemals im Stich gelassen. Er hat sich zu meinem und zu seinem eigenen Wohle von meiner Mutter getrennt. Ich hätte natürlich mit zwei getrennt lebenden Elternteilen

aufwachsen können. Das ist heutzutage nichts Besonderes mehr. Sie hat ihm aber nie verziehen, dass er es sozusagen gewagt hatte, sie zu verlassen. Fortan war sie nur noch darauf aus, ihn von unserem Leben und insbesondere von mir fernzuhalten. Nur, wenn es Etwas zu bezahlen oder Unangenehmes zu erledigen gab, hat sie ihn mit einbezogen, sonst nicht. Mir hat sie dabei immer das Gefühl vermittelt, mein Vater kümmere sich nicht um mich und ich sei ihm mehr oder weniger gleichgültig. Das ist hart für ein Kind. Später fand ich heraus, dass das ganz und gar nicht stimmte. Sie war so voller Hass gegen ihn, dass sie nicht einmal davor zurückschreckte, mir zu schaden, nur um ihn zu denunzieren. Nach außen hin ließ sie es so aussehen, als ob mein Vater an allem Schuld war. Ich wundere mich heute noch darüber, wie ihr das über einen so langen Zeitraum hinweg gelingen konnte, denn besonders klug war sie noch nie."

„Hast du Beispiele?"

„Jede Menge."

„Lass hören."

„Ich weiß nicht so recht, das kratzt doch nur noch weitere alte Wunden bei mir auf. Und glaub mir, wir würden noch die ganze Nacht hier sitzen, wenn ich dir von allen ihren Intrigen erzählen würde. Und damit meine ich nur diejenigen, bei denen ich sie im Nachhinein durchschaut habe. Die Dunkelziffer dürfte deutlich höher sein."

„Nur ein Beispiel, bitte."

„Also gut, weil du es bist und ich dir wirklich abnehme, dass du Interesse an mir und meiner Geschichte hast. Als ich noch etwas kleiner war, stand mein Vater mal an meinem Geburtstag mit einem Geschenk für mich vor dem Haus und wollte mir gratulieren. Er hatte blöderweise vorher den Fehler gemacht, seinen Besuch bei meiner

Mutter per Kurznachricht anzukündigen. Sie schickte mich unter einem Vorwand in mein Kinderzimmer und machte eine CD mit Kinderliedern an, die ungewöhnlich laut lief. Dann schloss sie Fenster und Türen, zog die Vorhänge zu und stellte die Klingel an Haus- und Wohnungstür auf Lautlos, ebenso wie das Telefon. Mein Vater mühte sich vergeblich, niemand öffnete ihm. Mindestens eine halbe Stunde hatte er sich vor dem Haus aufgehalten und hat immer wieder gerufen, geklingelt und angerufen. Das Geschenk war zu groß, um es in den Briefkasten zu werfen, und zu wertvoll, um es in den Hausflur oder vor die Haustüre zu stellen, denn jeder hätte es dort wegnehmen können. Außerdem musste er damit rechnen, dass meine Mutter es verschwinden lassen würde. So wie sie es in all den Jahren immer wieder mit Briefen, Karten und anderen Geschenken von meinem Vater getan hatte. Einmal hat sie eine nagelneue Sportjacke und ein Fußballtrikot einfach in den Müll geworfen, nur weil es von meinem Vater war. Selbst Sachen, die ich von meiner Oma und meiner Tante, also Mutter und Schwester meines Vaters, bekommen habe, hat sie immer wieder verschwinden lassen. Dabei hat sie dann gehofft, dass es mir nicht auffallen würde, was auch bestimmt einige Male der Fall war. Wenn ich aber doch bemerkte, dass irgendwelche Sachen nicht mehr da waren, erzählte sie mir, sie habe sie verlegt oder entsorgen müssen, weil sie kaputt waren."

„Das ist unfassbar, doch leider hört man immer wieder solche Geschichten über hassende Mütter. Was geschah denn weiter an dem Geburtstag, von dem du eben erzählt hast?"

„Als ich am Abend traurig darüber war, meinen Vater am Geburtstag nicht gesehen oder wenigstens gesprochen zu haben, hat sie mir einfach erzählt, dass er mich vergessen

habe."
„Ich kann das kaum glauben."
„Ist aber so. Noch ein Beispiel gefällig, wo ich mich gerade etwas in Rage geredet habe?"
„Nur zu. Es ist zwar unfassbar und traurig, dennoch finde ich das Thema hochinteressant."
„Ich fragte sie immer wieder danach, wann ich wieder einmal an einem der Wochenenden zu meinem Vater dürfe, denn ich vermisste ihn sehr. Sie gab mir immer wieder zur Antwort, dass sie meinen Vater gefragt habe, ob ich zu ihm kommen könne, der aber mit der Begründung abgelehnt habe, aufgrund seiner Arbeit keine Zeit für mich zu haben."
„Das stimmte aber gar nicht?"
„Nein, das war erstunken und erlogen. Eines Tages habe ich zufällig herausgefunden, dass es genau andersherum war: Mein Vater hatte oft bei ihr angefragt, wann ich endlich mal wieder für ein Wochenende zu ihm kommen könne. Ihm wiederum hat sie daraufhin mitgeteilt, dass ich nicht zu ihm kommen könne oder wolle. Als Gründe nannte sie Krankheiten, Kindergeburtstage oder was ihr eben noch so einfiel, und sagte, mir seien diese Dinge wichtiger als er."
„Hast du sie später einmal damit konfrontiert?"
„Natürlich."
„Und, was sagte sie dazu?"
Er winkte ab: „Natürlich streitet sie alles ab und bleibt hartnäckig bei ihrer Version der Geschichten. Wie könnte sie diese kolossalen Verfehlungen auch jemals zugeben? Damit würde sie sich ja selbst für alle Zeiten disqualifizieren."
„Ich muss schon sagen, dass ich dich bewundere."
„Ja? Wofür denn?"

„Für deine Gelassenheit und deine Großmütigkeit. Ich könnte das vermutlich niemandem verzeihen, auch nicht meiner Mutter.“

„Wie gesagt … Was soll ich tun? Ich kann meine Mutter nicht verstoßen.“

Sie redeten noch eine Weile, und auch der Autor erzählte aus seiner Kindheit, die zwar nicht vollkommen sorgenfrei, aber wesentlich harmonischer und frei von ähnlich prägenden Erlebnissen verlaufen war.

Schließlich erinnerte der junge Mann wieder an den Grund ihres Treffens und daran, was sie noch alles zu tun hatten: „Um wieder auf unser eigentliches Thema zurückzukommen: Ich kann es kaum erwarten, mir den Pfarrer endlich vorzuknöpfen. Vor langer Zeit habe ich mir schon geschworen, dass ich ihn irgendwann zur Rechenschaft ziehen werde. Ich konnte nur nicht absehen, wann der richtige Zeitpunkt endlich gekommen sein würde. Doch jetzt ist es endlich soweit.“

„Das sehe ich auch so. Wir müssen sehr viel organisieren und genauestens planen, damit auch ja nichts schiefgehen kann. Also, packen wir's an, in Ordnung? Ich schreibe den Mord, den du dann begehen wirst.“

„Wie besprochen, genau so machen wir es. Bedingung ist allerdings nach wie vor, dass du dich an das Mitspracherecht hältst, das du mir in puncto Detailplanungen und letztendliche Umsetzungen der Morde zugesichert hast.“

„Natürlich, du hast mein Wort. Ab sofort sitzen wir im gleichen Boot.“

Er holte seinen Laptop, außerdem Papier, verschiedene Stifte und Lineale. Dann gingen sie in die große Bibliothek seines Hauses, wo es warm und gemütlich war. Die wandhohen Bücherregale waren beeindruckend, und im Zentrum des Raumes stand ein großer Tisch aus weiß

lackiertem Massivholz. An den Längsseiten des Tisches waren zwei komplett ausgestattete Arbeitsplätze mit PCs und Monitoren aufgebaut, ein Wireless Drucker zur gemeinsamen Nutzung befand sich seitlich davon auf einer Kommode. „Von hier aus können wir zwei in den nächsten Wochen in aller Ruhe gewissenhaft arbeiten. Das ist sozusagen unsere Schaltzentrale", sagte er stolz.
„Ich bin begeistert, du hast wirklich an alles gedacht. Wir haben hier drin ja sogar W-LAN-Empfang", staunte sein Gast.
„Natürlich. Weißt du aber, was ich jetzt als allererstes brauche, noch bevor wir loslegen?"
„Nein, was denn?"
„Rotwein, ich brauche jetzt ein schönes, großes Glas Cabernet Sauvignon aus Bordeaux. Dabei kann ich mich am besten entspannen und gleichzeitig nachdenken. Wie steht's mit dir, magst du vielleicht auch eines?"
„Klar, warum nicht. Sollte ich später nicht mehr fahrtüchtig sein, hast du bestimmt eine Ecke für mich, in der ich nächtigen kann, oder?"
„Meine Haushälterin hat bereits heute Mittag das Gästezimmer hergerichtet. Du kannst also bleiben, solange du willst. Heute Nacht haben wir eine Menge zu arbeiten."
[…]

14.

„Sie müssen die Dame von der Kripo sein?"
„Ja, Kriminalhauptkommissarin Tatjana von Senden."
„Angenehm, ich bin Simon Bonfrère. Wir haben vorhin miteinander telefoniert. Bitte kommen Sie doch herein."
„Danke."
„Darf ich Ihnen etwas anbieten? Eine Tasse Tee oder Kaffee vielleicht?"
„Nein danke, ich möchte nichts trinken. Ich habe lediglich einige Fragen an Sie. Wo können wir uns denn ungestört unterhalten?"
„Wir sind ganz alleine hier und somit überall im Haus ungestört."
„Sie leben alleine in diesem großen Haus?"
„So ist es, warum auch nicht? Ich kann es mir leisten, außerdem ertrage ich menschliche Gesellschaft nur, wenn ich sie selbst wählen und entsprechend dosieren kann. Ich würde es nicht aushalten, permanent jemanden um mich zu haben, womöglich sogar immer die gleiche Person. Nein, für so etwas bin ich nicht geschaffen."
„Sie sind also eher ein Einzelgänger?"
„Ach bitte, folgen Sie mir doch in den Wintergarten. Ich soll ein Einzelgänger sein? Nein, ganz so weit würde ich nicht gehen. Immerhin bin ich eine Person des öffentlichen Lebens und damit Teil einer Gesellschaft, in die ich voll integriert bin, ob ich will oder nicht. Ich mag es nur nicht, mein Leben anderen Menschen anzupassen oder es gar nach ihnen ausrichten zu müssen. Das lassen meine Bedürfnisse einfach nicht zu."
„Was sind denn das für Bedürfnisse?"
Bonfrère lachte: „Glauben Sie mir, meine Liebe … über

meine Bedürfnisse wollen Sie nichts wissen. Abgesehen davon kann ich mir nicht vorstellen, dass Sie gekommen sind, um mit mir über Wünsche und Bedürfnisse zu reden, oder?"

„Nicht direkt, aber jede Information, die man kriegen kann, könnte sich irgendwann einmal als wichtig herausstellen, auch wenn man ihr im Vorfeld keine oder nur geringe Bedeutung zugemessen hat."

„Das verstehe ich, meine Liebe. Sie haben aber sicher auch Verständnis dafür, dass ich mit der Polizei nicht über so persönliche Dinge reden möchte, wenn es denn nicht unbedingt sein muss."

Tatjana ließ sich nicht beirren und hakte nach: „So leid es mir tut, ich muss noch für einen Moment bei Ihrem Privatleben bleiben. Sie haben also keine Familie und leben ganz alleine hier, ist das korrekt?"

„Als ob Sie das nicht im Vorfeld Ihres Besuchs schon überprüft hätten … Aber ich kann es Ihnen gerne nochmal bestätigen: Ich habe weder Frau noch Kinder, und lebe ganz alleine in diesem wunderschönen, großen Haus mit einem noch größeren dazugehörigen Gartengrundstück."

Tatjana war in der Tat beeindruckt. Das freistehende Haus im Stuttgarter Stadtteil Rotenberg war aufwendig saniert worden. Die Einrichtung wirkte teuer, teilweise sehr edel. Sie folgte Bonfrère in den Wintergarten, der durch die hereinscheinende Sonne dieses Spätvormittags von warmem Licht durchflutet wurde.

Er bat sie, an einem runden Bistrotisch Platz zu nehmen, um den vier gleiche Stühle im passenden Design angeordnet waren. Er setzte sich gegenüber, schlug lässig die Beine übereinander und fragte: „Wollen Sie mir nicht endlich verraten, warum Sie mich sprechen wollen, Frau

von Senden? Um einen kriminalistischen Rat unter Kollegen dürfte es wohl kaum gehen, oder?"
„Nichts für Ungut, Herr Bonfrère, aber wir sind keine Kollegen. Ich bin Hauptkommissarin bei der Kriminalpolizei, und Sie erfinden Krimis. Das hat nicht das Geringste miteinander zu tun", stellte Tatjana klar.
Bonfrère musterte sie eingehend und schwieg zunächst. Tatjana überlegte währenddessen, ob sie soeben womöglich sein Ego verletzt hatte, was ihr aber vollkommen egal war. Schließlich hatte sie uneingeschränkt Recht mit ihrer Aussage. Nach kurzer Bedenkzeit reagierte Bonfrère. Er wirkte nicht beleidigt, sondern einsichtig: „Wie Recht Sie doch haben. Die Frage war auch nicht sonderlich ernst gemeint. Sie müssen mir bitte glauben, dass ich keinesfalls die Absicht hatte, Sie zu beleidigen."
„Schon gut, ich hätte vielleicht etwas freundlicher antworten können", beschwichtigte Tatjana ebenfalls.
„Schwamm drüber", sagte Bonfrère und fragte anschließend: „Haben Sie eines meiner Bücher gelesen?"
„Nein, das habe ich nicht. Ich beschäftige mich tagtäglich mit realen Fällen und richtiger Polizeiarbeit, die manchmal fürchterlich hart sein kann. Daher habe ich nicht das Bedürfnis, in meiner Freizeit Kriminalgeschichten zu lesen, die obendrein stark vereinfacht und vollkommen unrealistisch sind."
„Wie erfrischend ehrlich Sie doch sind. Das gefällt mir", bemerkte der Schriftsteller anerkennend.
„Sie haben bisher vier Bücher geschrieben?", erkundigte sich Tatjana.
„Nein, ich habe schon viel mehr Bücher geschrieben. Um genau zu sein: Sechzehn an der Zahl. Richtig ist, dass ich bisher vier davon veröffentlicht habe. Das fünfte erscheint übrigens in knapp zwei Wochen."

„Herr Bonfrère, ich bin hier, weil ich Ihnen einige Fragen zu Elmar Bischof stellen möchte", wurde Tatjana nun konkret.
„Der Hobbyjurist, der sich Fachanwalt für Medienrecht schimpft? Was ist mit ihm?", fragte Simon despektierlich und zog dabei die Augenbrauen hoch.
„Elmar Bischof wurde am Neujahrstag tot in seiner Kanzlei aufgefunden. Er …"
Bonfrère fiel Tatjana ins Wort: „Das erklärt, warum ich ihn seit Tagen nicht erreichen kann und warum ich vergeblich auf einen Rückruf von ihm warte. Ich hatte schon ein ziemlich böses Schreiben an ihn aufgesetzt – das ich jetzt aber wohl nicht mehr abzuschicken brauche, oder?"
„Das ist Ihr erster Gedanke, wenn ich Ihnen erzähle, dass Elmar Bischof tot ist?"
„Ich schätze Sie so ein, dass Sie Ihre Hausaufgaben erledigt haben, Frau von Senden. Sonst wären Sie nämlich gar nicht hier. Sie werden also herausgefunden haben, dass ich Bischofs Mandant war, und sicherlich auch, dass es zuletzt gröbere Unstimmigkeiten zwischen uns gab, weil er mich in einer wichtigen Angelegenheit schlecht vertreten hat."
„Ihrer Meinung nach …"
„Wie bitte? Ich verstehe nicht …"
„Es ist Ihre Meinung, dass er Sie schlecht vertreten hat. Er selbst sah das mit Sicherheit anders."
„Das liegt in der Natur der Sache, und ich stimme Ihnen grundsätzlich zu. In diesem Fall bin ich mir aber sicher, dass er genau wusste, was er verbockt hatte. Sonst hätten die Dinge in der Folge einen wesentlich komplizierteren Verlauf genommen. Leider hatte er nicht die Größe, das zuzugeben, sondern suchte unentwegt nach Ausreden. Es war erstaunlich, wie viele er davon aus dem Hut zauber-

te, anscheinend war sein Repertoire an fadenscheinigen Argumenten unerschöpflich."
„Wie haben Sie sich letztlich geeinigt?"
„Überhaupt nicht. Da gab es auch nichts zu einigen. Immerhin war er bereit, auf einen kleinen Teil seines Honorars zu verzichten, was er sicher nur getan hat, um nicht noch mehr Ärger mit mir zu bekommen. Ich hatte mir tatsächlich überlegt, ob ich gegen ihn vorgehen soll, habe mich dann aber dafür entschieden, die Angelegenheit auf sich beruhen zu lassen."
„Warum haben Sie es auf sich beruhen lassen?"
„Es ging mir bei der Sache nie um die Höhe der Rechnung, die er mir gestellt hat, auch wenn ich mich frage, ob es gerechtfertigt ist, dass so ein Winkeladvokat einen Stundenlohn von über dreihundert Euro verlangen darf. Von untergeordnetem Interesse war für mich auch die Höhe der Schadensersatzzahlung durch die Gegenseite, die wir erstreiten wollten."
„Worum ging es Ihnen denn dann?", wollte Tatjana wissen.
„Schauen Sie, Frau von Senden: Schon jetzt würde ich mich als einen reichen Menschen bezeichnen, und das obwohl ich erst vier Bücher veröffentlicht habe. Mein fünftes Buch wird ebenfalls ein Bestseller werden, denn – egal, ob es gut ist oder nicht – die Leute werden es kaufen, schon allein wegen meines Namens. Und bitte glauben Sie mir, dass ich es weder abwertend noch respektlos gegenüber meiner Leserschaft meine, wenn ich sage, dass es mit allen anderen Büchern, die ich schon geschrieben habe oder noch schreiben werde, ebenso sein wird. Eine eventuell zusätzliche Vermarktung der Filmrechte noch nicht berücksichtigt, habe ich dann mehr Geld, als ich jemals ausgeben könnte. Ich bin Künstler, und die sind bekann-

termaßen eitel. Daher musste ich eben auch ernsthaft darüber nachdenken, ob ich nach Ihrer schroffen Äußerung beleidigt sein soll oder nicht. Ich habe mich dann dagegen entschieden, da Sie nur zu einem allgemeinen Sachverhalt Stellung bezogen haben und damit nicht mich persönlich oder eines meiner Werke angegriffen haben. Doch nun zurück zu der juristischen Auseinandersetzung: Jemand hatte eindeutig das Namensrecht an einem meiner Bücher verletzt. Aus einer juristisch betrachtet mehr als guten Ausgangsposition entwickelte sich das Ganze dann aber dahingehend, dass auf einmal gegen mich eine einstweilige Verfügung erwirkt wurde, die mit all ihren Konsequenzen sogar existentiell bedrohlich für mich hätte werden können, hätte ich nicht selbst rechtzeitig einen Riegel vorgeschoben und die Sache beigelegt. Und ja, ich gebe zu, dass ich das Herrn Bischof übel genommen habe. Ich habe einige Juristen in meinem Bekanntenkreis, die mir allesamt versichert haben, dass die Angelegenheit für mich anders hätte enden müssen, obgleich es natürlich keine Erfolgsgarantie geben kann."

„Warum haben Sie in den letzten Tagen mehrfach versucht, ihn telefonisch zu erreichen, wenn doch die Angelegenheit angeblich längst erledigt war?"

„Ich wollte es mir nicht nehmen lassen, ihn nochmals in einem persönlichen Telefonat darüber zu informieren, dass ich künftig auf seine Dienste verzichte und mich einer anderen Kanzlei anschließen werde. Obendrein hätte ich ihm gerne noch ein paar freundliche Grüße mit auf den Weg gegeben, wenn Sie verstehen, was ich meine ..."

Tatjana nickte: „Ich verstehe ... und gleichzeitig hoffe ich, dass Sie sich im Klaren darüber sind, dass Sie zum Kreis der Tatverdächtigen gehören."

„Daraus schließe ich, dass es sich tatsächlich um einen

Mord handelt? Natürlich, sonst wären Sie ja nicht mit der Sache beschäftigt."
„Ja, alles deutet darauf hin, dass es sich um ein Tötungsdelikt handelt. Sagen Ihnen diese Zahlen etwas?", fragte Tatjana und schob einen Zettel zu Simon Bonfrère hinüber, auf den sie die Zahlenkombination von Elmar Bischofs rechtem Unterschenkel geschrieben hatte.
Er schaute sich die Zahlen an, überlegte kurz und schüttelte daraufhin den Kopf: „Nein, keine Ahnung. Was soll das sein?"
Tatjana antwortete nicht, sondern ging direkt zur nächsten Frage über: „Wo waren Sie am ersten Januar zwischen vierzehn und sechzehn Uhr?"
„Den ersten Januar welchen Jahres meinen Sie denn?"
„Ich spreche natürlich vom ersten Januar 2018."
„Gut, dass ich nachgefragt habe, denn im letzten Jahr war ich in meinem Strandhaus an der französischen Atlantikküste. Vor zwei Jahren war ich in meinem Haus an der Nordsee und vor drei Jahren in New York City."
„In Ihrem Haus in New York City, nehme ich an?"
„Nein, bedauerlicherweise konnte ich mir in Manhattan lediglich ein Appartement leisten. Es befindet sich im fünften Stock des Flat Iron Buildings. Sie wissen schon, das merkwürdige Haus an der Ecke Broadway und Fifth Avenue, das in seiner Form an ein Bügeleisen erinnert."
„Es reicht, Herr Bonfrère. Beantworten Sie meine Frage und hören auf, mich an der Nase herum führen zu wollen", forderte Tatjana.
Er hob beschwichtigend die Hände: „Schon gut. In diesem Jahr habe ich den gesamten Neujahrstag zu Hause verbracht. Die meiste Zeit über habe ich geschrieben. Außerdem habe ich mich auf meine erste Lesung mit meinem neuen Werk vorbereitet, die morgen Abend in

Stuttgart stattfinden wird, obwohl das Buch erst in knapp zwei Wochen erscheint. Sie dient dem Zweck, nochmal so richtig Appetit auf den Verkaufsstart zu machen. Selbstverständlich ist das gar nicht so einfach, denn ich muss einerseits Spannung erzeugen, darf aber gleichzeitig nicht allzu viel über die Handlung …"
Tatjana fiel ihm ins Wort: „Das interessiert mich nicht. Hören Sie auf, mich zum Narren zu halten. Gibt es Zeugen, die Ihre Angaben bestätigen können?"
„Natürlich."
„Gut für Sie. Wären Sie dann so freundlich, mir die Namen der Zeugen zu nennen."
„Die kenne ich leider nicht."
„Was soll das heißen?"
„Nun ja, die Namen der Personen, die für den Veranstalter die morgige Lesung organisiert haben, kann ich Ihnen nicht sagen. Ich kenne aber den Namen des Veranstalters. Wenn Sie dort anrufen, wird man Ihnen sicherlich bestätigen, dass die Lesung morgen stattfindet und ich nicht gelogen habe. Soll ich Ihnen die Telefonnummer heraussuchen?"
Tatjana kochte vor Wut, beschloss aber, sich nichts anmerken zu lassen. Wenn er feststellte, dass sie nicht auf seine Spielchen einging, würde er schon damit aufhören.
„Noch einmal, Herr Bonfrère: Kann jemand bezeugen, dass Sie am ersten Januar 2018 den ganzen Tag hier zu Hause waren und gearbeitet haben?"
„Nein."
Tatjana hatte genug von der überheblichen Art des Schriftstellers. Sie stand auf und ging. Dabei verabschiedete sie sich mit den Worten: „Das war noch nicht alles, Herr Bonfrère. Sie werden von uns hören, und zwar bald."

„Sehr gerne, Frau von Senden. Ich kann es kaum erwarten. Kommen Sie doch morgen Abend um 19.30 Uhr zu meiner Lesung in den Marmorsaal unterhalb des Teehauses. Ich werde an der Abendkasse eine Eintrittskarte für Sie hinterlegen lassen. Selbstverständlich dürfen Sie auch gerne mit Begleitung kommen, beispielsweise mit Ihrem Ehemann."

Tatjana blieb stehen und drehte sich zu Bonfrère: „Woher wissen Sie, dass ich verheiratet bin?"

„Nur geraten. Eine kluge und attraktive Frau wie Sie muss doch verheiratet sein, oder etwa nicht?"

„Sagen Sie das zu allen Frauen?"

„Nein, nur zu denen, die es hören wollen."

„Dann haben Sie sich in meinem Fall getäuscht. Ich möchte nichts dergleichen hören, und schon gar nicht von ihnen. Auf Wiedersehen!"

***

Tatjana war verwirrt, als sie das Haus des Autors verließ. Bonfrères Verhalten hatte gegen ihren Willen Wirkung gezeigt, denn für einen kurzen Moment hatte sie instinktiv in Erwägung gezogen, sein Angebot anzunehmen und die Lesung am nächsten Abend zu besuchen. Glücklicherweise hatte sie sich rasch wieder im Griff. Abgesehen von der merkwürdigen Art Bonfrères, hatte sie nicht die besten Erinnerungen an den Marmorsaal im Stuttgarter Weißenburgpark. Während ihrer eigenen Hochzeitsfeier vor etwa dreieinhalb Jahren war sie von dort entführt und verschleppt worden. Dahinter steckte der Komplize der Serienmörderin Amy Gallagher alias Cernunnos. In letzter Minute konnten ihre Kollegen sie damals aus den Fängen des Verrückten befreien. Ein Andenken an diese

Ereignisse würde sie für den Rest ihres Lebens an der linken Seite des Halses tragen: Dort hatte Cernunnos ihr das keltische Symbol des „Baum des Lebens“ eingebrannt, was sie allerdings inzwischen mit Hilfe eines Spezialisten zu einer originellen Kombination aus Tattoo und Branding hatte umgestalten lassen. Die Fotos, die sie davon auf ihrem Instagram-Profil veröffentlicht hatte, gingen durch die Decke und bescherten ihr knapp fünftausend Follower. Ihr Ehemann Jörg Maurer hatte daraufhin – angeblich – die großartige Idee gehabt, die ewige Verbundenheit zu seiner Frau nach außen hin für jeden sichtbar zum Ausdruck zu bringen, indem er sich das fast identische Kunstwerk ebenfalls auf der linken Seite des Halses verewigen ließ. Es kursierten Gerüchte, Tatjanas Mann habe diesbezüglich nicht aus freien Stücken gehandelt. Genau wusste darüber keiner Bescheid – außer Tatjana und Jörg selbst natürlich.

15.

Zur gleichen Zeit im Bohnenviertel:

„Hier muss es sein: E. Becker", sagte Dennis und wollte gerade den Klingelknopf neben dem Namensschild drücken, als sein Begleiter Kurt Schockenried anmerkte: „Die Dame hat wohl nach der Scheidung wieder ihren Mädchennamen angenommen. Also, ich weiß nicht so recht, was ich davon halten soll."

„Warum denn nicht, bitteschön? Die Ehe ist gescheitert und, so traurig es auch sein mag, das einzige Kind ist tot. Welchen Grund sollte sie unter diesen Umständen haben, weiterhin den Namen des Ex-Mannes zu tragen?", widersprach Dennis seinem Kollegen, der sich mit dieser Sichtweise jedoch nicht anfreunden konnte: „Ich finde das irgendwie respektlos. Sowohl dem Kind als auch dem Vater gegenüber. Und wenn ich mir vorstelle, dass Brigitte einfach so meinen Namen ablegt, als sei er ein lästiges Übel, würde mich das schwer treffen. Das wäre, als würde man das ganze gemeinsame Leben einfach auslöschen."

Dennis schüttelte den Kopf: „Respektlos? Mensch Kurt, man merkt echt, dass du irgendwie noch vom alten Schlag bist. Das ist heutzutage einfach so, und das ist auch gut. Finde dich einfach damit ab."

Sie befanden sich vor dem Eingang eines großen Mehrfamilienwohnhauses in der Brennerstraße inmitten des Bohnenviertels. Die Kälteperiode, die Baden-Württemberg derzeit fest im Griff hatte, legte eine kurze Pause ein und bescherte zur Abwechslung einen relativ milden und freundlichen Wintertag, auch wenn es der Sonne nicht

gelang, sich gegen die dichten Wolken durchzusetzen. Nur hin und wieder durchdrang der Sonnenschein für einige wohltuende Momente das triste Grau.
„Wenn man den Vorhersagen Glauben schenken darf, macht der Winter heute und morgen nur eine kleine Pause, um dann nochmal so richtig loszulegen. Zweistellige Minusgrade und ein eisiger Ostwind sollen es anscheinend in den nächsten Tagen ziemlich frostig werden lassen", berichtete Kurt.
„Warten wir's ab. Die Wettervorhersagen sind in der Regel ziemlich zuverlässig, so dass ich fürchte, sie könnten Recht behalten. Aber was soll's, das können wir ohnehin nicht beeinflussen und müssen es nehmen, wie es kommt."
Da in Baden-Württemberg noch Schulferien waren, war es nicht verwunderlich, dass an diesem Vormittag viele Kinder auf den kleinen, künstlich angelegten Grünflächen zwischen den Häusern spielten. Das Bohnenviertel hatte im Laufe einer langen Zeit mehrere strukturelle Wandel erfahren. Früher hatten hier vorwiegend Handwerker, Weinbauern und Tagelöhner gelebt. Seinen Namen hatte das Viertel ursprünglich seiner armen Bewohner wegen erhalten, die in ihren Gärten Bohnen anpflanzten, die zusammen mit Welschkorn an Stangen wie Girlanden an den Häusern hingen. Nach dem zweiten Weltkrieg war das Viertel zunehmend verfallen, und Ende der Siebziger Jahre wollte die Stadt Stuttgart dort Soziales Wohnen etablieren, wofür viele nicht besonders schöne Neubauten entstanden. Seinen liebevollen Charme hatte das Viertel dennoch nie verloren und in den vergangenen zwei Jahrzehnten wieder aufleben lassen. Eine Vielzahl von Trödelläden, Kneipen, Cafés und Weinstuben luden seitdem wieder zum Bummeln und Verweilen ein, und alljähr-

lich fand im Sommer eines der größten und beliebtesten Stuttgarter Straßenfeste statt, bei dem sich die verschiedensten Einrichtungen präsentierten und zahlreiche Besucher aus dem gesamten Umland angelockt wurden. Auch Dennis Rathvan und sein Kollege Kurt Schockenried waren in den letzten Jahren immer wieder bis in die späten Abendstunden an den verschiedenen Ess- und Getränkeständen des Bohnenviertelfestes zu Gast gewesen und hatten dort mit Freunden und Bekannten fröhliche Stunden verbracht.

Nachdem ihnen jemand die Haustüre geöffnet hatte, marschierten Kurt und Dennis ins erste Stockwerk, wo sie von Eva Becker, der Ex-Frau von Elmar Bischof, erwartet wurden. Mürrisch empfing sie die beiden Polizisten: „Schön, dass Sie es endlich einrichten konnten. Sie hatten sich für elf Uhr angekündigt. Das vor über einer halben Stunde."

Vom forschen Auftreten der durchaus attraktiven Frau beeindruckt, suchte Kurt verlegen nach einer Ausrede. Ihm entwischte eine unglaubwürdige Erklärung: „Wir bitten vielmals um Entschuldigung. Aber wie Sie sicherlich wissen, ist die Parkplatzsituation hier im Bohnenviertel nicht gerade komfortabel."

Kritisch beäugte Eva Becker den Ersten Kriminalhauptkommissar, als sie entgegnete: „Sie sind Polizeibeamte im Dienst und wollen mir ernsthaft weismachen, Sie hätten hier über dreißig Minuten lang einen, womöglich auch noch kostenpflichtigen, Parkplatz gesucht? Ich gehe jede Wette ein, dass Sie bis vor die Haustüre gefahren sind und das Auto auf dem Zugangsweg abgestellt haben – wofür jeder andere ein saftiges Verwarnungsgeld abdrücken müsste."

Dennis, der angesichts der dusseligen Aussage seines

Kollegen peinlich berührt den Kopf schüttelte, rettete die Situation geschickt: „Sie haben natürlich Recht, Frau Becker: Wir haben in der Tat direkt vor dem Haus geparkt. Entschuldigen Sie bitte die kleine Notlüge meines Kollegen. Wir wurden in einer äußerst dringlichen und prekären Angelegenheit aufgehalten, über die wir verpflichtet sind zu schweigen. Jedwede Zuwiderhandlung könnte ernsthafte Konsequenzen für uns nach sich ziehen. Darum hat er das mit den Parkplätzen vorgeschoben."
Eva Beckers Auftreten änderte sich schlagartig. Sie wirkte freundlich und zuvorkommend, als sie sagte: „Ist ja gut, ich habe mir so etwas in der Art schon gedacht. Um mein Nervenkostüm ist es momentan nicht besonders gut bestellt. Bitte entschuldigen Sie, natürlich sind Sie mir gegenüber keine Rechenschaften über Ihren Zeitplan schuldig. Kommen Sie doch erst einmal herein."
Kurt nutzte die Gelegenheit, um seinerseits wieder gut Wetter zu machen: „Ich bitte Sie, nichts für Ungut. Glauben Sie mir, wenn sich einer mit dünnen Nervenkostümen besonders gut auskennt, dann bin ich das."
Frau Becker führte die Kommissare ins Wohnzimmer der geschmackvoll eingerichteten, hellen Wohnung. Sie schloss ein gekipptes Fenster, um die neugierigen Ohren der Nachbarn nicht an der Unterhaltung teilhaben zu lassen und fragte dann: „Was möchten Sie noch von mir wissen? Ich habe Ihrer Kollegin, einer gewissen Frau von Senden, am Telefon doch bereits alles gesagt."
„Wir hätten da noch einige Fragen an Sie, Frau Becker. Immerhin ist Ihr Mann unter bisher ungeklärten und sehr merkwürdigen Umständen ums Leben gekommen. Hierzu möchten wir Ihnen selbstverständlich zunächst unser herzliches Beileid aussprechen", entgegnete Dennis höflich.

„Ex-Mann, wenn ich bitten darf ...“, korrigierte Eva energisch und fügte hinzu: „Wir sind inzwischen seit fast zwei Jahren geschieden und seit über drei Jahren getrennt. Es gab zwischen uns so gut wie keinen Kontakt mehr.“
„Natürlich, Ex-Mann ...“, korrigierte sich Dennis, um dann ohne Umschweife zur Befragung überzugehen: „Wann hatten Sie zuletzt Kontakt zu ihm?“
„Sie meinen wann ich ihn zuletzt gesehen habe?“
„Ich meine Kontakte jeglicher Art. Das können persönliche Begegnungen, Telefonate, E-Mails oder auch Kurznachrichten übers Handy gewesen sein.“
Eva Becker dachte angestrengt nach: „Hm ... also gesehen habe ich ihn schon seit ungefähr einem dreiviertel Jahr nicht mehr. Da bin ich ihm zufällig während der Faschingszeit mitten auf der Königstraße in die Arme gerannt. Wir haben uns flüchtig begrüßt, und das war es dann auch schon wieder. Telefoniert haben wir zuletzt Anfang Juli, also vor fast sechs Monaten.“
„Worum ging es in dem Gespräch?“
Sie winkte ab: „Ach, wie immer um Belanglosigkeiten. Wir hatten uns wirklich nichts mehr zu sagen.“
„Hat er Sie angerufen oder Sie ihn?“, hakte Dennis nach.
„Er hat mich angerufen. Aber was spielt das für eine Rolle?“
„Hat er Sie zufällig am achten Juli angerufen?“, erkundigte sich Dennis.
„Ja, woher wissen Sie das?“, fragte Eva verwundert.
„Zum Einen ist es recht einfach für uns, den Zeitpunkt eines Telefonats zu ermitteln, auch wenn dies schon eine Weile zurückliegt. Außerdem ist der achte Juli der Todestag Ihres Sohnes. Nennen Sie das wirklich eine Belanglosigkeit?“, wollte Dennis dann wissen.
„Hören Sie, Oscar ist tot, und nichts auf der Welt kann

daran etwas ändern. Also ersparen Sie mir bitte nach Möglichkeit diese unangenehmen Fragen."

„Es tut mir leid, für uns ist es aber durchaus von Bedeutung, was mit Oscar passiert ist. Wichtig ist in diesem Zusammenhang vor allem, wie Sie und Ihr Ex-Mann damit umgegangen sind. Bei allem Mitgefühl und Verständnis muss ich Sie bitten, uns nochmal zu erzählen, was an diesem achten Juli 2014 passiert ist?"

„In Ordnung. Haben Sie aber Verständnis dafür, dass ich mich möglichst kurz fassen werde: An dem Tag stand das Halbfinale der Fußball-Weltmeisterschaft gegen Brasilien an. Wir waren aus diesem Anlass gemeinsam mit einigen anderen Freunden und deren Familien bei Karin und Henning Gravesen zu einem Grillfest eingeladen", begann Eva Becker mit ihren Ausführungen, kam dann jedoch ins Stocken. Bereits nach den ersten Worten war ersichtlich, wie sehr sie die Erinnerungen an das schreckliche Ereignis schmerzten.

„Bitte fahren Sie fort", forderte Dennis sie höflich auf.

„Obwohl das Spiel erst am Abend stattfand, hatten wir uns alle darauf verständigt, die Kinder daran teilhaben zu lassen. Die hatten allesamt auch großen Spaß, denn es gab für sie Würstchen mit Ketchup und Limonade, und sie konnten herumtoben, so viel sie wollten.

„Wie viele Kinder waren denn da?"

Eva überlegte kurz: „Insgesamt waren es sieben Kinder."

„Was geschah dann?"

„Die Stimmung wurde unter den Erwachsenen immer ausgelassener. Keiner von uns beaufsichtigte die Kinder durchgehend, weil wir sie auf dem übersichtlichen Gelände in Sicherheit wähnten. Irgendwann fiel mir jedoch auf, dass alle Kinder in unserer Nähe waren, nur Oscar nicht. Ich begann ihn zu suchen. Schließlich fand ich

ihn im Hof vor dem Haus unter dem Auto von Henning Gravesen. Ich denke, dass er zu diesem Zeitpunkt bereits tot war. Als wenig später die Rettungskräfte eintrafen, konnten sie jedenfalls nur noch seinen Tod feststellen."
„Was war genau passiert?"
„So ganz genau kann das niemand sagen. Sicher ist nur, dass Hennings Auto nicht abgesperrt und die Handbremse nicht angezogen war. Es wird vermutet, dass Oscar eingestiegen ist und irgendwie den Gang gelöst hat. Dann merkte er, dass das Auto sich auf dem leicht abschüssigen Untergrund in Bewegung setzte, bekam Angst und sprang wieder raus, was leider die falsche Entscheidung war. Wäre er einfach sitzen geblieben, wäre er mit dem Auto gegen das Tor an der Einfahrt gerollt. Außer einem kleinen Blechschaden wäre nichts weiter passiert, aber so …"
Tränen kullerten Eva Beckers Wangen hinunter, als sie sagte: „… so wurde sein kleiner Körper von dem Wagen erfasst, der ihn dann gegen das Tor presste und schließlich zerquetschte. Sie können sich nicht vorstellen, wie grausam es ist, das eigene Kind so aufzufinden. Für mich hörte die Welt in diesem Augenblick auf, sich zu drehen, und tiefe Abgründe taten sich auf. Das hat sich bis heute nicht geändert. Meine Welt steht still, seitdem Oscar nicht mehr ist."
„Ich versichere Ihnen, dass es uns aufrichtig leid tut. Das muss furchtbar sein …", bekundete Kurt.
Frau Becker wischte sich die Tränen ab: „Das Furchtbare daran ist außerdem, dass ich mir selbst große Vorwürfe mache. Ich hätte einfach besser auf ihn aufpassen müssen."
„Was war mit Ihrem Mann?", erkundigte sich Dennis.
„Der war irgendwie sonderbar. Ich hatte fast den Eindruck, dass er gar nicht kapierte, was geschehen war.

Henning und er waren den ganzen Abend über schon so komisch. Die waren immer wieder zusammen verschwunden, und jedes Mal, wenn sie zurückkamen, hatte ich den Eindruck, dass sie noch betrunkener waren als zuvor."

„Nahmen Sie ihm das nicht übel?"

„Natürlich, das gehört sich nicht. Schon gar nicht, wenn die Familien dabei sind. Bei Henning stand es mir nicht zu, darüber zu urteilen, aber seine Frau Karin stimmte in diesem Punkt vollkommen mit mir überein. Er hatte in seinem Zustand vergessen, das Auto abzusperren, was auch immer er vorher darin zu suchen gehabt hatte. Er behauptete zwar hinterher, dass er es häufig offen vor seinem Haus auf dem Privatgelände stehen lassen würde, aber Karin bestätigte mir, dass das eine glatte Lüge war."

„Und Sie haben nichts unternommen?"

„Was hätte ich denn tun sollen? Elmar hatte sich in seiner Funktion als Anwalt und auch in seiner Eigenschaft als Freund vor Henning gestellt und alle Vorwürfe abgewiegelt. Es war nichts zu machen."

„Ihre Ehe zerbrach an dem Schicksal?"

„Ja, am Schicksal, aber auch an Elmars Verhalten. Ich konnte zwar eine gewisse Trauer bei ihm spüren, hatte aber immer das Gefühl, dass er eigentlich mit etwas anderem beschäftigt war. Henning und er steckten ab sofort noch mehr zusammen als zuvor. Manchmal kamen sie sogar zwei Tage oder länger nicht nach Hause. Da wir nie vernünftige Begründungen erhielten, sondern immer nur abgespeist wurden, wurde es Karin und mir langsam aber sicher zu dumm. Gemeinsam fassten wir eines Tages den Entschluss, unsere Männer zu verlassen, was wir dann auch umgehend und konsequent in die Tat umsetzten."

„Ihrem Ex-Mann dürfte das nicht gefallen haben, oder?"

„Er reagierte verdutzt, als ich ihn damit konfrontierte, was aber weniger seinem Bedauern als dem verletzten Ego geschuldet war. Er wirkte einigermaßen fassungslos angesichts der Tatsache, dass ich es wagte, ihn zu verlassen. Damit hatte er nicht gerechnet."
„Verliefen Trennung und Scheidung reibungslos oder gab es Streitigkeiten?"
„Alles verlief weitestgehend unkompliziert. Elmar zeigte sich sogar recht großzügig, so dass es keine finanziellen Streitigkeiten gab. Man konnte fast meinen, dass es ihm das wert war, um mich endlich los zu sein."
„Könnten Sie sich vorstellen, dass Elmar Feinde hatte?", wollte Kurt wissen.
„Natürlich. Menschen wie er haben viele Feinde. Es würde mich auch nicht wundern, wenn ihn jemand so sehr hasste, dass er ihn umbrachte. Elmar war ein Arschloch!"
„Haben Sie einen konkreten Verdacht?", hakte Kurt nach.
„Nein, es könnte jeder gewesen sein."
„Auch Sie selbst?", fragte Kurt provokant und schloss direkt die Frage an: „Was haben Sie am ersten Januar zwischen 14 und 16 Uhr gemacht?"
Eva Becker lachte lauthals: „Ich ihn umgebracht …? Nein, das ist albern. Wenn ich das gewollt hätte, hätte ich es schon längst getan und nicht bis vor wenigen Tagen damit gewartet, das können Sie mir glauben."
Kurt wiederholte die Frage: „Was haben Sie am ersten Januar zwischen 14 und 16 Uhr gemacht, Frau Becker?"
Elmar Bischofs Ex-Frau antwortete prompt: „Das kann ich Ihnen genau sagen: Ob Sie es glauben oder nicht – ich saß vor dem Fernseher und habe das Neujahrsskispringen in Garmisch-Partenkirchen verfolgt. Und ich nehme auch gleich vorweg, dass das niemand bezeugen kann, weil ich alleine war, und zwar den ganzen Tag. Ich habe einige

Telefonate geführt, aber nicht während des Skispringens. Ansonsten hatte ich an dem Tag keinen Kontakt zur Außenwelt und habe die Wohnung nicht verlassen."
„Oh, wie schön. Das Skispringen habe ich auch gesehen. War ganz schön spannend, was? Schön, dass endlich mal wieder ein Deutscher gewonnen hat, nicht wahr?", kommentierte Kurt scheinbar begeistert.
Eva Becker lächelte triumphierend, als sie sagte: „Netter Versuch, Herr Kommissar. Ich weiß ganz genau, dass kein Deutscher gewonnen hat."
Kurt grinste: „Einen Versuch war's wert."
„Was ist mit Suizid?", schlug Dennis vor.
Frau Becker winkte ab: „Das kann ich ausschließen. Ein derart selbstverliebter und überheblicher Mensch wie Elmar würde niemals Selbstmord begehen."
„Vielleicht war er ja krank?"
„Das hätte er dann sicher nicht für sich behalten, sondern in die ganze Welt hinaus posaunt, damit alle ihn bemitleideten. Nein, ich bin mir sicher, dass ihn tatsächlich jemand umgebracht hat."

***

„Meinst du, Eva Becker könnte ihren Ex-Mann umgebracht haben?", fragte Dennis auf der Fahrt zurück zum Präsidium..
„Ich denke, es wäre ihr zuzutrauen. Trotzdem bin ich mir ziemlich sicher, dass sie nichts damit zu tun hat."
„Warum bist du dir da so sicher? Man könnte ihr durchaus ein Motiv unterstellen."
„Das stimmt schon. Wir können sie als Verdächtige nicht ausschließen, zumal ihr Alibi ziemlich dünn ist. Ich habe aber einfach so das Gefühl, dass sie es nicht war, warum

auch immer."
„Die Antwort mit dem Skispringen kam zu schnell", ging Dennis noch mal auf das Alibi ein. „Das klang unglaubwürdig, fast ein bisschen wie auswendig gelernt. Dein Bauchgefühl in Ehren – aber wir müssen sie nochmal penibel überprüfen."
„Sicher doch", stimmte Kurt zu, während er herzhaft gähnte und die Lehne des Beifahrersitzes zurückstellte, um ein kurzes Nickerchen einzulegen.
Doch Dennis gönnte ihm die Pause nicht: „Sag mal, etwas Blöderes als die Ausrede mit der Parkplatzsituation ist dir vorhin wohl nicht eingefallen? Das war echt mega peinlich, mein Lieber."
„Na, du bist lustig. Hätte ich ihr sagen sollen, dass wir zu spät waren, weil wir noch auf ein zweites Frühstück beim Brunnenwirt vorbei geschaut haben?", verteidigte sich Kurt.
Dennis lachte: „Ist ja schon gut. Ich kann übrigens immer noch nicht glauben, dass du zur Frühstückszeit schon einen Schweinebauch verdrücken kannst."
„Schweinebauch geht immer", sagte Kurt und schloss erneut die Augen.
Wieder störte Dennis ihn: „Kurt, ich wollte dich noch etwas fragen."
„Was denn noch?", knurrte dieser genervt.
„Warum bist du eigentlich in letzter Zeit andauernd mit Holger unterwegs und lässt dich von ihm durch die Gegend fahren? Wenn ich es nicht besser wüsste, würde ich doch glatt vermuten, dass du keinen …"
Genau in diesem Moment klingelte Dennis' Mobiltelefon in der Halterung auf dem Armaturenbrett. Wer auch immer der Anrufer war, er hatte etwas gut bei Kurt.
Dennis sprach nicht viel während des Telefonats, sondern

hörte vorwiegend zu. Als es beendet war, fragte Kurt:
„War es was Wichtiges?"
„Wie man's nimmt. Das war Mark. Er berichtete, dass das Gespräch mit Henning Gravesen wohl ein ziemlicher Reinfall gewesen sein muss."
„Hat er es verbockt oder hat Gravesen den Braten gerochen und nichts rausgelassen?"
„So genau hat er das nicht erklärt. Ich vermute aber von Beidem etwas."
„Er konnte also überhaupt nichts in Erfahrung bringen?"
„Von Henning Gravesen selbst nicht, aber er hatte wohl die Gelegenheit, auch mit einigen Angestellten aus der Pflege zu sprechen, die er von früher noch kannte und die nach wie vor auf den Stationen und in den Ambulanzen des Sankt-Ferdinand-Krankenhauses mit Gravesen zu tun haben."
„Und?"
„Man hat ihm gesteckt, dass Gravesen in den letzten Jahren wohl ziemlich nachgelassen haben muss. Einige Fehler wurden ihm sogar zur Last gelegt, die aber ohne nennenswerte Konsequenzen blieben, weil sie von Kollegen noch gerade so ausgebügelt werden konnten. Außerdem wirkte er oft fahrig und unkonzentriert, unterlag starken Stimmungsschwankungen, war leicht reizbar und teilweise sogar aggressiv. Man munkelte, er habe seit der Trennung von seiner Frau ein Alkohol- oder Drogenproblem."
„Na, da hat der Schlauberger und Hobbykriminalist doch immerhin etwas Brauchbares herausgefunden. Ging man denn seitens der Klinik dem Verdacht gegen Gravesen auf den Grund?"
„Nein, so gravierend wurde es dann doch nicht eingestuft. Wenn du mich fragst, handelt es sich um das übliche

Muster: Es wird erst gehandelt, wenn etwas Schlimmes passiert ist. Und bis dahin wird alles schön unter den Teppich gekehrt."
„Da könntest du Recht haben, das kennen wir aus unserem Club ja nur zu gut", stimmte Kurt seinem Kollegen zu und schlug vor: „Dann gehen wir doch einfach der Sache auf den Grund. Was hältst du davon?"
„Grundsätzlich keine schlechte Idee. Aber das dürfte nicht einfach werden. Ich glaube nicht, dass wir aufgrund eines Gerüchts die Genehmigung für ein Screening bekommen", gab sich Dennis skeptisch.
„Zum Glück gibt es da ja noch andere Methoden. Der kurze Dienstweg hat schon so manches ermöglicht", entgegnete Kurt mit einem spitzbübischen Grinsen, als Dennis' Handy abermals klingelte. „Meine Güte, du bekommst ja mehr Anrufe als die Gewinnhotline für Karten eines Helene-Fischer-Konzerts", witzelte Kurt.
„Wenn du willst, kann ich da gerne mal für dich anrufen", sagte Dennis, während er das nächste Gespräch annahm.
„Hi Dennis, hier spricht Tatjana. Ich komme gerade von meinem Besuch bei diesem Simon Bonfrère. Ich kann dir sagen, das ist vielleicht ein merkwürdiger Zeitgenosse."
„Warum?", wollte Dennis wissen. „Gab es irgendwelche Besonderheiten?"
Tatjana lachte: „Der Mensch ist absolut besonders, allerdings nicht durchweg im positiven Sinne."
„Hört sich interessant an. Was meinst du damit?"
„Ich erzähle dir mehr, wenn wir uns nachher im Präsidium treffen. Nur eine Info vorweg: Er hat zwar kein eindeutiges Motiv, aber aufgrund seiner Auseinandersetzung mit Bischof war er jedenfalls alles andere als gut auf ihn zu sprechen. Und ein Alibi für den gesamten Neujahrstag hat er auch nicht."

„Das wäre dann schon die zweite Person, die ein Problem mit Bischof hatte und ohne überzeugendes Alibi dasteht", stellte Dennis fest.
„Wer denn noch?", wollte Tatjana wissen.
„Eva Becker, seine Ex-Frau."
„Und unser Hauptverdächtiger?", erkundigte sich Tatjana.
„An dessen Alibi ist nach wie vor nicht zu rütteln."
„Gibt es denn Neuigkeiten zu Gravesen?"
„Leider nicht viel, außer dem Gerücht, er habe möglicherweise ein Alkohol- oder Drogenproblem. Wahrscheinlich war es doch keine besonders gute Idee, Mark Scheck zu ihm zu schicken. Den netten Plausch unter Kollegen nach so vielen Jahren und ausgerechnet zum jetzigen Zeitpunkt hat ihm Gravesen anscheinend nicht abgekauft."
„Ehrlich gesagt überrascht mich das nicht sonderlich. Nun gut, einen Versuch war's dennoch wert. Wir sehen uns demnächst im Büro", sagte Tatjana.
„Ja, wir sind schon unterwegs dahin. Bis gleich", antwortete Dennis und legte auf.

16.

Etwa eine Stunde früher im Sankt-Ferdinand-Krankenhaus:

„Herr Scheck?"
„Ja?"
„Doktor Gravesen hat jetzt Zeit für Sie. Er meinte, Sie können einfach zu ihm rein gehen. Dort ist sein Büro", sagte eine nette Dame um die Fünfzig mit kurzen, schwarz gefärbten Haaren und einer auffälligen roten Brille.
Sie hatte sich als Chefsekretärin vorgestellt und machte einen resoluten, jedoch keineswegs unsympathischen Eindruck. Mark kannte sie nicht, was bedeutete, dass sie noch nicht sehr lange hier beschäftigt sein konnte, da er selbst bis vor wenigen Jahren in der Unfallchirurgischen Klinik des Sankt Ferdinand-Krankenhauses gearbeitet hatte. Vermutlich war sie die Nachfolgerin der langjährigen Chefsekretärin Frau Bäumler, die inzwischen wahrscheinlich im wohlverdienten Ruhestand weilte.
Mark hatte von seinem Freund Dennis Rathvan erfahren, dass Henning Gravesen ins Visier der polizeilichen Ermittlungen geraten war und dass man ihn gerne vorläufig festgenommen hätte, was jedoch von der Staatsanwaltschaft aufgrund der aktuellen Fakten- und Indizienlage nicht genehmigt werden würde. Mark Scheck und Henning Gravesen hatten mehrere Jahre gemeinsam in der gleichen Abteilung als Assistenzärzte gearbeitet. Aufgrund des hohen Arbeitspensums hatten sie seinerzeit viele Tage und Nächte zusammen in der Klinik ver-

bracht. Obendrein kamen sie auch auf persönlicher Ebene bestens miteinander aus, was nicht selbstverständlich war. Nicht nur aus Fernsehserien war bekannt, dass es in einem großen Team aus Assistenzärztinnen und -Ärzten jede Menge Reibereien und Konkurrenzkämpfe gab, bei denen teils mit harten Bandagen gekämpft wurde. Mark hatte Dennis vorgeschlagen, dass er seinen ehemaligen Kollegen doch um ein unverbindliches Gespräch bitten könne, mit dem Hintergedanken, etwas von ihm zu erfahren, was er der Polizei oder Fremden niemals erzählen würde. Moralische Bedenken hatte Mark nicht, da er die Aktion weder für unkollegial hielt, noch sich dabei als Spitzel wahrnahm.

Dennis und Kurt Schockenried hatten nichts gegen sein Vorhaben einzuwenden.

Mark war etwas nervös, als er das Zimmer von Henning Gravesen betrat. Er freute sich zwar darauf, seinen ehemaligen Weggefährten nach mehreren Jahren wieder zu sehen. Dennoch war ihm allzu bewusst, unter welch schwerem Verdacht Gravesen stand. Schon bei der Begrüßung spürte Mark, dass Henning nicht mehr der Gleiche war wie früher. Nur kurz erhob sich der Oberarzt für einen flüchtigen Handschlag aus seinem Schreibtischstuhl und bot Mark den Besucherplatz an seinem Tisch an. Dann sagte er: „Mark Scheck, mein lieber Freund und Kupferstecher … Wie lange mag das wohl her sein?"

„Hallo Henning. Schön, dich zu sehen. Da muss ich überlegen … Also abgesehen von dem Kongress in Berlin, auf dem wir uns vor einigen Jahren zufällig auf den Fluren der Industrieausstellung in die Arme gelaufen sind, ist es ziemlich genau acht Jahre her, dass wir uns zuletzt gesehen haben. Damals habe ich das Sankt Ferdinand verlassen, um als frischgebackener Facharzt eine neue Stelle

anzunehmen. Ich finde es sehr schade, dass wir uns aus den Augen verloren haben."
Mit übereinander geschlagenen Beinen saß Gravesen Mark gegenüber und schaute ihm nicht einmal in die Augen, als er recht kühl entgegnete: „Nun ja … wie man es nimmt. So ist das Leben: Menschen kommen und gehen."
Mark glaubte zunächst an einen Scherz: „Na hör mal, begrüßt man so einen alten Kumpel? Mensch, was haben wir nicht alles zusammen erlebt? Ich würde echt mal gerne wissen, wie viele kalte Pizzen wir in all den Jahren essen mussten, weil wir zum Zeitpunkt der Lieferung immer schon wieder beim nächsten Notfall waren oder im OP festhingen."
Henning fiel ihm ins Wort: „Es interessiert mich gerade wirklich nicht, wie viele bescheuerte Pizzen ich mit irgendjemandem gegessen habe."
„Sag mal, Henning. Was ist denn los mit dir? Habe ich dir irgendetwas getan?"
„Hältst du mich etwa für bescheuert? Meinst du, ich würde nicht raffen, warum du nach all den Jahren ausgerechnet jetzt bei mir aufkreuzt?"
„Ganz ehrlich, Henning. Ich wollte einfach nur so mal wieder bei dir vorbei kommen. Der alten Zeiten wegen", schwindelte Mark.
„Und das soll ich dir glauben?"
„Nun ja, um ganz ehrlich zu sein, hatte ich schon einen kleinen Hintergedanken."
„Wusste ich's doch."
„Ich hatte gehofft, dass wir vielleicht eine kleine Kooperation unter alten Freunden anstrengen könnten. Das könnte beispielsweise so aussehen, dass ich dir Patienten zur OP schicke, und du mich dafür im Gegenzug einigen deiner Patienten zur postoperativen Nachsorge emp-

fiehlst. Was hältst du davon?"
„Ich weiß doch noch nicht einmal, was du so treibst."
„Du meinst beruflich?"
„Was auch immer."
„Ich hatte dir doch erzählt, dass ich inzwischen eine eigene Praxis habe."
„Kann schon sein. Ich kann mir ja nicht alles merken, was man mir irgendwann einmal erzählt hat. Und außerdem interessiert es mich sowieso nicht", winkte Henning ab.
„Warum nicht?", wollte Mark verdutzt wissen.
„Es ist doch ein offenes Geheimnis, dass ihr Hobbymediziner es euch draußen in euren Praxen schön gemütlich macht, während wir hier drinnen in den großen Kliniken die Drecksarbeit an der Basis leisten."
„Puh … das ist aber ganz schön herablassend, findest du nicht?"
„Nein, finde ich nicht. Als Unfallchirurg sollte man operieren und nicht mit Cremes und Tabletten an den Wehwehchen der Menschen herumpfuschen. Und immer, wenn ihr nicht mehr weiter wisst oder euer Wochenende droht in Gefahr zu geraten, dann schickt ihr die Leute zu uns die Klinik, weil ihr wisst, dass wir es schon richten werden."
Mark war baff. Henning verhielt sich ihm gegenüber regelrecht feindselig. Er konnte nicht einordnen, ob sich dieses Verhalten gegen ihn persönlich richtete oder ob Henning einfach nur schräg drauf war. Am liebsten hätte er ihm ein paar Takte zu seinen unverschämten Verallgemeinerungen und Unterstellungen gesagt, wusste aber, dass Gravesen dann endgültig dicht machen würde. Also entschloss er sich dazu, ihm eine Frage nach seinem Privatleben zu stellen, vielleicht würde das ja die Atmosphäre etwas entspannen.

Als Mark sich nach Hennings Frau Karin erkundigte, bekam er eine lapidare und verachtende Antwort vor den Latz geknallt: „Sie ist weg, raus aus meinem Leben, und das ist auch gut so."
Gravesen wirkte nervös und aufgedreht. Rastlos schaute er immer wieder auf sein nacktes Handgelenk, wo sich für gewöhnlich wohl eine Armbanduhr befand. Mark beäugte ihn kritisch und schwieg einen Moment.
„Geht's dir gut?", erkundigte er sich dann.
„Wie? Äh … ja, hab meine Uhr wohl im Spint der OP-Umkleide vergessen. Aber egal, ich muss da eh gleich wieder hin. Meine Zeit ist knapp bemessen. Was willst du also von mir? Wenn es um eine Anstellung gehen sollte, kann ich dir direkt sagen, dass du keine Chance hast. Ich habe keine Stelle frei. Und selbst wenn ich eine hätte, würdest du sie sicher nicht kriegen. Du bist zu lange raus aus dem Geschäft."
Beschwichtigend hob Mark die Hände: „Gott bewahre, ich bin sehr glücklich mit dem, was ich mache und suche gewiss keine Stelle. Außerdem habe ich dir doch gerade eben erzählt, dass ich über eine mögliche Kooperation mit dir sprechen wollte. Darüber hinaus dachte ich, wir könnten uns über die eine oder andere private Sache unterhalten. Wir können uns aber auch gerne ein andermal abends auf ein Bierchen treffen? Was meinst du, wir könnten beispielsweise ins Schlesi gehen, wo wir früher nach Dienstende oft waren?"
Henning Gravesen schien immer unruhiger zu werden. Unentwegt rutschte er auf seinem Stuhl hin und her und wackelte mit einem Kugelschreiber, den er zwischen den Fingern seiner rechten Hand hielt. Energisch brachte er hervor: „Es ist aber nichts mehr wie früher, verstehst du? Wenn du etwas von mir wissen willst, frage mich hier und

jetzt. Ansonsten würde ich dich bitten zu gehen, denn ich habe wie gesagt zu tun."
Mark befürchtete einen Rausschmiss und sah deshalb den Zeitpunkt gekommen, das Thema auf den Tod von Elmar Bischof zu lenken. „Du hast sicher vom Tod des Rechtsanwaltes Elmar Bischof gehört, oder? Zufällig weiß ich, dass wir beide Klienten bei ihm waren", schwindelte Mark. „Er hatte sich mal verplappert, als ich in einem anderen Zusammenhang beiläufig deinen Namen erwähnte. Er erzählte er mir, dass ihr beide privat befreundet seid und du ihn sogar schon zweimal operiert hast. Stimmt das?"
„Ja, das stimmt. Warum willst du das wissen?"
„Nun, da ich Bischofs Klient war, nutzte er die eine oder andere Begegnung auch dazu, mir medizinische Fragen zu stellen. Das geht uns Ärzten doch ein Leben lang so: Egal, wo wir aufkreuzen, denken die Menschen, sie müssten uns von all ihren Wehwehchen erzählen. Das ist doch bei dir sicher nicht anders, oder?"
„Was für Fragen hat er dir gestellt?", wollte Gravesen wissen.
Mark verfolgte jetzt die Strategie, Henning zu provozieren, indem er ihn bei der Ehre packte. Vielleicht würde es ihm ja so gelingen, ihn aus der Reserve zu locken. Er beugte sich zu ihm rüber und sagte leise: „Er zeigte mir die Röntgenbilder eines Unterschenkels, die nach der Metallentfernung vor einigen Monaten aufgenommen wurden und berichtete, dass er an diesem Bein – nicht jedoch am anderen – noch unter starken Schmerzen leiden würde."
„Welches Bein? Und was hast du ihm gesagt?", fragte Doktor Gravesen.
„Es war das rechte Bein. Aber keine Sorge, ich habe ihn

beruhigt und ihm gesagt, dass anhand der Röntgenaufnahmen alles in Ordnung ist."
„Warum erzählst du mir diesen Mist? Wenn er noch Schmerzen hatte, war das sein Problem, mit meiner OP hatte das sicher nichts zu tun, denn die war gut wie immer."
Mark zögerte kurz, bevor er sagte: „Henning, ich war vorhin nicht ganz ehrlich zu dir. Du weißt doch, dass ich gute Verbindungen zur Polizei und zur Rechtsmedizin habe. So habe ich mitbekommen, dass sie dich auf dem Kieker haben. Daher wollte ich dir raten, deine Unterlagen nochmals zu überarbeiten, so dass du zumindest diesbezüglich nicht angreifbar bist. Die suchen nämlich nur nach einem Grund, um dich festzunageln, und dabei ist ihnen alles recht."
„Ich weiß, dass die hinter mir her sind. Sie haben mir letzte Nacht einen ziemlich unangenehmen Besuch abgestattet. Aber die können mir nichts, denn ich habe nichts mit der Sache zu tun."
Mark wurde konkret: „Hand aufs Herz, Henning: Hinterlässt du während der OPs immer noch Signaturen an den Knochen mancher Patienten?"
„Das tun wir doch alle", antwortete Gravesen grinsend.
„Nein, Henning. Das tun wir nicht alle, denn es ist nicht in Ordnung, und das weißt du ganz genau."
Gravesen winkte ab: „Das Geschwätz über Ethik und Moral geht mir so was von auf den Zeiger. Wir sind es doch, die die Menschen wieder herstellen und dafür sorgen, dass sie keine Folgeschäden davon tragen beziehungsweise überhaupt wieder gehen und stehen können. Wen interessiert es dabei, dass man sich einen kleinen Spaß erlaubt, der ohnehin vollkommen bedeutungslos ist?"
„Hast du bei Bischof etwas mit dem Elektrokauter ein-

geritzt?", fragte Mark jetzt ganz direkt.
„Das haben die Bullen mich auch gefragt. Ich habe keine Ahnung. Ich führe jährlich tausende von Operationen durch. Da kann ich mich unmöglich an jede einzelne erinnern."
Noch einige Minuten redeten sie über mehr oder weniger belanglose Dinge, wobei sich Henning Gravesen auffallend abfällig, teilweise sogar aggressiv über ehemalige Kolleginnen und Kollegen äußerte. Die Unterhaltung kam daraufhin schnell zum Ende, denn Mark spürte, dass Henning ihn loswerden wollte. Er selbst hatte ebenfalls das Bedürfnis, schnellstmöglich das Zimmer zu verlassen. Ihm war klar, dass das Gespräch nicht wunschgemäß verlaufen war. Mark hatte nicht nur nichts herausgefunden, er hatte Gravesen sogar noch vor der Polizei gewarnt und ihn dadurch sensibilisiert. Ein guter Rechtsbeistand würde den Ermittlern in einem Verfahren dieses Gespräch als Verstoß gegen sämtliche Vorschriften um die Ohren hauen. Unterm Strich musste er also feststellen, dass der Besuch bei Henning Gravesen eine Schnapsidee gewesen war. Immerhin wusste er nun, dass der Freund aus früheren Tagen kein Freund mehr war und dass ihm das nicht im Geringsten leidtun musste. Er stand schon in der Tür, als ihn spontan das Bedürfnis überkam, Henning Gravesen noch etwas mit auf den Weg zu geben: „Ach, Henning. Eine Frage noch."
„Ja, was denn?"
„Was ist bei dir schiefgelaufen? Wann wurde aus dem sympathischen, idealistischen und allseits beliebten Jungmediziner, dem alle Türen offen standen, das bornierte, verbitterte und arrogante Arschloch, das du jetzt bist? Leb wohl."
Ohne eine Antwort abzuwarten zog Mark die Tür hin-

ter sich zu und verschwand. Als er das Sankt-Ferdinand-Krankenhaus verlassen hatte, rief er umgehend bei Dennis Rathvan an, um ihm von dem wenig erfolgreichen Gespräch zu berichten.

17.

Schwungvoll bog der der alte Mercedes 123 nach links in die Bopserwaldstraße ein. Dass er dabei einem entgegenkommenden Fahrzeug die Vorfahrt nahm, störte den Taxifahrer offenbar nicht. Dem Hupen und wilden Gestikulieren des aufgebrachten Verkehrsteilnehmers schenkte er keinerlei Aufmerksamkeit. Zu den wilden, orientalischen Klängen aus den Lautsprechern seines Autos wackelte nicht nur er selbst mehr oder weniger taktvoll mit, sondern auch zahlreicher Krimskrams, der sich am Rückspiegel und auf dem Armaturenbrett befand.

Jessica Dornfeld war aufgrund des beherzten Fahrstils zwar ein wenig flau im Magen, dennoch hatte sie irgendwie Vertrauen in die Fahrkünste des indisch aussehenden Mannes, der ihr mit hoher Stimme und starkem Akzent erklärte: „Ich fahre Sie zum Parkplatz an Werhaldenstraße, da können Sie von oben durch Weißenburgpark direkt zu Teehaus gehen. Dann: Treppen runter bis Marmorsaal."

„Das geht in Ordnung", entgegnete Jessica und war froh darüber, dass sie es offenbar mit einem Taxifahrer zu tun hatte, der sich gut auskannte, was in Stuttgart – wie in vielen anderen Großstädten auch – leider nicht selbstverständlich war. Nachdem der Mann noch einen kritischen Monolog zu den geplanten Dieselfahrverboten in Stuttgart zum Besten gegeben hatte, hielt er auf einem Parkplatz oberhalb des Teehauses, der aufgrund der abendlichen Veranstaltung im Marmorsaal schon ziemlich voll war.

„Wenn Sie nach Lesung ein Taxi brauchen, das Sie wieder abholt und sicher nach Hause bringt, dann rufen Sie mich an, ja?", bot er Jessica höflich an und drückte ihr eine mit einem bunten Elefanten bedruckte Visitenkarte in die Hand, auf der neben einer Handynummer sein Name stand: Bharat Bakshi.

***

Es war bereits seit Stunden dunkel. Die Luft war feucht und kalt, und der böige Abendwind sehr unangenehm. Jessica folgte einigen dick angezogenen Menschen den kurzen Weg durch den Park, hinunter zum Marmorsaal, wo sich am Eingang schon eine beträchtliche Warteschlange gebildet hatte, in die sie sich brav einreihte. Jessica war in den letzten Jahren nicht oft unterwegs gewesen, schon gar nicht alleine. Nach der schweren Verletzung ihrer Halswirbelsäule vor etwas über drei Jahren hatte sie sich insgesamt vier Operationen unterziehen müssen, die nicht komplikationslos verlaufen waren. Lange Aufenthalte in Krankenhäusern und Rehakliniken lagen hinter ihr, ebenso wie die scheinbar endlose Phase der ambulanten Rehabilitation von zu Hause aus und dem damit verbundenen Weg zurück in ein normales Leben. Zahlreiche gesundheitliche Rückschläge hatte sie wegstecken müssen, was der ohnehin belasteten Seele nicht zuträglich gewesen war. Doch dank der Unterstützung ihres Lebensgefährten Dennis Rathvan und seiner Familie, fand sie, gepaart mit einem eisernen Willen, immer wieder zurück in die Spur. Sämtliche alltäglichen Tätigkeiten meisterte sie inzwischen wieder problemlos, obgleich der körperlichen Belastbarkeit noch deutliche Grenzen gesetzt waren. Sie hatte aber den Eindruck, dass es weiterhin Woche für Woche und in ganz kleinen Schritten bergauf ging. Beruflich hatte sie sich vollkommen aus dem aktiven Dienst

zurückgezogen und arbeitete inzwischen freiberuflich als Autorin von Fachbüchern über forensische Psychiatrie. Sie hatte schon mehrere Bücher veröffentlicht, die in Fachkreisen ebenso großen Absatz fanden wie unter interessierten Laien. Der Ruf als international anerkannte Spezialistin auf diesem Gebiet war dabei sicherlich genauso hilfreich, wie die Berühmtheit, die sie als einziges bekanntes Opfer des Piano-Manns erlangt hatte, das – wenn auch schwerverletzt – überlebt hatte.
Als sie nach einigen Minuten an der Reihe war, sagte der korpulente Mann am Eingang freundlich aber bestimmt zu ihr: „Die Veranstaltung ist restlos ausverkauft. Wenn Sie nicht auf der Gästeliste stehen, kann ich Sie leider nicht hereinlassen".
„Ich stehe aber auf der Gästeliste", gab sie an.
„Würden Sie mir dann bitte Ihren Namen nennen", blieb der Mann förmlich, und Jessica schwindelte: „Mein Name ist von Senden, Kriminalhauptkommissarin Tatjana von Senden."
Der Mann scrollte auf dem vor ihm liegenden Tablet-PC bis fast ans Ende der alphabetisch angelegten Gästeliste, bevor er den Namen entdeckte. „Ja, hier steht es: Tatjana von Senden und Begleitung. Sind Sie alleine?"
„Ja, ich bedaure. Meine Begleitung war leider in allerletzter Minute verhindert", flunkerte Jessica erneut, bevor der Mann am Eingang grünes Licht erteilte und sie einließ.
Tatjana von Senden hatte Jessica in einem Telefonat von ihrem Besuch bei Simon Bonfrère und dessen Einladung zur Lesung am heutigen Abend erzählt. Und da Tatjana ziemlich schnell beschlossen hatte, die Einladung Bonfrères nicht anzunehmen, kamen sie auf die Idee, dass Jessica statt ihrer hingehen und sich unter falschem Namen Zugang zu der ausverkauften Veranstaltung ergaunern

könnte.

***

Etwa neunzig Minuten später, nach einem tosenden Applaus durch die circa zweihundert Gäste, setzte ein wahrer Sturm nach vorne auf das Podium ein, wo die Hauptperson des Abends an einem schicken Lesepult saß und das Bad in der Menge genoss. Dem Publikum bot sich die einmalige Gelegenheit, schon vor dem offiziellen Verkaufsstart ein Exemplar von Simon Bonfrères neuem Thriller zu ergattern. Geduldig signierte der Autor die Bücher und versah sie auf Wunsch mit einer persönlichen Widmung. Für jeden Gast hatte er dabei ein freundliches Lächeln und ein Dankeschön parat. Sein Verhalten wirkte dabei authentisch und keineswegs aufgesetzt.
Jessica war nicht nur gekommen, um Bonfrère unter die Lupe zu nehmen. Sie interessierte sich auch für seine Bücher. Alle vier bisher veröffentlichten Thriller der Reihe hatte sie gelesen. Sie gefielen ihr so gut, dass sie sich ebenfalls einreihte, um ein signiertes Exemplar des neuen Buches zu ergattern. Als sie endlich an der Reihe war, schaute Simon Bonfrère zu ihr auf und musterte sie freundlich. Dann sagte er: „Seit der letzten Begegnung hat sich die Kriminalhauptkommissarin Tatjana von Senden aber ganz schön verändert. Wollen Sie mir nicht verraten, wer Sie in Wirklichkeit sind, meine Liebe?“
Jessica fühlte sich ertappt und spürte, wie ihr die Röte ins Gesicht stieg. Bonfrère hatte sich anscheinend beim Personal persönlich nach dem Erscheinen von Tatjana erkundigt und war so auf Jessica aufmerksam geworden.
„Ich … äh … mein Name ist nicht von Senden, sondern Jessica Dornfeld. Frau von Senden wäre wirklich ger-

ne selbst gekommen, war aber kurzfristig verhindert. Daher bat sie mich – als großen Fan Ihrer Bücher – für sie einzuspringen. Es wäre doch sehr schade gewesen, diese Chance zu verpassen. Wann hat man schon mal die Möglichkeit, Simon Bonfrère live zu erleben", konstruierte sie eine Erklärung.

Zu ihrer Überraschung erhob sich Simon Bonfrère daraufhin und schüttelte ihr freudig die Hand. „Ich bin begeistert: Die berühmte Jessica Dornfeld … Deutschlands bekannteste Kriminalpsychologin erweist mir die Ehre, indem sie eine meiner Lesungen besucht. Und damit nicht genug, bittet sie mich obendrein auch noch um ein Autogramm".

Mit dieser überschwänglichen Reaktion hatte Jessica nicht gerechnet. Sie war peinlich berührt, da umstehende Gäste teilweise Bonfrères Reaktion und somit auch Inhalte des Gesprächs mitbekommen hatten. Der Autor hakte nach: „Was verschafft mir die Ehre, geschätzte Kollegin?"

Jessica antwortete: „Wie gesagt, ich bin nur für Frau von Senden eingesprungen. Es ist sehr freundlich, dass Sie mich als Kollegin bezeichnen, so weit würde ich aber ehrlich gesagt nicht gehen wollen."

„Warum denn nicht?"

„Sie schreiben Bestseller- Romane, ich hingegen nur Dokumentationen, Lehrbücher und Fallberichte. Das ist etwas vollkommen anderes."

„Bitte stellen Sie doch Ihr Licht nicht unter den Scheffel, Frau Dornfeld. Was meinen Sie denn, woher wir Hobbykriminalisten unser Fachwissen beziehen? Natürlich aus Büchern wie den Ihren", entgegnete Bonfrère.

„Danke, das ehrt mich sehr."

„Es gäbe unendlich viele Dinge, die ich Sie gerne fragen würde. Ich wünschte, ich könnte stundenlang mit Ihnen

plaudern. Wann bekommt man schon einmal die Gelegenheit, mit einer solchen Koryphäe zu sprechen? Wir müssen uns unbedingt einmal in Ruhe unterhalten. Was halten Sie davon, Frau Dornfeld?"
„Gerne, warum nicht?"
„Prima. Wenn Sie nichts dagegen haben, würde ich Ihnen bei dieser Gelegenheit von einem neuen und spannenden Projekt erzählen, zu dem ich liebend gerne Ihre Einschätzungen hören würde."
„Meine Einschätzungen?", fragte Jessica etwas verwundert.
„Ja, machen Sie mir doch die Freude und kommen mich bald mal besuchen", sagte er und kritzelte unter das Autogramm in seinem Buch die Adresse und Telefonnummer seines Hauses in Rotenberg.
Nicht schlecht: Gleich zwei Männer haben mir heute Abend ungefragt ihre Telefonnummer gegeben. Ich sollte öfter mal ausgehen, dachte sich Jessica schmunzelnd, während sie auf der Heimfahrt nach Stuttgart-West im Taxi saß.
Die Entscheidung, ob sie sich bei Simon Bonfrère melden und auf sein Angebot eingehen sollte, hatte sie innerlich eigentlich schon getroffen. Was sollte ihr schon geschehen? Der berühmte Autor war sicherlich nicht der Mörder von Elmar Bischof. Und sie hatte gelernt, sich gegen jegliche Übergriffe effektiv zu verteidigen. Natürlich würde sie sicherheitshalber, bevor sie den Autor aufsuchte, Dennis und Tatjana Bescheid geben, damit sie wussten, wo sie war.
Jäh wurde sie aus ihren Gedanken gerissen, als Bharat Bakshi, der ihr irgendwie sympathisch gewesen war und den sie tatsächlich angerufen hatte, damit er sie auf dem Parkplatz am Teehaus wieder abholte, sie fröhlich fragte:

„Und, Abend war gut?“
„Ja, vielen Dank. Der Abend war sehr interessant und hat großen Spaß gemacht.“
Bakshi klatschte in die Hände: „Sehr gut, freut mich. Zur Feier Musik?“
„Meinetwegen“, entgegnete Jessica und lächelte, als der Taxifahrer die Musik laut aufdrehte.
Dabei ertappte sie sich, wie sie selbst anfing, sich etwas unbeholfen im Takt der orientalischen Klänge mitzubewegen.

18.

Land der Zypressen, von Simon Bonfrère – Auszug aus Kapitel 18:

[…] Pfarrer Gotthilf Fromm nahm im Beichtstuhl der Domkirche Sankt Ferdinand im Stuttgarter Stadtbezirk Mitte Platz. Durch den Sichtschutz konnte er wie üblich nicht erkennen, wer neben ihm saß. Die Stimme erkannte er jedoch sofort wieder. Nach all den Jahren war sie ihm immer noch so vertraut, dass er genau wusste, mit wem er es zu tun hatte. Durch die Abnahme der anonymen Beichte in einem Beichtstuhl hatte er über die vielen Jahre gelernt, die Menschen an ihren Stimmen wiederzuerkennen.

„Du bist lange nicht mehr hier gewesen, mein Sohn. Dir ist doch bewusst, dass wir als fromme Katholiken mindestens einmal im Jahr vor dem Herrn um die Vergebung unserer Sünden bitten sollten?"

„Das ist mir sehr wohl bewusst, aber es gab nichts, was ich hätte beichten können oder müssen."

„Gab es nichts oder hast du es nur nicht erkannt? Beichte bedeutet nichts anderes als Erkennung und ist eines der sieben Sakramente der katholischen Kirche."

„Das ist mir sehr wohl bekannt. Aber ich entscheide immer noch selbst, ob und wann ich zur Beichte gehe."

„Ich spüre wieder diese Wut in dir, mein Sohn. Lässt sie dich immer noch nicht los?"

„Wie sollte sie auch? Es gibt Dinge, die sind geschehen …"

„Geht es dir in deinem Zorn immer noch um die kleinen

Missverständnisse, die unsere gemeinsame Zeit belasten?"
„Kleine Missverständnisse? Für Sie waren das also nichts weiter als kleine Missverständnisse?"
„Nun ja, wie schon mehrmals gesagt, bedauere ich sehr, dass die Dinge zwischen uns nicht mit der gegenseitigen persönlichen Anerkennung einhergingen, die sie verdient gehabt hätten."
„Beichten Sie eigentlich auch, Herr Pfarrer?"
„Aber natürlich. Manchmal sogar mehrmals die Woche."
„Beichten Sie dann alles – und damit meine ich wirklich alle Ihre Sünden – oder nur das, was Sie für richtig halten und wofür Sie niemand belangen kann?"
„Selbstverständlich beichte ich alles. Ich bin ein treuer Diener der Kirche und des Herrn. Wir müssen uns unsere Sünden bewusst machen, Reue empfinden, gute Vorsätze fassen, die Sünden bekennen und sie schließlich auch, soweit das überhaupt möglich ist, wieder gut machen. Nur dann kann uns im Namen des Herrn vergeben werden."
„Spar dir dein blödes Gelaber, du Sack. Niemand würde dir jemals vergeben, wenn du auch nur einmal die Wahrheit sagen würdest."
„Bitte, mein Sohn, lass dich nicht auf das jämmerliche Niveau der Lügner und Taugenichtse herab. Für die Absolution ist es nie zu spät …"
„Weißt du, wofür es tatsächlich nie zu spät ist?"
„Wofür?"
„Für Karma."
„Ich verstehe nicht …"
„Nein? Dann werde ich dir mal auf die Sprünge helfen: Das bedeutet, dass jeder von uns am Ende immer genau das bekommt, was er verdient."
„Was willst du von mir? Wir können doch über alles reden."

„Ich bin heute unter anderem hier, weil ich tatsächlich etwas beichten möchte."
„Dann beginne mit der Beichte, mein Sohn. Ich werde dir aufmerksam zuhören."
„Ich habe gesündigt."
„Fahre fort, ein rechtschaffener Mensch, wie du es zweifelsfrei bist, kann nichts so Schlimmes getan haben, dass es keine Chance zur Vergebung geben könnte."
„Oh, ich fürchte doch."
„Warum, was hast du getan?"
„Ich habe gemordet."
„Du hast jemanden getötet?"
„Sag ich doch, ich habe jemanden kalt gemacht. Und weißt du was?"
„Nein, mein Sohn."
„Ich verspüre keinerlei Reue. Nullkommanull … da ist nichts außer Schadenfreude und Genugtuung."
„Das ist nicht gut. In diesem schwerwiegenden Fall ist es nicht ohne weiteres möglich, dir zu vergeben. Dafür muss ich zuerst Kontakt zum Vatikan oder mindestens zum Bischof aufnehmen. Die Regeln der Heiligen Kirche sehen vor, dass das Urteil dieser Instanzen maßgeblich ist. Sollte dir nicht vergeben werden, hätte das unweigerlich deine Exkommunikation zur Folge."
„Das ist lustig, was für ein geniales Wortspiel. Da muss ich jetzt ehrlich gesagt lachen."
„Es scheint mir nicht der richtige Augenblick für Scherze zu sein."
„Kontakt zum Bischof aufnehmen? Du meinst wohl so wie bei Elmar Bischof, als du ihn erpressen wolltest, nachdem dir Gravesen vom Geheimnis der beiden erzählt hatte?"
„Elmar Bischof? Ich verstehe nicht …"

„Sieh mal einer an, du streitest nicht ab, ihn gekannt zu haben. Hätte dir aber sowieso nichts gebracht, denn ich weiß, dass du bei ihm warst."
„Woher weißt du das?"
„Das tut nichts zur Sache. Es dürfte dich aber interessieren, dass er tot ist."
„Er ist tot?"
„Ja, mausetot."
„Wie konnte das passieren? Hatte er einen Unfall?"
„Im weitesten Sinne könnte man von einem Unfall sprechen. Genau genommen wurde er aber vor einigen Tagen in seiner Kanzlei vergiftet."
„Woher weißt du … ich meine … hast du etwa …?"
„So ist es, du widerwärtiger Drecksack. Ich möchte übrigens gleich noch etwas beichten."
„Heilige Mutter Gottes, was denn noch?"
„Es wird nicht bei diesem einen Mord bleiben. Zwei weitere werden noch hinzukommen. Der nächste in weniger als fünf Minuten."
Gotthilf Fromm ahnte die Gefahr, in der er schwebte, und versuchte fluchtartig, den Beichtstuhl zu verlassen, wobei er immer wieder laut um Hilfe rief. Doch so sehr er sich auch mühte, die Tür des Beichtstuhls ließ sich nicht öffnen, und niemand hörte ihn. Verzweifelt hämmerte er dagegen und flehte: „Bitte, tu mir nichts. Ich mache alles, was du willst. Willst du Geld von mir? Ist es das, worauf du aus bist? Kein Problem, ich habe jede Menge gespart und kann dir was davon abgeben."
„Ich will dein blödes Geld nicht, ich will nur dich. Hast du dir nicht immer gewünscht, dass ich das einmal zu dir sagen würde?"
Der Pfarrer bemerkte wie sich die Tür zu seinem Teil des Beichtstuhls öffnete und fiel vor Schreck zurück auf den

Sitz. Dann sah er ihn, wie er mit hasserfüllten und funkelnden Augen über ihm stand.
„Bitte, es ist noch nicht zu spät. Du musst das nicht tun. Es gibt für alles einen Ausweg."
„Das sind gleich drei Irrtümer in einem Satz, die ich dir gerne erläutern möchte: Erstens muss ich das auf jeden Fall tun. Zweitens gibt es für dich ganz bestimmt keinen Ausweg mehr, und drittens ist es definitiv schon viel zu spät!"
Dann krachte ein gewaltiger Schlag gegen den Kopf des Pfarrers, der sofort benommen war. Unterbewusst bemerkte er noch, wie ihm etwas eingeflößt wurde, doch dann wurde es dunkel und still.
Er drapierte die Zypresse so, dass ihr längster und kräftigster Arm direkt in Richtung des Altars zeigte. Nachdem er mit dem Hirtenstab des Pfarrers in dessen klaffender Schädelwunde gerührt hatte, ging er in aller Ruhe zum Altar, schob das darauf liegende Tuch zur Seite und begann mit dem blutgetränkte Stab als Schreibwerkzeug seine Nachricht zu hinterlassen. Als das Blut getrocknet war, legte er das Tuch wieder darüber. Dann brachte er den Stab zurück zum Beichtstuhl und ging zufrieden nach Hause. […]

19.

Endlich ertönte das lange ersehnte Freizeichen. Gleich würde er hoffentlich das Gesicht seiner Tochter Martina sehen, die in diesem Moment über sechzehntausend Kilometer entfernt in der Nähe von Sydney war. Kurt Schockenried war immer wieder aufs Neue von den modernen Kommunikationstechniken begeistert. Kostenloses Telefonieren über den PC auf dem Schreibtisch, und das auch noch mit Live-Bildern des Gesprächspartners. Einfach faszinierend. In diesem Augenblick sah er Martinas Gesicht. Sie sah mürrisch aus. „Papa, ich wusste, dass das wieder einmal nur du sein kannst. Du weißt doch, dass es hier jetzt neun Stunden später ist als bei euch."

„Verflucht, das habe ich doch glatt schon wieder vergessen", ärgerte sich Kurt und rechnete schnell, wobei er seine Finger zur Hilfe nahm. „Das bedeutet, dass es bei euch da drüben beziehungsweise da unten jetzt erst 5.30 Uhr ist?"

„Nicht erst, Papa, sondern schon. Wir sind eurer Zeit wie gesagt neun Stunden voraus. Wie oft soll ich dir denn das eigentlich noch erklären? Was willst du denn?"

„Darf ein Vater keine Sehnsucht nach seiner Tochter haben und sie einfach mal anrufen, um zu fragen, wie es ihr geht?"

„Natürlich darf das ein Vater, aber doch nicht um diese Uhrzeit!"

Nachdem sie sich kurz unterhalten hatten, war Martinas Ärger fast verflogen. Sie fragte ihren Vater: „Wir sehen uns dann nächste Woche zum Familienfest bei Mama? Sie hat dich doch eingeladen, oder etwa nicht?"

„Doch, hat sie", grummelte Kurt.

„Hast du schon zugesagt? Oder willst du dich etwa davor drücken?“, hakte Martina nach.
„Ehrlich gesagt würde ich mich nur zu gerne davor drücken, aber ich möchte mir nicht die seltene Gelegenheit entgehen lassen, euch alle zusammen mal wieder zu sehen. Deinen Bruder Harald mit seiner Fanny und den Kindern sehe ich nämlich kaum häufiger als dich, obwohl er in Stuttgart lebt.“
„Was ist los, Papa? Du hast doch irgendwas. Komm, raus mit der Sprache, was ist es?“
Kurt druckste herum, bevor er schließlich zugab: „Es ist wegen diesem neuen Kerl, der jetzt bei deiner Mutter wohnt. In meinem Haus. Weißt du eigentlich etwas über ihn?“.
„Ehrlich gesagt nicht viel. Ich weiß nur, dass er Michael heißt, ein Jahr jünger ist als Mama, und dass sie ihn auf einem Stuhl kennengelernt hat.“
„Auf einem Stuhl? Na hoffentlich wurde er ordentlich beschissen.“
„Sehr witzig, Papa. Was für ein tolles Wortspiel. Nein, es war ein Zahnarztstuhl und Mama war seine Patientin.“
Na toll, ein Zahnarzt, der auch noch jünger ist als sie. Warum nicht gleich ein Gehirnchirurg mit Waschbrettbauch, der kranken und behinderten Menschen in der dritten Welt hilft, dachte sich Kurt, verkniff sich jedoch diese Aussage.
Martina fügte hinzu: „Er arbeitet wohl mit der in Stuttgart ansässigen Organisation „Heile die Welt“ zusammen und betreut in diesem Zusammenhang wohltätige Projekte. Mama hat erzählt, dass er zuletzt irgendwo in Westafrika war. Außerdem treibt er anscheinend viel Sport. Mama findet das toll.“
Kurt hatte genug gehört: „Schluss jetzt, ich will nichts

mehr davon hören. Ein Zahnarzt, der seine Patientinnen auf dem Behandlungsstuhl anbaggert … Wo gibt's denn sowas? Ich musste ja immer bei Wind und Wetter mit dem Hund Gassi gehen, sonst hätte ich vielleicht auch mal für andere Dinge Zeit gehabt."
„Ach, Papa … lass gut sein. Du bist doch nur eifersüchtig, was ich natürlich gut verstehen kann. Es bringt aber nichts, länger den Miesepeter zu spielen. Akzeptiere die Dinge einfach so wie sind, okay?"
„Mag sein, dass du das so siehst. Aber glaub' mir, in dieser Angelegenheit ist das letzte Wort noch nicht gesprochen."
Martina wechselte das Thema: „Apropos Gassi gehen, wie geht es denn Schorsch?"
Kurt seufzte: „Ach, das habe ich dir ja noch gar nicht erzählt: Der arme Kerl ist gestorben. Krebs."
„Das ist ja furchtbar, Papa. Ich weiß, wieviel er dir bedeutet hat. Ich hatte Schorsch auch gern."
Kurts Tochter klang ehrlich betroffen. „Das ist nett von dir, mein Schatz. Ich bin mir sicher, dass er sich an dich erinnert hat, weil ich ihm immer wieder von dir erzählt habe. Was mochtest du denn besonders an ihm?"
„Nun ja, die Eigenschaften dümmlich und treu treffen wohl besonders gut auf ihn zu, oder was meinst du?"
„Das stimmt", lachte Kurt.
„Sag mal, bist du eigentlich immer noch im Büro? Gibt es so viel zu tun, dass du um halb neun Uhr abends noch arbeiten musst?"
„Na ja … ja, es ist eine Menge los hier zur Zeit. Einer muss eben die ganze Arbeit machen, und da alle anderen hier so etwas wie ein Familien- oder Privatleben haben, habe ich mich mal wieder bereit erklärt, den ganzen Kram zu erledigen", schwindelte Kurt.
In diesem Augenblick sah er hinter seiner Tochter etwas

über den Bildschirm huschen. „Sag mal, ging da eben ein nackter Mann durch dein Zimmer?"
„Äh … kann schon sein. Das war Todd. Wie du weißt, ist er mein Ehemann und wohnt hier zusammen mit mir. Er schläft nun mal am liebsten nackt und ist wahrscheinlich aufgewacht, weil wir miteinander telefonieren."
In diesem Moment tauchte Martinas Mann erneut splitterfasernackt hinter ihr auf und beugte sich so vor die Kamera, dass Kurt sein Gesicht erkennen konnte. Zu Kurts Leidwesen war das nicht alles, was er zu sehen bekam.
Todd begrüßte ihn freundlich: „Hi Kurt, how are you? What's the weather like in good old Schwabenländle?"
"Äh … ja, all fine here", stotterte Kurt und beobachtete, wie sein Schwiegersohn wieder von der Bildfläche verschwand.
„Sag mal, hat der Kerl gar keine Manieren?", fragte er Martina.
Die antwortete lachend: „Ach, das hat doch überhaupt nichts mit Manieren zu tun, Papa. Die Menschen sind hier einfach viel freizügiger und nicht so prüde wie bei uns. Das sieht man beispielsweise auch daran, dass …"
Kurt unterbrach die weiteren Ausführungen seiner Tochter: „Stopp, das genügt. Ich möchte keine weiteren Details zu Todds Freizügigkeit wissen. Was ich eben sehen musste, reicht mir vollkommen."
„Warum schaust du eigentlich immer wieder zur Tür, Papa?", erkundigte sich Martina.
Tatsächlich beschlich Kurt seit ein paar Minuten immer wieder das Gefühl, dass jemand vor seiner Bürotür stand und ihn belauschte. „Ach nichts, Schatz. Ist alles in bester Ordnung, aber ich muss jetzt auflegen, okay? Wir sehen uns dann nächste Woche. Ich freu mich schon auf dich."
„Ich freu mich auch auf dich, Papa."

Kurt warf seiner Tochter noch eine Kusshand zu und beendete daraufhin die Verbindung. Dann ging er ganz langsam auf die geschlossene Tür zu, die sein Büro mit dem von Tatjana und Dennis verband. Er legte sein rechtes Ohr daran und horchte, doch er konnte nichts Verdächtiges hören. Vielleicht hatte er sich getäuscht. Schwungvoll öffnete er die Tür, doch niemand war zu sehen. Sein Blick fiel auf einen braunen Umschlag, der vor ihm auf dem Fußboden lag. Verwundert hob er den Umschlag auf und öffnete ihn. Zwei weitere, kleinere Umschläge steckten darin, die beide beschriftet waren. Auf einem stand „Ich weiß was du letzte Nacht getan hast", der andere trug die Aufschrift „Ich weiß noch immer, was du letzte Nacht getan hast".
Kurt ging zurück in sein Büro, schloss die Tür und setzte sich wieder an den Schreibtisch. Dann öffnete er der Reihe nach die Umschläge. Darin befanden sich Fotos, die er eines nach dem anderen herauszog und ganz genau anschaute. Was er darauf sah, gefiel ihm ganz und gar nicht: Eines der Bilder zeigte ihn – unter Angabe von Datum und Uhrzeit – an der Bar seiner Stammkneipe sitzend. Ein weiteres Foto mit ähnlichem Motiv, jedoch drei Stunden und einige alkoholhaltige Getränke später, zeigte Kurt ausgelassen flirtend mit zwei Damen. Im rechten Arm eine hagere Rothaarige, zu seiner Linken eine kräftige Brünette mit Brille und Dutt. Das Bild trug einen Titel: „Griechischer Wein".
Es wurde noch schlimmer: Auf dem nächsten Bild war zu sehen, wie Kurt nachts um 2.47 Uhr in eine Bauminsel im Europaviertel pinkelte. Mehrere weitere Foto zeigten sein im Stadtteil Asemwald geparkten, dunkelblauen VW Passat. Sie demonstrierten eindeutig, dass das Auto seit Wochen nicht von der Stelle bewegt worden war. Weiterhin

dokumentiert waren der zusammengeknüllte Schlafsack in der Ecke seines Büros, der überquellende Aschenbecher auf dem Fensterbrett und der abgeschraubte Rauchmelder in der Schublade. „Verflucht, der Gartenzwerg hat mir doch tatsächlich nachspioniert und ist mir allem Anschein nach auf die Schliche gekommen. Ich muss unbedingt etwas unternehmen. Die Frage ist nur: Was?"
Irgendwann hatte Kurt eine großartige Idee: „Ich weiß, wer mir jetzt helfen kann", sagte er zu sich und zückte sein Mobiltelefon.
Es war inzwischen fast halb zehn, was Kurt allerdings nicht davon abhielt, die entsprechende Nummer aus der Kontaktliste seines Handys anzurufen.
„Schließlich sind ja noch Schulferien", grummelte er vor sich hin, als sich endlich eine schläfrige Stimme meldete: „Hallo … hier Karl, Karl Kessel. Herr Hauptkommissar, sind Sie das?"
„Ja, höchstpersönlich, Karl. Habe ich dich etwa geweckt? Du klingst so verschlafen."
„Wie? Äh … ja, scheint so, als sei ich vor dem Computer eingenickt."
„Natürlich sitzt der junge Mann am Computer, was denn auch sonst? Das ist nicht gesund, Karl. Du solltest unbedingt öfter nach draußen gehen und dich bewegen."
„Aber doch nicht abends um halb zehn", verteidigte sich Karl.
„Auch wieder wahr. Was treibst du so?"
„Bevor ich eingeschlafen bin, war ich gerade dabei, etwas zu recherchieren. Was ich dabei entdeckt habe, ist furchtbar spannend. Sie müssen unbedingt …"
„Stopp, Karl Kessel. Ich muss gar nichts und möchte auch lieber nichts weiter von dir hören. Wahrscheinlich steckst du deine Nase wieder in Dinge, die dich überhaupt nichts

angehen. Lass mich bitte dieses Mal aus dem Spiel. Wer weiß, wo ich ansonsten wieder hineingerate … Ich habe zur Zeit weiß Gott genügend Probleme“, unterbrach Kurt den eifrigen Jungkriminalisten.
„Ist ja schon gut. Was für Probleme haben Sie denn, Herr Hauptkommissar?“, fragte Karl ein wenig enttäuscht.
Zu gerne hätte er dem Ersten Kriminalhauptkommissar von seinen neuesten Plänen erzählt. Andererseits war jetzt seine Neugier geweckt. Was konnte Kurt Schockenried von ihm wollen?
„Ich brauche deine Hilfe, Karl. Genauer gesagt brauche ich nicht nur deine Hilfe, sondern auch die von Marlene. Könnt ihr im Präsidium vorbei kommen?“
„Jetzt?“, fragte Karl entgeistert.
„Nein, natürlich nicht jetzt. Aber wie wäre es denn gleich morgen früh? Es sind ja noch Schulferien, da habt ihr doch bestimmt Zeit, oder?“
„Ja, das geht klar. Aber worum geht es denn, wenn ich fragen darf?“
„Das sage ich euch dann morgen früh.“
„Okay“, entgegnete Karl abermals ein wenig enttäuscht, da Kurt Schockenried ihm noch nichts verraten wollte.
„Ach, und Karl …“
„Ja?“
„Könnt ihr auf dem Weg ins Präsidium noch kurz in einem Supermarkt vorbei gehen und einen Stinkekäse kaufen? Ich gebe euch selbstverständlich das Geld dafür zurück, sobald ihr hier seid.“
„Einen Stinkekäse?“, wiederholte Karl ungläubig, da er sich nicht sicher war, ob er sich womöglich verhört hatte.
„Ja, einen Stinkekäse. Ganz egal welche Sorte, ob Chaumes, Limburger, Tilsiter, Appenzeller, völlig wurscht. Hauptsache, der Käse stinkt zum Himmel. Aber bitte in

der Verpackung lassen, ja?
„Geht klar, Herr Hauptkommissar. Wird erledigt. Dann gute Nacht und bis morgen früh. Wie viel Uhr?“
„Von mir aus ab acht. Gute Nacht, Karl.“

20.

Bereits um 7.45 Uhr standen Karl Kessel und seine Detektivpartnerin Marlene Monroe beim Ersten Kriminalhauptkommissar Kurt Schockenried auf der Matte. Sie verwiesen darauf, dass sie noch früher da gewesen wären, wenn sie nicht noch den Auftrag gehabt hätten, in den Supermarkt zu gehen.
„Und, habt ihr den Käse?“, wollte Kurt von den beiden wissen.
Stolz überreichte ihm Marlene eine kleine Tüte, in der sich ein in Plastikfolie eingeschweißter, runder Tilsiter Käse befand. „Das macht dann bitte sieben Euro und neunundneunzig Cent, Herr Hauptkommissar“, sagte sie.
„Wie bitte? Wart ihr etwa bei Feinkost Böhm? Oder ist der Käse mit Kaviar gefüllt?“, fragte Kurt, der über den strammen Preis ziemlich erstaunt war.
„Er ist ziemlich schwer. Die offenen Käse von der Käsetheke wären deutlich billiger gewesen, aber da hätte man uns schon aus meilenweiter Entfernung riechen können. Und Sie sagten ja, er soll verpackt sein“, erklärte Karl.
„Schon gut“, sagte Kurt, nahm den Käse an sich und kramte in seinem Portemonnaie. Etwas kleinlaut gestand er ein: „Sorry, ihr zwei. Aber ich habe hier gerade einmal drei Euro und vierundvierzig Cent. Den Rest bekommt ihr bald, versprochen. Mein Geldbeutel besteht aus Zwiebelleder.“
„Zwiebelleder? Wie ekelhaft“, kommentierte Marlene.
„Es gibt überhaupt kein Zwiebelleder, du Dussel“, klärte Karl auf und verpasste Marlene einen kleinen Stoß mit dem Ellenbogen.
Kurt lachte und erklärte: „Karl hat natürlich Recht. Es ist

nur so, dass ich immer weinen muss sobald ich in meinen leeren Geldbeutel schaue. Daher der Witz mit dem Zwiebelleder."
Ungeduldig schauten die beiden Kurt an.
„Ihr wollt sicher wissen, warum ich euch hergebeten habe, stimmt's?"
„Natürlich, wir sind gespannt wie die Flitzebögen", sagte Marlene und erntete dafür von Karl abermals einen leicht abschätzigen Blick.
Marlenes Offenheit hielt er für kindisch und unprofessionell.
Kurt Schockenried fuhr sich mit beiden Händen durch den Fünf-Tage-Bart, beugte sich über seinen Schreibtisch zu Karl und Marlene hinüber und erklärte ihnen in Kürze, dass Kriminalrat Hans-Dieter Scheible ihm nachstellte und jetzt einige unangenehme Aufnahmen über ihn besaß, die es ihm ermöglichten, gehörigen Druck auszuüben. Um der Sache Nachdruck zu verleihen, dramatisierte Kurt gehörig, wobei er mit keinem Wort erwähnte, dass die von Scheible gegen ihn erhobenen Vorwürfe im Grunde den Tatsachen entsprachen. „Ich bin mir ziemlich sicher, dass er die Bilder und Dateien auf dem PC in seinem Büro gespeichert hat. Ich werde euch gleich zu ihm bringen und irgendetwas von Bewunderung und Interesse am Posten des Kriminalrats faseln. Darauf fährt der eitle Pinsel totsicher ab, so dass ihr bestimmt ein Weilchen bei ihm bleiben dürft, um ihm Fragen zu stellen. Dann müsst ihr ihn nur noch unter einem fadenscheinigen Vorwand dazu bewegen, mit einem von euch das Büro zu verlassen, damit der andere – ich gehe davon aus, das wird Karl sein – die Dateien von seinem Computer löschen kann. Und fertig ist der Husten. Einen winzigen Haken hat die Sache allerdings …"

„Und welchen?", wollte Marlene wissen.
„Der PC ist passwortgeschützt."
„Das sollte nicht das Problem sein", merkte Karl an.
„Sondern?" Schockenried entging nicht, dass Karl, der sich exzellent mit Computern auskannte, zögerte.
„Wenn er die Dateien in einer Cloud gespeichert hat, bringt es wenig beziehungsweise gar nichts, sie von diesem PC zu entfernen, weil er problemlos von anderen Geräten darauf zugreifen könnte", merkte der Hobbydetektiv und Computernerd kritisch an.
„In einer … was?", fragte Kurt ahnungslos.
Jetzt war es Marlene, die Karl einen Stoß mit dem Ellenbogen verpasste: „Iwo, wenn der Kriminalrat genauso wenig Ahnung von Computern hat wie Sie, Herr Schockenried, dann wird das schon klappen. Meinst du nicht auch, Karl?"
„Das ist korrekt", bestätigte dieser und wollte schließlich wissen, was es eigentlich mit dem Stinkekäse auf sich hatte. Kurt flüsterte hinter vorgehaltener Hand: „Heute Abend findet im Schloss Ludwigsburg der diesjährige Landespolizeiball statt. Der Scheible wird dort natürlich hingehen und einen auf dicke Hose machen. Dazu hat er sich gestern Abend von Holger Grünbaum seinen teuren schwarzen Anzug aus der Reinigung bringen lassen. Und dieser Anzug hängt jetzt in seinem Büro."
„Sie wollen doch nicht etwa, dass wir", setzte Karl vorsichtig zu einer Frage an, doch Kurt ließ ihn nicht ausreden: „Doch, genau das will ich. Ich möchte, dass ihr ihm den Stinkekäse in die Tasche seines Jacketts steckt. Dann wird das Großmaul heute Abend ganz bestimmt einen bleibenden Eindruck auf dem Polizeiball hinterlassen."
Marlene kicherte. „Da wäre ich gerne dabei …"
Wenige Minuten später standen die drei bei Kriminalrat

Hans-Dieter Scheible im Büro. „Wie eben angekündigt, bringe ich Ihnen hier die beiden talentiertesten, ungewöhnlichsten Nachwuchskriminalisten Stuttgarts. Ach, was sage ich … nicht nur Stuttgarts, ganz Deutschlands", pries Kurt seine beiden Gäste an.
„Ich bitte Sie, Herr Schockenried. Wer bitteschön kennt nicht Karl Kessel und seine kongeniale Partnerin Marianne?"
„Marlene, wenn ich bitten dürfte, Herr Kriminalrat", korrigierte diese.
„Mein ich doch. Was führt euch beiden Schlaumeier denn zu mir?", wollte Scheible wissen.
„Die beiden haben heute ihren letzten Ferientag und wollten diesen für einen kurzen Besuch im Polizeipräsidium nutzen, um sich alles einmal anzuschauen. Aufgrund der großartigen Verdienste der beiden habe ich dem natürlich zugestimmt."
„Ja, und ganz besonders interessieren wir uns natürlich dafür, wo und wie der wichtigste Mann im ganzen Dezernat so arbeitet. Und da das ja auf jeden Fall Sie sind, wäre es der Knaller, wenn Sie uns ein paar Minuten Ihrer kostbaren Zeit schenken würden", preschte Marlene nach vorne und log, dass sich die Balken bogen, ohne auch nur ein bisschen rot dabei zu werden.
Karl war froh, dass er nichts sagen musste. Er dachte bereits darüber nach, wie er nachher das Passwort knacken würde, vorausgesetzt es würde ihnen überhaupt gelingen, Scheible nach draußen zu locken. Eine zündende Idee hatte er nicht, verließ sich aber diesbezüglich ganz auf Marlenes Geschick. Und die enttäuschte ihn nicht: Kaum hatte sich Kurt Schockenried aus dem Staub gemacht, verwickelte sie den Kriminalrat in ein Gespräch, wobei sie ihm reichlich Honig ums Maul schmierte. Hans-Dieter

Scheible fühlte sich sichtlich geschmeichelt.
„Ich möchte auch eines Tages Kriminalrätin werden. Können Sie mir dazu einige Ratschläge geben?“
„Natürlich kannst du erst Kriminalrätin werden, wenn ich nicht mehr da bin, meine Liebe.“ Scheible lächelte gütig. „Aber es ist ja noch lange hin, bis du überhaupt alt genug dafür bist und über ausreichend Erfahrung und Qualifikation verfügst. Lasst euch jedenfalls gesagt sein, dass man mit Ehrgeiz, Zielstrebigkeit, Treue, Fleiß, Zuverlässigkeit, Liebe zur Gerechtigkeit und natürlich einer großen Portion Mut alle seine Ziele erreichen kann“, schwadronierte Scheible, während er feststellen musste, dass Marlene mit ihren Blicken nicht mehr an seinen Lippen, sondern an einer Tafel Schokolade hing, die auf seinem Schreibtisch lag.
„Wollt ihr ein Stück? Nur zu“ bot Scheible an und reichte zunächst Karl die geöffnete Tafel.
Dieser lehnte dankend ab, aber Marlene machte sich darüber her, als hätte sie seit Tagen nichts zum Essen bekommen, und verschlang mit wenigen Bissen eine halbe Tafel. Mit vollem Mund entschuldigte sie sich: „Es tut mir leid, aber bei Schokolade kann ich einfach nicht widerstehen. Das ist meine große Schwäche. Meine Mutter sagt immer wieder zu mir: Kind, iss nicht so viel Süßes, sonst wirst du eines Tages dicker als Obelix.“
Noch nie hatte Hans-Dieter Scheible jemanden mit so wenigen Bissen eine halbe Tafel Schokolade vertilgen sehen. Daher wirkte er ehrlich besorgt, als er sagte: „Du solltest vielleicht wenigstens darauf achten, dass du nicht so schnell isst. Das ist womöglich nicht gut für den Magen.“
Kaum hatte er ausgesprochen, glitt Marlene vom Stuhl, krümmte sich vor Schmerzen am Boden und gab vor,

keine Luft mehr zu bekommen.
„Was ist mit dir, Marlene? Geht es dir nicht gut?“, erkundigte sich der Kriminalrat aufgeregt und machte dabei einen ziemlich hilflosen Eindruck.
Marlene musste sich schwer zusammenreißen, um ihre Rolle glaubhaft weiterzuspielen und nicht laut loszulachen. Der zwergenhafte, glatzköpfige Kriminalrat sah einfach zu komisch aus. Aber sie war eine hervorragende Schauspielerin. Es war ihr ein Vergnügen, sich dieser besonderen Herausforderung zu stellen. „War da etwa Nougat drin? Ich bin … allergisch …“, brachte sie hervor und japste nach Luft.
„Nougat? Äh … ja, sieht ganz danach aus. Was jetzt?“, fragte Scheible hysterisch.
Marlene verspürte ein wenig Mitleid mit Scheible. Dennoch trieb sie ihr Spiel auf die Spitze: „Bitte helfen Sie mir, Herr Scheible. Mir ist so furchtbar übel … Ich glaub, ich muss kotzen!“
„Halte durch, Marlene. Ich rufe Hilfe!“, rief der Kriminalrat verzweifelt.
„Nein …“, ächzte Marlene. „Ich muss … zur Toilette. Sofort!“
Hans-Dieter Scheible verstand endlich, was zu tun war, hakte Marlene unter und verließ mit ihr in Windeseile das Büro in Richtung Toilette, die zum Glück nicht weit entfernt war. Karl sah das natürlich anders, von ihm aus hätte der Weg gerne etwas weiter sein dürfen, damit er mehr Zeit für seinen Part der Aktion haben würde.
Um keine Zeit zu verlieren, nahm er bereits am Schreibtisch des Kriminalrats Platz, als Marlene ihm beim Verlassen des Büros noch unauffällig zuzwinkerte. Keine anderthalb Minuten später hatte er das Passwort geknackt. Und es war ein Kinderspiel, die von Hauptkommissar

Schockenried gewünschten Dateien zu identifizieren und unwiderruflich von Scheibles Computer zu eliminieren. Unfassbar, wie dumm und unvorsichtig die meisten Leute sind. Das Passwort hätte jeder Anfänger geknackt, dachte er sich und hinterließ alles so, als hätte nie jemand Fremdes die Tastatur des Kriminalrats berührt. Natürlich war Karl schlau genug, für den Fall der Fälle keine Fingerspuren zu hinterlassen. Wie gut, dass er immer mindestens ein Paar Einweghandschuhe in seiner Tasche hatte.
Fast ein wenig enttäuscht darüber, dass der im Grunde recht spannende Auftrag überhaupt keine Herausforderung für ihn gewesen war, wickelte er jetzt hektisch den Stinkekäse aus und stopfte ihn in eine der Innentaschen von Scheibles Anzug, so dass man ihn nicht gleich beim Anziehen des Jacketts bemerken würde.
Gerade in dem Moment kehrten Marlene und Scheible zurück. Marlene konnte noch einen Blick von der Tilsiter-Verpackung erhaschen, die Karl in seiner Hosentasche verschwinden ließ.
„Was riecht denn hier so merkwürdig?“, fragte der Kriminalrat und sah sich irritiert um.
Marlene ignorierte die Frage geflissentlich. „Danke, dass Sie mir geholfen haben, Herr Kriminalrat. Es ist mir so peinlich, dass das passiert ist …“, sagte sie. „Wir gehen wohl jetzt lieber – oder, Karl?“
Hans-Dieter Scheible, der froh war, dass die Sache so glimpflich ausgegangen war, entgegnete: „Mach dir nichts draus, Marlene. So etwas kann passieren. Sind wir froh, dass nichts Schlimmeres geschehen ist. Ich muss euch jetzt ohnehin bitten zu gehen, denn ich habe noch sehr viel zu tun und meine Zeit schließlich nicht gestohlen. Wenn ihr noch was wissen wollt, dann wendet euch doch bitte an Hauptkommissar Schockenried und seine Mit-

arbeiter."
Sofort rannten Marlene und Karl aufgeregt zu Kurts Büro. An Tatjana von Senden und Dennis Rathvan, die mittlerweile ebenfalls da waren, dachten sie in dem Moment nicht.
„Hallo, wie wär's mit Anklopfen?", bemerkte Dennis, während Tatjana giftig wurde: „Ihr könnt hier nicht einfach so hereinplatzen, wie es euch passt. Das ist immer noch das Büro eines Polizeipräsidiums. Also los, verschwindet!"
„Ist schon in Ordnung, ich erwarte die beiden", sagte Kurt Schockenried, der in diesem Moment aus seinem Büro gestiefelt kam, weil er gehört hatte, was los war.
Hinter verschlossener Tür berichteten Marlene und Karl von den Ereignissen in Scheibles Büro und vermeldeten schließlich unisono: „Mission erfolgreich ausgeführt!"
Kurt klatschte in die Hände: „Prima, ihr zwei. Ihr habt was gut bei mir, vielen Dank. Und den Differenzbetrag für den Käse, den ich euch noch schuldig bin, gebe ich euch beim nächsten Treffen, versprochen."
Karl und Marlene wollten gerade gehen, als Kurt sie zurück pfiff: „Moment, nicht so schnell, die Herrschaften. Karl Kessel, sieh mich an …"
„Ja, Herr Hauptkommissar?", fragte Karl skeptisch.
„Hast du tatsächlich sämtliche auf Kriminalrat Scheibles Computer befindlichen Dateien unwiderruflich gelöscht, die mich belasten könnten?"
„Ja, das habe ich."
„Bist du dir ganz sicher?", hakte Kurt nach und schaute Karl dabei finster an.
Karl blickte Schockenried an, als wäre dieser schwer von Begriff: „Ja, ich habe alles vom Computer des Kriminalrats gelöscht", wiederholte er langsam.

Kurt entspannte sich und klopfte Karl mit seiner Pranke anerkennend auf die Schulter, wobei der hagere Nachwuchskriminalist leicht in die Knie ging. „Dann ist ja soweit alles klar. Danke nochmals für eure Hilfe. Wir sehen uns bestimmt bald wieder. Irgendwie beschleicht mich das Gefühl, das könnte früher passieren als mir lieb ist." Marlene und Karl verabschiedeten sich von Kurt Schockenried, ebenso wie von den Hauptkommissaren Rathvan und von Senden, die nebenan beide angestrengt in ihren Unterlagen lasen.
Karl hatte nicht gelogen, als er Schockenried bestätigte, alle auf Kriminalrat Scheibles Computer befindlichen Dateien, die etwas mit ihm zu tun hatten, gelöscht zu haben. Was er dem Kriminalhauptkommissar allerdings aus gutem Grund verschwiegen hatte, war die Tatsache, dass er sich alles auf einen USB-Stick gezogen hatte. Die Professionalität verbot ihm sozusagen, brisante Dateien wie diese einfach unwiderruflich zu löschen. Dabei war es irrelevant, für wen sie so wichtig waren. Ein weiterer Grund war: Karl wollte unbedingt wissen, was Kommissar Schockenried auf dem Kerbholz hatte und welche Beweise er so dringend vernichtet haben wollte. Wer weiß, wozu das eines Tages noch gut sein könnte, dachte sich Karl Kessel und freute sich im Stillen.

21.

„Echt jetzt? Ein Pfaffe, der Gotthilf Fromm heißt? Ihr wollt mich doch auf den Arm nehmen, oder?", fragte Kurt seine Kollegen belustigt.
„Das ist tatsächlich komisch", meinte Dennis grinsend, und Holger Grünbaum konnte sich einen Scherz nicht verkneifen: „Wahrscheinlich sprechen wir gleich noch mit einem Zeugen namens Jehova."
Tatjana von Senden stand der Sache weniger amüsiert gegenüber: „Ihr seid nicht nur fürchterlich geschmacklos und albern, sondern auch noch ohne jegliche Pietät gegenüber dem Opfer und seinen Angehörigen. Ein Mensch wurde ermordet, und ihr Idioten habt nichts Besseres zu tun, als Witze über seinen Namen zu reißen. Reißt euch gefälligst allesamt am Riemen. Wir betreten jetzt eine Kirche, also ein Haus Gottes, das obendrein ein Tatort ist. Es ist also weder die richtige Zeit, noch der Ort für kindische Späße."
Wortlos schauten die drei Männer sich an. Sie waren klug genug zu schweigen, wenn Tatjana derart in Rage war. Jedes Wort könnte in einer solchen Situation zu viel sein und zur Eskalation führen. Sie warfen sich vielsagende Blicke zu und folgten ihrer Kollegin in die Kirche.
Es war kein schöner Anblick, der sich ihnen beim Blick in den Beichtstuhl bot: Der Pfarrer der Sankt-Ferdinand-Gemeinde war tot auf dem Sitz platziert worden und lehnte mit dem Rücken an der Wand. Alles war voll mit geronnenem Blut, da ihm offensichtlich jemand mit großer Wucht den Schädel eingeschlagen hatte. Die Lippen waren blau, das Gesicht aufgequollen und die Augen blutunterlaufen. Außerdem lag ein auffällig süßer Geruch

in der Luft.
„Hat hier jemand Karamellbonbons gegessen?", wollte Dennis wissen.
„Nein. Ich gehe jede Wette ein, dass es sich um Furfural handelt", hörten sie auf einmal Professor Brandner sagen, der sich ihnen unbemerkt von hinten genähert hatte.
Dennis begrüßte den Rechtsmediziner und fragte: „Bist du schon lange hier?"
„Lange genug, um zu wissen, dass es eine massive, stumpfe Gewalteinwirkung gegen den Schädel des Opfers gegeben hat, die zwar nicht unmittelbar zum Tode führte, früher oder später aber in jedem Falle tödlich gewesen wäre. An einer Stelle wurde die Schädelkalotte komplett durchbrochen, so dass dort das Großhirn freiliegt. Der Hieb oder Schlag erfolgte hiermit", antwortete Professor Brandner und zeigte den Kommissaren einen über und über mit getrocknetem Blut verschmutzten Hirtenstab, den er beim Beichtstuhl gefunden hatte. Unverblümt ergänzte er: „Da hängen sogar noch kleine Brocken der Gehirnmasse dran."
„Pfui, das ist ja ekelhaft", sagte Tatjana und wandte sich angewidert ab.
Auch Dennis musste kräftig schlucken, fand dann aber seinen Humor wieder: „Da bekam der Psalm 23 für den Herrn Pfarrer wohl eine ganz neue Bedeutung, was? Unter Dein Stecken und Stab trösten mich hatte er sich bestimmt etwas anderes vorgestellt."
Tatjana ignorierte Dennis' geschmacklose Äußerung bewusst und hakte bei Simon Brandner nach: „Was war denn dann tödlich?"
„Er ist erstickt. Es gibt aber keinen Hinweis auf eine Strangulation, Erwürgen oder Erdrosseln. Also muss er sozusagen innerlich erstickt sein. Und der intensive Ge-

ruch, den wir hier wahrnehmen, ist nahezu identisch mit dem Geruch, der Elmar Bischofs Leiche anhaftete. Ich bin mir sicher, dass die toxikologischen Untersuchungen eine Vergiftung mit Furfural nachweisen werden, das dem Opfer in Form eines ätherischen Öls zuvor eingeflößt wurde."

„Das darf ja wohl nicht wahr sein. Das würde bedeuten, dass der Mord an Bischof und dieser hier eine ziemlich außergewöhnliche Gemeinsamkeit aufweisen. Kann bitte jemand auf die Schnelle versuchen herauszubekommen, ob Fromm und Bischof sich kannten?", sagte Schockenried.

Holger Grünbaum wollte sich gerade über die Kombination der Nachnamen Fromm und Bischof lustig machen, als Tatjana ihm aber mit einer Antwort für Kurt Schockenried zuvorkam: „Schon geschehen. Ich habe eben im Präsidium angerufen, und die Kollegen bestätigten mir, dass Fromm ein Klient in Bischofs Kanzlei war."

„Verflixt und zugenäht. Die Angelegenheit wird immer komplizierter", seufzte Kurt.

„Ich habe doch gesagt, dass du hier nichts anfassen sollst, zum Donner", hörten sie Simon Brandner in diesem Moment fluchen und sahen, wie er mit einem jungen Mann schimpfte.

„Willst du uns deine Begleitung nicht vorstellen, Simon?"

„Aber sicher doch, das ist mein Neffe Felix, der Sohn meiner Schwester Simone. Er studiert Medizin und absolviert derzeit eine Famulatur bei mir."

„Was ist eine Famulatur?", fragte Holger.

„Das ist so etwas wie ein Praktikum für Medizinstudenten im klinischen Teil des Studiums. Eigentlich ist er ein ziemlich pfiffiges Kerlchen und hat die Promotion am Biochemischen Institut der Uni Tübingen bereits abgeschlossen, aber am Tatort verhält er sich wie ein Rhinozeros im Ballettunterricht. So ungefähr wie Mark Scheck seinerzeit: Als der für ein paar Wochen bei mir gearbeitet hat, hat er sich genauso ungeschickt angestellt."

„Spricht nicht gerade für deine Fähigkeiten als Lehrer, mein lieber Simon", stichelte Dennis.

Kurt schien sich darüber prächtig zu amüsieren. „Was ist denn in den gefahren?", fragte Simon, und Tatjana machte eine abfällige Handbewegung: „Der spinnt schon den ganzen Tag.

Kurt prustete: „Ich fasse es nicht. Waren deine Eltern betrunken, als sie euch eure Namen geben haben? Simon und Simone, ich lach mich schlapp …"

„Einfach ignorieren", sagte Tatjana zu Brandner und begrüßte dessen Neffen Felix: „Hallo, ich bin Hauptkommissarin Tatjana von Senden, und diese drei Trottel sind meine Kollegen Schockenried, Rathvan und Grünbaum."

„Angenehm, ich bin Felix Brandner", stellte sich der junge Mann höflich vor.

„Brandner? Ich dachte, deine Schwester sei verheiratet, Simon?", erkundigte sich Dennis, da er einen anderen Nachnamen des Neffen erwartet hatte.

„Ist sie auch, aber sie hat ihren Nachnamen nach der Eheschließung behalten. So sind sie nun mal heutzutage, die Damen der Schöpfung", erklärte Simon.

Tatjana fühlte sich sogleich provoziert: „Na und? Ich habe nach der Hochzeit auch meinen Nachnamen behalten. So etwas nennt man Gleichberechtigung."

„Na klar, Süße, ist doch auch total in Ordnung", versuchte Holger zu schlichten, nahm Tatjana in den Arm und zog sie aus der Gefahrenzone, so dass es zu keinem weiteren Wortgefecht kommen konnte.

„Merkwürdig, da steht eine Pflanze direkt vor dem

Beichtstuhl. Es ist die einzige dieser Art und Größe in der gesamten Kirche. Passt hier irgendwie nicht so richtig hin", bemerkte Dennis unterdessen.
„Stimmt. Sieht irgendwie merkwürdig aus. Was ist das für ein Kraut?", fragte Kurt in die Runde.
„Das ist eine Zypresse", meldete sich der junge Felix Brandner überraschend zu Wort.
Kurt überlegte: „Hm … könnte sein. Von denen habe ich schon mal gehört. Was sind das für Pflanzen?"
„Zypressengewächse sind im Grunde so etwas wie immergrüne Nadelbäume, die zunächst rasch, je älter sie werden aber umso langsamer wachsen. Ihrer Gattung werden über zwanzig Arten zugeordnet. Am wohlsten fühlen sie sich in den warmen Klimazonen der nördlichen Hemisphäre, wie beispielsweise im Westen Nordamerikas oder im nordwestlichen Afrika und natürlich im Mittelmeerraum. Einige wenige Arten schafften es, sich an extremere Bedingungen anzupassen, wie zum Beispiel die Sahara-Zypresse in der Zentralsahara Algeriens. Historisch betrachtet symbolisierte die Zypresse mehrere Gottheiten, steht aber seit jeher für die Unterwelt und wird eng mit Tod und Trauer verbunden. Wie viele andere immergrüne Pflanzen auch, wird sie als Ausdruck der Trauer zur Friedhofsbepflanzung genutzt", erklärte Felix.
„Dein Neffe ist mir unheimlich, Simon", bemerkte Dennis, und Kurt pflichtete ihm bei: „Wie kann man nur aus dem Stegreif so viel über irgendeine Pflanze wissen?"
„Das ist leicht erklärt: Ich bin zwar angehender Humanmediziner, habe aber im Rahmen meiner Dissertation in der Biochemie viel über Pflanzen und ihre natürlichen Wirkstoffe gelernt. Es handelt sich dabei um grundlegendes Wissen, das vor allem für die Entwicklung von Medikamenten von allergrößter Bedeutung sein könnte. Was

meinen Sie wohl, von wem mein Onkel den Tipp mit der Furfural-Intoxikation bei Elmar Bischof bekommen hat?"
Alle drehten sich zu Simon Brandner, starrten ihn an und warteten auf eine Stellungnahme. Halbherzig und kleinlaut rückte dieser mit der Wahrheit heraus: „Nun ja, um ehrlich zu sein, es stimmt. Felix hat mir da möglicherweise ein klein wenig auf die Sprünge geholfen. Früher oder später hätte ich das aber selbstverständlich auch selbst herausgefunden."
Alle Anwesenden, einschließlich Felix, schüttelten die Köpfe. „Wie kann man nur so selbstverliebt sein, dass man noch nicht einmal seinem eigenen Neffen die gerechte Anerkennung für eine gute Leistung geben kann, sondern selbst die Lorbeeren einheimsen will?", stellte Tatjana von Senden vorwurfsvoll fest.
Felix Brandner war erstaunlich auf Zack. Anstatt die beleidigte Leberwurst zu spielen, hakte er das Thema ab und wies auf etwas hin, das ihm schon vorher aufgefallen war: „Bestimmt wurde die Pflanze aus einem ganz bestimmten Grund hier platziert, und zwar nicht zur Deko. Ich lehne mich wohl nicht zu weit aus dem Fenster, wenn ich behaupte, dass das der Mörder gewesen sein könnte."
„Und was will er uns damit sagen?", fragte Holger.
„Die Frage ist viel eher, worauf er uns hinweisen will? Die stark verzweigten und langen Arme dieser Zypresse könnten als Wegweiser oder als Pfeil in eine bestimmte Richtung interpretiert werden. Auch diese Eigenschaft der Zypressen ist historisch überliefert", erklärte Felix.
„Na, dann wollen wir doch mal sehen, wo das Teil hinzeigt", sagte Dennis.
Ein größerer Arm der Pflanze zeigte direkt auf den Beichtstuhl, der längste und kräftigste jedoch genau in die entgegengesetzte Richtung. Dennis folgte dieser in

direkter Linie und stieß auf den Altar der Domkirche. Der Altar war mit einem großen Tuch bedeckt, das eher einem herkömmlichen Tischtuch glich als einem Altartuch. Schwungvoll entfernte Dennis Rathvan das Tuch und staunte nicht schlecht: Mit einer getrockneten, dunklen Flüssigkeit – wahrscheinlich Blut – stand auf dem Altar eine Zahlenkombination geschrieben:

711933 12 2 -5

„Schaut euch das mal an, Leute", rief er laut und alle kamen herbeigeeilt.
„Jetzt wird's aber langsam echt sonderbar", stellte Kurt fest und ließ seinen Gedanken freien Lauf: „Das ist mit Sicherheit kein Zufall mehr. Die Zahlen an Bischofs Bein hätten mit viel Wohlwollen noch als geschmackloses Vermächtnis eines narzisstischen Chirurgen gedeutet werden können. Aber hiermit ist klar, dass sowohl Bischof als auch Fromm einer geplanten Tat zum Opfer fielen, und dass uns jemand mit diesen Zahlen Nachrichten oder Hinweise hinterlässt. Wir müssen endlich herausfinden, was es mit diesen Zahlenkombinationen auf sich hat."
„Mir fällt da gerade etwas ein", unterbrach Tatjana und wandte sich an Professor Brandner: „Erinnern Sie sich daran, dass in Elmar Bischofs Kanzlei, genauer gesagt im Zimmer, in dem die Leiche gefunden wurde, ebenfalls eine solche Pflanze stand? Ich habe sie zwar bemerkt, ihr aber keinerlei Bedeutung beigemessen."
Simon grübelte kurz, um Tatjana dann zuzustimmen: „Sie haben Recht. Da stand auch so ein Ding rum. Ich habe mich noch gefragt, wer sich freiwillig so etwas Scheußliches ins Büro stellt."
„Ich muss dringend noch mal in Bischofs Kanzlei, um

nachzusehen, ob uns dort möglicherweise etwas entgangen ist", sagte Tatjana und erweckte den Eindruck, als wollte sie sich stante pede auf den Weg machen.
Kurt resümierte: „Der Fall nimmt ganz neue Dimensionen an. Es gibt zwei Opfer, zwischen denen definitiv Verbindungen bestehen. Wie viele Verbindungen es sind, wissen wir noch nicht. Aus mehreren Gründen muss zumindest sehr ernsthaft in Erwägung gezogen werden, dass sowohl Bischof als auch Fromm von der gleichen Person oder den gleichen Personen umgebracht wurden. In diesem Fall hätten wir es mal wieder mit einer Mordreihe zu tun. Wir müssen deshalb befürchten, dass die Reihe nicht mit dem zweiten Mord endet, sondern noch weitere folgen werden. Vielleicht kommen wir über ein mögliches Motiv dahinter … "
„Wer hat eigentlich den Toten gefunden?", fragte Dennis.
„Das war der Mesner, ein gewisser Harold Weinstein. Er sitzt da drüben und wartet sehnsüchtig darauf, dass sich jemand seine Geschichte anhört", antwortete Holger, und Kurt forderte Dennis sogleich auf: „Würdest du das bitte übernehmen?"
„Geht klar, Chef", antwortete dieser und machte sich sogleich auf den Weg zu dem Mesner, während er sich dachte: Schon wieder so ein lustiger Name, fehlt nur noch, dass der Orgelspieler Hefepilz oder Bierfass heißt.

***

Auf der belebten Fußgängerzone vor der Kirche inmitten der Innenstadt hatte sich Tatjana von Senden gerade von den Kollegen verabschiedet, um nach Weilimdorf zur Kanzlei von Elmar Bischof zu fahren, als ihr Professor

Brandner quasi direkt in die Arme lief. Dabei erinnerte sie sich: „Ach, Herr Brandner. Ich habe am Tatort in Elmar Bischofs Kanzlei Ihren hellblauen Arbeitsoverall gefunden. Brauchen Sie den noch?“
„Welchen Overall?“, fragte Brandner überrascht.
„Na, einen der hellblauen Anzüge, die ihr Rechtsmediziner immer an den Tatorten tragt.“
Simon Brandner dachte angestrengt nach: „Merkwürdig, ich vermisse keinen solchen Anzug. Haben Sie ihn noch?“
„Aber klar doch. Er ist im Kofferraum meines Wagens. Wenn Sie mich ein paar Meter begleiten, kann ich ihn Ihnen direkt mitgeben.“
„Gerne“, ging Simon Brandner auf das Angebot ein.
Als Tatjana den Kofferraum öffnete und Professor Brandner den Anzug überreichen wollte, wurde ihr schnell klar, dass der Rechtsmediziner den Overall nicht für seinen eigenen hielt. Er selbst wollte das Kleidungsstück nicht anfassen, sondern bat sie, ihn direkt in einen dafür viel zu kleinen Plastikbeutel zu zwängen.
Sie verabschiedeten sich, und Tatjana brauste davon. Die ganze Zeit über hatte sie sich über die albernen Scherze der Kollegen aufgeregt, doch jetzt überkam sie selbst so etwas wie ein kleiner Lachanfall: Sie dachte an Pfarrer Gotthilf Fromm, den Zeugen Jehova sowie den Mesner Weinstein. Beim Gedanken an Simone und Simon Brandner stellte sie sich den aufgeblasenen Rechtsmediziner in dem hellblauen Overall vor, der allerdings im Gegensatz zum Original von der Hüfte abwärts weiß war. „Noch eine weiße Kapuze dazu, und er sieht aus wie ein Schlumpf mit Adipositas“, dachte sie sich und lachte lauthals.

22.

Die Wetterprognosen behielten Recht: Wie angekündigt, hielt der Winter über Nacht Einzug in der Baden-Württembergischen Landeshauptstadt, und das mit aller Macht. Schneeregen und überfrierende Nässe hatten am frühen Morgen für ein Verkehrschaos im gesamten Stadtgebiet sowie den umliegenden Bundesstraßen und Autobahnen gesorgt. Der starke Ostwind sorgte indes dafür, dass die niedrigen Temperaturen sich noch viel eisiger anfühlten, als sie es tatsächlich waren.
Mit üppiger Verspätung trafen deshalb die Mitarbeiter des Dezernats 1.1 erst nach und nach an ihren Arbeitsplätzen ein. Zunächst Tatjana von Senden, dann Holger Grünbaum und – mehr als eine halbe Stunde später – ein sichtlich gestresster Dennis Rathvan, der nicht nur mit den Staus, sondern auch noch mit der schwächelnden Batterie seines Autos zu kämpfen gehabt hatte. Trotz der Starthilfe durch einen hilfsbereiten Nachbarn war der Wagen erst beim ungefähr fünfzehnten Versuch mit Hängen und Würgen angesprungen. Während der gesamten Fahrt zum Präsidium war Dennis in Sorge gewesen, dass das Auto ihn inmitten der Blechlawinen im Stich lassen und den Dienst quittieren könnte.
Zu allem Überfluss streikte an diesem Tag die Kaffeemaschine, so dass Holger sich aufmachte, um in der Cafeteria einige Tassen des – wie er es gerne bezeichnete – koffeinhaltigen Lebenselixiers zu besorgen. Freudestrahlend stellte er ein Tablet mit vier dampfenden Tassen auf Dennis' Schreibtisch ab.
„Warum vier Tassen, Kurt ist doch noch gar nicht da?", bemerkte Dennis.

„Ich denke schon, dass Kurt bereits da ist", vermutete Holger zurecht.
Genau in diesem Moment öffnete sich die Verbindungstüre zu Kurts Büro, und der Erste Kriminalhauptkommissar kam gut gelaunt heraus gestiefelt.
„Guten Morgen allerseits", begrüßte er die Kollegen und prostete ihnen mit einem Glas Multivitaminsaft zu.
„Vor zehn Uhr habe ich heute auf keinen Fall mit dir gerechnet, Kurt. Vom Asemwald zum Präsidium bei dem Chaos da draußen – das dauert doch bestimmt zwei Stunden", stellte Dennis überrascht fest.
„Tja, wie heißt es so schön? Nur der frühe Adler fängt die Maus … oder so ähnlich", entgegnete Kurt leicht beschwingt.
„Also, wenn ich es nicht besser wüsste, mein lieber Kurt, würde ich behaupten, dass du einen kleinen Schwips hast. Kann das sein?", sagte Dennis, nahm ihm ungefragt das Glas mit Multivitaminsaft aus der Hand und steckte seine Nase hinein.
„Pfui Teufel, da ist ja Wodka drin! Kurt, es ist gerade einmal neun Uhr morgens."
„Eben drum, deshalb ja auch der Multivitaminsaft dazu", erklärte Kurt und wollte Dennis das Glas wieder abnehmen.
Doch so weit kam es nicht, denn dieser kippte den orangefarbenen Inhalt in den Ausguss des Waschbeckens.
Kurt zuckte mit den Achseln: „Egal, Kaffee ist auch gut", sagte er gleichgültig, nahm sich eine Tasse vom Tablet und verschwand wieder in seinem Büro.
Etwa eineinhalb Stunden lang war jeder für sich alleine damit beschäftigt, die neuesten Fakten und Informationen nach eigenem Kenntnisstand möglichst strukturiert zusammenzutragen. Dann trafen sie sich zu einem

Briefing, an dem auch Kurt annähernd ausgenüchtert teilnahm.
„Die beiden Opfer kannten sich: Gotthilf Fromm war seit mehreren Jahren immer mal wieder Mandant in der Kanzlei von Elmar Bischof gewesen", begann Tatjana die Besprechung und wurde sogleich mit einer Zwischenfrage von Dennis unterbrochen: „Warum ist ein katholischer Pfarrer Mandant bei einem Anwalt, der auf Medien- und IT-Recht spezialisiert ist? Geht es dabei etwa um die Rechte an seinen Predigttexten?"
„Dazu sage ich gleich noch etwas, Dennis. Ich möchte aber zunächst versuchen, ein bisschen Struktur in die ohnehin etwas chaotische Sachlage zu bringen, in Ordnung?"
„Klar doch", antwortete Dennis und hob beschwichtigend die Hände, ehe Tatjana fortfuhr: „Die Tatsache, dass sie sich kannten, stellt also schon mal eine Verbindung zwischen den beiden her. Auch bezüglich der Todesursache besteht eine offensichtliche Gemeinsamkeit: Professor Brandners Vermutung wurde bei seinen Untersuchungen inzwischen dahingehend bestätigt, dass auch Gotthilf Fromm mit Furfural vergiftet wurde, welches ihm vorab in Form eines ätherischen Öls verabreicht worden war. Der Unterschied zwischen den Morden bestand darin, dass Fromm vermutlich nicht mehr bei Bewusstsein war, als dies geschah, weil man ihm vorher mit einem großen stumpfen Gegenstand so heftig gegen den Schädel geschlagen hatte, dass allein diese Verletzung früher oder später tödlich gewesen wäre. Gegen Bischof fand eine solche massive Gewalteinwirkung nicht statt, woraus sich möglicherweise ableiten ließe, dass die Aggressionen des Täters gegenüber Fromm wesentlich größer waren. Das Pflanzengift diente wohl eher der Absicherung, um zu

vermeiden, dass Fromm noch vor seinem Ableben gefunden werden konnte. Gleiches gilt für den Mord an Elmar Bischof, als er nach der Verabreichung des Furfurals noch so lange bei seinem Opfer blieb, bis die tödliche Wirkung unmittelbar davor war, sich zu entfalten, und keine Chance mehr auf Rettung bestand. Gleichzeitig wollte der Mörder offenbar, dass die Opfer frühzeitig gefunden werden. Bischof musste dafür sogar selbst noch in der Notrufzentrale anrufen, während Fromm im Beichtstuhl einer großen und zentral gelegenen Kirche sozusagen zur Schau gestellt wurde. Außerdem möchte uns jemand durch die Zahlencodes etwas mitteilen. Leider haben wir immer noch nicht die geringste Ahnung, was sie bedeuten könnten. An Bischofs rechtem Bein fand sich die Zahlenkombination:

78 4275 34734 89 326

Doch das ist noch nicht alles: Nachdem wir bei Fromms Leiche die Zypresse entdeckt hatten, die uns zum Altar und den Zahlen

711933 12 2-5

geführt hatte, bin ich direkt noch mal zu Bischofs Kanzlei gefahren, weil ich meinte, mich erinnern zu können, dort eine fast gleich aussehende Pflanze gesehen zu haben. Und siehe da, es stand tatsächlich eine in seinem Büro, keine zwei Meter vom Fundort des Leichnams entfernt. Ich bin genauso vorgegangen, wie Brandners Neffe uns das in der Domkirche beschrieben hatte, und stellte fest, dass der längste Arm der Zypresse direkt auf ein Bild an der Wand zeigte. Das Motiv des Bildes war nichtssagend, dürfte aber auch nicht von Bedeutung gewesen sein. Hinter dem Bild verbarg sich ebenfalls eine Zahlenreihe. Sie lautete:

16817 76618 442 537 913916 639157516

An Gotthilf Fromms Leiche konnte bei der Obduktion kein weiterer Code gefunden werden. Das bedeutet, dass im Zusammenhang mit dem Mord an Bischof zwei Nachrichten hinterlassen wurden und bei Fromm nur eine. Dabei stellt sich jetzt natürlich die Frage, ob das einen bestimmten Grund hat oder ob es einfach nur auf den jeweiligen Inhalt der Nachrichten ankommt und nicht auf deren Anzahl. Eine weitere Gemeinsamkeit zwischen den Opfern war, dass beide Henning Gravesen mehr oder weniger gut kannten."

Dennis Rathvan nutzte die kurze Sprechpause Tatjanas und knüpfte an ihren letzten Satz an: „Es ist korrekt, dass beide Henning Gravesen kannten. Wie wir ja bereits wissen, waren Elmar und Henning schon seit geraumer Zeit befreundet. Zudem hatten sie eine Anwalt-Mandanten-Beziehung und sie verband das Schicksal von Bischofs Sohn Oscar, den sie gemeinsam im Hof der Familie Gravesen unter Hennings Auto gefunden hatten. Gotthilf Fromm hingegen kannte Gravesen erst seit ungefähr eineinhalb Jahren. So lange nämlich suchte Henning Gravesen inzwischen regelmäßig den Pfarrer auf, um zu beichten oder sich sonstigen Zuspruch und Trost bei ihm zu holen. Das berichtete mir der Mesner Harold Weinstein, den ich gestern noch eingehend befragt habe. Er konnte Henning Gravesen eindeutig auf einem Foto identifizieren, leider jedoch keine weiteren Angaben zum Inhalt der Gespräche machen. Es stellte sich heraus, dass sich Weinstein äußerst loyal gegenüber seinem Chef, dem Pfarrer, verhielt. Obwohl ich ihn nach Besonderheiten jedweder Art in Bischofs Vita gefragt habe, erwähnte er mir gegenüber nämlich mit keiner Silbe, dass der gute Gotthilf Fromm vor einigen Jahren in ziemlichen Schwierigkeiten steckte."

„Was waren das für Schwierigkeiten?", wollte Kurt Schockenried wissen.

„Man munkelte, und das nicht nur hinter vorgehaltener Hand, dass Fromm immer wieder Kinder aus der Gruppe der Ministranten und aus dem Kommunionsunterricht lieber mochte, als das normal war. Mehrfach hatten Eltern sich beschwert und gingen auf die Barrikaden, nachdem ihre Kinder sich getraut hatten, von Übergriffen zu berichten. Es fanden sich immer mehr Kinder, die von ähnlichen Zwischenfällen berichteten, so dass schließlich die Behörden eingeschaltet wurden. Sämtliche Ermittlungen verliefen jedoch im Sande, denn Fromm konnte niemals auch nur das Geringste nachgewiesen werden. Stets standen sich seine Aussage und die eines einzelnen Kindes gegenüber. Als es langsam aber sicher brenzlig für ihn wurde, hat er sich nichts mehr zu Schulden kommen lassen. Oder besser gesagt, es gab keine neuerlichen Vorwürfe mehr gegen ihn. Da es keine Beweise gab, wurde Fromm in Amt und Würden gehalten und, zumindest nach außen hin, voll rehabilitiert. Ein solcher Ruf lastet einem jedoch ewig an, fürchte ich."

„Ist das nicht ein bisschen zu klischeehaft – ein katholischer Pfarrer, der dem Zölibat unterliegt, aber auf kleine Jungs steht? Da weiß man wirklich nicht so recht, ob das der Wahrheit entspricht und sollte vorsichtig mit Anschuldigungen umgehen. Falls es aber stimmen sollte, wäre es möglich, dass betroffene Kinder oder deren Eltern

sich an ihm rächen wollten, oder? Damit hätten wir ein mögliches Motiv in der Sache, das wir bisher noch nicht auf dem Schirm hatten. Sind denn die Kinder, die Vorwürfe gegen Fromm erhoben haben, irgendwo namentlich registriert?", meldete sich Kurt erneut zu Wort.
„Ist schon in Arbeit, Chef. Ich kümmere mich darum und werde eine Liste erstellen", bestätigte Holger Grünbaum.
„Was sollte dann aber Elmar Bischof damit zu tun haben?", fragte Dennis.
„Immerhin war er Fromms Anwalt. Es wäre doch möglich, dass er ihn in dieser Angelegenheit beraten hat und es in dem Zusammenhang auch Auseinandersetzungen mit Eltern der betroffenen Kinder gab. Darauf wollte ich eingangs nämlich noch zurückkommen: Elmar Bischof war zwar Fachanwalt für Medien- und IT-Recht, das bedeutet aber natürlich nicht, dass er nur auf diesem Fachgebiet juristisch beraten darf. Das ist wie bei Ärzten: Ein Gynäkologe darf ebenso ein Medikament gegen Brechdurchfall verschreiben wie der entsprechende Facharzt. Und wir können auch jemanden wegen Ladendiebstahls festnehmen, obwohl wir dem Dezernat für Tötungs-, Brand- und Sprengstoffdelikte angehören", erläuterte Tatjana.
„Und was ist dann mit Henning Gravesen? Die Tatsache, dass er Bischof kannte und vermutlich für die Schnitzerei an seinem Bein verantwortlich ist, macht ihn zwar suspekt, aber noch lange nicht so verdächtig, wie der Kriminalrat das gerne haben wollte. Durch die Sache mit den Zahlencodes rückt er allerdings meiner Meinung nach wieder mehr in den Fokus", hinterfragte Dennis Tatjanas und Kurts These.
„Es ist doch überhaupt nicht erwiesen, dass Dr. Gravesen für die Zahlen an Bischofs Schienbeinknochen verant-

wortlich ist. Ganz im Gegenteil: Niemand hat gesehen, dass er während der letzten Operation etwas eingeritzt hat, und laut dem Gutachten Professor Brandners war es technisch als Rechtshänder so gut wie ausgeschlossen, das ohne Hilfe zu bewältigen. Obendrein hat er ein wasserdichtes Alibi für die Tat an Elmar Bischof", wandte Tatjana erneut ein.

„Aber für die Tatzeit des Mordes an Fromm hat er kein Alibi. Wie auch immer … Ich bin mir sicher, dass er Dreck am Stecken hat", gab sich Dennis überzeugt.

„Vertrittst du jetzt neuerdings die gleichen Ansichten wie der Vorgartenzwerg?", spottete Kurt.

„Unsinn, aber ich denke nicht, dass wir gut beraten wären, indem wir unsere bisherigen Ermittlungsansätze komplett über Bord werfen. Sicherlich sollten wir die neuen Spuren gewissenhaft verfolgen, aber für mich sind weder Henning Gravesen noch Eva Becker aus dem Schneider", verteidigte sich Dennis.

„Was ist eigentlich mit diesem Schriftsteller?", wollte Holger wissen.

„Was soll mit ihm sein?", fragte Tatjana.

„Ist er nicht mehr verdächtig?", hakte Holger nach.

„Er war nie verdächtig. Warum denn auch, nur weil er mit der Arbeit Bischofs als Anwalt nicht zufrieden war? Unter dem Aspekt müsste die Liste der Verdächtigen ziemlich lang sein. Schließlich liegt es in der Natur der Sache, dass ein Anwalt auch unzufriedene Mandanten hat. Aber um weiteren Fragen vorzugreifen, kann ich berichten, dass ich der Vollständigkeit halber natürlich überprüft habe, ob es Verbindungen zwischen Simon Bonfrère oder Eva Bischof zu Gotthilf Fromm gab", erklärte Tatjana.

„Und?", fragte Holger.

„Fehlanzeige. Bei beiden war nichts zu finden", knurrte Tatjana etwas enttäuscht.
„Da stimmt aber nicht, Frau Kollegin", mischte sich Dennis abermals ein und erntete dafür einen finsteren Blick von Tatjana.
Er erklärte: „Natürlich gibt es eine Verbindung von Bonfrère zu Fromm: Beide waren Mandanten von Elmar Bischof."
„Leute, mir raucht der Schädel. Wollen wir nicht eine kurze Pause machen?", sagte Kurt und öffnete trotz der eisigen Temperaturen ein Fenster, um für frische Luft zu sorgen.
„Einverstanden", sagten die anderen drei, und Dennis ergänzte noch: „Ich schlage vor, dass wir uns erst am späteren Nachmittag noch mal hier zusammen setzen. Wir sollten erst einmal etwas Ordnung in das Chaos bringen, und dafür gilt es, noch so einiges abzuarbeiten. Wäre doch gelacht, wenn wir nicht endlich einen Schritt weiter kämen, oder?"
Dennis' Vorschlag stieß auf breite Zustimmung, und sie machten sich an die Arbeit.

23.

Land der Zypressen, von Simon Bonfrère – Auszug aus Kapitel 13:

[…] „Als ich gestern Abend in der Kirche war, hatte ich eigentlich vor, anonym zu beichten. Mir war bekannt, dass Fromm mittwochabends für gewöhnlich ziemlich lange da war, ich wollte jedoch auf Nummer sicher gehen und habe vorab einen Termin für die Beichte vereinbart, selbstverständlich unter falschem Namen. Ich hatte ihn seit Jahren nicht mehr gesehen und muss gestehen, dass ich etwas nervös war, als ich die Sankt-Ferdinand-Kirche betrat. Ich war überpünktlich, und als ich ungefähr fünf Minuten vor der verabredeten Zeit zum Beichtstuhl ging, wurde ich Zeuge, wie er gerade dabei war, jemand anderem die Beichte abzunehmen. Ich verhielt mich leise, so dass mich niemand bemerkte. Dabei konnte ich hören, worüber sich die zwei Personen im Beichtstuhl unterhielten, und mir stockte der Atem: Ein Mann berichtete, wie er vor ungefähr dreieinhalb Jahren im Suff und Drogenrausch einen kleinen Jungen, genauer gesagt den Sohn eines Freundes, über den Haufen gefahren hatte. Befreundete Familien waren an diesem Sommerabend anlässlich eines Spiels der deutschen Nationalmannschaft bei der Fußballweltmeisterschaft in Brasilien zu einem Grillfest gekommen, und der Junge hatte, warum auch immer, abseits der anderen alleine in der großen Einfahrt vor dem Haus gespielt. Nach eigenen Angaben war der Mann „voll drauf" gewesen und wollte das Auto nehmen, um für sich und seinen Kumpel Nachschub zu besorgen, da sie an diesem Abend unbedingt noch ein Bömbchen Ice ziehen wollten."

„Ice?"

„Ja, das hat aber nichts mit Eis zu tun, sondern ist einer von vielen Szenenamen für das Meth-Amphetamin Crystal Meth, ein weißes, kristallines Mittel, daher auch der Name. Es handelt sich dabei um eine illegale Droge, die durch die Nase inhaliert, geraucht, gespritzt oder sogar gegessen werden kann. Es wirkt stark euphorisierend und vermittelt das Gefühl von Wohlergehen und Zuversicht, aber auch Hyperaktivität und Energie. Crystal Meth besitzt ein extrem schnelles und großes Abhängigkeitspotential, verbunden mit einem – auch gemessen an anderen Drogen – sehr starken Drang und dem Verlangen nach erneuter Konsumierung."

„Was geschah dann?"

„Er startete den Wagen, setzte ihn zurück und erfasste dabei das Kind. Der Junge wurde förmlich zerquetscht und starb noch an der Unfallstelle. Die mit Verspätung eintreffenden Rettungskräfte konnten nur noch seinen Tod feststellen."

„Warum trafen die Rettungskräfte so spät ein?"

„Bei dem Saufkumpan und Drogen-Kumpel handelte es sich um keinen geringeren als den Vater des Jungen, der sogar Zeuge des Unfalls war und ihn mit eigenen Augen beobachtet hatte. Statt aber sofort Hilfe zu holen, diskutierten die beiden im Rausch erst einmal darüber, wie sie ihren Kopf aus der Schlinge ziehen konnten. Auch wenn es kein Vorsatz, sondern ein schlimmer Unfall war, durfte natürlich niemand erfahren, dass sie Drogen genommen und so fahrlässig den Tod des Kindes verschuldet hatten. Der Unfallfahrer ist Arzt, konnte aber aufgrund seines Zustandes und der schweren Verletzungen des Kindes selbst nichts ausrichten. Beim Eintreffen der Rettungskräfte und der Polizei waren beide schon wieder deutlich klarer im Kopf, so dass es ihnen gelang, eine glaubwürdige und plausible Version des tragischen Unfalls zu präsentieren. Leider hatte niemand Verdacht geschöpft. Hilfreich waren dabei sicherlich auch ihre Berufe: Der eine war Arzt, der andere Anwalt."

„Ja, genau so war es. Das deckt sich exakt mit dem Sachverhalt, den ich der Unterhaltung zwischen dem Anwalt und dem Pfarrer entnehmen konnte, deren Zeuge ich unfreiwillig wurde, als ich im Wartebereich der Kanzlei saß. Genau wie du in der Kirche, erschien auch ich etwas zu früh zu meinem Termin. Die Sekretärin ließ mich noch rein, bevor sie sich in die Mittagspause verkrümelte. Hätten der Anwalt und der Pfarrer gewusst, dass sie nicht alleine waren, hätten sie natürlich die Tür zum Büro geschlossen. Der Dialog zwischen den beiden glich allerdings eher einem heftigen Streitgespräch als einer sachlichen Unterhaltung. Beide beschimpften sich unentwegt und drohten sich mit ernsthaften Konsequenzen. Der Pfarrer witterte durch sein Wissen das schnelle Geld und drohte, den Anwalt und den Arzt damit zu erpressen."

„Es wundert mich überhaupt nicht, dass der Kotzbrocken von einem Geistlichen sich nicht einmal zu schade dafür ist, sein Amt für Erpressungen zu missbrauchen. Ich schätze aber mal, dass er bei dem Anwalt nicht damit durchkam, oder?"

„Natürlich nicht. Als der Anwalt von der Beichte seines Freundes erfahren hatte, ging ihm natürlich der Arsch auf Grundeis, und er sah sich gezwungen zu handeln. Er begann zu recherchieren, stieß dabei auf die unrühmliche Vorgeschichte Fromms und machte diesem anschließend klar, dass er kein Bein mehr auf den Boden brächte, wenn er die Erpressung durchziehen oder jemandem von der Sache erzählen würde. Ein Wort gab das andere, und der Schlagabtausch endete schließlich damit, dass man sich auf gegenseitiges Stillschwiegen einigte. Hätten die beiden gewusst, dass ich jedes Wort mitgehört hatte, wäre ich sicher in ernsten Schwierigkeiten gewesen. Haben sie aber nicht, und deshalb sind wir es jetzt, die am längeren Hebel sitzen."

„Ja, ich kann es kaum erwarten, die Herren in die Ecke zu drängen."

„Ich kann mich gar nicht entscheiden, wer von den dreien in dieser Sache eigentlich das größte Arschloch ist. Fassen wir doch mal zusammen: Da ist ein drogenabhängiger Arzt, der im Vollrausch den Sohn seines ebenfalls konsumierenden Freundes überfahren hat. Trotz des tragischen Unglücks haben beide nichts anderes im Sinn, als ihre eigene Haut zu retten. Sie bilden ein Lügenkonstrukt, aufgrund dessen sie im strafrechtlichen Sinne tatsächlich davonkommen. Privat läuft es allerdings nicht gut für sie – beide Familien zerbrechen. Bei dem Arzt wird das schlechte Gewissen irgendwann übermächtig: In seiner Verzweiflung beichtet er seine Sünden vor Gott. Dass er für dieses Vorhaben ausgerechnet dem vermutlich gottlosesten Schweinepriester des gesamten Landes in die Hände fällt, ist wohl Ironie des Schicksals. Seinem Kumpel vertraut er schließlich an, dass er gebeichtet hat. Möglicherweise hegte er die Hoffnung, dass die Dinge von da an selbst den Gang der Gerechtigkeit gehen würden, indem der Pfarrer seine Informationen an die erforderlichen Stellen weiterleitete. Der tat ihm diesen Gefallen allerdings nicht, sondern wollte lieber selbst Kapital aus seinem brisanten Wissen schlagen. Im Bewusstsein, dass sein Kumpel schwach geworden war und somit zu

einer großen Gefahr für ihn wurde, beschloss der Anwalt, die Sache selbst in die Hand zu nehmen und seinerseits Druck auf den Pfarrer auszuüben."
„Was für eine erbärmliche Konstellation …"
„Das kann man wohl sagen. Wer von den dreien ist denn nun unser Favorit? Ich hätte ich da einen Vorschlag …"
„Lass mich raten: Deine Nummer Eins ist bestimmt der Pfarrer, richtig?"
„Korrekt. Auch wenn es im Grunde egal ist, wen wir uns zuerst vornehmen, denn wir werden sie ohnehin allesamt zur Rechenschaft ziehen."
„Dennoch sollten wir strukturiert vorgehen. Es ist meines Erachtens nicht auszuschließen, dass der Anwalt es nicht dabei bewenden lässt und zu drastischeren Maßnahmen greift. Sowohl der Pfarrer als auch sein Freund sind wandelnde Risiken für ihn. Es würde mich deshalb nicht wundern, wenn er seinerseits die tickenden Zeitbomben ausschalten lassen würde. Dass er sich dabei die Finger selbst schmutzig machen würde, halte ich für unwahrscheinlich."
„Soweit dürfen wir es gar nicht erst kommen lassen, oder?"
„Nein. Wir werden ihm zuvorkommen, indem wir ihn als Ersten töten. Ich denke, dass er für mich ohnehin der schlimmste Drecksack unter ihnen ist. Über Jahre hinweg war es ihm wichtiger, den Schein zu wahren und die eigene Haut zu retten, als an der Aufklärung des tragischen Todes seines Kindes mitzuwirken. Damit betrügt er alle, vor allem auch die Mutter des Jungen. In meinen Augen hat er jegliches Recht auf einen fairen Prozess verwirkt."
„Einverstanden. Der Arzt hat zwar den Tod des Jungen zu verantworten, ist aber das schwächste Glied in der Kette. Wenn der Pfarrer vom Tod des Anwalts Wind bekommt,

wird er sicherlich einen neuerlichen Erpressungsversuch beim Arzt unternehmen. Daher sollte er meiner Meinung nach als Zweiter an der Reihe sein."
„Das sehe ich auch so. Der Arzt hat den Jungen zwar nicht absichtlich getötet, verdient aber dennoch kein Mitleid. Auch die verspätete Reue verdient keine Amnesie. Er wird als Letzter sterben. Allerdings erst, nachdem er von allen Seiten als Verdächtiger gehörig durch den Kakao gezogen wurde und sein öffentliches Ansehen nach und nach verloren hat. Er wird uns am Ende wahrscheinlich sogar dankbar sein, dass wir ihn erlösen." […]

24.

Im Schutze der Dunkelheit ging Kurt Schockenried auf das Haus zu. Je näher er kam, desto langsamer wurden seine Schritte. Wären da nicht seine Kinder mit ihren Familien, hätte er nicht die geringste Lust auf diesen Abend. Seine Ex-Frau Brigitte und vor allem ihr neuer Kerl konnten ihm gestohlen bleiben.
Er warf einen Blick durch das hell erleuchtete Küchenfenster und konnte im Hintergrund sehen, dass alle außer ihm bereits da waren. Seine Tochter Martina mit Todd, Harald mit Fanny, und Brigitte mit diesem Michael.
Kein Wort rede ich mit dem Kronenklempner, dachte er bei sich, als er sich endlich überwunden hatte zu klingeln. Einen Hausschlüssel besaß er schon lange nicht mehr.
Da er auf dem Weg von der Straßenbahnhaltestelle zum Haus noch in einen Busch gepinkelt hatte, kontrollierte er, ob sein Hosenstall vollständig verschlossen war. Nicht auszudenken, wie peinlich es wäre, mit offener Hose zu erscheinen.
Die Tür öffnete sich und Harald fiel ihm freudig um den Hals: „Mensch, Papa! Schön, dass du da bist. Lange nicht gesehen …"
„Und doch gleich wiedererkannt", witzelte Kurt und drückte seinen Sohn ebenfalls.
„Komm rein, die anderen sind schon alle da", sagte Harald und führte Kurt ins Wohnzimmer, nachdem er ihm die Jacke abgenommen hatte.
„Tag allerseits", warf Kurt in die Runde, als Martina auf ihn zu stürmte.
„Na hör mal, was ist das denn für eine Begrüßung, du alter Stoffel?", fragte sie und drückte ihm zwei Küsschen

auf die Wangen.
„Hi Kurt, my old boy. How are you?“, begrüßte ihn sein australischer Schwiegersohn, und Haralds Frau Fanny ließ es sich nicht nehmen, ein paar freundliche, aber auch leicht vorwurfsvolle Worte hinterher zu schicken: „Mein guter, alter Schwiegerpapa. Schön, dich endlich mal wieder zu sehen. Immer, wenn wir dich zu uns einladen, hast du ja angeblich keine Zeit.“
In drei aufeinander folgenden Sätzen fiel im Bezug auf mich das Wort alt. Der nächste, der das zu mir sagt, kann sich auf was gefasst machen, ging Kurt durch den Kopf, als Brigittes Partner auf ihn zukam und ihm die Hand reichte.
Kurt rang sich ein Lächeln ab und dachte schadenfroh daran, dass er sich nach dem Pinkeln draußen noch nicht die Hände gewaschen hatte, als er seinem Nachfolger die Pranke reichte. „Guten Abend, Kurt, es freut mich, Sie kennen zu lernen“, sagte dieser. „Ich bin Michael, Brigittes Lebensgefährte. Ich muss schon sagen… sie ist wirklich eine tolle Frau. Daher finde ich es auch toll, dass sie Sie um der alten Zeiten Willen heute Abend eingeladen hat. Ich bin ja eher der Meinung, man sollte alte Zöpfe rigoros abschneiden, aber es spricht für Brigittes gute Seele, dass sie Sie heute dabei haben wollte. Schließlich liegt die Kunst ja darin, Altes von Neuem trennen zu können, ohne dabei den alten Zeiten nachzutrauern, nicht wahr?“
Unmittelbar machten sich brodelnde Aggressionen in Kurt breit, doch er machte gute Miene zum bösen Spiel: „Endlich lerne ich mal den Mann kennen, der das Herz meiner Brigitte im Sturm erobert hat. Ich habe schon vieles von Ihnen gehört.“
„Ach ja, was denn? Nur Gutes hoffe ich.“
„Äh, nun ja, so viel war es nun auch wieder nicht. Ich

weiß lediglich, dass Sie Zahnarzt sind, auf Oper, Theater und den ganzen Firlefanz stehen, gerne Sport treiben und nebenbei ehrenamtlich für Heile die Welt arbeiten."
„Das hört sich oberflächlich an – und klingt ganz und gar nicht so, als hätten Sie schon viel von mir gehört."
Kurt schossen wenig charmante Gedanken durch den Kopf. Er riss sich jedoch zusammen und antwortete brav: „Nichts für Ungut, Michael. Ich wollte lediglich dazu beitragen, das Eis zwischen uns zu brechen."
Martina erkannte das explosive Potential der Unterhaltung zwischen den beiden Männern und schaltete sich ein. Dabei kam sie auf Michaels Tätigkeit bei der Wohltätigkeitsorganisation zurück: „Mindestens dreimal pro Jahr reist er in verschiedene Entwicklungsländer. Ist das nicht toll?"
„Ja, ganz toll", knurrte Kurt.
„Heile die Welt ist mir sehr ans Herz gewachsen. In einigen Jahren werde ich es mir leisten können, meine Praxis aufzugeben und nur noch für die Organisation tätig zu sein."
Was für ein aufgeblasener Angeber, dachte sich Kurt und spürte wie die Stimmung in ihm dabei war zu kippen.
Er füllte sich ein Sektglas randvoll mit Prosecco und nahm einen kräftigen Schluck, bevor er sich erkundigte: „Kennen Sie eine gewisse Anna Rathvan? Sie arbeitet ebenfalls für Heile die Welt und wohnt hier in Stuttgart."
„Natürlich kenne ich die Anna, sie ist bezaubernd. Woher ist sie Ihnen denn bekannt, wenn ich fragen darf?"
„Sie ist die Schwester eines Kollegen."
„Jetzt, wo Sie es sagen, fällt es mir wieder ein: Anna erwähnte schon mal etwas von einem Polizisten in der Familie. Sind Sie nicht auch einer?"
„Ich bin der direkte Vorgesetzte von Annas Bruder. Die

beiden wohnen gemeinsam in einer WG. Ich habe übrigens auch eine Zeit lang dort gewohnt."
„Ach? Dann müssen Sie der alte Hauptkommissar mit den schlechten Manieren sein! Ich erinnere mich, wie Anna immer mal wieder von den chaotischen Zuständen zu Hause erzählt hat. Wir haben uns alle köstlich über die Geschichten amüsiert."
Vor Kurts innerem Auge spielten sich unschöne Szenen ab, etwa, wie er dem wohltätigen Zahnarzt seine Faust mitten ins Gesicht donnerte. Es kostete ihn eine beinahe unmenschliche Selbstbeherrschung, den Heini nicht auf der Stelle windelweich zu prügeln.
„Essen ist fertig", rief Fanny in dem Moment und forderte alle auf, am Esstisch Platz zu nehmen.
Gemeinsam mit Brigitte und Martina brachte sie die Töpfe herein, während die Männer sich bereits gesetzt hatten. Es gab Linsen und Spätzle mit Saitenwürstchen. „Da kann ich endlich mal wieder so richtig reinhauen. Bei mir ist nämlich in letzter Zeit Schmalhans Küchenmeister", sagte Kurt zu Harald, der rechts von ihm saß.
„Lass mir aber was übrig", entgegnete dieser und sie begannen, zu essen.
Die nächsten beiden Stunden verliefen weitgehend ereignislos. Brigitte würdigte Kurt kaum eines Blickes und kommunizierte nur das Nötigste mit ihm. Dafür unterhielt er sich angeregt mit seinen Kindern und mit Fanny. Sogar mit Todd, dem freizügigen Australier, verstand er sich gut. Wären da nicht die selbstverliebten Geschichten Michaels gewesen, hätte es trotz der widrigen Umstände ein ganz netter Abend sein können. Die Ananasbowle war einigen, insbesondere Kurt, schon langsam aber sicher zu Kopf gestiegen, als Michael sich erhob und mit dem Löffel gegen das Glas in seiner anderen Hand klopfte. „Ich habe

etwas zu verkünden", sagte er mit stolzgeschwellter Brust. Kurt kam es so vor, als habe er dabei vorwiegend ihn angeschaut. Sein Eindruck bestätigte sich. Als Michael fortfuhr, schien er seine wahre Freude daran zu haben, in Kurts verdutztes Gesicht zu schauen. „Liebe Familie, lieber Kurt, ich möchte euch heute Abend mitteilen, dass sich mein Leben in Kürze ändern wird. Keine Sorge, ich erfreue mich bester Gesundheit. Wenn man bei mir eine Krankheit feststellen könnte, dann die, dass ich krank vor Liebe zu dieser wundervollen Frau bin."
Kurt verdreht die Augen, während Michael zum finalen Schlag ansetzte: „Mein Leben wird sich künftig dahingehend ändern, dass ich es nicht mehr nur noch mit den kranken Kindern der Entwicklungsländer und den Patienten in meiner Praxis teilen werde, sondern auch mit einem Menschen, den wir alle hier im Raum lieben, nämlich mit Brigitte."
Er nahm Brigitte an der Hand und forderte sie auf aufzustehen, als er weiter verkündete: „Brigitte und ich werden heiraten."
Kurt wurde es schlagartig speiübel. Es zog ihm förmlich den Boden unter den Füßen weg. Außer Martina bemerkte im allgemeinen Jubel niemand, dass er sich auf die Terrasse verdrückte. In rekordverdächtiger Geschwindigkeit inhalierte er zwei Zigaretten hintereinander. Gegen seinen Willen drängte die Kälte ihn wieder hinein. Das Thermometer zeigte minus neun Grad Celsius, und die Tränen in seinen Augen waren kurz davor, zu gefrieren. „Nüchtern halte ich das nicht aus", sagte er zu sich und ging schnurstracks ins Nebenzimmer, wo die große Glasschüssel mit der Ananasbowle stand. Gerade wollte er sich einen ordentlichen Schöpfer nachnehmen, als er plötzlich innehielt. Er musterte die von Ananasstücken

trübe und gelblich gefärbte Flüssigkeit in der Schüssel. Der Heini und ich haben sicherlich am meisten von der Bowle getrunken. Würde mich nicht wundern, wenn er sich zur Feier des Tages noch ein paar Gläschen hinter die Binde kippen würde. Doch zumindest diese Suppe werde ich ihm gehörig versalzen!", überlegte Kurt und fasste einen drastischen Entschluss: Er öffnete seine Hose und pinkelte voller Genugtuung in die Glasschüssel.
Just in diesem Moment öffnete sich die Tür, und Martina platzte herein. „Papa, was machst du da? Ich glaube, ich spinne, pinkelst du etwa in die Bowle?", rief sie entsetzt.
„Äh … hallo Schätzchen! Es ist nicht so, wie es aussieht. Ich kann das erklären …", versuchte Kurt Zeit zu gewinnen, um sich eine Erklärung einfallen zu lassen.
Doch das war zwecklos. Immerhin flippte Martina nicht aus, sondern reagierte besonnen und schloss die Tür. Nachdem sie ihren Vater aufgefordert hatte, umgehend seine Hose zu schließen, nahm sie ihn zur Seite und legte den Arm um seine Schultern. „Ich weiß, dass das alles furchtbar hart für dich ist. Aber Mama geht es gut. Und wenn du sie immer noch liebst, dann lass sie endlich los. Nur so hast auch du die Chance auf einen Neuanfang. Glaubst du etwa, ich sehe nicht, dass du innerlich vor die Hunde gehst?"
Kurt nahm die Hand seiner Tochter und drückte sie ganz fest. Einige Tränen kullerten über seine Wangen, als er sagte: „Wahrscheinlich hast du Recht. Es ist nur alles so schrecklich hart und tut unendlich weh. Ich habe Schmerzen … fürchterliche Schmerzen. Und ohne Betäubung kann ich sie nicht ertragen."
„Das ist absolut menschlich und ich verstehe dich wirklich. Aber das muss aufhören, Papa. Bitte versprich mir das, ja? Ich liebe dich und Mama gleichermaßen. Außer

dass ihr nicht mehr zusammen seid, ändert sich zwischen uns gar nichts. Ich werde dich immer lieben und auch ewig zu dir aufschauen, es sei denn ..."
„Es sei denn was ...?", unterbrach sie Kurt.
„Es sei denn, ich verliere den Respekt vor dir."
Dann zeigte sie auf die Bowle und fügte vorwurfsvoll hinzu: „Und mit idiotischen Aktionen wie dieser tust du dir deshalb ganz sicher keinen Gefallen."
„Es tut mir leid. Ich weiß auch nicht, was da eben in mich gefahren ist", zeigte Kurt Reue und lehnte seinen Kopf an Martinas Schulter.
„Ich werde den Inhalt der Schüssel umgehend im Klo entsorgen, und dann Schwamm drüber. Das bleibt unser Geheimnis, okay?"
„Sehr gerne, das wäre wirklich toll von dir. Ich denke, deine Mutter würde mich umbringen, wenn sie davon erfahren würde", antwortete Kurt und musste sogar ein wenig schmunzeln.
Martina runzelte die Stirn und stimmte ihm zu: „Oh ja, sie würde dich vierteilen und anschließend teeren und federn. Aber weißt du was?"
„Nein, was denn?"
„Ich mag den eingebildeten Fatzke auch nicht besonders. Und noch haben sie ja nicht geheiratet. Wer weiß, was da noch so alles passieren kann."
Dann stieß Martina ihrem Vater mit dem Ellenbogen in die Seite. „Wenn ich nur daran denke, dass Michael noch einige Gläser von der Bowle getrunken hätte, könnte ich mich schlapp lachen."
„Meine Tochter, komm her", sagte Kurt und schloss Martina fest in seine Arme.
In diesem Moment platzte Todd in den Raum, reichte Kurt sein etwas in die Jahre gekommenes Handy, das er

auf dem Esstisch liegen gelassen hatte, und erklärte: „Deine alte Handy hat geklingelt. Eine aufgeregte Kollege von dir ist dran, klingt fast wie ein Frau, und erzählt etwas von eine Notdurft."

„Notfall, Todd. In diesem Zusammenhang heißt es ganz bestimmt Notfall und nicht Notdurft", korrigierte Martina ihren Ehemann, während Kurt das Gespräch entgegen nahm: „Ja, Schockenried."

„Hallo Chef, Holger hier. Sorry, dass ich so spät am Abend noch störe, aber wir haben mal wieder einen Notfall: Es gibt einen weiteren Toten, und zwar im Sankt-Ferdinand-Krankenhaus. Wir müssen da schnellstmöglich hin. Soll ich dich abholen?"

„Klar doch, Holger. Ich bin in Möhringen, du weißt schon, meine alte Adresse", antwortete Kurt und war insgeheim froh, sich auf diese Weise mehr oder weniger elegant von dem desaströsen Abend verabschieden zu können.

„Bin schon unterwegs", bestätigte Holger und wollte gerade auflegen, als Kurt ihn bat: „Ach, hast du zufällig Kaugummis oder Pfefferminzbonbons am Start? Falls nicht, könntest du dann bitte noch kurz an der Tanke welche besorgen? Du fährst ja quasi direkt dran vorbei …"

„Keine Sorge, ich habe an alles gedacht, Chef. Bis gleich", sagte Holger und beendete das Gespräch.

25.

Land der Zypressen, von Simon Bonfrère – Auszug aus Kapitel 15:

[…] „Furfural … das klingt nach einer eleganten Lösung. Und du bist dir ganz sicher, dass das funktioniert?“
„Todsicher. Bisher habe ich es nur an Ratten getestet, aber da führte es zuverlässig zur Atemlähmung. Natürlich sind die Wirkung und der Zeitpunkt ihres Eintritts dosisabhängig. Da ich beim Menschen bisher diesbezüglich keine Erfahrungen gemacht habe, werde ich natürlich auf Nummer sicher gehen und in Relation zum Körpergewicht eine hohe Dosis einsetzen. Könnte sein, dass der gute Herr Bischof dann ein wenig schneller abkratzt als gewünscht.“
„Egal, Hauptsache es funktioniert. Das gewonnene Wissen kommt uns ja dann bei Gotthilf Fromm und Henning Gravesen zugute.“
„Das stimmt, ich kann aber schon jetzt vorhersagen, dass ich bei den beiden sicherlich recht viel des ätherischen Öls benötigen werde.“
„Warum?“
„Das hat etwas mit der individuellen Stoffwechselkinetik zu tun. Fromm ist ein fetter Säufer und Gravesen ein Meth-Junkie. Deren Lebern und Nieren können ganz schön was wegstecken.“
„Ich muss schon sagen: Alle Achtung. Ist wirklich eine großartige Idee, einen Giftstoff einzusetzen, der sich – stark vereinfacht und laienhaft ausgedrückt – aus Zypressen herstellen lässt. Das ist die perfekte Verbindung zum

Land der Zypressen. Wann hattest du die Idee dazu?"
„Schon vor langer Zeit. Seit meinen Erlebnissen mit dem Pfarrer hatte ich stets eine erhöhte Aufmerksamkeit gegenüber allen Dingen, die auch nur im Entferntesten mit Zypressen zu tun hatten. Dass ich Furfural als toxischen Stoff in Verbindung mit den ätherischen Ölen bestimmter Zypressenarten entdeckt habe, ist aber höchstens zwei Jahre her. Seither arbeitete ich fieberhaft an der Herstellung des perfekten Wirkstoffs. Eigentlich sollte ich mir das Zeug patentieren lassen und verkaufen. Dann wäre ich auf einen Schlag stinkreich, genauso wie du."
„Wie sagt man so schön? Viel Geld zu haben macht nicht glücklich, aber es beruhigt ungemein."
„Ich meinte das eben eher scherzhaft. Geld interessiert mich nur am Rande. Viel wichtiger ist mir, dass ich den für mich perfekten Zweck gefunden habe, um meine tödliche Kreation einzusetzen."
„Kann man uns denn dadurch auf die Schliche kommen? Immerhin gehört das Furfural ja nicht gerade zu den Standardgiften, wenn es darum geht, einen Menschen in tödlicher Absicht zu vergiften. Soviel weiß sogar ich aus meinen Recherchen als Krimiautor."
„Ich wüsste nicht, wie uns dadurch jemand auf die Schliche kommen sollte. Niemand außer uns beiden weiß davon. Und Spuren werde ich weder am Tatort noch an der Leiche hinterlassen."
„Wollen wir den exakten Ablauf für morgen nochmals zusammen durchgehen?"
„Ist nicht nötig, ich bin auf alle Eventualitäten bestens vorbereitet. Dafür, dass Bischof morgen Mittag zu Hause sein wird, habe ich gesorgt. Im Namen Gotthilf Fromms habe ich, in angeblich friedlicher Absicht, um einen wichtigen Gesprächstermin gebeten. Das Argument, dass

wir am Neujahrstag sicherlich ungestört sein würden, fand seine absolute Zustimmung. Er wird also öffnen, wenn es an der Tür klingelt. Selbstverständlich werde ich aufpassen wie ein Luchs, dass mich vor dem Haus in der Solitudestraße niemand sieht. Weder an seinem Haus noch irgendwo in der näheren Umgebung befinden sich Überwachungskameras, und mein Handy wird selbstverständlich bei mir zu Hause liegen. Somit kann es sich nicht im entsprechenden Bereich einloggen und verschafft mir im Fall der Fälle sogar ein – wenn auch recht schwaches – Alibi. Wenn ich dann erst einmal den Fuß in seiner Tür habe, hat er bereits verloren. Mit vorgehaltener Waffe werde ich ihn dazu zwingen, das Öl zu trinken, und lass ihn anschließend von seinem eigenen Telefon aus in der Notrufzentrale anrufen. Das wird ein Spaß! Ich freue mich schon darauf zu mitzuerleben, wie er sich am Telefon windet wie ein Aal. Als schmieriger Anwalt sollte ihm das schließlich nicht schwer fallen, oder? Sobald ich feststelle, dass er nur noch wenige Minuten zu leben hat, lasse ich ihn allein. Da er dann sofort seine Identität und den Standort preisgeben wird, wird es nicht lange dauern, bis die Rettungskräfte eintreffen und ihn finden werden, was ja so gewollt ist. Er soll schnellstmöglich gefunden werden, damit die Polizei auf die Sache aufmerksam wird und beginnt, ihr auf den Grund zu gehen. Das Team um die Kommissare Schockenried, Rathvan und von Senden ist zwar ziemlich unkonventionell und chaotisch, aber soweit ich weiß, sind sie allesamt sehr fähige Polizisten, die auch mal um mehrere Ecken herum denken können. Es würde mich doch sehr wundern, wenn sie die Verbindungen zwischen Bischof, Fromm und Gravesen nicht früher oder später aufdecken würden. Und falls nicht, können wir ja immer noch etwas nachhelfen."

„Was ist mit der Festnetznummer von Bischofs Kanzlei? Die wird doch sicher in der Notrufzentrale angezeigt, oder etwa nicht?“
„Nein, wird sie nicht. Unzählige Male habe ich unter verschiedenen falschen Namen und von unterschiedlichen Standorten aus dort angerufen und mich von der Sekretärin zurückrufen lassen, und immer war die Rufnummer unterdrückt. Ich kann mir nicht vorstellen, dass das auf einmal geändert wurde. Trotzdem werde ich das morgen vor Ort nochmals überprüfen.“
„Und die angeblich von Fromm stammende E-Mail? Die brauchen doch nur deine IP-Adresse?“
„Denkst du wirklich, ich bin so blöd und lasse zu, dass die einen Pfad direkt zu mir nach Hause auf den Rechner in meinem Wohnzimmer oder auf mein Handy verfolgen können?“
„Nein, natürlich nicht. Wir haben wirklich an alles gedacht, oder?“
„Ja, es sieht so aus. Aus den bekannten Gründen stellt die Rechtsmedizin eine ganz besondere Herausforderung in diesem Fall dar. Auf dem Gebiet muss ich sicherlich am meisten aufpassen, dass mir keine Fehler passieren.“
„Denkst du, der Professor findet die richtige Todesursache heraus?“
„Wenn nicht er, wer dann? Der Professor mag zwar ein aufgeblasener Pinsel sein, im Grunde ist er aber ein richtig guter Mensch. Außerdem beherrscht er sein Fachgebiet überdurchschnittlich gut. Ich würde fast behaupten: So gut wie kaum ein anderer.“
„Bezüglich der Nachrichten für die Polizei waren wir uns noch nicht ganz einig. Wer weiß, ob wirklich einer auf die Idee kommt, hinter dem Bild an der Wand nachzusehen. Und dass sie die von dir platzierte Zypresse wirklich als

Hinweis darauf wahrnehmen, halte ich doch für sehr unwahrscheinlich."
„Stimmt schon, das sehe ich auch so. Da überschätze ich die Kombinationsfähigkeit der Polizisten vielleicht ein wenig. Allerdings hat morgen Tatjana von Senden Bereitschaftsdienst. Und wenn ich jemandem aus der Truppe zutraue, dieses Detail zu entdecken, dann ihr. Dennoch sehe es genauso wie du und bin der Meinung, dass wir in jedem Fall auf Nummer sicher gehen sollten."
Er lachte, als er sagte: „Die Nachricht an seinem Bein ist also sozusagen geritzt!"
„Wie kamst du eigentlich auf diese Art der Verschlüsselung? Davon habe ich noch nie gehört. Das ist in meinen Augen genial."
„Danke für die Blumen. Aber so schwer war das eigentlich gar nicht, da ich genetisch stark vorbelastet bin: Meine Mutter ist Mikrobiologin, mein Vater Lebensmittelchemiker und mein Onkel Arzt. Die Affinität zur Biochemie liegt mir also sozusagen im Blut. So wie andere Kinder lernten, Musiknoten zu lesen oder nachzuspielen, so erlernte ich wie selbstverständlich schon frühzeitig den Umgang mit dem Periodensystem der Elemente. Es ist genial strukturiert und gleichzeitig so einfach, dass wirklich jedermann es verstehen kann, wenn er sich ernsthaft damit auseinandersetzt."
„Schön und gut – du hast dich also schon als Kind mit dem Periodensystem beschäftigt. Dennoch ist mir nicht klar, wie man auf die Idee kommt, daraus verschlüsselte Textnachrichten zu erstellen."
„Nun ja, ich war ein Kind. Und was machen Kinder am liebsten? Richtig, sie spielen. Und zwar mit allem, was sie zur Verfügung haben. Dabei können sie sehr kreativ werden, denn oft haben sie nicht alles, was sie gerne hätten.

So war es auch bei mir: Ich entdeckte, was man außerhalb der Chemie noch so alles mit dem in Tabellenform angeordneten System anfangen konnte."

„Ich halte mich durchaus für einen Menschen mit passabler Allgemeinbildung, aber das Periodensystem der Elemente habe ich noch nie verstanden."

Mit leuchtenden Augen erklärte er: „Es ist wirklich nicht schwer. Das sogenannte PSE stellt alle chemischen Elemente mit steigender Ordnungszahl entsprechend ihren chemischen Eigenschaften zusammengefasst in Perioden sowie verschiedenen Gruppen dar. Die Elemente werden darin mit ihrer Ordnungszahl – die der Kernladung entspricht – und ihrem Buchstabensymbol aufgeführt. Die senkrechten Spalten werden als Gruppen, die waagrechten als Reihen oder Perioden bezeichnet. Zusätzlich kommt noch das Schalenmodell der Atomphysik zur Anwendung. Die Masse der Atome nimmt von oben nach unten und von links nach rechts zu. Die Elektronegativität hingegen nimmt von oben nach unten ab, aber von links nach rechts ebenfalls zu. Der Atomradius wiederum nimmt von oben nach unten zu, aber von links nach rechts ab. Wie für fast alle Dinge im Leben gibt es natürlich auch hier einige Ausnahmen, auf die ich jetzt aber nicht näher eingehen möchte, da es zweifelsfrei zu weit führen würde. Zum besseren Verständnis ist der grundsätzliche Aufbau eines Atoms von Bedeutung: Es besteht aus einem positiv geladenen Kern und einer negativ geladenen Elektronenhülle. Die Anzahl der Ladungen in Kern und Hülle sind im elementaren Zustand …"

„Danke, das genügt. Es ist mir ein Rätsel, wie man so etwas interessant finden kann, aber bitte: Jedem das Seine. Mich würde brennend interessieren, wie du anhand des Systems die Nachrichten codiert hast."

Er öffnete eine Datei auf seinem Handy, die das Periodensystem zeigte. Er vergrößerte das Bild und reichte das Handy weiter. „Wie eben erwähnt hat jedes Element ein Buchstabensymbol, und darunter steht die Ordnungszahl. Sauerstoff zum Beispiel hat das Symbol O und die Zahl 8. AL steht für Aluminium und hat die OZ 13 und so weiter …"
„OZ?"
„Das ist die Abkürzung für Ordnungszahl."
„Aha, und wie entsteht daraus jetzt eine Textnachricht?"
„Am besten gebe ich dir ein Beispiel: 53 6 1 5 53 7 14 42 7 5 8 7 9 75 75. Was könnte das bedeuten?"
„Ich habe nicht die leiseste Ahnung. Bitte erkläre es mir."
„Na schön, gehen wir der Reihe nach vor. Das Element mit der OZ 53 hat als Symbol ein I, das mit der Nummer 6 ein C, und die 1 ein H. Daraus ergibt sich das Wort ICH. Zum zweiten Wort: 5 für B, 53 für I und 7 für N ergibt BIN. Willst du weitermachen?"
„Ich will es zumindest versuchen: SI MO N B O N F RE RE. Wahnsinn, die verschlüsselte Nachricht bedeutet nichts weiter als: ICH BIN SIMON BONFRERE."
„Bravo, jetzt hast du es. Faszinierend, nicht wahr?"
„Ja, das ist wirklich unglaublich. Ich gebe zu, dass ich bis geradeeben so meine Zweifel daran hatte, ob es wirklich notwendig sein würde, diese Nachrichten am Tatort beziehungsweise im Fall Bischofs zusätzlich noch an der Leiche zu hinterlassen. Jetzt bin ich aber überzeugt davon, dass es richtig ist. Der Informationsgehalt für die Polizei ist zwar eher dürftig, aber alleine der Spaß am Spiel ist es wert."
„Ja, es ist nichts weiter als eine Spielerei. Aber eine verdammt gute, wenn du mich fragst."
„Ist dir klar, dass wir uns wie klassische Psychopathen

verhalten?"
„Warum? Ich kann nichts Krankes daran erkennen."
„Möglicherweise ist bereits die Tatsache, dass du es für normal hältst, der Irrtum an sich."
„Wolltest du Hegel zitieren? Dass diese Furcht zu irren schon der Irrtum selbst ist. Dieser Spruch ziert seit Jahren das nicht besonders schöne Gebäude unseres Hauptbahnhofs. Warum machst du dir diese Gedanken überhaupt? Wir sind einfach so wie wir sind, und damit basta. Spielt es da eine Rolle, wie normal oder abnormal unser Verhalten ist?"
„Jessica Dornfeld könnte dir diese Frage sicher besser beantworten als ich."
„Die Kriminalpsychologin? Wie kommst du auf sie?"
„Ich gebe zu, dass sie mich irgendwie fasziniert."
„Warum?"
„Die Gründe dafür sind vielfältig. Das würde jetzt den Rahmen sprengen und ist auch nicht so wichtig."
„Stehst du etwa auf sie?"
„Ja, irgendwie schon. Aber nicht so, wie du vermutest."
„Was vermute ich denn?"
„Ist egal, ich wollte lediglich klar stellen, dass ich keine sexuelle Motivation habe. Und damit würde ich das Thema dann gerne beenden."
„In Ordnung. Mich würde aber dennoch brennend interessieren, warum dir ihre Aufmerksamkeit so wichtig ist?"
„Sie ist eine anerkannte Koryphäe auf dem Gebiet der forensischen Psychiatrie. Das alleine übt natürlich eine gewisse Faszination aus, insbesondere auf einen Autor von Kriminalromanen."
„Möchtest du sie kennenlernen?"
„Natürlich. Der Gedanke, dass die berühmte Jessica Dornfeld mit mir zu tun hat, während die Polizei nach

uns sucht, reizt mich sehr. Und dann wäre da ja auch noch ihr Lebensgefährte, dieser Kommissar Brathahn oder wie der heißt …" Lachend erklärte er: „So wurde er tatsächlich mal genannt, und zwar, als der damals meistgesuchte Mann Deutschlands – der Serienmörder Tobias Bachmann – sich als Pizzabote verkleidet Zugang zum Polizeipräsidium verschaffte und die gegen ihn ermittelnden Beamten der Lächerlichkeit preisgab. Wie ich aus gut unterrichteten Kreisen weiß, hat er sich zur Krönung noch einen ganz besonderen Scherz erlaubt, indem er ihnen trotz einer völlig überteuerten Rechnung auch noch ein hohes Trinkgeld abluchste."

„Das ist ja eine irre Geschichte. Ich hatte keine Ahnung davon."

„Wer sagt eigentlich, dass sich Jessica Dornfeld mit der Sache beschäftigen wird? Soweit ich weiß, ist sie immer noch latent depressiv und hat seit über drei Jahren das Haus nur verlassen, wenn es unbedingt notwendig war."

„Weil sie mit einem der ermittelnden Beamten zusammen ist. Damit ist sie ganz nah dran an dem Fall, ob sie will oder nicht. Und Rathvan wird sie bestimmt nach ihrer Meinung fragen."

„Ich bin sehr gespannt, wie lange es dauern wird, bis sie uns auf dem Radar haben."

„Es wird nicht lange dauern, dann haben sie herausgefunden, dass ich Mandant bei Bischof war und wir nicht gerade im Guten auseinander gegangen sind. Und schon stehen sie hier auf der Matte …"

***

Um Punkt null Uhr leuchtete der Himmel über Stuttgart in allen Farben, und sie beobachteten das pyrotechnische Spektakel. Gemeinsam stießen sie an: „Happy new year, Monsieur Bonfrère."

„Ich wünsche dir alles Gute fürs neue Jahr, lieber Felix."

[…]

26.

Land der Zypressen, von Simon Bonfrère – Auszug aus Kapitel 21:

[…] „Wie viele Menschen du wohl schon operiert hast, die genau da lagen, wo du jetzt liegst? Sind dir dabei welche unter dem Messer weggestorben? Aber egal, wie viele es auch gewesen sein mögen, nun bist du an der Reihe, denn dein Schicksal hat es so gewollt, dass du jetzt genau hier sterben wirst. Welche Ironie, nicht wahr? Schau dich nur an, du Jammerlappen. Liegst hier nackt, festgezurrt und geknebelt auf dem Operationstisch und weinst wie ein Kind. Jetzt geht dir dein verlogener Arsch auf Grundeis, nicht wahr, du Ratte von einem Junkie? Wann hast du dir die letzte Pfeife Meth reingezogen? Oder schniefst du das Zeug etwa? Spritzen wirst du es wohl kaum, denn die Einstichstellen würden in deinem Job zu sehr auffallen. Jetzt hättest du gerne einen Schuss, nicht wahr? Damit wäre alles so wunderbar leicht, und du könntest der Realität entfliehen, so wie du es die ganzen letzten Jahre über getan hast. Konntest du wirklich dein schlechtes Gewissen über die Jahre hinweg mit den Drogen betäuben? Ich kann es mir beim besten Willen nicht vorstellen. Irgendwann hört das Zeug doch auf zu wirken und man landet wieder unsanft in der Wirklichkeit. Aber was weiß ich schon. Klar ist jedenfalls, dass du jetzt und hier so einfach nicht davon kommst. Das hast du leider nicht verdient. Dafür habe ich hier etwas anderes für dich: Sieh mal, weißt du, was das in diesem Fläschchen ist? Wie bitte? Ich kann dich leider nicht verstehen, du musst schon etwas lauter und deutlicher mit mir reden. So wie du es neulich in der Kirche beim Beten mit dem Pfarrer getan hast. Es war herrlich mitanzusehen, wie dein Leben nach Bischofs Tod öffentlich durch den Dreck gezogen wurde und wie der Druck auf dich durch die polizeilichen Ermittlungen immer größer wurde. Spätestens nach Fromms Tod hättest du erkennen müssen, dass da gerade jemand dabei ist, ganz groß Reine zu machen, und dass du als nächster dran sein wirst. Du hättest abhauen können. Warum hast du es nicht getan? Wolltest du womöglich sogar, dass wir dich kriegen und dich von der Last des Lebens befreien? Wie auch immer … Jetzt ist es zu spät, denn ich bin gekommen, um dich zu töten und damit meine Aufräumarbeiten abzuschließen. Zurück zu dem Fläschchen, das ich dabei habe: Darin befindet sich ein ätherisches Öl, das den Wirkstoff Furfural enthält. Weißt du, was das ist? Nein? Dann will ich es dir erklären, denn immerhin bist da ja ebenso Naturwissenschaftler wie ich und solltest ein gewisses Grundinteresse für solche Dinge haben. Furfural ist ein heterozyklisches Aldehyd mit der Summenformel C5 H4 OH. Es kommt beispielsweise in dem Öl vor, welches aus Blättern und Zweigen von Zypressen und anderen Pflanzen durch Wasserdampfdestillation gewonnen werden kann. Bereits ab einer Dosis von weniger als 0,1 Volumenprozent wirkt es toxisch und verursacht starke Schleimhautsekretionen. Höhere Konzentrationen führen dann zur Entzündung der Atemwege und schließlich zum akuten Lungenödem. Was das bedeutet, brauche ich dir wohl nicht näher zu erklären, oder? Es ist ein Jammer, dein Leben hätte so schön sein können. Toller Job, tolle Frau, tolles Haus, schönes Auto, was will man mehr? Aber dir war es nicht genug, du brauchtest einen noch größeren Kick und hast irgendwann angefangen, dir dieses Zeug reinzuziehen. Anfangs völlig euphorisiert, hast du im Gefühl der absoluten Unverwundbarkeit jedoch das hohe Suchtpotential der Droge und den damit unweigerlich früher oder später einsetzenden körperlichen und geistigen Zerfall unterschätzt. Es grenzt fast an ein Wunder, dass nicht noch mehr Menschen durch dich zu Schaden kamen und du es im Alltag offenbar gut verbergen konntest. Obendrein finde ich es sehr erstaunlich, wie lange du die Sucht nach außen hin kompensieren konntest. Dem kleinen Oscar allerdings nutzte das nichts. Er ist tot. Sicherlich war es ein tragischer Unfall, dennoch wäre dies der richtige Zeitpunkt gewesen, Farbe zu bekennen und für alles geradezustehen. Dein Kumpel Bischof und du habt es aber vorgezogen, eure verlogenen Hintern in Sicherheit zu bringen und einfach so weiterzumachen wie bisher. Oscars Tod war ja schließlich nicht mehr rückgängig zu machen, und wem hätte es genützt, wenn ihr dafür belangt worden wärt? Niemand, so dachtet ihr zumindest. Aber du hast die Rechnung ohne die uns Menschen angeborene Instanz unseres Über-Ichs gemacht. Denn selbst eine Ratte wie du hat so etwas wie ein Gewissen. Im Zuge dessen hättest du dich selbst einige Jahre nach dem Unfall noch der Öffentlichkeit beziehungsweise der Justiz stellen können. Das hätte das Geschehene zwar nicht ungeschehen gemacht, aber du wärst wenigstens wie ein Mann für deine Taten eingestanden. Stattdessen bist du in die Kirche gerannt und wolltest durch die Beichte dein schlechtes Gewissen erleichtern. Dass du dabei an einen nicht minder verlogenen Mistkerl geraten bist, bezeichnet man gemeinhin wohl als Karma. Jetzt wirst du für alles bezahlen. Doch bevor ich dir das Furfural verabreiche und du auf das Lungenödem zusteuerst, habe ich mir noch etwas ganz Besonderes für dich einfallen lassen: Da du nicht nur in deiner Eigenschaft als Chirurg ein großer Aufschneider warst, werde ich jetzt dich aufschneiden. Schön langsam, von unten nach oben und bei vollem Bewusstsein. Wie findest du das? Keine Sorge, im Präparierkurs an der Uni und während meiner Famulaturen habe ich schon das eine oder andere Mal ein Skalpell in der Hand gehabt. Zuletzt habe ich an der Leiche deines Freundes Elmar Bischoff herumgeschnippelt. Hm, mal sehen ... Welches Messer soll ich nehmen? Das mit der spitzen Klinge oder lieber das mit der gebogenen? Ich kann mich einfach nicht entscheiden. Aber weißt du was? Zu mir hat mal jemand gesagt, dass, wenn man sich im Leben zwischen zwei Dingen nicht entscheiden kann, soll man am besten einfach beide nehmen. Und so machen wir's jetzt auch: Den Hautschnitt mache ich mit der gebogenen Klinge und für die tieferen Schichten nehme ich die spitze Variante. Dann wollen wir mal loslegen. Nicht, dass wir hier noch überraschenden Besuch bekommen und uns jemand die Tour vermasselt. […]

27.

Die Szenerie, die sich ihnen bot, war grausam. Sie fanden Henning Gravesen nackt und auf dem Rücken liegend auf dem Operationstisch. Er war mit dicken Gurten um Arme, Beine und den Rumpf daran fixiert. Alles war voll mit Blut. Es sah aus wie auf einem Schlachtfeld. Sein Körper war vom Schambereich bis hinauf zum Hals aufgeschnitten.

„Pfui Teufel, ist das eine Sauerei. Wer macht denn bitteschön so etwas?“, fragte Tatjana von Senden und drehte sich angewidert weg.

„Ein ärztlicher Kollege vielleicht? Für mich sehen die Schnitte ziemlich professionell aus …“, mutmaßte Dennis Rathvan.

Kurt korrigierte ihn: „Wenn überhaupt, dann ein Ex-Kollege. Nachdem Gravesen aufgrund unserer nicht ganz offiziellen Analyse der Konsum von Methamphetamin nachgewiesen werden konnte, wurde er vor kurzem von seinem Arbeitgeber freigestellt.“

„Ich bin mir nicht sicher, ob es unbedingt ein Chirurg gewesen sein muss. In jedem Fall war es aber jemand mit medizinischen Kenntnissen, der schon mal ein Skalpell in der Hand hatte. Die einzelnen Hautschichten wurden anatomisch korrekt durchtrennt, und der Verlauf des Laparotomie-Schnittes ist auch regelrecht. Zumindest dürfte der Täter schon einmal bei einer solchen Operation zugeschaut haben“, erklärte Professor Brandner.

„Galapa … was?“, fragte Kurt.

„Laparotomie, so nennt sich die chirurgische Eröffnung des Bauchraums. Mit den Galapagosinseln hat das nichts zu tun“, wiederholte Brandner scherzhaft.

„In diesem Blutbad müssten doch eine Menge Spuren zu sichern sein, oder?“, erkundigte sich Kurt.
„Schon möglich. So wie es aussieht, ist der Täter aber wieder sehr sorgfältig vorgegangen. Ich gehe davon aus, dass er Schutzkleidung trug, um keine Fasern zu hinterlassen. Das gilt natürlich auch für seine Füße, denn sonst müssten Abdrücke auf dem Boden zu finden sein.“
„Ist Gravesen verblutet?“, fragte Tatjana
„Nein, er wurde zwar der Länge nach aufgeschnitten, so dass die Eingeweide hervortreten konnten, Organe und andere innere Strukturen wurden dabei aber nicht verletzt. Die Schmerzen müssen unvorstellbar gewesen sein, tödlich war es aber nicht“, sagte Simon Brandner, und Tatjana hakte nach: „Heißt das etwa, dass er bei vollem Bewusstsein war, als er aufgeschlitzt wurde?“
„Die starken Einblutungen und Hautabschürfungen unter den Gurten und Riemen zeigen, dass er sich heftig gewehrt haben muss. Das legt den Schluss nahe, dass er alles mitbekommen hat. Wenn die Herrschaften außerdem ihren Geruchsinn bemühen würden, müsste ihnen auffallen, dass wieder dieser karamellartige Geruch in der Luft liegt. Es deutet also alles darauf hin, dass auch er mit Furfural vergiftet wurde und somit ein Lungenödem ursächlich für den Exitus war.“
„Alles, was ich gerade riechen kann, ist Kommissar Schockenrieds Fahne. Da nützen auch die Pfefferminzdragees nichts, die er unentwegt in sich hinein stopft“, bemerkte Dennis.
Kurt zuckte mit den Achseln: „Ananasbowle. Was soll ich machen?“
„Säufst du inzwischen jeden Tag von morgens bis abends?“, wollte Dennis von ihm wissen.
„Leider nein. Aber wenn ich es mir recht überlege, ist das

gar keine so schlechte Idee."
„Sehr witzig, Kurt", knurrte Dennis.
„Aber mal ganz im Ernst, Dennis. Wenn du wüsstest, was ich heute Abend beim Familienfest alles durchmachen musste, würdest du mir sicherlich zustimmen, dass das nur unter reichlichem Alkoholeinfluss zu ertragen war", verteidigte sich dieser.
„Können wir uns bitte wieder dem Tatort und der Leiche widmen?", forderte Tatjana ihre Kollegen auf.
„Wenn es der Zypressenmörder war, der Gravesen getötet hat – und daran besteht für mich im Grunde kein Zweifel – dann müsste ja irgendwo in diesem OP-Saal wieder eine Nachricht in Form eines Zahlencodes für uns versteckt sein, oder?", vermutete Dennis.
„Hier drüben bei dem fahrbaren Röntgengerät steht der Topf mit der obligatorischen Pflanze. Sie ist den Pflanzen, die wir an den beiden anderen Tatorten gefunden haben, sehr ähnlich und gehört vermutlich der gleichen Art an", stellte Holger Grünbaum fest, der ebenfalls wieder mit anwesend war.
Das hatte gleich zwei Gründe, denn er war in dieser Woche nicht nur der diensthabende Tatort-Sachbearbeiter, sondern inoffiziell nach wie vor Kurt Schockenrieds persönlicher Fahrer, weshalb er ihn mit dem Auto von der Familienfeier in Möhringen abgeholt hatte.
„Mal sehen, wohin das gute Stück zeigt", sagte Tatjana, ging auf die Zypresse zu und stellte fest: „Eindeutig auf den Röntgenbildbetrachtungsschirm an der Wand da drüben."
„Darauf ist aber nichts zu erkennen. Der ist schwarz wie die Nacht", gab Holger zu bedenken.
„Du musst das Licht anmachen, du Dussel", belehrte ihn Tatjana und betätigte den kleinen Drehschalter in der

linken unteren Ecke des an der Wand befestigten Bildschirms. So wurde sichtbar, was dort mit dunklem Filzstift geschrieben stand:

21187 3449 449 1161 3488352 : 115323

28.

Hört euch das an, Leute: „Eklat beim Polizeiball: Der diesjährige Landespolizeiball war überschattet von kuriosen Ereignissen. Die rund zweihundert geladenen Gäste im Schloss Ludwigsburg wurden Zeuge einer heftigen Auseinandersetzung, die sich zu späterer Stunde auf dem Podium beim Rednerpult ereignete. Dabei sind ein Kriminalrat und ein bereits im Ruhestand befindlicher Ehrengast so heftig aneinander geraten, dass am Ende die Fäuste flogen. Mehrere Augenzeugen wollen beobachtet haben, wie die beiden Streithähne schon während des gesamten Abends wiederholt aneinander geraten waren. Der pensionierte Beamte, der älter und deutlich größer als sein kleingewachsener Widersacher war, hatte diesen mehrfach der Geruchsbelästigung bezichtigt", las Kurt den anderen vor und bog sich vor Lachen.
„Das ist aber noch lange nicht alles … Ich lach mich tot. Achtung, jetzt kommt's knüppeldick", kündigte er an und haute sich johlend auf die Schenkel: „Trotz mehrfacher Aufforderungen, die Ausdünstungen doch bitte etwas diskreter abzusondern, zeigte der – im wahrsten Sinne des Wortes – Stinkstiefel keine Einsicht und weigerte sich, auf die anderen Rücksicht zu nehmen. Ein Wort gab das andere, was schließlich in eine handfeste Keilerei mündete. Da aus gegebenem Anlass viele Polizeikräfte zugegen waren, konnten die Raufbolde getrennt und somit das Schlimmste verhindert werden. Konsequenzen werde es erst einmal keine geben, aber der Kriminalrat könne mit einer Abmahnung rechnen, bestätigte uns ein Sprecher der Polizei."
„Wahnsinn, was war denn da los? War besagter Kriminal-

rat etwa unser Scheible?", fragte Dennis lachend.
„Sodom und Gomorrha in der Beletage der baden-württembergischen Landespolizei … einfach herrlich", kriegte sich Kurt kaum wieder ein vor Lachen.
Nur Tatjana fehlte momentan der Sinn für Humor.
„Könntet ihr bitte mal den Kinderkram auf sich beruhen lassen und euch unserem Fall zuwenden? Falls ihr es noch nicht bemerkt haben solltet, stehen wir nämlich vor einem ermittlungstechnischen Scherbenhaufen. Wenn euch das nicht klar ist, genügt ein Blick auf die Faktenlage: Es gibt drei identifizierte Leichen, zwischen denen es zwar Verbindungen gibt. Keine davon lässt jedoch eindeutige Rückschlüsse auf ein Motiv zu. Sowohl Fromm als auch Gravesen gehörten zu unseren Verdächtigen im Fall Bischof. Da beide inzwischen selbst tot sind, dürfte sich das Thema erledigt haben. Es gilt als höchstwahrscheinlich, dass Fromm pädophile Neigungen hatte. Ein Mord aus Rache an ihm ist jedoch eher unwahrscheinlich, denn die beiden anderen Opfer passen bezüglich dieses Motivs überhaupt nicht ins Bild. Weder bei Gravesen noch bei Bischof wurde etwas gefunden, was einen Verdacht auf Pädophilie rechtfertigen würde. Die Liste der Familien, die damals Anzeige gegen Fromm erstattet hatten, ist weitestgehend abgearbeitet, führte aber zu keiner konkreten Spur. Wie sich inzwischen anhand der Analyse, die Kurt Schockenried auf etwas unorthodoxe Weise anfertigen ließ, herausstellte, war Gravesen ein Meth-Junkie und hätte ohnehin früher oder später Schiffbruch erlitten. Nichts lässt aber darauf schließen, dass eine der Taten mit seiner Abhängigkeit im Zusammenhang stehen könnte. Und Bischof? Er schien ein Arschloch gewesen zu sein, das war's dann aber auch schon an Verdachtsmomenten gegen ihn. Um es klipp und klar auszudrücken: Wir ste-

hen immer noch vollkommen im Regen."
Dennis fragte: „Vielleicht sollten wir nach jemandem suchen, der einen Brass auf alle drei hatte?"
„Das könnte schon sein, aber falls es so jemanden geben sollte, kennen wir weder ihn noch sein Motiv. Ich muss Tatjana Recht geben: Wir hatten wirklich schon mal bessere Karten, wenn ihr mich fragt", ergänzte Kurt und fuhr fort: „Ich habe einen ausgefallenen Gedanken, den ich trotzdem offen äußern möchte: Könnte es sein, dass Oscar noch lebt und jetzt eine oder mehrere Rechnungen zu begleichen hat?"
„Vollkommen ausgeschlossen. Das ist unmöglich", antwortete Dennis postwendend und schlug vor: „Was ist mit den Ex-Frauen von Bischof und Gravesen? Vielleicht sollten wir die ein weiteres Mal überprüfen. Es ist ja hinreichend bekannt, dass der oder die Mörder häufig aus dem direkten Umfeld der Opfer stammen."
„Schon geschehen. Beide haben für mindestens zwei der drei Morde wasserdichte Alibis. Wir können somit sowohl Eva Becker als auch Karin Gravesen von unserer Liste streichen", berichtete Tatjana.
„Was ist mit einem Auftragsmörder? Vielleicht wurde ja ein Killer engagiert, um die drei zu beseitigen?"
„Jetzt werden die Spekulationen aber sehr vage. Wir sollten uns lieber auf die konkreten Dinge konzentrieren, die wir haben. Auch wenn das zugegebenermaßen nicht gerade viel ist. Was ist denn beispielsweise mit den Zypressen? Wer hat einen Bezug zu den Pflanzen? Wo kann man sie bekommen? Wer vertreibt sie und welche Bedeutung haben sie? Und dann wäre da noch das leidige Thema mit den Zahlencodes. Ihnen dürfte die zentralste Bedeutung zukommen, und wir haben immer noch keinen blassen Dunst, was es damit auf sich haben könnte", wurde Tat-

jana deutlich.
„Dann sollten wir uns hinsetzen und es endlich herausfinden!“, sagte Kurt und haute dabei mit der flachen Hand auf den Tisch.
Tatjana konnte eine gewisse Frustration nicht verbergen, als sie erläuterte: „Wenn es nur so leicht wäre. Ich habe sogar die Spezialisten des LKAs um Mithilfe gebeten, aber leider vergeblich. Ihr erinnert euch doch noch an Holgers Freund Ralf Mendler, mit dem wir auch im Fall Galerie der Totenbilder zu tun hatten, oder?“
„Natürlich kann ich mich an den Blindgänger noch erinnern. Sag bloß, er konnte uns wieder einmal nicht weiterhelfen?“, entgegnete Kurt abfällig.
„Er hat mir eine seitenlange schriftliche Stellungnahme über die Untersuchungsergebnisse der Fachleute zukommen lassen, in der sinngemäß steht, dass sie keine Ahnung haben, wie die Zahlenkombinationen zu entschlüsseln sind. Da war beispielsweise von Binärcodes und ihren numerischen Werten die Rede, ebenso wie von Codekonvertierungen und der Abbildung höherwertiger Informationen durch die Abfolge von Bits. Der EBCDIC-Code ist beispielsweise eine 8-Bit-Zeichencodierung, die auf dem etwas älteren BCD-Code basiert, und mit dem Buchstaben, Sonderzeichen und Ziffern codiert werden. Inzwischen bin ich selbst schon ein angehender Experte auf diesem Gebiet, was ich nie für möglich gehalten hätte. Aber weder der ASCII- noch der Exzess- oder der 1-aus-n-Code führen zu irgendeinem Ergebnis.“
„Ich verstehe nur noch Bahnhof. Es wäre ausreichend gewesen zu erfahren, dass die angeblichen Spezialisten vom LKA genauso doof sind wie wir“, entgegnete Kurt.
„Sag mal, Kurt. Ich habe neulich Karl Kessel bei dir gesehen. Vielleicht sollten wir den mal darauf ansetzen?“,

schlug Dennis vor.
„Eigentlich keine schlechte Idee. Der Junge ist wirklich auf Zack, aber wenn selbst die LKA-Spezialisten nichts herausfinden konnten, wird uns ein Kind wohl auch nicht weiterhelfen können, auch wenn er ein Computernerd ist."
Ohne anzuklopfen platzte just in diesem Augenblick Kriminalrat Hans-Dieter Scheible in das Büro der Kommissare von Senden und Rathvan herein. Schnell ließ Kurt den Zettel mit dem Bericht über den Polizeiball in der Gesäßtasche seiner Hose verschwinden. Beim Anblick Scheibles musste er sich schwer zusammenreißen, nicht lauthals loszulachen. Dem Kriminalrat blieb sein auffälliges Verhalten nicht verborgen: „Was ist so komisch, Herr Schockenried? Wollen Sie uns nicht freundlicherweise daran teilhaben lassen, damit wir anderen auch etwas zu lachen haben?"
„Nein, Herr Kriminalrat, das möchte ich nicht", antwortete Kurt und hatte nach wie vor größte Mühe, das Lachen zu unterdrücken.
„Dann will ich Ihnen auf die Sprünge helfen. Auf dem Polizeiball ereigneten sich gestern Abend äußerst unerfreuliche Dinge für mich, für die ich zunächst nicht die geringste Erklärung hatte. Erst ganz am Ende des Abends, als es also schon viel zu spät war, entdeckte ich ein Stück übel riechenden Tilsiter-Käse in der Tasche meines Jacketts. Es war einerseits so klein, dass ich den Fremdkörper zunächst nicht bemerkte, andererseits aber groß genug, um seine verheerende Wirkung zu entfalten. Haben Sie eigentlich eine Ahnung, wie sehr ich mich gestern Abend blamiert habe?"
„Nein, Herr Scheible. Das habe ich natürlich nicht. Wie könnte ich auch?"

„Ganz einfach, weil Sie dafür verantwortlich sind und mir die Stinkbombe untergejubelt haben. Noch kann ich es nicht beweisen, aber das wird mir schon noch gelingen. Sie müssen mir den Käse irgendwie in die Tasche geschmuggelt haben, wahrscheinlich als Sie mit den beiden Kindern bei mir im Büro waren."
Kurt mimte das Unschuldslamm: „Ich habe keine Ahnung, wovon Sie reden, Herr Kriminalrat."
„Das Lachen wird Ihnen noch vergehen, Schockenried. Darauf können Sie sich verlassen. Kümmern Sie sich lieber um die Ergreifung des Zypressenmörders. Die Öffentlichkeit übt bereits mächtigen Druck auf uns aus. Sie und ihr Gefolge tappen aber mal wieder im Dunkeln. Ich kann Ihnen nur raten, endlich aus dem Quark zu kommen, sonst wird das ernsthafte Konsequenzen für das gesamte Dezernat nach sich ziehen. Wie ich vor einigen Tagen bereits andeutete, ist die Kandidatenliste für Ihre Posten ziemlich lang. Ich wünsche Ihnen noch einen angenehmen Tag, die Herrschaften", beendete Scheible seinen Monolog, machte auf dem Absatz kehrt und verschwand.
„Hast du wirklich etwas mit der Sache zu tun?", fragte Dennis seinen Freund und Vorgesetzten.
Das schelmische Grinsen verriet Kurt bereits, bevor er antworten konnte.
„Scheibles Verdacht ist also völlig berechtigt", vermutete Dennis, und Tatjana von Senden kritisierte: „Nicht zu fassen, dass Sie auch noch die unschuldigen Kinder instrumentalisiert haben."

29.

Ihr Blick wanderte über das Neckartal. Links vor ihr lag der Hafen in Wangen, und weiter in dieser Richtung konnte man bis nach Esslingen schauen, am Horizont sogar die Berge der Schwäbischen Alb erkennen. Gegenüber lag die Waldebene Ost, und rechts hatte man einen beeindrucken Blick auf das östliche Stuttgart mit dem Mercedes-Benz-Museum, der gleichnamigen Fußballarena, dem Gaskessel und den Stadtteilen Wangen, Gaisburg und Ostheim sowie Teilen von Untertürkheim und Bad Cannstatt.

Wirklich schön hier oben. Ich frage mich, warum ich nicht schon viel früher mal hier gewesen bin?, dachte sich Jessica Dornfeld.

Trotz der winterlichen Temperaturen herrschte ein reger Betrieb auf dem Gipfel des Württembergs rund um die Grabkapelle, die König Wilhelm I. für seine zweite Ehefrau, Königin Katharina Pawlowna, nach deren Tod errichten ließ und die 1824 fertiggestellt wurde. Der König selbst und seine Tochter Marie Friederike waren ebenfalls dort bestattet. Die Kapelle stand frei inmitten der Weinberge und war mit ihren kolossalen Proportionen stark auf die Fernwirkung ihrer exponierten Lage ausgerichtet. „Die Liebe höret nimmer auf" stand in großen Lettern über dem Haupteingang.

Ob wohl jemand für mich eine Grabkapelle errichten lassen wird, wenn ich eines Tages sterben werde?, fragte sich Jessica im Spaß, während sie das imposante Bauwerk besichtigte.

Nur wenige Gehminuten waren es vom Württemberg bis zu Simon Bonfrères Haus im Ort Rotenberg, der zum

Stuttgarter Stadtteil Untertürkheim gehörte und ebenfalls für seine exponierte Lage und eine großartige Fernsicht bekannt war. Einige Künstler und Freigeister, aber auch Prominente aus Politik und Sport lebten hier. Die Ortsmitte mit den vielen, kleinen Gassen und den Fachwerkhäusern hatte noch etwas Ursprüngliches und wirkte selbst an einem eiskalten Tag im Januar irgendwie gemütlich.

Als sie vor Bonfrères wunderschön gelegenem Haus ankam, verriet ihr der Blick auf die Uhr, dass sie fast zehn Minuten vor dem vereinbarten Zeitpunkt da war. Sie entschied sich dafür, trotzdem schon zu klingeln.

Sie wollte gerade den Knopf drücken, als sich plötzlich von innen die Tür öffnete und ein junger Mann sie beinahe über den Haufen rannte. „Oh, Verzeihung. Jetzt hätte es doch fast eine Kollision gegeben", entschuldigte sich dieser höflich.

„Ist nicht schlimm. Sie konnten ja nicht ahnen, dass ich vor der Tür stehen würde. Und zum Glück ist ja nichts passiert, oder?", entgegnete Jessica.

„Sie müssen Jessica Dornfeld sein?", fragte der junge Mann.

Etwas überrascht blickte Jessica ihn an. „Ja, und Sie sind …?"

„Ein junger Mann, der es eilig hat und gerade gehen wollte, nicht wahr?", hörte sie in diesem Moment die Stimme Simon Bonfrères hinter sich sagen, der sich ihnen unbemerkt aus dem Inneren des Hauses genähert hatte.

„Ja … so ist es. Hat mich gefreut", stammelte der Mann und verabschiedete sich, nachdem er Jessica nochmals gemustert hatte.

„Ebenso", antwortete diese und wunderte sich über das merkwürdige Benehmen, maß dem aber keine besondere

Bedeutung zu.
„Frau Dornfeld, welch Glanz in meiner bescheidenen Hütte. Bitte, treten Sie ein“, empfing sie Bonfrère und führte sie in einen Flur, der einer kleinen Empfangshalle glich, um die sternförmig Türen angeordnet waren, die zu den anderen Bereichen des Hauses führten.
„Ich schlage vor, dass wir in den Wintergarten gehen. Da ist es um diese Tageszeit am schönsten, denn er befindet sich auf der Südseite.
„Gerne“, sagte Jessica und folgte Bonfrère. Sie zögerte einen Moment, bevor sie sagte: „Ich möchte nicht unverschämt sein, aber würden Sie mir später vielleicht gestatten, einen kurzen Blick in Ihre Bibliothek zu werfen? Wenn man den Berichten über Sie Glauben schenkt, soll sie riesengroß und insgesamt sehr beeindruckend sein.“
„Übertreibungen, Frau Dornfeld, nichts als maßlose Übertreibungen. Sie wissen doch um die Neigung des Menschen zu Superlativen. Ich konnte damit noch nie etwas anfangen. Leider muss ich Sie bezüglich der Bibliothek auf ein andermal vertrösten, denn sie steht derzeit im Mittelpunkt eines Projekts, an dem ich die Öffentlichkeit nicht teilhaben lassen kann. Ich hoffe auf Ihr Verständnis.“
„Aber sicher doch. So wichtig ist es nun auch wieder nicht“, gab sich Jessica verständnisvoll, obgleich sie ein wenig enttäuscht war.
Die Bibliothek des berühmten Autors hätte sie doch zu gerne gesehen. Als sie kurz darauf auf einem gemütlichen Stuhl im Wintergarten Platz genommen hatte, bedankte sie sich für die Einladung und fragte nach deren Grund: „Was verschafft mir die Ehre, dass Sie mich hier her eingeladen haben, Herr Bonfrère? Ich könnte mir vorstellen, dass diese nicht jedermann zuteilwird.“

„Ach bitte, nennen Sie mich Simon. Ist es in Ordnung, wenn ich Sie im Gegenzug Jessica nenne?"
„Sicher, Simon. Das geht in Ordnung", bestätigte Jessica und nahm sein Angebot an.
Nachdem sie einige Minuten über allgemeine Themen wie das Wetter, die überraschenden Verzögerungen und Kostenexplosionen im Zusammenhang mit dem Bahnbauprojekt Stuttgart 21 und dem Sinn oder Unsinn des Dieselfahrverbotes im gesamten Stadtgebiet gesprochen hatten, näherten sie sich persönlicheren Gefilden.
Simon drückte mehrfach seine Bewunderung für Jessicas frühere Arbeit, vor allem für ihr Wissen über die Psychiatrie und die Psychologie im Allgemeinen sowie die forensische Psychiatrie im Besonderen, aus. Jessica outete sich im Gegenzug als großer Fan der Bücher Bonfrères.
„Woran erkennt man eigentlich einen Psychopathen?", fragte dieser neugierig.
„Das lässt sich nicht generell beantworten. Erwiesen ist aber, dass ausnahmslos jedes menschliche Individuum psychopathische Wesenszüge in sich trägt."
„Wirklich jedes?", unterbrach Simon.
„Ja, wirklich jedes. Die Frage ist nur, wie ausgeprägt die Züge jeweils sind und wie gut sie unter Kontrolle gehalten werden."
„Das würde ja bedeuten, dass sowohl Sie, Jessica, als auch ich Psychopathen sind?"
„Im Grunde ist das zutreffend. Natürlich gibt es aber himmelweite Unterschiede in der individuellen Ausprägung der Eigenschaften. Bei manchen Menschen treten sie nie zu Tage, bei anderen hingegen schlummern sie im Verborgenen, bis sie nach und nach zum Vorschein kommen. Und dann gibt es noch die – glücklicherweise kleinste – Gruppe derer, die die Wesenszüge voll ausleben."

„Was macht denn einen Menschen dieser kleinsten Gruppe aus? Wie kann ich wissen, wann ich es mit einem Psychopathen zu tun habe?“

„Das können Sie nie mit Sicherheit wissen, denn viele von ihnen besitzen die herausragende Gabe, ihrer Umwelt ein perfekt inszeniertes Theater vorzuspielen. Und das, obwohl sie nicht unbedingt von überdurchschnittlicher Intelligenz sind, wie oftmals fälschlich behauptet wird. Manchmal erkennt man sie aber daran, dass sie zwei Gesichter zu haben scheinen: Auf der einen Seite sind sie überaus freundlich und können gut Interesse an Mitmenschen vortäuschen. Auf der anderen Seite schrecken sie nicht davor zurück, anderen bedingungslos zu schaden, wenn es für sie von eigenem Nutzen ist oder wenn sie durch diesen Menschen eine wie auch immer geartete Enttäuschung erfahren haben. Auch nahestehende Personen werden dabei nicht verschont. Psychopathen haben kein Mitgefühl und sind unfähig zur Empathie. Sie sind selbstverliebt, gewissenlos und kaltblütig. Im einen Moment sind sie lieb und freundlich, schon im nächsten Augenblick bringen sie es fertig, ihr Gegenüber zutiefst zu verletzen und ihnen nicht nur sprichwörtlich ein Messer in den Rücken zu rammen.“

„So wie in den Fällen von Tobias Bachmann, Gabriel Lazard, Severin Treuhertz oder Amy Gallagher, die Sie gelöst haben?“

„Erstens habe nicht ich die Fälle gelöst, sondern die Kriminalpolizei. Insbesondere gilt das für den Piano-Mann, denn zu dessen Ergreifung habe ich nicht das Geringste beigetragen. Ganz im Gegenteil – durch mein Verhalten habe ich die Ermittlungen eher behindert und mich selbst in Lebensgefahr gebracht. In den anderen Fällen, die Sie eben erwähnten, habe ich allenfalls Unterstützung ge-

leistet."
„Meine liebe Jessica, jetzt machen Sie sich doch bitte nicht kleiner, als Sie sind. Alle vier angesprochenen Personen waren berüchtigte Serienmörder, was ganz gut zum Inhalt unseres Gesprächs von eben passt. Möchten Sie mir mehr darüber erzählen?"
„Nein, das möchte ich nicht. Ich bitte um Verständnis dafür, dass ich das auch nicht darf. Nur so viel: Man kann diese vier Charaktere überhaupt nicht miteinander vergleichen, da sie sich in unterschiedlicher Hinsicht sehr stark voneinander unterscheiden beziehungsweise unterschieden haben. Bachmann litt unter Dissoziativer Identitätsstörung und war in seiner Persönlichkeit als Sebastian ein ekelhafter Narzisst, während Severin Treuhertz und Gabriel Lazard – beide auf unterschiedliche Weise – stark traumatisiert waren, wobei die auslösenden Ereignisse, wie so häufig, in früher Kindheit stattfanden. Amy Gallagher war schlicht und einfach wahnsinnig. Verschiedene Wege führten dahin, dass sie alle zu einem früheren oder späteren Zeitpunkt ihres Lebens straffällig wurden."
„Bedeutet das, dass alle oder zumindest die meisten Psychopathen früher oder später straffällig werden?".
„Nein, nicht unbedingt. Je ausgeprägter psychopathische Eigenschaften in einem Menschen sind, desto größer ist die Wahrscheinlichkeit, dass er irgendwann einmal eine Straftat begeht. Aber nicht jeder mit ausgeprägten Eigenschaften wird zwingend straffällig. Lydia Benecke beschreibt das im Übrigen sehr anschaulich in ihren Büchern. Die kann ich Ihnen wärmstens empfehlen."
„Danke für den Tipp, da werde ich bei Gelegenheit sicher mal reinschauen. Ein faszinierendes Thema, wie ich finde."
„Ja, das finde ich auch. Bevor wir noch weiter abschwei-

fen, schlage ich jedoch vor, dass wir zum Grund meiner Einladung kommen. Und dabei interessiert mich natürlich sehr, wie es denn nun um Ihre Bücher steht? Sie erwähnten neulich bei der Lesung im Marmorsaal, dass Sie an einem neuen Projekt arbeiten und sich diesbezüglich für meine Meinung interessieren. Wollen Sie mir was darüber erzählen?" „Sehr gerne, Jessica. Ich habe jedoch den Entschluss gefasst, etwas anders vorzugehen. Ich hoffe, dass Sie einverstanden sein werden …"

„Jetzt machen Sie es aber spannend. Raus mit der Sprache, Simon."

„Bei dem Projekt, an dem ich arbeite, handelt es sich selbstverständlich um ein Buch. Worum auch sonst, schließlich bin ich ja Schriftsteller … Es wird aber anders aufgebaut sein als alles, was ich bisher geschrieben habe und was man gemeinhin als üblich bezeichnet."

„Hört sich toll an. Und weiter?"

„Ich möchte nicht zu viel verraten, denn ich hatte gehofft, Sie als Lektorin gewinnen zu können. Dabei wäre mir besonders wichtig, dass Sie nicht durch zu viele Informationen voreingenommen sind, sondern sich der Sache ganz neutral nähern könnten."

„Mich als Lektorin gewinnen? Ich weiß wirklich nicht, ob ich mich dazu eigne."

„Sie eignen sich unbedingt dafür, Jessica. Ich meine auch kein Lektorat im klassischen Sinne. Mir schwebt ein Lektorat durch Sie als anerkannte Spezialistin mit enormer Berufserfahrung vor, also eine Überarbeitung im fachlichen Sinne. Ihre Ratschläge könnten das Buch aus kriminalistischer Sicht sicherlich auf ein ganz anderes Niveau hieven. Wir könnten doch einfach mal ganz unverbindlich schauen, wie es läuft. Möglicherweise könnten Sie auch als eine Art Ghostwriter an dem Projekt mitwirken oder zumindest ein Vorwort schreiben. Sollte Sie die Lektüre aber nicht in ihren Bann ziehen, oder Sie aus anderen Gründen nicht mitwirken wollen, dann können Sie selbstverständlich jederzeit aussteigen. Was halten Sie von dem Vorschlag? Am Finanziellen soll es bitte nicht scheitern, da werden wir uns ganz bestimmt einig, keine Sorge. Ich würde mich überaus erkenntlich für ihr Engagement zeigen."

„Das klingt in der Tat reizvoll, und ich fühle mich sehr geehrt. Wie hatten Sie sich den Ablauf im Detail denn vorgestellt?"

„Da das Manuskript noch lange nicht fertig ist, würde ich Ihnen die relevanten Kapitel nach und nach zukommen lassen. Bitte scheuen Sie inhaltlich keine Konfrontationen mit mir und halten Sie auch auf keinen Fall mit konstruktiver Kritik hinter dem Berg. Damit muss man als Schriftsteller umgehen können, wenn ein Buch gut werden soll. Und dieses soll nicht nur gut werden, sondern absolut einzigartig."

Einen kurzen Moment überlegte Jessica, doch ihr fiel beim besten Willen nichts ein, was gegen diese verlockende Herausforderung sprechen würde. Dann schlug sie ein: „Abgemacht, was habe ich schon zu verlieren?"

„Herzlich willkommen im Team von Simon Bonfrère, liebe Jessica. Ich freue mich, dass du an Bord bist."

„Gleichfalls. Wann legen wir mit der Arbeit los?"

„Die ersten Seiten, die ich dir gerne zum Lesen geben würde, habe ich in der Hoffnung, dass du mein Angebot annimmst, bereits ausgedruckt. Diese möchte ich dir gerne mit nach Hause geben. Die weiteren Dateien schicke ich dir dann nach und nach per E-Mail, sobald sie fertig sind. Schreibst du mir deine E-Mail-Adresse auf?"

„Sicher", sagte Jessica und notierte sie auf einen Zettel.

„Eine Frage habe ich noch, Simon."
„Ja, bitte?"
„Welchen Titel wird das Buch tragen? Oder möchtest du das noch nicht preisgeben?"
„Du hast Recht: In diesem Stadium des Projekts darf das eigentlich noch niemand erfahren. Aber dir kann ich es ja verraten …"
„Und?"
„Es heißt: Land der Zypressen."

30.

Mit einem dunkelblauen Kapuzenpulli und einer schwarzen Jogginghose bekleidet, saß Jessica Dornfeld auf dem Sofa im Wohnzimmer und hatte es sich gemütlich gemacht. Da die Heizanlage in der gesamten Wohnung schon seit einigen Tagen nicht die Leistung abrief, die den aktuellen Außentemperaturen angemessen wäre, war sie zusätzlich in eine lilafarbene Decke eingewickelt. Neben ihr auf dem Couchtisch standen ein halbvolles Glas Rotwein und – als Überbleibsel aus der Adventszeit – ein Schokoladen-Nikolaus. Die Beine von sich gestreckt, las sie aufmerksam im Buch Land der Zypressen von Simon Bonfrère. Bisher wusste sie nicht so recht, was sie davon halten sollte. Sicherlich war es ansprechend und durchaus interessant, aber das revolutionäre Feuerwerk, das Simon vollmundig angekündigt hatte, war es bis dato nicht.
Was nicht ist, kann ja noch werden. Schließlich bin ich gerade einmal bei Kapitel Fünf, dachte sich Jessica und las voller Vorfreude weiter.
Mit dem Inhalt und auch der gesamten Art und Weise, wie das Buch geschrieben war, wurde sie dennoch nicht so richtig warm. Bisher war weder eine klare Handlung zu erkennen, noch wurden die Protagonisten anschaulich eingeführt. Der Leser blieb völlig im Dunkeln. Wo sie hier als Lektorin ansetzen sollte, war ihr schleierhaft.
In diesem Augenblick betrat die kleine Mia den Raum. Sie schien ein wenig gelangweilt und fragte: „Was machst du da, Tante Jessica?“.
„Ich lese ein Buch, Mia. Und was machst du so?“
„Ich langweile mich. Papa hat die Kopfhörer auf und hört Musik, Mama macht irgendetwas am Computer, und On-

kel Dennis ist nicht da. Aber du bist ja fast immer da."
Jessica nickte. Sogar der kleinen Mia fiel auf, dass sie sich die meiste Zeit über mehr oder weniger untätig zu Hause aufhielt. Es wurde höchste Zeit, daran etwas zu ändern. Vielleicht war das Projekt mit Simons Buch genau das richtige, um wieder in ein normales Leben zurückzufinden. Sie hatte eine sinnvolle Beschäftigung und würde damit womöglich an einem erfolgreichen Projekt mitwirken.
„Stimmt, Kleines. Wie du weißt, hatte ich eine schwere Verletzung und war deshalb lange krank. Da es mir aber immer besser geht, werde ich bald nicht mehr so viel zu Hause sein."
„Gehst du dann auch wieder zur Arbeit?"
„Ja, ich werde auch wieder mehr arbeiten."
„Bei der Polizei, so wie Onkel Dennis?"
„Nein, bei der Polizei werde ich nicht mehr arbeiten. Ich möchte aber wieder in meinem Beruf als Psychologin arbeiten. Außerdem würde ich gerne Unterricht für Studenten geben und weitere Bücher schreiben."
„Schade", sagte Mia, wobei ihr die Enttäuschung förmlich ins Gesicht geschrieben stand.
„Warum ist das schade, Mia?"
„Weil es schön ist, wenn da bist. Und wenn du dann nicht mehr so viel zu Hause bist, hast du weniger Zeit für mich. Dann ist es so wie bei den anderen."
Mias Gedanken waren einleuchtend, denn sie war es von Anfang an gewohnt, dass Jessica viel zu Hause war. Sie kannte es bisher quasi nicht anders.
Jessica versuchte, das Mädchen zu trösten: „Ich bin dann zwar wirklich nicht mehr so viel zu Hause wie jetzt, aber das heißt nicht, dass wir beide weniger Zeit zusammen verbringen werden. Schau mal, du bist doch tagsüber fast

immer in der Kita. Vielleicht kann ich dich da ja ab und zu abholen? Und wenn nicht, dann treffen wir uns nachmittags hier zu Hause. Einverstanden?“
„Ja, gut. Ich hab dich lieb, Tante Jessica“, sagte Mia, drückte Jessica einen dicken Schmatzer auf die Wange und zog wieder von dannen.
„Ich hab dich auch sehr lieb“, rief Jessica ihr hinterher, doch es kam keine Reaktion mehr.
Wenige Minuten später betrat Anna Rathvan das Wohnzimmer. „Was liest du da?“, fragte sie Jessica neugierig.
„Wir haben uns doch neulich über den Schriftsteller Simon Bonfrère unterhalten, erinnerst du dich? Er hat …“, setzte Jessica zu einer Antwort an, doch Anna ließ sie nicht zu Ende reden: „Na klar, das neue Buch erscheint doch demnächst und soll wieder großartig sein. Du warst doch letzte Woche auf einer Preview-Veranstaltung im Teehaus, oder? Wir hatten noch gar keine Gelegenheit, uns darüber zu unterhalten. Wie war's denn?“
„Es war ein sehr interessanter Abend, und das Buch ist ganz bestimmt großartig. Aber das hier ist noch viel spannender“, sagte Jessica und wedelte mit den losen Seiten, die sie in Händen hielt.
„Was ist das?“, wollte Anna wissen.
„Das ist Simons neuestes Projekt. Und er möchte, dass ich als Lektorin und externe Beraterin daran mitwirke. Das sind die ersten Kapitel, die er mir vorab ausgehändigt hat. Die anderen schickt er mir nach und nach per E-Mail, sobald sie fertig sind. Die Sache hört sich ziemlich interessant an, wenn du mich fragst.“
Anna war begeistert. „Na, das kannst du laut sagen. Wie toll ist das denn bitteschön? Du arbeitest als Lektorin und Beraterin für den berühmten Krimiautor Simon Bonfrère. Und warum nennst du ihn Simon? Seid ihr etwa per Du?“

„Ja. Ich war heute Vormittag bei ihm, und da hat er mir das Du angeboten."
„Wie, warst du etwa bei ihm zu Hause?"
„Ja, war ich. Er hat ein richtig schönes Haus in Rotenberg."
„Und die Bibliothek? Wie man liest, muss die der absolute Kracher sein."
„Die durfte ich heute leider nicht sehen. Er hat mir aber versprochen, dass wir das bald nachholen werden."
Anna war zutiefst beeindruckt: „Herzlichen Glückwunsch, das ist ja megacool. Ich bin mir übrigens ganz sicher, dass er mit dir eine exzellente Wahl getroffen hat."
„Danke, das ist lieb von dir. Aber warum denkst du das?"
„Einen größeren Spezialisten auf dem Gebiet der forensischen Psychiatrie als dich würde er wohl kaum finden, und schon gar nicht in Stuttgart und Umgebung. Magst du mir sagen, worum es in dem Buch geht, oder darfst du das nicht?"
„Lieber nicht. Es wäre Simon sicherlich nicht recht. Momentan könnte ich das aber auch gar nicht, selbst wenn ich wollte."
„Das verstehe ich jetzt nicht so ganz?"
„Okay, ich bin erst beim fünften Kapitel, aber bisher kann ich so gar nicht erkennen, worum es in dem Buch geht. Es ist irgendwie … konfus."
„Bleib einfach am Ball. Das wird sich bestimmt bald ändern. Bonfrère ist ein Meister seines Fachs, genau wie du. Ich kann mir beim besten Willen nicht vorstellen, dass er ein langweiliges oder schlechtes Buch schreiben würde."
„Du hast Recht. Ich glaube auch, dass die Handlung bestimmt bald ordentlich Fahrt aufnehmen wird."
„Hast du denn wirklich noch überhaupt keine Ahnung, worum es gehen könnte? Ach bitte, ich bin doch so neu-

gierig. Nur ein klitzekleiner Tipp …“, ließ Anna nicht locker und Jessica lachte: „Also gut, du Nervensäge. Dann will ich mal nicht so sein … Aber nicht weitertratschen, versprochen?“

„Ich schwöre hoch und heilig, dass ich kein Sterbenswörtchen verraten werde. Du weißt doch, dass wir Rathvans für unsere Verschwiegenheit berühmt sind“, versprach Anna.

„Das mit der Verschwiegenheit ist mir zwar neu, ich verrate dir aber trotzdem ein bisschen was: Es scheint so, als spielte die Misshandlung eines oder vielleicht auch mehrerer Kinder eine wichtige Rolle.“

„Meinst du, er schreibt über sich selbst?“

„Möglich oder auch nicht. Es wäre verfrüht, dahingehend zu spekulieren.“

In diesem Moment bekam Jessica über ihr Smartphone die Benachrichtigung, dass eine neue E-Mail auf ihrem Account eingegangen war, und zwar von Simon Bonfrère.

„Na, wer sagt’s denn? Endlich Lesenachschub. Ich hatte mir schon Sorgen gemacht, was ich nach diesem Kapitel tun soll. Die neuen Kapitel sind gerade angekommen. Der Drucker funktioniert doch noch, oder?“

„Ja, wenn Bernd nicht mal wieder sämtliche Toner leergedruckt hat, müsste er funktionieren“, bestätigte Anna und verabschiedete sich mit den Worten: „Weiterhin viel Spaß beim Lesen. Und bitte halte mich auf dem Laufenden.“

„Mach ich“, antwortete Jessica, dachte jedoch insgeheim: Aber nur vielleicht …

31.

Zwei Tage später, am frühen Abend:

„Mensch, Dennis. Jetzt geh endlich an dein verflixtes Telefon", schimpfte Simon Brandner ungeduldig vor sich hin, da er seit fast zehn Minuten vergeblich versuchte, seinen Freund bei der Kriminalpolizei anzurufen.
Als er gerade wieder auflegen wollte und beschloss, sein Glück stattdessen bei Kriminalhauptkommissar Schockenried zu versuchen, meldete sich Dennis endlich.
„Warum so stürmisch, Herr Professor? Ich war in einem Telefonat und wurde während der letzten zehn Minuten mindestens sieben Mal durch das Anklopfen deiner Anrufe im Hintergrund gestört."
„Dennis, ich muss unbedingt mit dir reden, und zwar schnell."
„Was gibt es denn so Dringendes?"
„Das kann und will ich dir nicht am Telefon sagen. Kannst du herkommen?"
„Ins Institut?"
„Ja, wo soll ich denn sonst sein, du Schlauberger?"
„Auch wieder wahr. Das liegt zwar nicht gerade auf meinem Nachhauseweg, aber wenn es so wichtig ist …", sagte Dennis und fügte hinzu: „Allerdings nur unter einer Bedingung."
„Und die wäre?"
„Ich bekomme eine Tasse Kaffee aus deiner neuen Maschine, in Ordnung?"
„Was immer du willst. Aber um Himmels willen, Dennis:

Bitte beeile dich!“
„Bin so gut wie unterwegs. Bis gleich.“

***

„War das Brandner?“, erkundigte sich Tatjana, die das Gespräch teilweise mit angehört hatte.
„Ja, und er klang irgendwie merkwürdig“, antwortete Dennis.
„Was meinst du mit merkwürdig?“
„Er wirkte nervös. Normalerweise ist er doch eher von der gemütlichen Truppe und durch nichts aus der Ruhe zu bringen. Er hat mich ins Institut bestellt, um mir etwas Wichtiges mitzuteilen.“
„Heute Abend noch?“
„Ja, und zwar sofort. Irgendwas stimmt da nicht, Tatjana. Ich mache mich gleich auf den Weg zu ihm. Kann im Stuttgarter Feierabendverkehr aber etwas dauern.“
„Wofür hast du denn das Blaulicht fürs Autodach?“
„Stimmt, aber so dringend wird’s dann wohl auch wieder nicht sein.“
„Soll ich dich begleiten?“, bot Tatjana ihrem Kollegen an.
„Nicht nötig, einer muss ja schließlich hier die Stellung halten.“
„Apropos Stellung halten: Wo ist Kurt eigentlich abgeblieben?“
„Keine Ahnung. Vor etwa einer viertel Stunde meinte er, dass er ganz dringend noch etwas zu erledigen hätte, und ist abgedampft.“
Dennis wollte gerade das Büro verlassen, als Tatjana ihm hinterherrief: „Ach, Dennis! Wenn du später nach Hause

kommst, sag doch Jessica einen lieben Gruß von mir. Sie hat mir noch gar nichts von der Lesung erzählt, bei der sie an meiner Stelle war.“

„Welche Lesung? Ich weiß wie immer von nix.“

Tatjana schüttelte amüsiert den Kopf: „Das wundert mich nicht, du Kommunikationstalent. Wahrscheinlich hat sie dir lang und breit davon erzählt, und du hast mal wieder nicht zugehört. Typisch Mann …“

„Was kann ich denn dafür, wenn sie mir nicht erzählt, was sie so treibt, während ich bei der Arbeit bin?“

„Vielleicht solltest du sie einfach mal fragen, du Stoffel.“

„Danke für den Tipp … als ob ich das nicht schon oft probiert hätte.“

Dennis schüttelte den Kopf, beendete das Thema dann aber, um seiner Pflicht nachzukommen.

***

„Bernd Plums! Komm augenblicklich hierher, damit ich dir eigenhändig an Ort und Stelle den Kragen umdrehen kann“, rief Jessica Dornfeld ziemlich sauer, als sie hörte, dass Annas Lebensgefährte nach Hause kam.

„Warum schreist du denn so, Jessica? Man könnte fast meinen, Frau Stiefel säße dir im Nacken“, sagte Bernd und grinste verschmitzt.

„Nein, der Hausdrache ist glücklicherweise nicht hinter mir her. Aber ich bin hinter dir her, und wenn ich mit dir fertig bin, wirst du dir wünschen, es wäre nur Frau Stiefel, der Leibhaftige oder sonst wer gewesen.“

„Hört sich ja krass an. Aber sorry, bin total gestresst von meinem Tag und muss erst mal eine Runde chillen“, sagte

Bernd und wollte sich gerade aus dem Staub machen, als Jessica ihn am Schlafittchen packte: „Jetzt hör mal genau zu, du Schnorrer: Anna – und insbesondere Dennis – sind viel zu gutmütig und lassen dir eine Menge durchgehen. Da ich jetzt aber wieder auf dem besten Weg bin, ganz gesund zu werden, ist Schluss mit Lustig. Du wirst ab sofort, wie jeder andere in dieser Wohnung, sowohl finanziell als auch tatkräftig den Haushalt unterstützen. Und dazu gehört verdammt nochmal auch, dass man neue Druckertoner besorgt, wenn die alten leer sind, weil man etwa zweitausend Seiten Songtexte ausgedruckt hat. Hast du verstanden?"

„Ist ja gut, ich habe verstanden. Jetzt komm mal wieder runter."

„Wie bitte, ich soll wieder runter kommen? Ich wollte heute eine etwa dreißig Seiten lange, für mich sehr wichtige Datei ausdrucken, um sie besser lesen und bearbeiten zu können. Das war aber nicht möglich, weil alle vier Toner des Geräts bis auf den letzten Tropfen geleert waren. Also musste ich meinen nicht mehr ganz so gelähmten Hintern in die Stadtmitte schaffen, um dort Nachschub zu organisieren. Hast du eine Ahnung, wie furchtbar nervig das ist?"

„Warum hast du denn die Datei nicht einfach am PC gelesen und bearbeitet?"

„Weil es eine PDF-Datei ist, die man nun mal eben nicht am PC bearbeiten kann."

„Klar doch, man muss sich nur das richtige Programm dafür runterladen."

Jessica hob mahnend den Zeigefinger und raunte: „Bernd, ich rate dir, treib es nicht auf die Spitze, ist das klar?"

„Ist ja gut, die Message kam an", beteuerte Bernd und wollte sich gerade abermals verkrümeln, als Jessica

energisch dazwischen fuhr: „Halt, nicht so schnell, junger Mann. Wo du jetzt schon hier bist, kannst du mir gleich dabei behilflich sein, die neuen Toner in den Drucker einzusetzen und die Datei auszudrucken, damit ich endlich weiter arbeiten kann."
„Okay", grummelte Bernd und machte sich gleich an die Arbeit, da er das Risiko einer weiteren Schelte durch Jessica nicht eingehen wollte.

***

Aufgeregt ging Simon Brandner in seinem Büro auf und ab. Er schaute permanent auf die Uhr, auch wenn Kommissar Rathvan dadurch nicht schneller da sein würde. Endlich klopfte es an der Tür. Seine Sekretärin trat ein.
„Was gibt es denn noch, Frau Schnabel? Ich habe Ihnen doch bereits drei Mal gesagt, dass ich Sie heute nicht mehr brauche und dass Sie ruhig nach Hause gehen können. Was tun Sie also immer noch hier?"
„Verzeihung, Herr Professor. Aber der Flegel von neulich, dieser Doktor Scheck, ist wieder hier und wünscht, Sie zu sprechen. Darf ich ihn vorlassen?"
„Meinetwegen, Frau Schnabel. Er soll reinkommen. Aber dann gehen Sie nach Hause, versprochen?"
„Ist gut, Herr Professor. Ich schicke ihn rein. Dann noch einen schönen Abend und bis morgen."
„Was willst du denn jetzt hier? Sorry, aber es ist gerade echt ungünstig. Ich habe überhaupt keine Zeit für dich", begrüßte Simon seinen Kumpel Mark unhöflich.
Dieser entgegnete gelassen: „Du musst mir ja nicht gleich um den Hals fallen, aber ein wenig freundlicher dürftest

du schon zu mir sein. So oft sehen wir uns schließlich nicht, oder?"
„Nichts für Ungut, Mark. Aber dein Timing ist miserabel, es passt mir jetzt ganz und gar nicht. Komm bitte ein andermal wieder, in Ordnung?"
„Ich würde mich an deiner Stelle jetzt nicht so einfach vom Hof jagen."
„Warum denn nicht?"
„Weil ich etwas herausgefunden habe, das dich interessieren könnte."
„Ach ja, und was soll das sein, du Schlaumeier?"
„Ich hatte doch neulich mit meinem Handy ein Bild von der Zahlenreihe am Schienbein der Leiche gemacht", setzte Mark an, und wurde prompt von Simon unterbrochen: „Und, was ist damit?"
„Ich denke, dass ich jetzt weiß, was sie zu bedeuten hat." Mark hatte erwartet, dass Simon sich brennend für seine Information interessieren würde, doch der reagierte ziemlich gleichgültig: „Vielen Dank, aber das weiß ich inzwischen selbst."
Mark war überrascht: „Ach ja? Erst gestern Abend habe ich mit Dennis gesprochen, und der sagte mir, dass noch keiner weiß, was es mit den Zahlen auf sich hat, und sogar die Fuzzis vom LKA keinen blassen Schimmer haben. Die weiteren Zahlenreihen, die an den Tatorten gefunden wurden, wollte er mir leider nicht nennen. Er verwies darauf, dass ich meine Nase nicht in Dinge stecken solle, die mich nichts angehen."
„Da hat er völlig Recht."
„Selbst schuld, denn sonst hätte ich ihm heute problemlos auch die anderen Nachrichten entschlüsseln können. Wenn man es einmal kapiert hat, ist es nämlich ein Kinderspiel", prahlte Mark.

„Dennis müsste im Übrigen jeden Augenblick hier auftauchen. Ich verstehe gar nicht, wo er so lange bleibt", sagte Simon und schaute abermals ungeduldig auf die Uhr an seinem linken Handgelenk.
Dann schlug er vor: „Wenn du schon hier bist, können wir ja die Zeit bis zu Dennis' Eintreffen sinnvoll nutzen, um unsere Informationen abzugleichen. Ich kann mir zwar beim besten Willen nicht vorstellen, dass du etwas herausgefunden hast, was ich noch nicht weiß, aber bitte: Dann leg mal los!"
Mark ließ sich nicht zweimal bitten. Er kramte einen Zettel aus der Jackentasche, faltete ihn auseinander und legte ihn vor Simon auf den Tisch. Dann erklärte er: „Es war vollkommen simpel. Ich wundere mich, dass ich nicht gleich auf die Idee gekommen bin, das auszuprobieren."
„Mach's nicht so spannend und schieß endlich los", forderte Simon.
„Gut. Du erinnerst dich doch sicher an unser Chemie-Praktikum im zweiten Semester an der Uni bei Professor Sigurski?"
„Natürlich, wer könnte das je vergessen", bestätigte Simon und wusste bereits, worauf Mark hinauswollte.
Er ließ ihn jedoch weiterreden, und Mark fuhr fort: „Um die Ordnungszahlen der im Periodensystem aufgeführten Elemente besser mit den dazugehörigen Buchstabensymbolen in Verbindung bringen zu können, beziehungsweise um diese spielerisch auswendig zu lernen, brachte er uns bei, wie man die aus den Symbolen geformten Worte als Zahlen verschlüsselt. Das witzige Beispiel, mit dem Sigurski uns dabei die Trivialität vor Augen führte, bezog sich auf seine ungeliebte Kollegin, Frau Professor Gabriele Hof. Aus den Symbolen der Elemente Gallium, Bismut, Wasserstoff, Sauerstoff, Fluor, Aluminium, Tellur sowie

Helium und Xenon – Ga, Bi, H, O, F, Al, Te, He und Xe – bildete er die Worte *Gabi Hof Alte Hexe*. Zusammen mit den Ordnungszahlen der genannten Elemente ergab sich die Zahlenreihe: 31 81 1 8 9 13 52 2 54."
„So ist es, mein Freund. Ganz genau daran habe ich mich auch irgendwann erinnert, und das Schema spaßeshalber auf die Zahlenreihen unseres Falles angewandt. Und siehe da, es passte perfekt."
„Ja, obwohl es einem der Schreiberling etwas schwerer gemacht hat als im Beispiel, das ich eben genannt habe. Er ließ nämlich immer nur einen Abstand zwischen den einzelnen Worten und nicht zwischen den Buchstaben beziehungsweise den Zahlen, die die jeweiligen Buchstaben symbolisieren. Aber in mühevoller Kleinarbeit gelang es mir schließlich, die Ziffern aufzudröseln. Am rechten Schienbein von Elmar Bischofs Leiche stand mit einem Elektrokauter eingeritzt:

No more sense of life."

„Exakt. Und am Tatort in seiner Kanzlei haben wir die Nachricht

Sohn Oscar ruhe in pays cypres

gefunden", ergänzte Simon Marks Erklärungen.
Der runzelte fragend die Stirn: „Die Interpretation dieses Codes kann ich nur teilweise nachvollziehen. Denn das französische Wort für Land, also pays, besteht aus den Zahlen 91 39 und 16."
„Ja und, wo ist das Problem?", fragte Simon etwas überheblich.
Mark erklärte: „Das Element mit der Ordnungszahl 91

ist nicht im Periodensystem aufgeführt. Zwischen 90 und 103 klafft eine Lücke."
„Scheint so, als hättest du an der Uni immer mal wieder gefehlt, denn sonst wüsstest du, dass es sich bei den meisten Abbildungen des Periodensystems nur um vereinfachte Darstellungen handelt. Der Grund dafür ist gleichermaßen einfach wie praktisch, nämlich um Platz zu sparen. Dabei werden die von dir genannten Elemente nicht angezeigt, weil sie sich alle sehr ähnlich sind und als Gruppe der Actinoide zusammengefasst werden. Das Element mit der Ordnungszahl 91 und dem Buchstabensymbol PA ist das Protactinium. Für diesen Fall zwar nicht relevant, dennoch in dem Zusammenhang erwähnenswert ist, dass dieser Sachverhalt auch auf die sogenannten Lanthanoide mit den Ordnungszahlen 58 bis 71 zutrifft."
Mark war beeindruckt: „Danke für die Belehrungen, Herr Kollege."
Simon schlug vor: „Wo du schon hier bist, lass uns doch gleich alle Zahlenreihen zusammen durchgehen, einverstanden? Ich kann mir nicht vorstellen, dass die Jungs und Mädels von der Kriminalpolizei etwas dagegen haben, und Dennis ist ja sowieso noch nicht hier. Langsam mache ich mir echt Sorgen um ihn. Vielleicht sollte ich ihn noch mal anrufen, um zu fragen, wo er bleibt."
„Mach das. Wenn du einverstanden bist, dass ich mich daran zu schaffen mache, gönne ich mir inzwischen einen Kaffee aus deiner neuen Maschine, okay?", schlug Mark vor.
Simon zögerte zunächst, war dann aber doch einverstanden und gönnte Mark das Vergnügen.

***

„Verdammt noch mal, dieser Scheiß-Verkehr in dieser Stadt!", fluchte Dennis und schlug auf sein Lenkrad ein. Er hatte das Stuttgarter Verkehrs-Chaos und alles, was damit zusammen hing wie Dieselfahrverbote, öffentlicher Nahverkehr und blödsinnige Straßensperrungen mehr als satt. Als es auch nach der dritten Ampelphase kein einziges Auto über die Kreuzung in den Heslacher Tunnel hinein geschafft hatte, reichte es Dennis endgültig. Das Blaulicht aufs Dach gesetzt und das Martinshorn aktiviert, raste er mit quietschenden Reifen los. Weit kam er allerdings nicht, da die anderen Autofahrer mit der Situation völlig überfordert waren und kaum die Möglichkeit hatten, auszuweichen. An das Bilden einer Gasse für sein Fahrzeug war nicht zu denken. Meter für Meter schlängelte er sich mehr schlecht als recht durch die Blechlawine. Anstatt schneller durchzukommen, vergrößerte er das allgemeine Chaos damit aber nur weiter. Als er das erste Viertel des gut zwei Kilometer langen Tunnels hinter sich gelassen hatte, klingelte relativ kurz hintereinander dreimal sein Telefon. Er sah sich außerstande, dran zu gehen und gleichzeitig auf den Verkehr zu achten, ließ es aus Sicherheitsgründen also einfach klingeln. Als er erkannte, dass sich auf der Gegenfahrbahn des zweispurigen Tunnels eine Lücke von ungefähr zwanzig Metern auftat, sah Dennis die Gunst der Stunde gekommen und drückte aufs Gaspedal. Hinter einem Kleintransporter scherte er auf die gegenüberliegende Fahrbahn aus und rauschte an einigen Autos vorbei. Dann geschah es: Eine junge Frau auf einem von der Stadt gemieteten, blauen E-Roller hatte ihn scheinbar weder gehört noch gesehen und wagte vor ihm ebenfalls ein Überholmanöver. Dennis konnte nicht mehr rechtzeitig bremsen und fuhr heftig auf den Motorroller auf. Die Frau stürzte auf die Straße. Dennis bekam beim Aufprall die volle Wucht des Airbags zu spüren. In seiner kurzfristigen Orientierungslosigkeit nahm er nur hintergründig wahr, dass abermals sein Handy klingelte.

***

„Verflixt und zugenäht. Dennis geht immer noch nicht an sein Handy", fluchte Simon Brandner.
„Er wird schon seine Gründe haben", mutmaßte Mark, als sie plötzlich ein lautes Rufen auf dem Flur hörten. Schnell gingen sie nach draußen und erblickten Kurt Schockenried und Holger Grünbaum, die aus einem der Sektionsräume kamen, wo sie offenbar nach Simon gesucht hatten. „Was macht ihr denn schon wieder hier? Wie schon vor einigen Tagen habe ich Dennis erwartet, nicht euch beiden. Ihr könntet euch wenigstens vorher anmelden, anstatt hier dauernd unangekündigt reinzuplatzen", stellte Brandner klar.
„Es tut mir wirklich außerordentlich leid, lieber Simon, dass du schon wieder mit uns vorliebnehmen musst. Mir erscheint die Situation aber ehrlichgesagt auch wie ein Déjà-Vu. Man könnte meinen, du seist jetzt immer hier, Mark. Willst du etwa wieder hier arbeiten?", fragte Holger an Mark Scheck gewandt.
„Nein, aber ich hatte dem Kollegen Brandner etwas mitzuteilen, das ich für äußerst wichtig hielt."
„Handelt es sich dabei um etwas, das auch für uns von Interesse sein könnte? Falls nicht, kannst du einen Abgang machen. Denn wir befassen uns aktuell mit drei ungeklärten Morden, die allesamt zusammenhängen. Dabei können wir keine Hobbykriminalisten brauchen", drückte

Kurt unverblümt aus, was er von der neuerlichen Anwesenheit Marks hielt.
Professor Brandner sprang umgehend für seinen Freund in die Bresche: „Ist ja schon gut, Herr Schockenried. Mark hatte mir in der Tat etwas sehr Interessantes mitzuteilen, nämlich die Lösung für das Rätsel der dubiosen Zahlenreihen."
„Schau mal einer an. Wenn das so ist, darfst du natürlich bleiben, Mark. Jetzt bin ich aber gespannt wie ein Flitzebogen, also raus mit der Sprache. Nachdem ihr uns aufgeklärt habt, habe ich etwas mitzuteilen, was Ihnen, Herr Brandner, ganz und gar nicht gefallen dürfte", kündigte Kurt an.

***

Immer tiefer tauchte Jessica Dornfeld in die Zeilen des Buches ein und verschlang regelrecht ein Kapitel nach dem anderen. Nach anfänglicher Skepsis musste sie Simon Bonfrère inzwischen absolut Recht geben: Dieses Buch war wirklich etwas ganz Besonderes. Alles war so anschaulich und plastisch dargestellt, dass man fast das Gefühl haben musste, selbst ein Teil der Handlung zu sein. Sie legte die Blätter kurz zur Seite, um in die Küche zu gehen und sich eine Tasse Tee zuzubereiten. Dort traf sie auf Anna Rathvan. „Hi, Jessica. Bernd hat mir eben von der Sache mit dem Drucker erzählt. Ich find's gut, wenn wenigstens du ihm ab und zu sagst, wo es langgeht. Dennis macht das ja leider viel zu selten", sagte Anna.
„Ich weiß, aber ich finde ehrlichgesagt, Anna, dass auch du durchaus etwas kritischer mit Bernd umgehen könn-

test. Schließlich ist er dein Lebensgefährte und Mias Vater", gab Jessica zu bedenken.
„Du hast ja Recht. Ich weiß nur einfach manchmal nicht, wie ich dem Kindskopf auf die Sprünge helfen soll. Er ist kein schlechter Kerl, sondern einfach nur … völlig …", setzte Anna zu einer Erklärung an, geriet aber ins Stocken.
Wie auf Kommando beendeten sie den Satz dann fast synchron: „ … einfach nur völlig unreif."
Sie lachten, als Anna sagte: „Mir ist heute übrigens noch etwas Sonderbares passiert."
„Ja, was denn?", wollte Jessica wissen.
„Heute Mittag hat mich doch glatt Kommissar Schockenried angerufen und sich nach meinem Job bei Heile die Welt erkundigt. Ich hatte nicht die geringste Ahnung, was er von mir wollte, bis er endlich mit der Sprache rausrückte: Es ging um einen gewissen Michael, der angeblich immer mal wieder als ehrenamtlicher Zahnarzt an einigen unserer Projekte teilnimmt."
„Und? Jetzt mach es doch nicht so spannend", forderte Jessica.
„Und nichts weiter, denn ich kenne diesen Michael überhaupt nicht und habe noch nie von ihm gehört. Weder der Name noch die Beschreibung, die Kurt mir gab, passten zu irgendeinem Zahnarzt oder jemand anderem, der für uns arbeitet. Ich kenne zwar nicht alle Mitarbeiter, aber von einem ehrenamtlichen Zahnarzt aus Stuttgart namens Michael hätte ich bestimmt schon gehört."
„Und was hat Schockenried dazu gesagt?"
„Zunächst schien er etwas enttäuscht, nuschelte dann aber etwas wie hab ich mir schon gedacht vor sich hin. Dann hat er sich für die Auskunft bedankt und aufgelegt. Mehr weiß ich darüber nicht", berichtete Anna.

„Komisch“, sagte Jessica und fragte: „Magst du auch einen Früchtetee? Wenn wir beide davon trinken, würde es sich lohnen, gleich eine ganze Kanne zumachen. Ich kann es nämlich kaum erwarten, wieder zurück zu meinem Buch und damit ins Land der Zypressen zu kommen.“
„Nein danke, ich möchte gerade keinen Tee. Viel Spaß beim Buch, und halte mich weiter auf dem Laufenden, wenn was Spannendes passiert, okay?“
„Klar doch“, versicherte Jessica und setzte Wasser auf.

***

„Kommissar Rathvan, können Sie mich hören?“, hörte Dennis eine Stimme mehrmals fragen.
Als er die Augen aufschlug, sah er eine junge Polizistin, die sich, gemeinsam mit einem Rettungssanitäter, um ihn kümmerte. „Ja, mir geht's gut. Was ist denn passiert?“, erkundigte er sich bei der Kollegin.
Die erklärte ihm: „Sie befanden sich offenbar auf einem dringenden Einsatz und haben sich unter Zuhilfenahme von Blaulicht und Sirene so schnell es ging durch den völlig verstopften Tunnel gekämpft. Die Fahrerin eines Motorrollers fuhr Ihnen mehr oder weniger direkt vor das Auto. Die Augenzeugen berichten übereinstimmend, dass Sie keine Schuld trifft, Herr Rathvan, und dass Sie auch keine Chance hatten, rechtzeitig zu bremsen.“
„Ach du meine Güte, wie geht es ihr? Ist sie verletzt?“, erkundigte sich Dennis sofort.
„Keine Sorge, Herr Kommissar. Es geht ihr den Umständen entsprechend gut. Sie ist schon auf dem Weg ins Krankenhaus“, erklärte der Sanitäter.

„Wie konnte es nur passieren, dass sie mich nicht gesehen oder gehört hat?“, wollte Dennis wissen.
„Sie hatte Kopfhörer in den Ohren und hörte ziemlich laut Musik, wofür sie sicher eine bußgeldpflichtige Verwarnung kassieren wird. Es fällt schwer zu glauben, aber den Lärm des Martinshorns interpretierte sie wohl als Soundeffekt des MP3-Players“, bemühte sich die Polizeibeamtin um eine plausible Erklärung.
„Das Bußgeld wird sie in diesem Zusammenhang sicherlich verschmerzen können. Die Hauptsache ist doch, dass niemandem etwas Schlimmeres zugestoßen ist“, sagte Dennis.
„Da haben Sie völlig Recht“, stimmte ihm der Sanitäter zu und unterzog ihn daraufhin an Ort und Stelle einigen Untersuchungen, um anschließend grünes Licht zugeben: „Soweit ich es beurteilen kann, fehlt Ihnen nichts, Herr Rathvan. Von mir aus können Sie gehen.“
Dennis, dem das alles schon viel zu lange gedauert hatte, sagte flapsig: „Mein Auto ist ein Schrotthaufen. Wo soll ich denn so hingehen, Sie Witzbold?“
Die junge Polizistin kam schon wieder auf Dennis zu und rückte ihm etwas unangenehm auf die Pelle. Er fand sie inzwischen keineswegs mehr so nett, wie noch einige Minuten zuvor. Unmissverständlich teilte sie ihm mit: „Sie dürfen erst gehen, Kommissar Rathvan, wenn wir alle Unfallspuren gesichert haben, und ich Ihre detaillierte Aussage aufgenommen habe.“
„Muss das sein? Ich sollte nämlich jetzt dringend weiter, ich war gerade auf dem Weg zu Professor …“
Die Kollegin unterbrach ihn: „Ja, das muss sein. Sie kennen die Vorschriften ... Erlauben Sie mir eine Frage?“
„Natürlich“, grummelte Dennis, dessen Eindruck, er würde nie wieder aus dem verflixten Tunnel heraus kommen,

sich immer weiter verstärkte.
„Haben Sie Alkohol getrunken?“
„Wie bitte? Haben Sie noch alle Tassen im Schrank? Ich bin schließlich im Dienst und unterwegs zu Professor …“, echauffierte sich Dennis, als die Beamtin ihn erneut an exakt der gleichen Stelle seiner Erklärung unterbrach.
„Es tut mir leid, aber es ist nun mal mein Job, solche Fragen zu stellen. Schließlich kann man ja nie wissen, und außerdem …“, sagte sie, zögerte dann jedoch ein wenig.
„Und außerdem?“, fragte Dennis genervt nach und stellte dabei fest, dass er durch den Aufprall doch einen ordentlichen Brummschädel davon getragen hatte.
„ … und außerdem ist Hauptkommissar Schockenried Ihr Vorgesetzter. Und wie wir alle wissen, ist der dem einen oder anderen Schlückchen nicht abgeneigt, ganz unabhängig von der Uhrzeit und ob er im Dienst ist oder nicht“, sagte sie dann provokant.
„Was erlauben Sie sich, so despektierlich über den Ersten Kriminalhauptkommissar zu sprechen?“
„Nun ja, das ist alles gar nicht so abwegig. Schließlich hat er ja deshalb auch seinen Führerschein verloren.“
„Kurt soll seinen Führerschein verloren haben? Das wüsste ich aber … Was faseln Sie denn da?“
„Ich bitte Sie, Kommissar Rathvan. Wirklich jeder im Präsidium, mit Ausnahme von Ihnen und möglicherweise auch Frau von Senden, scheint zu wissen, dass Herr Schockenried besoffen in seinem Auto in der Nähe des Polizeireviers in der Ostendstraße eingeschlafen ist und dort von den Kollegen aufgegriffen wurde.“
„Das ist doch absurd. Davon höre ich zum allerersten Mal“, war Dennis empört.
„Ebenso weiß jeder im Präsidium, dass Herr Schockenried es außer Holger Grünbaum niemandem erzählt hat

und nach wie vor der Meinung ist, keine Menschenseele wüsste darüber Bescheid. Aber Kriminalrat Scheible hat schon dafür gesorgt, dass es jeder mitbekam. Scheinbar jeder außer Ihnen, Herr Rathvan", sagte sie und konnte sich dabei ein ziemlich freches Grinsen nicht verkneifen.
Plötzlich fiel es Dennis wie Schuppen von den Augen: Kein Wunder, dass er Kurt schon lange nicht mehr mit dem Auto hatte fahren sehen, und dass Holger ihn ständig durch die Gegend chauffierte. Das war also auch der Grund dafür, dass sein Passat schon lange nicht mehr auf dem Parkplatz vor dem Präsidium gesehen wurde, und dass er neulich so komisch reagierte, als Dennis ihm nach dem Besuch bei Eva Becker unangenehme Fragen stellte, denen er sich nur durch die zufällig genau in diesem Moment nacheinander eingehenden Anrufe von Mark und Tatjana entziehen konnte. Aber dass Scheible, der alte Mistkerl, ihn überall angeschwärzt hatte, war mal wieder typisch, dachte sich Dennis.
Er kramte auf dem Boden unter dem Beifahrersitz nach seinem Handy. Er musste endlich Simon Brandner anrufen und ihm erklären, wo er steckte. „Können Sie vergessen, bestimmt kein Netz hier drin", meinte die junge Kollegin besserwisserisch.
Die unangenehme Person fiel ihm zunehmend auf die Nerven und er beschloss, sich für alle Fälle ihren Namen einzuprägen: Polizeihauptmeisterin Jasmin Gut. Schließlich würde sich Kurt sicher brennend für seine Quelle interessieren, wenn er ihm das alles erzählte. Der arme Kerl dachte doch tatsächlich, dass außer ihm und Holger niemand etwas von seinem Geheimnis wusste, dabei war er längst das Gespött des gesamten Präsidiums..
Verärgert stellte Dennis fest, dass sich mit dem Handy tatsächlich keine Verbindung zu Simon Brandner aufbauen

ließ, und verlangte von der Kollegin ein Funkgerät. Doch auch der Versuch, auf diesem Weg Kontakt zu seinen Kollegen herzustellen, scheiterte schon im Ansatz, da die Funkverbindung nach draußen ohnehin schwach war und der aufziehende Sturm sein Übriges dazu tat. „Ich habe noch eine allerletzte Frage, Herr Rathvan", hakte Jasmin Gut penetrant nach: „Wann wollen Sie mir denn endlich sagen, wo Sie eigentlich so eilig hinwollten?"
Dennis' Nervenkostüm war bereits deutlich angespannt. Jetzt platzte ihm endgültig der Kragen: „Was Sie hier machen, Frau Gut, ist überhaupt nicht gut. Ganz im Gegenteil: Es ist schlecht."
„Warum denn? Ich mache doch nur meine Arbeit", gab sich diese ahnungslos und schnippisch.
„Ganz einfach, Frau Kollegin: Das Verhalten, das Sie gegenüber einem älteren und deutlich höherrangigen Kollegen an den Tag legen, ist frech und neunmalklug, und in aller erster Linie respektlos. Bereits zweimal habe ich angesetzt, um Ihnen zu erklären, dass ich auf dem Weg zu Professor Brandner ins Rechtsmedizinische Institut war, und zwar in einer höchstdringlichen Angelegenheit. Aber Sie hielten es ja nicht für nötig, mich aussprechen zu lassen, sondern nervten mich penetrant mit Ihren Fragen und dem Unsinn, den Sie über meinen Vorgesetzten verbreiteten", schimpfte Dennis.
„Verzeihung, Herr Rathvan. So etwas wird bestimmt nicht wieder vorkommen. Dennoch bleibe ich dabei, dass ich nur gewissenhaft meine Arbeit erledige. Dabei kann ich leider keine Rücksicht auf Dienstgrade oder Besoldungsstufen nehmen."
Dennis gab auf. Sollten sich doch andere mit diesem Grünschnabel herumärgern. Er war jedenfalls froh, dass Jasmin Gut nicht seiner Abteilung angehörte. Außer-

dem hatte er gerade ganz andere Sorgen, denn so wie es momentan aussah, würde er tatsächlich noch eine ganze Weile im Heslacher Tunnel festsitzen.

***

Nachdem Mark Scheck anhand der beiden bei Elmar Bischof gefundenen Zahlenreihen die zugrunde liegende Systematik erklärt hatte, ging Simon Brandner zu den Zahlen über, die sie am Altar der Sankt-Ferdinand-Kirche im Zusammenhang mit dem Mord an Pfarrer Gotthilf Fromm entdeckt hatten. Holger Grünbaum und Kurt Schockenried lauschten gebannt den Ausführungen: „71 19 33 12 2,3,4,5, das ist der vergleichsweise kurze Code, der bei Fromm hinterlassen wurde. Er unterscheidet sich in der Systematik ein wenig von den übrigen, da auch echte Zahlen eine Rolle spielen. Nicht ganz unpassend wurde nämlich im Zusammenhang mit dem Pfarrer eine Bibelstelle zitiert, und zwar Lukas 12, Verse 2 bis 5“, erklärte Brandner und zitierte dann auf Holgers Nachfrage hin den entsprechenden Bibeltext, wobei er darauf hinwies, dass sich dieser in den verschiedenen Ausgaben des Neuen Testaments etwas unterscheiden könne:

„Es ist aber nichts verborgen, was nicht offenbar wird, und nichts geheim, was man nicht wissen wird.

Darum, was ihr in der Finsternis sagt, das wird man im Licht hören; und was ihr ins Ohr flüstert in der Kammer, das wird man auf den Dächern predigen.

Ich aber sage euch, meinen Freunden: Fürchtet euch nicht vor denen, die den Leib töten und danach nichts mehr tun können.

Ich will euch aber zeigen, vor wem ihr euch fürchten sollt: Fürchtet euch vor dem, der, nachdem er getötet hat, auch Macht hat, in die Hölle zu werfen. Ja, ich sage euch, vor dem fürchtet euch."

„Es dürfte wohl ziemlich klar sein, was mit dieser Passage aus dem Lukas-Evangelium zum Ausdruck gebracht werden soll, oder?", kommentierte Holger.

„Was meinst du?", fragte Mark, und auch Kurt war nicht überzeugt von der Bedeutung des Texts: „Also mir erscheint das ziemlich allgemein gehalten. Hat aber nicht unbedingt was zu bedeuten, denn ich konnte noch nie etwas mit dem ganzen Bibelkram anfangen."

„Er meint damit doch im übertragenen Sinne eindeutig, dass die Wahrheit immer irgendwann ans Licht kommt, so sehr vorher auch versucht wurde, sie zu vertuschen. Und die, die töteten, nämlich in diesem Fall Henning Gravesen und indirekt auch Elmar Bischof, waren hinterher handlungsunfähig, insbesondere im Hinblick auf einen moralisch korrekten Umgang mit ihren Taten", interpretierte Holger.

„Und was bedeutet der letzte Satz? Wer hat getötet und obendrein noch die Macht, jemanden in die Hölle zu werfen?", fragte Mark weiter.

„Na, wer wohl? Er selbst, der Mörder, den wir suchen. Weil es sonst niemand tat, richtete er über sie, indem er sie tötete", erklärte Holger, doch Kurt Schockenried war immer noch nicht ganz zufrieden: „Und wie passt der Fromm dann ins Bild? Der hat doch mit dem Tod des kleinen Oscars nichts zu tun, oder?"

„Richtig, aber er hatte die Möglichkeit, dafür zu sorgen, dass die beiden an entsprechender Stelle zur Rechenschaft gezogen werden. Stattdessen wollte er sogar noch Profit aus der Sache herausschlagen. Darüber hinaus hat er sich

auch noch der gerechten Strafe für seine eigenen Missetaten entzogen. Für all das musste er ebenfalls sterben."
Simon Brandner stimmte Holger Grünbaum zu: „Was Holger da erklärt, klingt für mich plausibel. Genauso würde ich das auch interpretieren. Kommen wir doch noch zur vierten und letzten Nachricht, nämlich derjenigen, die im Operationssaal bei Henning Gravesens Leiche gefunden wurde. Entschlüsselt bedeutet sie:

Schon sein Ruf nach Liberalite : Naiv

Das heißt für mich im Klartext: Ganz schön naiv von Gravesen, dass er sich wünschte, irgendwann einmal wieder frei von Schuldgefühlen leben zu können."
„Ist ja alles schön und gut, gestattet mir jedoch die Frage, was ihr jetzt mit diesen Informationen anfangen wollt? Sie liefern wohl möglicherweise einen Hinweis auf das Motiv, nicht aber auf den Täter", hinterfragte Mark Scheck nicht ganz unberechtigt die Relevanz der hinzu gewonnenen Erkenntnisse, auch wenn es ihn als Außenstehenden im Grunde gar nichts anging.
Kurt räusperte sich und wandte sich dann an Professor Brandner: „Dazu kann ich etwas sagen: Nun, es ist nicht so, dass ich schon wieder hier im Institut bin, weil es mir so gut gefällt oder weil ich Herrn Brandner so schmerzlich vermisst habe, sondern weil ich etwas herausgefunden habe, das ich zuerst mit dem Professor unter vier Augen besprechen wollte, bevor es die anderen erfahren. Denn leider sind Sie, Herr Professor, zumindest indirekt, persönlich davon betroffen."
Simon Brandner schien überraschenderweise genau zu wissen, was jetzt kommen würde. Er sagte aber nichts und ließ Kurt weiterreden. „Da die Zeit immer mehr

drängt, denke ich aber, dass wir es uns nicht mehr leisten können, auf persönliche Befindlichkeiten Rücksicht zu nehmen und würde daher gerne hier und jetzt zur Sache kommen, Herr Brandner. Sind Sie damit einverstanden?"
„Ich schätze, mir bleibt keine Wahl, Herr Schockenried. Daher: Fahren Sie doch bitte fort!"
„Gut, ich habe mir nämlich nochmals intensiv die Liste vorgeknöpft, auf der die Namen der Kinder stehen, die sich damals getraut hatten, Vorwürfe gegen Gottlieb Fromm zu erheben. Ich klammerte mich bei den Ermittlungen an jeden Strohhalm und wollte einfach nicht wahrhaben, dass wir kein Motiv für den Mord an Fromm finden konnten. Das galt insbesondere, nachdem die beiden Personen, die ein plausibles Motiv gehabt hätten, selbst ermordet worden waren. Ich will nicht länger um den heißen Brei herum reden: Auf der Liste stand ein Junge namens Felix Meyer, dem wir zunächst keine besondere Aufmerksamkeit schenkten. Ich habe aber herausgefunden, dass der Junge mittlerweile einen anderen Familiennamen trägt. Der Junge trug bis zur seiner Volljährigkeit den Familiennamen des Vaters. Dann entschied Felix, den Nachnamen der Mutter anzunehmen, die ihrerseits immer ihren Mädchennamen behalten hatte. Er heißt heute Felix Brandner und ist Professor Simon Brandners Neffe."
Während Holger und Mark die Kinnlade herunterfiel, bestätigte Simon postwendend: „Ja, Sie haben Recht, Herr Schockenried. Der kleine Felix Meyer und mein Neffe Felix Brandner sind ein und dieselbe Person. Mir war nicht bekannt, dass er als Ministrant von Fromms Übergriffen betroffen war. Das wusste ich weder damals noch heute. Ich habe allerdings andere Dinge herausgefunden, die ihn schwer belasten. Darüber wollte ich eigentlich erst

mal im Vertrauen mit meinem Freund Dennis Rathvan reden. Glauben Sie mir, ich wollte ganz bestimmt nichts unter den Teppich kehren, sondern war einfach nur verunsichert. Angesichts der aktuellen Sachlage muss ich Sie alle wohl jetzt aufklären."
„Von was für Dingen reden Sie?", wollte Kurt wissen.
„Der Reihe nach: Nachdem ich hinter die Entschlüsselung der Zahlencodes gekommen war, wusste ich, dass wir nicht zwingend nur nach einem Mediziner suchen müssen, sondern vielleicht auch nach einem Chemiker oder möglicherweise nach beidem zusammen. Felix ist auf beiden Gebieten firm, und durch die Vorliebe für Zypressen und die Affinität zur Biochemie wäre es ein Leichtes für ihn, Furfural herzustellen und in gewünschter Dosis zu verabreichen. Außerdem schien es immer unwahrscheinlicher, dass Henning Gravesen tatsächlich die Nachricht ins Schienbein von Elmar Bischof geritzt hatte. Es stellte sich die Frage: Wer sonst hätte überhaupt die Möglichkeit gehabt, Bischofs Knochen zu bearbeiten?" Brandner nickte vielsagend in die Runde. „Ich selbst war es nicht und meine Sekretärin Frau Schnabel kam nicht infrage. Felix jedoch hatte während seines Praktikums die Gelegenheit, es zu tun. Dabei ist ihm allerdings einen Flüchtigkeitsfehler unterlaufen …"
„Welcher denn?", fragte Holger aufgeregt. Er war nicht der Einzige, der zum Platzen gespannt war.
„Nur ein Linkshänder konnte ohne fremde Hilfe die Nachricht in das rechte Bein ritzen. Und Felix ist Linkshänder. Der Bursche hat nicht bedacht, dass mir dieser Umstand auffallen würde. Dann ist da noch die Schreibweise der Zahlen: Eine Handschrift im eigentlichen Sinne ist nicht zu erkennen, aber die Art und Weise, mit der die immer wieder vorkommende Ziffer 3 geschrieben wurde,

ist doch sehr individuell und charakteristisch für den Schreibstil einer bestimmten Person."
Zur Veranschaulichung zeigte er den anderen eine Collage der vier gefundenen Nachrichten, in der alle untereinander angeordnet waren. „Seht ihr? Die Kringel der Ziffer 3 sind oben und unten jedes Mal so weit gezogen, dass der Kreis fast ganz geschlossen ist und man sie mit etwas Fantasie auch für eine 8 halten könnte."
„Stimmt, jetzt wo Sie es sagen, erkenne ich es auch", stimmte Kurt zu, und auch die beiden anderen nickten.
„Ist das alles?", wollte Kurt wissen und schien fast ein wenig enttäuscht zu sein.
„Ich wünschte, es wäre so. Aber leider nein: Tatjana von Senden brachte mir einen hellblauen Ganzkörperanzug, wie wir Stuttgarter Rechtsmediziner ihn an den Tatorten tragen. Sie hatte ihn in Elmar Bischofs Kanzlei gefunden und nahm an, dass ich ihn dort vergessen hätte. Natürlich wusste ich genau, dass dem nicht so war."
Dann schaute Simon Kurt an und fuhr fort: „Und ebenso, wie ich das Drogenscreening von Henning Gravesen auf dem kleinen Dienstweg organisiert habe, habe ich auch einen Abgleich zwischen Felix' DNS und der im Anzug sichergestellten DNS durchgeführt. Das Ergebnis bestätigte, was mir ohnehin schon klar war: Niemand außer Felix hatte diesen Anzug getragen, was im Klartext bedeutete, dass auch nur er ihn am Tatort vergessen haben konnte."
„Ganz ehrlich, Kurt, bei der Summe der Indizien sollten wir dringend nach Felix Brandner fahnden lassen, meinst du nicht auch?", sagte Holger.
Kurt konnte gerade noch mit einem „Ja, allerdings …" antworten, als das Handy in seiner Jackentasche klingelte.
„Jessica Dornfeld? Was verschafft mir wohl diese Ehre?",

murmelte er überrascht, nahm das Gespräch aber dann an, nachdem er es etwas länger hatte klingeln lassen. „Hier Schockenried …“

32.

Land der Zypressen, von Simon Bonfrère – Auszug aus Kapitel 31:

[…] Verzweifelt richtete er seinen Blick nach oben und sprach mit zitternder Stimme: „Eigentlich sollte ich mich jetzt besser fühlen, oder etwa nicht? Tief im Inneren warte ich unentwegt auf das wohlige Gefühl der Befriedigung, aber es will sich einfach nicht einstellen. Es ist viel eher so, dass ich eine gähnende Leere verspüre, jetzt wo meine Aufgaben erledigt sind. Wie soll ich nur damit umgehen? Was kommt als nächstes? In mein normales Leben zurückkehren und nach außen hin so tun, als ob nichts gewesen sei? Unmöglich, das kann ich nicht. Dann wäre ich ebenso ein Lügner wie die, die ich verfolgte.
Ich bin nicht naiv, es ist lediglich eine Frage der Zeit, bis man mich überführen wird. Bei aller Sorgfalt und Entschlossenheit, die ich an den Tag legte, habe ich dennoch zu viele Fehler gemacht. Onkel Simon wird mir auf die Schliche kommen, wenn er es nicht schon lange getan hat. Was wird meine Mutter nur von mir denken? Sie wird sich schämen und dich, oh Herr, für den Rest ihres Lebens um Vergebung meiner Sünden bitten. Und mein Vater? Er muss ohnehin enttäuscht von mir sein, weil ich ihm nie gesagt habe, dass ich ihm eigentlich gar keine Vorwürfe mache, sondern genau weiß, dass er selbst ein Opfer der Willkür war. Was würde er wohl denken, wenn sich herausstellte, dass sein verlorener Sohn ein Serienmörder ist? Andererseits bin ich doch gar kein richtiger Mörder, oder? Denn ich muss nie wieder jemanden töten,

wenn ich nicht will. Nichts und niemand kann mich dazu zwingen, noch nicht einmal ich selbst. Alle, die es verdient haben, sind tot. Aber was jetzt? So kann ich doch nicht weiterleben. Wenn mir doch nur jemand helfen könnte …“

Tränen schossen ihm in die Augen und kullerten über die hohen Wangenknochen. Immer wieder sank er in sich zusammen, doch jedes Mal raffte er sich auch wieder auf. Er faltete die Hände zum Gebet des Psalms 51, Vers 3: „Gott, sei mir gnädig nach deiner Güte und tilge meine Sünden nach deiner großen Barmherzigkeit. Wasche mich rein von meiner Missetat, und reinige mich von meiner Sünde; denn ich erkenne meine Missetat und meine Sünde ist immer vor mir.“

In sich gekehrt kniete er am Boden der Sankt-Ferdinand-Kirche, genau an der Stelle, an der er Pfarrer Fromm und Henning Gravesen vor nicht allzu langer Zeit beim Gebet belauscht hatte. Doch das Blatt hatte sich gewendet, denn nun war er es, der um Vergebung seiner Sünden bat in der Hoffnung, niemand würde kommen, um ihn zu richten, so wie er es getan hatte. Er befürchtete Schlimmes, als er in seinem Rücken eine vertraute Stimme hörte: „Habe ich mir doch gedacht, dass ich dich hier finden würde. Was ist nur los mit dir? Was ist aus dem mutigen jungen Mann geworden, dessen Tatendrang und Kreativität keine Grenzen kannte, als es darum ging, der Welt zu beweisen, dass jeder bekommt, was er verdient?“

„Genau das ist es ja, was mir Kummer bereitet, Simon. Warum sollte es mir anders ergehen als den übrigen Sündern? Auch ich werde mich verantworten müssen, und zwar sowohl vor den irdischen als auch den überirdischen Instanzen.“

„Woher auf einmal die Reue?“

„Das hat weniger etwas mit Reue zu tun, als vielmehr mit Verantwortung, die jeder von uns zu übernehmen hat. Ich bin überzeugt davon, dass sowohl Bischof als auch Gravesen, und allen voran natürlich Gotthilf Fromm, ihre Strafe verdient hatten. Irgendjemand musste das erledigen, und dieser Jemand war eben ich. Mein Vergehen aber war, dass ich zu gierig wurde … zu gierig nach Rache und Vergeltung. Ich hätte mehr Geduld beweisen müssen und auf Gottes Urteil anstelle meines eigenen vertrauen sollen. Doch jetzt ist es zu spät. Es gibt kein Zurück für mich und keinen Ausweg mehr."
„Es gibt immer einen Ausweg, Felix."
„Ach ja, und welchen?"
„Ich kann dir helfen, ihn zu finden."
„Wie willst du das tun und wo können wir suchen?"
„Lass es mich etwas konkreter ausdrücken: Wir müssen den Ausweg nicht mehr suchen, denn ich habe ihn bereits gefunden und weiß, wo er sich befindet. Ich werde dir dabei helfen, den Pfad auch zu beschreiten."
„Ich bin für jede Hilfe dankbar, Simon."
„Ich weiß, mein Junge … ich weiß", sagte er und drückte ihn fest an seine Brust.
Felix weinte bitterlich. Die Last seines gesamten Lebens schien ihn endgültig zu erdrücken. Fast flehend sagte er zu Simon: „Und du wirst mir wirklich helfen, es zu Ende zu bringen?"
„Ja, das werde ich. Du kannst dich auf mich verlassen. So wie bisher immer, seit wir und kennen."
„Wo?", fragte Felix.
„Was meinst du?"
„Na, wo werde ich es zu Ende bringen?"
„Ich kenne den perfekten Ort."
Felix hing an Simons Lippen, und man konnte den Ein-

druck gewinnen, dass er dabei in kindliche Verhaltensmuster zurückfiel. Seine erwachsene Seele konnte dem Druck der zahllosen Verletzungen nicht mehr standhalten und gab nach. Sie machte Platz für den Teil seiner Seele, der noch nicht verletzt wurde und tief in ihm schlummerte. So reiste er geistig zurück in eine Zeit, in der er – zumindest noch ein wenig – glücklich gewesen war.

„Verrätst du ihn mir?", fragte er Simon Bonfrère.

„Willst du dich nicht lieber überraschen lassen?"

„Nein, schließlich will ich wissen, wie ich auf die andere Seite – ins Land der Zypressen – kommen kann."

„Also gut, ich werde es dir sagen: Um auf die andere Seite ins Land der Zypressen zu gelangen, kann es keinen besseren Ort geben, als einen See, der den gleichen Namen trägt."

„Es gibt einen See, der Land-der-Zypressen-See heißt?"

„Natürlich nicht. Er heißt Zypressenbergsee und ist gar nicht weit weg von hier. Das kann kein Zufall sein … Am besten, wir fahren sofort hin. Bist du damit einverstanden?"

„Ja, das bin ich."

***

Simon Bonfrères Plan schien perfekt aufzugehen. Der Zypressenbergsee war ein Stausee unweit von Stuttgart, den eine etwa vierzig Meter hohe Staumauer von einer unterhalb gelegenen Seenplatte trennte, die Felder und Weiden einer ganzen Region mit Wasser versorgen konnte. Über der Mauer verlief ein Metallsteg, der bis zu einem Schleusenhaus auf der anderen Seite des Sees führte. Er hatte nicht den geringsten Zweifel daran, dass Felix ihm dorthin folgen würde. Dann würde er ihn vom Steg aus in die Tiefe und damit in den sicheren Tod stürzen lassen. Dank der Vorkehrungen, die er getroffen hatte, würden alle denken, Felix habe Selbstmord begangen. Anschließend würde es ein Leichtes sein, jegliche Beteiligung an den drei Furfural-Morden zu leugnen. Niemand würde ihm etwas nachweisen können, denn „Land der Zypressen" war schließlich nur ein Buch, und nichts weiter. Sämtliche Namen an real existierende Personen anzulehnen und über weitgehend den Tatsachen entsprechende Begebenheiten zu schreiben, war ja nicht verboten. Mit dem Buch würde ihm etwas Revolutionäres gelungen sein, was bisher noch nie dagewesen war: Das schockierende Porträt eines zum Serienmörder avancierten jungen Mannes, der in seiner Kindheit schlimme seelische und körperliche Misshandlungen erleben musste und nun den Spieß umdrehte, indem er nicht nur seinen schlimmsten Peiniger, sondern auch weitere Sünder bestrafte, die mehr oder weniger zufällig seinen Weg gekreuzt hatten. „So etwas hat es doch schon dutzendfach gegeben" mag der eine oder andere sagen, doch das stimmte nicht, denn alle bisher veröffentlichten Berichte, Bücher und Dokumentationen über Serienmörder waren retrospektiv und berichteten im Nachhinein über deren Verbrechen und was dazu geführt hat. „Land der Zypressen" hingegen trug autobiographische Züge, die bereits dokumentiert wurden, bevor Felix Brandner seine Taten beging. Das Werk begleitete ihn quasi in Echtzeit bei der Planung, was sicherlich weltweit einzigartig war.

33.

Jessica Dornfeld konnte nicht fassen, was ihre Augen lasen: Seite für Seite war „Land der Zypressen“ von Simon Bonfrère immer fesselnder geworden. Mit der Spannung stiegen aber auch die Anzahl der befremdlichen Gedanken und die Angst vor der Wirklichkeit. Sicherlich, Bonfrère hatte einen Thriller in Echtzeit angekündigt – dass er aber real existierende Personen und tatsächlich stattgefundene Morde zu den zentralen Elementen der Handlung machte, war mehr als außergewöhnlich, um nicht zu sagen verrückt. Schon in den zurückliegenden Kapiteln hatte sie nach und nach registriert, dass die Grenzen zwischen Fiktion und Wirklichkeit immer mehr verschwammen, doch jetzt wurden sie endgültig überschritten. Sie musste inzwischen davon ausgehen, dass dieser neue Roman keine Fiktion war, sondern die in Wirklichkeit existierende Gegenwart abbildete. Simon Bonfrère hatte sie als Spielzeug benutzt, indem er sie als Lektorin passiv in die Entstehung des Buches mit einbezog. Dafür hätte er sich genauso gut auch jeden anderen aussuchen können, offenbar reizte ihn aber die Vorstellung besonders, einer ehemaligen und bekannten Kriminalpsychologin damit auf der Nase herumzutanzen, die obendrein mit einem der zuständigen Ermittler liiert war. Er hatte wahrscheinlich Spaß daran und wollte austesten, wie weit er mit seiner Dreistigkeit gehen konnte. Und das war sehr weit, wie sich Jessica selbst eingestehen musste. Das abgekartete Spiel, das er mit ihr spielte, begann ziemlich sicher bereits bei der Lesung im Marmorsaal, als sie vor ihm stand und um eine Buchwidmung bat. So richtig Fahrt aufgenommen hatte es dann, als sie tatsächlich

so dämlich war, der Verlockung zu erliegen und ihn zu Hause zu besuchen. Vieles wurde auf einmal klar und fiel ihr jetzt wie Schuppen von den Augen. Hoffentlich war es noch nicht zu spät.
Ebenso wie sie hatte Bonfrère auch den armen Felix Brandner instrumentalisiert, um seine perfiden Spielchen spielen zu können. Jedoch mit dem großen Unterschied, dass es ihm gelungen war, aus Felix einen überzeugten Mörder zu machen, der als reelle Vorlage für sein neues Buch herhalten konnte. Wäre alles nicht so tragisch, müsste man ihm zu der Meisterleistung gratulieren, denn er hatte nichts dem Zufall überlassen und alles bis zum Schluss perfekt inszeniert. Keinem der Beteiligten war zu irgendeinem Zeitpunkt der Geschichte klar, welche Rolle Bonfrère wirklich für ihn vorgesehen hatte. Bei Felix Brandner ging das sogar soweit, dass er überhaupt nicht bemerkte, wie ihm zusehends die dominante Rolle in ihrer merkwürdigen Beziehung zugeschrieben wurde, so dass er sich wichtig und gebraucht, gleichzeitig aber auch mächtig fühlte, und zwar so sehr wie vielleicht noch nie zuvor in seinem Leben. Dass er in Wirklichkeit nur als Mittel zum Zweck missbraucht wurde, ahnte der Junge bis zum Schluss nicht. Und jetzt sollte er den Preis für das grausame und sadistische Marionettentheater bezahlen, indem er freiwillig in den Tod ging und es Bonfrère somit ermöglichte, jegliche Schuld von sich zu weisen und alles auf ihn zu abzuwälzen. Außerdem wollte Simon Bonfrère aus irgendeinem Grund, dass Jessica rechtzeitig von allem erfuhr und so zumindest die theoretische Chance bestand, dass Felix rechtzeitig gerettet werden konnte. Diesen Teil der Geschichte konnte sie sich nicht erklären, denn immerhin räumte Bonfrère damit seine Beteiligung an allem ein. Wahrscheinlich war er so überheblich, dass

er davon überzeugt war, über jeden Verdacht erhaben zu sein oder dass ihm zumindest niemals etwas nachgewiesen werden konnte. Alles schien Teil seines sadistischen Spiels zu sein. Warum sonst hätte er dafür gesorgt, dass Jessica immer noch so gerade rechtzeitig die weiterführenden Kapitel zum Lesen bekommen hatte? Die Stunden, die ihr jetzt wahrscheinlich fehlten, um noch eine rechtzeitige Rettung von Felix in die Wege leiten zu können, waren die, die sie Dank Bernd Plums damit vergeudet hatte, neue Toner-Kartuschen für den Drucker zu besorgen. Sie musste handeln, und zwar schnell. Sie wählte Dennis' Nummer, doch sein Telefon war aus. Sie probierte es mehrfach hintereinander in der Hoffnung, dass er nur in einem kleinen Funkloch stecken und gleich wieder Empfang haben würde. Doch vergebens, Dennis Rathvan ging nicht an sein Handy. Der Nächstbeste der ihr einfiel, war Kurt Schockenried. Sie rief ihn an, und tatsächlich nahm er nach langem Klingeln endlich ab und meldete sich: „Schockenried hier …“

34.

„Schockenried hier … Lange nichts gehört, Frau Dornfeld. Ich würde gerne mal wieder mit Ihnen plaudern, es ist aber gerade äußerst ungünstig, denn …“, meldete sich Kurt, doch er kam nicht dazu, seinen Satz zu Ende zu sprechen, da ihm Jessica aufgeregt ins Wort fiel: „Es ist Bonfrère … ich meine nein, eigentlich ist es Felix, aber jetzt soll er sterben und es soll wie Selbstmord aussehen … am Zypressenbergsee, um ins Zypressenland zu gelangen!“
Kurt stutzte und versuchte, Jessicas wirren Worten einen Sinn zu geben – was ihm nicht auf Anhieb gelang. „Äh … Wie bitte? Sagen Sie, wissen Sie eigentlich, wo Dennis steckt? Sein Telefon ist nämlich aus und …“, meldete er sich dann wieder zu Wort.
„Nein, ich habe keinen blassen Schimmer, wo er steckt. Ich habe schon mindestens zehn Mal probiert, ihn zu erreichen. Es geht jetzt aber um was ganz anderes, nämlich um Leben und Tod! Hören Sie mir bitte genau zu, denn für lange Erklärungen bleibt jetzt keine Zeit!“
„In Ordnung, ich bin ganz Ohr“, sagte Kurt, der zumindest verstanden hatte, dass etwas nicht in Ordnung war.
„Der Schriftsteller Simon Bonfrère hat Felix Brandner, den Neffen von Professor Brandner, dazu gebracht, die Morde an Bischof, Fromm und Gravesen zu begehen. Seine Wahl war auf Felix gefallen, weil er sicher war, dass sich dieser gerne unter anderem an Fromm rächen würde, weil der ihn als Ministrant mehrfach missbraucht hatte und nie dafür bestraft wurde. Felix hat inzwischen kapiert, was er angerichtet hat und erlitt eine Art geistigen Zusammenbruch. Das wiederum will Bonfrère jetzt nut-

zen, um Felix zu töten. Er wird es aber wie einen Suizid aussehen lassen, um hinterher alles Felix in die Schuhe schieben zu können und fein raus zu sein. Sie sind unterwegs zum Zypressenbergsee, denn dort auf der Staumauer soll es dann letztendlich passieren …"

„Dass Felix Brandner hinter allem steckt, haben wir inzwischen selbst herausgefunden …", erwiderte Kurt, doch Jessica ließ ihn nicht ausreden.

„Ich wiederhole, Herr Schockenried: Es ist Simon Bonfrère, der hinter allem steckt, und nicht Felix. Aber Felix schwebt jetzt in Lebensgefahr. Bitte trommeln Sie Mann und Maus zusammen und fahren Sie auf dem schnellsten Weg zum Zypressenbergsee. Und falls Sie in der Zwischenzeit zufällig herausfinden sollten, wo mein Lebensgefährte sich die ganze Zeit herumtreibt, dann geben Sie mir bitte Bescheid. Der kann sich auf was gefasst machen …"

„Wir sind alle im Rechtsmedizinischen Institut und warten auf Dennis, der schon längst hier sein wollte. Da muss irgendetwas passiert sein, sonst hätte er sich gemeldet."

„Na toll, Herr Schockenried. Jetzt haben Sie es geschafft, dass ich mir um zwei Dinge gleichzeitig ernsthafte Sorgen machen muss: Um meinen Freund und um den armen Felix Brandner."

„So arm dran ist er nun auch wieder nicht, denn immerhin hat er drei Morde begangen. Aber eine Frage noch, Frau Dornfeld …"

„Ja?"

„Woher wissen Sie das eigentlich alles?"

„Sie würden mir ja doch nicht glauben, wenn ich es Ihnen erzähle."

„Probieren Sie es doch einfach mal."

„Ich habe das alles in einem Buch gelesen."

„Okay, Sie haben Recht: Das hört sich in der Tat ziemlich unglaubwürdig an“, bestätigte Kurt und legte auf.

***

Nachdem Kurt den anderen in aller Kürze von dem merkwürdigen Gespräch mit Jessica Dornfeld berichtet hatte, nahmen sie die Beine unter die Arme und machten sich sofort auf den Weg. Entgegen seiner sonstigen Gepflogenheiten war Simon Brandner mit dabei, denn schließlich war es sein Neffe, der im dringenden Verdacht stand, unter dem Deckmantel der Selbstjustiz drei heimtückische und kaltblütige Morde begangen zu haben, und der nun selbst in Lebensgefahr schwebte. Dass auch Mark Scheck sich still und heimlich an ihre Fersen heftete, war ihnen im Eifer des Gefechts nicht aufgefallen. „Wo liegt denn jetzt dieser blöde See?“, fragte Kurt, während Holger versuchte, sich mit dem Auto den Weg durch das immer dichter werdende Schneetreiben zu bahnen.
„Ich hoffe, du hast Winterreifen drauf?“, fragte Simon scherzhaft.
Holgers Gesichtsausdruck verriet ihm, dass dem nicht so war. Simon merkte daraufhin an: „Ich fürchte, dass wir selbst alle sterben werden, noch bevor wir diesen ominösen See überhaupt erreicht haben.“
„Hat von euch jemand Internetempfang hier in dieser winterlichen Einöde? Ich nämlich nicht ...“, erkundigte sich Kurt bei den anderen.
Mark schwieg, und Holger wies darauf hin, dass er jetzt nicht auf sein Handy schauen konnte, weil er bei den gefährlichen Straßenverhältnissen auf die Fahrbahn ach-

ten musste. Er bot Kurt an, in seiner rechten, vorderen Hosentasche danach zu suchen, was dieser aber dankend ablehnte. „Nein, hier draußen geht gar nichts mit Internet", bekam Kurt wenigstens von Simon Brandner eine aussagekräftige Antwort auf seine Frage.

„Aber für den Telefonempfang ist das Netz immerhin noch stark genug", triumphierte Kurt, als das Handy in seiner Hand klingelte. „Sieh mal einer an, Kriminalhauptkommissarin Tatjana von Senden. Ich kann nur hoffen, dass du es im Büro gemütlich warm hast?", begrüßte er die Kollegin flapsig, die nach wie vor im Präsidium die Stellung hielt.

„Sehr witzig, Kurt. Wo seid ihr?"

Nachdem Kurt auch Tatjana in die turbulenten Ereignisse der letzten Stunden eingeweiht hatte, war selbst die wortgewaltige und schlagfertige Polizistin für einen kurzen Moment sprachlos. Denn weder von der Entschlüsselung der Zahlencodes noch von Felix Brandner als Täter und Simon Bonfrère als Drahtzieher hatte sie bis zu diesem Moment etwas gewusst. Im Hintergrund konnte Kurt das Tippen der Computertastatur hören. Nach einer kleinen Gesprächspause erklärte Tatjana: „Der Zypressenbergsee ist ein Stausee mit einer geschätzten Fläche von fünfunddreißig Hektar und einer maximalen Wassertiefe von bis zu neun Metern. Eine gewaltige Staumauer von vierzig Metern Höhe trennt ihn von einer Seenplatte. Er liegt etwa fünfundfünfzig Kilometer südöstlich von Stuttgart in der Nähe der Ortschaft Halfterdingen an der Schwäbische Albstraße. Aber seid vorsichtig, die direkte Zufahrt zum See wird nur mit geländetauglichen Fahrzeugen empfohlen und ist bei der aktuellen Witterung wahrscheinlich praktisch unmöglich zu passieren. Macht euch also besser schon mal auf eine längere Wanderung gefasst.

Ich hoffe, ihr habt auch alle die Laternen und Schneeschuhe dabei?"
„Sehr witzig, Kollegin. Wenn ich dir sage, dass wir zu viert in Holgers Blechbüchse auf Sommerreifen unterwegs sind, bestellst du wahrscheinlich ein Mobiles Einsatzkommando."
„Du weißt, dass ich das MEK sowieso bestellen muss, oder?"
„Natürlich weiß ich das. Tatjana?"
„Ja?"
„Hast du etwas von Dennis gehört?", fragte Kurt hoffnungsvoll, da sie sich inzwischen alle ernsthaft Sorgen um ihn machten.
„Ja, da kann ich Entwarnung geben. Er hatte einen Unfall …"
„Einen Unfall?", unterbrach Kurt.
„Ja, als er sich durch den Stuttgarter Feierabendverkehrsstau quälte, beschloss er, sich mit dem Martinshorn den Weg frei zu machen und drückte aufs Gaspedal. Allerdings hatte er die Rechnung ohne eine junge Frau mit Techno-Mucke auf den Kopfhörern gemacht, die ihm mit einem Elektroroller vors Auto fuhr. Beiden ist aber zum Glück nichts Schlimmes passiert. Das Problem an der Angelegenheit sind eher Ort und Zeit des Geschehens, nämlich mitten im Heslacher Tunnel zur Rush Hour. Wenn sie nicht gestorben sind, sitzen sie da jetzt noch …"
Ein ums andere Mal staunte Kurt nicht schlecht, welch spitzfindigen Humor Tatjana von Senden immer mal wieder auf der Pfanne hatte. So bärbeißig sie häufig sein mochte, hatte sie doch eine witzige Ader, ob sie wollte oder nicht.
„Prima, dann wissen wir wenigstens, dass er wohlauf ist", sagte Kurt.

„Gesund ja, aber wohlauf? Eher nicht, denn die junge Kollegin der Schutzpolizei, die am Unfallort das Sagen hatte, erklärte mir, dass Kommissar Rathvans Verhalten äußerst unkooperativ, geradezu querulant war“, ließ Tatjana Kurt wissen.
Kurt zeigte sich beruhigt: „Wenn er meckert, dann kann es ihm nicht so schlecht gehen.“
„Auch wieder wahr“, stimmte Tatjana zu und lachte.
„Würdest du bitte Jessica Dornfeld Bescheid geben? Zunächst wollte sie ihrem Liebsten zwar den Hals umdrehen, weil sie ihn nicht erreichen konnte, macht sich aber inzwischen große Sorgen um ihn. Sie würde sich sicher freuen, wenn sie wüsste, was mit ihm los ist“, bat Kurt Tatjana, und die bestätigte: „Klar, mach ich.“
Kurt wollte gerade auflegen, als Tatjana noch fragte: „Warum seid ihr eigentlich zu viert? Holger, Brandner und du … okay … aber wer ist der Vierte im Bunde?“
Kurt drehte sich nach hinten und begann zu beschreiben: „Berechtigte Frage. Jetzt wo du fragst, fällt mir auf, dass hinten links ein dunkelhaariger Lulatsch sitzt, der so tut, als sei er gar nicht da. Ich werde dem Herrn gleich mal auf den Zahn fühlen, um herauszubekommen, was er hier überhaupt zu suchen hat.“
Tatjana lachte: „Hört sich nach der Nervensäge Mark Scheck an. Was hat Dennis nur geritten, den irgendwann einmal in einen unserer Fälle zu involvieren? Seither ist er irgendwie immer wieder mit von der Partie.“
„Ich muss zugeben, dass der Kerl im Grunde ganz in Ordnung ist. Vor kriminalistischem Hintergrund betrachtet, ist er allerdings eine totale Niete“, erwiderte Kurt.
Und auch Professor Brandner, der neben Mark auf der Rückbank saß, pflichtete ihm bei: „Das könnt ihr laut sagen. Aber keinen von euch hat es so schlimm getroffen

wie mich, denn bei mir hat er sogar für kurze Zeit als Assistenzarzt gearbeitet."
„Männer, ihr müsst das Ganze positiv sehen, denn immerhin habt ihr jetzt einen starken Mann dabei, der beim Anschieben helfen kann, wenn eure Karre im Schnee stecken bleiben sollte."
Kurt hatte das Gespräch mit Tatjana schon seit geraumer Zeit auf Lautsprecher gestellt, so dass alle mehr oder weniger gut mithören konnten. Die Klangqualität war aufgrund des schlechten Empfangs ziemlich dürftig, und die von der voll aufgedrehten Lüftung verursachten Innengeräusche sowie die durch eine Kombination aus Motorenlärm, Fahrtwind und Schneesturm verursachten Außengeräusche taten ihr Übriges dazu. Abgesehen von Mark fanden alle Tatjanas Spruch witzig. In Anbetracht der Gesamtsituation verging ihnen aber das Lachen schnell wieder. Noch konnten sie nicht ahnen, was in dieser Nacht noch alles passieren würde, aber sie waren auf der Hut. „Passt auf euch auf, Jungs. Ich drücke euch die Daumen …", waren die letzten Worte von Tatjana von Senden, bevor die Verbindung unwiderruflich abbrach.

35.

Der Sturm wurde immer heftiger und peitschte den Schnee von vorn fast waagrecht gegen die Windschutzscheibe. Die Scheibenwischer schafften es nicht, die Schneemassen beiseite zu schieben, so dass Holger kaum noch etwas sehen konnte. „Wir müssten doch eigentlich bald da sein?", fragte Kurt.
„Also an dem Kaff namens Halfterdingen sind wir schon vor einiger Zeit vorbei gekommen. Wenn ich nicht völlig die Orientierung verloren habe, kann der Stausee nicht mehr allzu weit von hier weg sein. Er müsste links von uns, irgendwo hinter diesem Wald liegen", vermutete Simon.
„Aber wie sollen wir denn auf die andere Seite des Waldes kommen? Wir können ja schlecht einfach mitten durch fahren", gab Kurt zu bedenken.
„Hinweisschilder gibt es hier natürlich nicht. Und wenn, dann könnten wir bei dem Sauwetter sowieso nichts darauf erkennen. Entweder biegen wir bald irgendwo auf Verdacht links ab in den Wald, oder wir müssen komplett drum herum fahren. Ich bin ja hier nur der Tourist, aber das würde uns viel zu viel Zeit kosten, wenn ihr mich fragt ", meldete sich Mark mal wieder zu Wort.
„Da hat er nicht unrecht", pflichtete Kurt ihm bei, als Holger plötzlich rief: „Da vorne auf der linken Seite zwischen den Bäumen, das könnte doch ein Weg sein, der in den Wald führt."
Das Auto fuhr immer langsamer und blieb schließlich an besagter Stelle stehen. Holger und Mark stiegen aus, um den Weg zu inspizieren. Obwohl sie höchstens zwanzig Sekunden draußen gewesen waren, waren sie von oben

bis unten mit Schnee bedeckt, als sie wieder zu den anderen ins Auto stiegen.
„Der Weg ist breit genug für das Auto, und mit allzu viel Gegenverkehr müssen wir wohl momentan nicht rechnen. Also ich bin dafür, dass wir da rein fahren. Wer noch dafür ist, hebt die Hand“, schlug Holger vor.
Kurt war als Erster einverstanden, und kurz darauf gaben auch Simon und Mark ihre Zustimmung zu dem gewagten Unterfangen, wenn auch etwas zögerlich.
„Na dann mal los“, rief Holger.
Dass er beim Abbiegen tatsächlich den Blinker setzte, zog ihm den Spott der anderen zu. Um nicht ins Schleudern zu geraten, konnten sie nur sehr langsam fahren. „Da können wir ja gleich zu Fuß gehen. Kannst du nicht ein bisschen schneller fahren?“, maulte Kurt.
„Sicherheit geht ja wohl vor“, sagte Mark, aber Simon widersprach ihm sofort energisch: „Meine Neffe ist irgendwo da draußen und wahrscheinlich in allerhöchster Gefahr, da ist mir unsere Sicherheit ehrlich gesagt ziemlich wurscht.“
„Streitet euch nicht, Kinder, ihr habt ja alle irgendwie Recht. Lasst uns doch einen Kompromiss schließen, indem ich versuche, ein bisschen schneller zu fahren, dabei aber kein unnötig großes Risiko eingehe. Einverstanden?“
Alle drei stimmten zu, so dass Holger etwas mehr aufs Gas drückte, was den Sommerreifen auf dem tiefen Schneeboden natürlich nicht besonders gut gefiel. Immer wieder brach das Heck des Wagens aus, doch Holger gelang es jedes Mal, wieder in die Spur zurück zu finden. Die Herausforderungen an seine Fahrkünste wurden immer größer, da das Gelände zunehmend abschüssig wurde. Simon wertete das als gutes Zeichen: „Es geht immer steiler bergab, was bedeuten könnte, dass wir bald

durch das Dickicht der Bäume hindurch sind und zum See kommen."
In diesem Moment machte der Weg eine leichte Rechtsbiegung – die Holger zu spät erkannte. Hektisch riss er das Steuer herum, doch er verlor die Kontrolle über das Fahrzeug, und sie rutschten weiter gerade aus. Mit viel Glück und Geschick schaffte er es gerade noch, einer größeren Baumgruppe auszuweichen, was allerdings zur Folge hatte, dass das Auto eine Böschung hinunter fuhr und im Schnee quasi zum Bob auf Rädern wurde. Vor Angst laut schreiend rasten sie den Abhang hinunter, an dessen Ende das Auto mit voller Wucht in einen Hügel krachte. Instinktiv verließen sie alle das Auto so schnell wie möglich.
„Alles in Ordnung, Männer?", erkundigte sich Kurt.
„Das könnte eine ziemlich dicke Beule geben" sagte Mark und fasste sich an die Stirn, wo sich eine kleine Platzwunde befand.
„Ich habe mir zwar auch ganz schön die Birne angestoßen, aber sonst geht es mir gut", beteuerte Simon.
Holger blutete ebenfalls leicht an der linken Schläfe, gab aber Entwarnung, und Kurt erklärte, dass sein rechtes Knie heftig gegen das Armaturenbrett gestoßen war, ihm aber sonst nichts fehle.
Der Versuch, das Auto wieder zu befreien, war zwecklos. Es bewegte sich keinen Zentimeter, so sehr sie sich auch mühten.
„Das hat keinen Sinn, Leute. Die Karre steckt fest. Außerdem würden wir sie sowieso niemals den Berg hoch bringen", stellte Kurt fest, und auch Holger fand: „Es hilft alles nichts, wir werden wohl zu Fuß weiter müssen, ob es uns passt oder nicht."
Als sie sich den Abhang wieder nach oben gekämpft hat-

ten, konnten sie das Ausmaß ihres Unfalls erst so richtig einschätzen und erkannten dabei, welch großes Glück sie gehabt hatten. Nur wenige Meter links und rechts von der Stelle, an der Holger die Kontrolle über das Fahrzeug verloren hatte, befanden sich viele eng aneinander stehende Bäume und kleinere Felsbrocken. Es war ein mehr als glücklicher Umstand, dass das Auto direkt zwischen ihnen hindurch geschlittert war. Einen Aufprall hätten sie möglicherweise nicht überlebt.

Verzweifelt kämpften sie sich weiter durch das Unterholz und den nicht enden wollenden Schneesturm, während sie sich schützend die Hände vors Gesicht hielten. Ihre Kleider waren klatschnass, und die eisigen Temperaturen vernebelten ihnen etwas die Sinne, da ihre Körper bereits begannen zu zentralisieren: Die Durchblutung in peripheren Körperregionen wurde zugunsten der überlebenswichtigen Organe gedrosselt, um den Tod durch Erfrieren zu verhindern. „Wenn das mal keine fette Lungenentzündung gibt", sagte Kurt, der noch am klarsten bei Verstand war, während Holger unentwegt vor sich hin stammelte: „Die durch die Dunkelheit schreiten werden das Licht finden ..."

Simon trällerte die Melodie von „Like ice in the sunshine" und Mark zitierte gebetsmühlenartig einen Text, der davon handelte, dass am Ende des Sturms ein goldener Himmel und das süße silberne Lied einer Lerche auf sie warteten. Sie hatten inzwischen völlig die Orientierung verloren und irrten verzweifelt durch die eisige Hölle. Immer wieder stürzte einer von ihnen, wurde jedoch von den anderen mit vereinten Kräften wieder auf die Beine gestellt – bis Holger zum wiederholten Mal heftig ins Straucheln geriet und nach einem kapitalen Sturz mit dem Gesicht mitten im Schnee landete.

„Lasst mich. Ich bin so müde, dass ich nur noch schlafen möchte. Ihr könnt mich ja später wieder hier abholen“, sagte er mit zitternder Stimme und wehrte sich gegen die Versuche, ihm aufzuhelfen.
„Nix da, mein lieber Freund und Kupferstecher. Du wirst jetzt aufstehen und schön mit uns kommen. Du glaubst doch nicht, dass wir dich hier zurücklassen würden, oder? Das wäre dein sicherer Tod“, fuhr Kurt ihn an und hievte ihn gemeinsam mit Mark wieder auf die Beine. Holger konnte sich wieder etwas aufrappeln, so dass sie schließlich weiter gehen konnten. Sie hatten schon beinahe jede Hoffnung aufgegeben, als Simon plötzlich rief: „Da … da vorne … das muss der See sein.“
„Halleluja, er hat Recht. Das ist keine Sinnestäuschung, sondern wirklich der See. Wir haben es tatsächlich geschafft, aus dem vermaledeiten Wald herauszukommen, Freunde“, jubelte Kurt.
Vor Freude fielen sie sich in die Arme. Es änderte zwar nichts an der misslichen Lage und ihrer desolaten körperlichen Verfassung, aber allein die Tatsache, dass sie nicht mehr planlos durch den Wald irrend ums Überleben kämpften, verlieh ihnen neue Kräfte und neuen Mut. Außerdem rückte der Grund, der sie an diesen Ort geführt hatte, wieder in den Vordergrund. Mehrfach rief Simon Brandner so laut er konnte nach seinem Neffen: „Felix … Felix, wo bist du? Ich bin’s, dein Onkel Simon. Ich habe Hilfe mitgebracht … Wir sind gekommen, um dich zu holen.“
„Die Schreierei bringt doch nichts, noch dazu bei dem Sturm. Wie soll einen denn hier jemand hören?“, gab Kurt zu bedenken, und Mark stimmte ihm zu: „Kurt hat Recht. Sparen wir lieber unsere Kräfte und gehen zum Steg über der Staumauer. Wenn Jessicas Theorie stimmt, müssten

Felix und Bonfrère dort sein. Hoffentlich sind wir nicht zu spät."
„Ich hätte nicht gedacht, dass der See so riesig ist. Ich hatte eher mit so einer Art Weiher gerechnet", sagte Holger.
„Der ist wirklich riesengroß. Aber wir scheinen ausnahmsweise mal Glück zu haben, denn wir sind an einer Stelle aus dem Wald gekommen, von der aus es nicht mehr allzu weit bis zur Staumauer und damit zum Steg ist. Wenn mich nicht alles täuscht, sehe ich sie da vorne schon", stellte Kurt fest und zeigte nach rechts.
„Das sind mindestens dreihundert Meter", entgegnete Holger.
„Nur wenn wir außenherum am Ufer entlang gehen. Wenn wir stattdessen aber direkt über den See gingen, wäre es deutlich näher. Luftlinie sind es nämlich höchstens fünfzig Meter", sagte Simon.
„Du meinst, wir sollen über das Eis gehen?", fragte Mark.
„Klar, was sonst?"
„Und was ist, wenn wir einbrechen?", gab Holger zu bedenken.
Simon winkte ab: „Das wäre vermutlich der sichere Tod. Aber bis auf wenige kurze Unterbrechungen war es in den letzten Wochen so arschkalt, dass das Eis sicherlich dick genug ist, um uns problemlos tragen zu können. Auf geht's Männer, worauf warten wir noch? Nichts wie rauf auf den See."
„Also gut, ich bin dabei. Ich wollte dich schon immer mal aufs Glatteis führen", sagte Mark und konnte sogar schon wieder lachen.
Auch Kurt und Holger waren mit dem waghalsigen Unterfangen einverstanden, so dass sie geradewegs darauf los stiefelten.

36.

Unsicher kämpften sie sich auf dem glatten Untergrund voran, was erneut sehr kräftezehrend war.
„Leute, ich brauche mal eine kurze Pause. Ich gebe zu, dass es um meine körperliche Fitness nicht besonders gut bestellt ist, aber das macht mich echt fertig", räumte Kurt ein.
„Vielleicht solltest du endlich mal mit dem Rauchen aufhören", entgegnete Mark.
„Ich bekomme keine Luft mehr. Der Wind bläst einem so heftig ins Gesicht, dass man fast nicht mehr atmen kann", erklärte Holger.
„Ich fürchte, dass ich meinen zehn Kilogramm Übergewicht Tribut zollen muss. Lasst uns eine kurze Verschnaufpause einlegen, auch wenn es hier nicht gerade gemütlich ist", schlug Simon vor.
„Nur zehn Kilogramm? Da hast du aber mal locker weitere zwanzig Pfund unterschlagen", nutzte Mark die verbale Steilvorlage des Rechtsmediziners, der tatsächlich deutlich übergewichtiger wirkte, als er nach eigenen Angaben war.
„Wenn mir noch einmal einer was von Klimaerwärmung erzählt, drehe ich ihm eigenhändig den Hals um. Wo ist denn der Treibhauseffekt, wenn man ihn mal braucht?", scherzte Kurt.
Simon hatte sich unterdessen als Erster wieder aufgerafft und trieb die anderen an: „Wie schön, dass ihr alle trotz der widrigen Umstände euren Humor noch nicht verloren habt. Wir müssen aber jetzt weiter. Los, kommt … es ist nicht mehr weit."
Da sie auf dem Eis nach wie vor nur sehr langsam vor-

wärts kamen, fühlten sich die Minuten an wie eine Ewigkeit.
Endlich hatten sie das Ziel erreicht. Nur wenige Meter von ihnen entfernt befand sich der Rand der Staumauer, hinter der es senkrecht in die Tiefe ging. Etwa drei Meter über der Mauer war der beschriebene Metallsteg, der einen Gitterboden hatte und an dessen Seiten sich jeweils ein schmales Geländer befand.
„Mich kriegt da keiner hoch", kündigte Mark an, der unter ausgeprägter Höhenangst litt.
„Ich wüsste gar nicht, wie wir da überhaupt rauf kommen sollten. Mitten auf dem See gibt es natürlich keine Leiter, und die einzigen zwei Aufgänge befinden sich an den gegenüberliegenden Ufern", stellte Kurt fest.
Holger fügte selbstkritisch hinzu: „Da hätten wir aber auch wirklich früher dran denken können."
„Ich habe schon dran gedacht, aber aus der Entfernung sah der Steg nicht so hoch aus. Ich hätte wetten können, dass er höchstens anderthalb Meter über der Mauer verläuft. Aber vielleicht müssen wir ja auch gar nicht hoch, ich kann auf dem gesamten Steg nämlich niemanden sehen", bemerkte Simon.
Plötzlich sahen sie ein kleines Licht am Ufer. „Endlich, das sind bestimmt eure Kollegen von der Polizei, die Tatjana von Senden hierher geschickt hat", freute sich Simon.
„Das denke ich nicht, denn unsere Kollegen würden mit mehreren Scheinwerfern hier anrücken und nicht mit einer einzelnen Funzel. Das ist höchstwahrscheinlich nur eine starke Taschenlampe, vielleicht eine Maglite oder sowas ähnliches?", entgegnete Kurt, doch Simon schien ihn gar nicht gehört zu haben: „Bestimmt kommen dann auch gleich die Polizeihubschrauber", hoffte er.
„Ich muss Sie schon wieder enttäuschen, Herr Brandner.

Es werden ganz bestimmt keine Hubschrauber kommen, denn bei diesem Sturm können die Helis nicht raus, das wäre viel zu gefährlich", widersprach Kurt erneut.
Die Enttäuschung über die geplatzte Hoffnung war Simon Brandner deutlich anzumerken, der Mut hatte ihn allerdings noch nicht verlassen. Er ging zur Staumauer, um nach unten schauen zu können. Holger und Kurt folgten ihm, Mark blieb mit etwas Sicherheitsabstand zurück. Um nicht Gefahr zu laufen, auf dem Eis das Gleichgewicht zu verlieren und in die Tiefe zu stürzen oder vom orkanartigen Wind umgerissen zu werden, gingen sie kein Risiko ein und robbten die letzten Meter auf dem Bauch bis an die Kante der Mauer. Diese war lediglich etwa zwanzig Zentimeter über der Eisoberfläche, so dass sie sich gut mit beiden Händen daran festhalten konnten. Vorsichtig linsten sie drüber.
„Ach du meine Güte. Ich habe zwar keine Höhenangst, aber das ist mir auch zu viel. Tatjana sagte etwas von vierzig oder fünfzig Metern Höhe, gefühlt sind das aber zweihundert", erschrak Holger.
Simon und Holger zuckten zusammen, als Kurt Schockenried plötzlich schrie: „Da … Heilige Scheiße, da hängt doch einer!"
„Wo, ich kann nichts sehen?", rief Simon.
„Da drüben, links von uns in etwa zwanzig Metern Tiefe! Da baumelt einer an einem Seil oder sowas", erklärte Kurt aufgeregt und deutete auf die entsprechende Stelle.
„Ja, jetzt sehe ich es auch … und er bewegt sich noch. Schaut mal, er hat uns bemerkt und wedelt mit den Armen. Das muss Felix sein!", rief Simon und rannte zu der Stelle, an der das Seil befestigt war.
Als er da war, stellte er fest, dass es nicht einfach nur ein Seil war, sondern ein komplexes System aus Seilen,

Gurten und Haken, ähnlich denen, die Bergsteiger und Extremkletterer benutzten. Mit vereinten Kräften zogen sie daran und riefen dabei immer wieder Felix' Namen. Da sie keinen Halt hatten und sich nirgendwo abstützen konnten, gelang es ihnen nicht, den Körper ganz nach oben zu ziehen, sondern nur wenige Meter. Das reichte allerdings aus, um erkennen zu können, wer darin hing.
„Das ist nicht Felix", rief Simon entsetzt, war gleichzeitig aber auch erleichtert, dass es nicht sein Neffe war, der über dem Abgrund baumelte.
„Bitte, ziehen Sie mich rauf. Ich flehe Sie an …", rief eine männliche Stimme panisch.
„Wir versuchen es ja mit aller Kraft, aber es geht nicht weiter. Und lange halten können wir Sie so bestimmt auch nicht. Wer sind Sie?", rief Simon zurück in die Tiefe.
„Ich bin Simon Bonfrère."
„Wo ist Felix?"
„Er muss irgendwo da draußen sein. Seit er mich hier hingehängt hat, habe ich ihn nicht mehr gesehen."
„Wann war das?"
„Vor ungefähr einer viertel Stunde. Bitte glauben Sie mir, Sie sind alle in Lebensgefahr und müssen ganz schnell runter vom See. Er hat dafür gesorgt, dass sich die Schleusen öffnen werden. In ziemlich genau fünfzehn Minuten wird es soweit sein, dann setzt sich eine gewaltige Wassermasse in Bewegung und reißt alles auseinander. Wir werden alle sterben …"
„Was reden Sie da für einen Blödsinn? Das kann doch gar nicht sein. Warum sollte er das tun? Wir wissen inzwischen, dass Sie der Drahtzieher hinter allem sind und Felix nur benutzt haben. Ich kann sehr gut verstehen, dass er Sie hier hängen lässt. Scheinbar ist er wieder zu Verstand gekommen. Und wir können Sie ohnehin nicht

mehr länger halten, darum müssen wir Sie jetzt wieder langsam runter lassen", rief Simon Brandner hinab in die Tiefe.
„Und wenn er die Wahrheit sagt?", mischte sich Holger ein.
„Es ist im Grunde völlig egal, ob er die Wahrheit sagt oder nicht. Klar ist, dass wir ihn da nicht einfach so hängen lassen können", gab auch Kurt zu bedenken.
„Auch wenn wir möglicherweise einen großen Fehler machen, den wir schwer bereuen werden, muss ich zugeben, dass ihr Recht habt, Männer. Aber wir schaffen es beim besten Willen nicht, ihn bis ganz nach oben zu ziehen", räumte Simon ein.
Kurt rief Bonfrère zu: „Wir schaffen es nicht. Versuchen Sie, nach oben zu klettern."
„Das habe ich schon hundertmal probiert, es funktioniert nicht. Außerdem schwinden meine Kräfte."
„Nicht nur deine, du Witzbold", dachte sich Kurt.
„Wissen Sie was? Sie können nichts mehr für mich tun, ich bin verloren. Aber Sie noch nicht. Lassen Sie mich hier einfach hängen und verschwinden Sie, so lange Sie noch können", forderte Bonfrère sie auf.
„Langsam aber sicher glaube ich, dass er wirklich die Wahrheit sagt. Warum sollte er uns sonst vorschlagen, abzuhauen und ihn im Stich zu lassen?", sagte Holger.
„Wir werden Sie hier nicht einfach so zurücklassen", versprach Kurt.
„Hören Sie schlecht? Es sind schon genug Menschen gestorben. Hauen Sie endlich ab, denn bald wird es zu spät sein. Los, Mann … Rennen Sie um Ihr Leben!"
Die Kräfte ließen immer weiter nach, und bald würden sie ihn tatsächlich nicht mehr halten können. Als ihnen klar wurde, dass sie so nur sinnlose Kraft und Zeit

vergeudeten, rief Kurt in zu Bonfrère: „Wir können Sie nicht mehr halten und müssen Sie deshalb wieder runter lassen. Aber wir werden Hilfe holen und kommen zurück, versprochen."
Dann sagte er zu den anderen: „Wir müssen schleunigst von dem verdammten See runter. Wenn es stimmt, was Bonfrère sagt, hat sonst gleich wirklich unser letztes Stündlein geschlagen. Wo ist eigentlich Mark?"
„Keine Ahnung, eben war er noch hier", antwortete Holger, und auch Simon wusste nicht, wo Mark Scheck geblieben war. Er vermutete: „Wahrscheinlich ist er schon abgehauen und hat sich auf den Weg zurück ans Ufer gemacht."
„Ich hoffe, Sie liegen richtig mit Ihrer Vermutung, denn das würde bedeuten, dass er im Gegensatz zu uns möglicherweise bald in Sicherheit ist. Falls nicht, können wir nichts daran ändern, und er muss alleine klarkommen. Wir müssen jetzt auf jeden Fall dringend von hier verschwinden. Am besten nehmen wir den gleichen Weg zurück, den wir gekommen sind. Das ist die kürzeste Strecke zum Ufer, und der Weg ist im Schnee schon gebahnt", schlug Kurt vor, und sie liefen los, so schnell sie konnten.
Natürlich kamen sie nicht viel schneller vom Fleck als zuvor. Zudem war der Weg zurück ans Ufer keineswegs wie erhofft durch ihre eigenen Spuren sichtbar, denn der heftige Schneefall hatte bereits alles wieder zugeschneit. Ihre nassen Klamotten waren inzwischen steif gefroren, so dass sie zusätzlich in ihrer Mobilität eingeschränkt waren.
„Schaut mal da drüben", rief Holger plötzlich.
„Was soll da sein?", fragte Kurt.
„Na, das Licht, das wir vorhin schon am Ufer gesehen

haben. Es ist wieder da“, freute sich Holger.
„Ja, und jetzt sind es sogar zwei“, bestätigte Simon, und auch Kurt wollte zwei Personen erkannt haben, die sich am Ufer in unmittelbarer Nähe zum Steg befanden und nun offenbar dabei waren, die Leiter empor zu kletterten. Dann sahen sie ein drittes Licht, das unweit von ihnen direkt vom Steg kam.
„Das ist bestimmt Felix“, rief Simon Brandner und freute sich, seinen Neffen erkannt zu haben, der glücklicherweise noch am Leben war.
„Aber da ist noch jemand bei ihm. Schaut doch mal, da steht doch einer am Geländer“, sagte Holger.
Sofort änderten sie ihre Richtung. Anstatt schnellstmöglich ans Ufer zu gelangen, peilten sie die Stelle am Steg an, wo sie Felix und die zweite Person sahen.
„Das ist doch Mark da bei Felix, oder?“, rief Holger aufgeregt, als sie näher kamen.
„Ja, aber was zum Teufel machen die da nur? Es sieht fast so aus, als sei Mark ans Geländer gebunden“, stellte Kurt fest.
Und tatsächlich: Als sie die Stelle erreichten und nach oben zum Steg sahen, erkannten sie über sich Mark Scheck, dessen Hände hinter dem Rücken fest zusammengebunden waren. Und weil auch die Füße gefesselt waren, hatte er keine Möglichkeit, sich selbst aus der Situation zu befreien. Er stand mit dem Rücken zur Außenseite des Geländers hin und wurde nur durch einen Gurt gehalten, der um seinen Bauch gewickelt war und über einen Karabinerhaken mit einem zweiten – am Steg befestigten – Seil verbunden war, so dass er leicht vornüber gekippt direkt in den Abgrund blickte. Aufreizend lässig, fast so, als ob es sich um eine ganz alltägliche Situation handelte, stand Felix Brandner daneben.

„Felix, Gott sei Dank, du lebst. Was ist da oben los bei euch? Warum ist Mark an das Geländer gebunden?“, fragte Simon, überfordert mit der Situation.
„Hallo Onkelchen“, entgegnete Felix. „Schön, dass ihr endlich da seid. Ich hatte euch ehrlich gesagt wesentlich früher erwartet. Was wäre ein Showdown ohne Publikum?“
„Was redest du da, Felix? Es sind schon zu viele Leute zu Schaden gekommen. Lass bitte Mark frei“, antwortete Simon.
„Warum sollte ich? Jetzt wird es doch erst richtig spannend.“
„Was soll der Quatsch? Er hat dir nichts getan.“
„Da hast du Recht. Mir ist ehrlich gesagt auch völlig egal, wer das ist. Er war einfach nur zur falschen Zeit am falschen Ort, so was nennt man wohl Pech.“
„Was hast du denn davon, wenn er stirbt?“
„Nichts, darum könnt ihr auch gerne versuchen, ihn zu retten, wenn ihr wollt. Auch wenn er sehr groß ist, dürfte es nicht besonders schwer sein, ihn wieder über das Geländer zurück auf den Steg zu holen und ihn loszubinden. Euer Problem ist die Zeit, die unerbittlich gegen euch läuft. Ihr solltet euch beeilen, denn in genau sieben Minuten und vierunddreißig Sekunden öffnet sich die Hauptschleuse des Staudamms. Dann werden sich die unter dem Eis befindlichen Wassermassen langsam aber sicher in Bewegung setzen. Der dann durch die enorme Sogwirkung entstehende Unterdruck wird zum Brechen der Eisdecke führen und uns alle in den Tod reißen.“
„Das ist doch blanker Unsinn, wie soll sich denn die Schleuse von alleine öffnen?“, wollte Simon von seinem Neffen wissen.
„Bitte, Onkel Simon … Es war eine Kinderspiel, den Ser-

ver zu hacken und so zu programmieren, dass sich heute Abend um Punkt 20.30 Uhr die Schleuse öffnen wird. So viel Geschick musst du mir schon zutrauen."
„Lassen Sie ihn sofort frei", brüllte auf einmal eine männliche Stimme, die wie aus dem Nichts aus dem Schneesturm auftauchte, eine Waffe auf Felix Brandner richtete und ihm mit einer Stablampe ins Gesicht leuchtete. Es waren Dennis Rathvan und Tatjana von Senden, die jetzt oben auf dem Steg waren und deren Lampen sie aus der Ferne vor einigen Minuten gesehen hatten, ehe die Lichter wieder verschwunden waren. Um nicht frühzeitig aufzufallen, hatten sie sich Felix und Mark auf dem Steg ohne Licht genähert. Hätte Felix sie entdeckt, hätte das für Mark möglicherweise fatale Folgen gehabt. Sie waren jetzt nur noch wenige Meter von den beiden entfernt.
„Binden Sie ihn sofort los", drohte Tatjana mit vorgehaltener Waffe.
Felix Brandner zeigte sich unbeeindruckt: „Wenn ich ihn losbinde, stürzt er in die Tiefe. Ich habe eben schon zu meinem Onkel gesagt, dass Sie ihn gerne selbst retten dürfen. Ich werde Sie nicht aufhalten, helfen werde ich Ihnen aber auch nicht. Und mir mit einer Waffe zu drohen, ist vollkommen wirkungslos. Denn ob ich in einigen Minuten zusammen mit euch allen im eisigen Wasser ertrinke oder ob Sie mich jetzt erschießen, ist gleichgültig. Eher bleibt mir im Gegensatz zu euch ein sehr unangenehmer Tod erspart, wenn Sie mich an Ort und Stelle erschießen. Also, worauf warten Sie noch? Tun Sie mir doch bitte den Gefallen."
Sofort machten sich Dennis und Tatjana mit vereinten Kräften ans Werk, um Mark zu retten. Dennis umklammerte von hinten den Oberkörper seines Freundes, und Tatjana packte die zusammengebundenen Beine. Ge-

meinsam wuchteten sie ihn über das Geländer. Dabei schlug er ziemlich unsanft auf dem Gitterboden des Stegs auf, was aber allemal besser war, als vierzig Meter in die Tiefe zu stürzen. Dann lösten sie den Karabinerhaken und befreiten ihn von seinen Fesseln.

„Bravo … bravo!“, rief Felix dabei immer wieder und klatschte laut Beifall.

„Ich verstehe das alles nicht, Felix. Was ist passiert? In dem Buch von Simon Bonfrère steht doch, dass er dich die ganze Zeit über nur benutzt hat. Und hier am Zypressenbergsee wollte er dich aus dem Weg schaffen, indem er dich in den Selbstmord treibt“, fragte Simon seinen Neffen in der Hoffnung, eine plausible Erklärung zu bekommen, obgleich er längst erkannt hatte, dass Felix offenbar völlig wahnsinnig geworden war.

„Du hast es eben selbst erklärt, Onkel Simon: Land der Zypressen ist nur ein Buch – nichts weiter als eine Geschichte, die auf wahren Begebenheiten beruht, aber dennoch in ihrer Gesamtheit frei erfunden ist. Nichts ist dabei so wie es scheint.“

„Ist wirklich alles nur erfunden?“

„Nicht alles, aber das Meiste.“

„Ich störe den Familienplausch nur ungern, aber dafür haben wir jetzt wirklich keine Zeit“, ging Kurt energisch dazwischen. „Tatjana und Dennis, ihr nehmt den Irren in Gewahrsam, während wir versuchen, Bonfrère zu retten. Und dann nichts wie runter von dem See, denn irgendwie habe ich so das mulmige Gefühl, Felix könnte in Bezug auf die Schleuse ausnahmsweise einmal die Wahrheit gesagt haben. Und ich habe ganz gewiss keinen Bock, hier drauf zu gehen. “

„Wie sollen wir Bonfrère denn retten, Kurt? Das ist doch ein Ding der Unmöglichkeit, oder?“, wollte Holger wissen,

der wie alle anderen jetzt zunehmend panisch wurde.
„Nicht ganz. Eine Möglichkeit könnte es geben … Kommt mit!“, rief Kurt Simon Brandner und Holger zu.
Bevor Simon sich umdrehte um loszulaufen, warf er noch einen letzten Blick zu seinem Neffen. Der hatte es geschafft, einige Meter Distanz zwischen sich und die beiden Polizisten auf dem Steg zu bringen, so dass es ihm gelang, über das Geländer zu klettern. Freihändig balancierend stand er über dem Abgrund und breitete die Arme aus, als wolle er Gottes Segen empfangen.
„Leb wohl, Onkel Simon. Wir sehen uns eines Tages auf der anderen Seite im Land der Zypressen!“, rief er und stürzte sich kopfüber in die Tiefe.
Simon war geschockt, doch er konnte jetzt nichts mehr tun. Felix war tot. Sofort dachte er an seine Schwester Simone, die in diesem Moment ihren Sohn verloren hatte und noch nichts davon ahnte. Holger und Kurt packten ihn und schüttelten ihn so lange, bis er wieder einen klaren Gedanken fassen konnte. So schnell sie konnten, eilten sie zurück zu der Stelle, an der sie Bonfrère vorhin über dem Abgrund baumelnd entdeckt hatten. Beim Blick in die Tiefe stellten sie fest, dass er immer noch da hing, aber scheinbar resigniert hatte. Simon Bonfrère regte sich nicht mehr und reagierte auch nicht auf ihre Zurufe. Zunächst waren sie sich nicht sicher, ob er möglicherweise das Bewusstsein verloren hatte oder vielleicht schon erfroren war. Erleichtert atmeten sie auf, als er endlich auf einen der Zurufe reagierte.
„Bonfrère, ist das Seil, das um Ihren Rumpf gewickelt ist, mit einem Karabinerhaken an dem Seil befestigt, an dem Sie baumeln?“, fragte Kurt den Schriftsteller.
Er hatte nämlich gesehen, dass Felix bei Mark Scheck genau diese Technik angewandt hatte und hoffte inständig,

dass er es bei Bonfrère ebenso gemacht hatte.
„Ja, bin ich, warum?"
„Könnten Sie ihn lösen, wenn Sie wollten?"
„Ja, das müsste gehen. Aber warum? Ich müsste völlig übergeschnappt sein, das zu tun, denn ich würde unweigerlich in die Tiefe stürzen. Nichts für Ungut, aber da hänge ich hier doch lieber noch ein bisschen faul herum und warte auf bessere Zeiten", antwortete Bonfrère mit einer gehörigen Brise Galgenhumor.
„Jetzt ist aber Schluss mit faulenzen, Bonfrère! Wenn Sie nicht das Zeitliche segnen wollen, ist das Ihre letzte Chance", rief ihm Kurt zu.
Dann gab er Holger und Simon Brandner die Anweisung, mit ihm gemeinsam das Seil immer stärker hin und her zu bewegen, so dass Bonfrère ins Schaukeln geriet.
„Was soll das? Reicht es Ihnen nicht, dass ich sowieso hier sterben werde? Wollen Sie mir die Zeit verkürzen?", rief dieser nach oben.
„Nein, ich will Sie retten, Sie Hornochse! Los, schaukeln Sie mit. Je mehr, desto besser!"
„Hilfe! Was machen Sie da? Mir wird gleich noch übler, als mir sowieso schon ist."
„Das glaube ich gerne, würde mir an Ihrer Stelle sicherlich genauso gehen", räumte Kurt ein, während sie Bonfrère immer heftiger ins Schaukeln brachten. Die Amplitude der Schaukelbewegungen wurde immer größer. Schließlich rief Kurt Simon Bonfrère zu: „Gleich haben wir es geschafft. Sehen Sie den Abhang rechts neben sich?"
Bonfrère schwante Böses: „Der ist über zehn Meter entfernt. Sie wollen doch nicht etwa, dass ich mich vom Seil löse und auf den Abhang schleudern lasse. Das ist ja Wahnsinn!"

„Mag sein, aber es ist wie gesagt Ihre letzte und einzige Chance. Seien Sie lieber froh, dass es keine zwanzig Meter sind. Wenn wir volles Tempo erreicht haben, und Sie weit genug nach rechts geschwungen sind, lösen Sie den Karabiner. Alles Weitere liegt dann nicht mehr in unserer Hand."
„Sie machen wohl Scherze?"
„Leider nein. Ich wünschte, es wäre so."
„Das schafft er nie", waren sich Simon Brandner und Holger Grünbaum einig, und auch Kurt war mehr als skeptisch: „Ich kann es mir auch nicht vorstellen, aber wir haben keine andere Wahl und müssen es probieren. So blöd es sich anhören mag, aber was kann schon Schlimmeres dabei passieren, als dass er abstürzt? Sterben würde er ansonsten so oder so."
„Genau wie wir übrigens, wenn wir nicht sofort Leine ziehen. Wenn es stimmt, was Felix gesagt hat, müsste jeden Moment die Schleuse aufgehen", stellte Simon Brandner fest. „Jetzt, Bonfrère, lassen Sie endlich los!", brüllte Kurt. Das etwa zwanzig Meter lange Seilpendel schlug noch etwa dreimal in jede Richtung aus, als sie einen lauten langanhaltenden Schrei hörten. Simon Bonfrère hatte es tatsächlich geschafft sich zu überwinden und den Karabiner gelöst. Sie konnten bei der schlechten Sicht nicht erkennen, wo er hingeflogen war.
„Entweder er kullert jetzt seitlich den Abhang hinunter oder er liegt am Boden der Staumauer. Wir werden es erst später erfahren … hoffentlich", stellte Kurt nüchtern fest. Plötzlich nahmen sie einen lauten, dumpfen Knall war, dem ein ohrenbetäubendes Geräusch folgte, das dem zornigen Grollen eines bedrohlich näher kommenden Donners glich. „Das muss die Schleuse gewesen sein. Rennt um euer Leben, Männer!", rief Holger panisch.

So schnell sie konnten, liefen sie los. Immer wieder rutschten sie aus und stürzten. Da die Schneedecke auf dem Eis aber von Minute zu Minute dicker geworden war, hatten sie jetzt einen wesentlich besseren Halt als zuvor auf dem Hinweg. Sie konnten das laute Knacken unter ihren Füßen hören und spüren. Es war das untrügliche Zeichen dafür, dass das Eis begann zu brechen.
In einiger Entfernung konnten sie die wild gestikulierenden Umrisse von Tatjana, Dennis und Mark wahrnehmen, die es über den Steg rechtzeitig ans Ufer geschafft hatten und in Sicherheit waren. Wie in Trance liefen sie um ihr Leben. Wechselbäder der Gefühle, bestehend aus der Hoffnung auf Rettung und Resignation ob der Aussichtslosigkeit des Unterfangens, gaben sich die Hand. Die Entfernung schien einfach zu groß. Wenn das Eis weiter brach, würden sie ertrinken.
Doch genau das geschah anscheinend nicht. Das Grollen und Krachen nahm plötzlich wieder ab, bis es fast ganz verstummt war. Noch waren sie am Leben, und es keimte Hoffnung auf. Sie liefen und liefen und erreichten schließlich das Ufer des Sees, wo sie vollkommen erschöpft zusammenbrachen.
Die anderen kümmerten sich sofort so gut es ging um sie, wobei kaum Möglichkeiten vorhanden waren. Dennis und Tatjana, deren dicke Winterjacken noch nicht ganz so durchnässt und hart gefroren waren wie die der anderen, legten diese um die Schultern der drei. Kurt und Holger mussten sich dabei eine teilen, während Simon aufgrund seiner Körperfülle eine für sich alleine beanspruchte.
Nachdem sie realisiert hatten, dass sie alle überlebt hatten, fielen sie sich überglücklich in die Arme und tanzten wie die Wilden.

37.

Fast drei Wochen später :

Nachdem sich der verheerende Sturm an jenem Abend etwas gelegt hatte, waren weitere Polizei- und Rettungskräfte am Zypressenbergsee eingetroffen. Holger Grünbaum, Kurt Schockenried, Mark Scheck und Simon Brandner konnten auf dem schnellsten Weg ins Bundeswehrkrankenhaus nach Ulm geflogen werden, wo sie wegen starker Unterkühlungen und geringgradiger Erfrierungen unterschiedlich lange stationär und teilweise sogar intensivmedizinisch behandelt werden mussten. Seit einigen Tage waren aber allesamt wieder zu Hause und wohlauf. Mit etwaigen Komplikationen oder irreparablen Folgeschäden war bei keinem von ihnen zu rechnen. Alle vier hatten bereits ihre Arbeit wieder aufgenommen.

Wesentlich schwerer hatte es Simon Bonfrère erwischt, der sich neben Erfrierungen auch zahlreiche mehr oder weniger schwere Schürf-, Platz-, Schnitt,- und Quetschwunden sowie multiple Prellungen und Stauchungen als auch Knochenbrüche zugezogen hatte. Beim Aufprall erlitt er unter anderem einen offenen Bruch des linken Schlüsselbeins, einen Trümmerbruch des rechten Hüftkopfes und der Hüftgelenkspfanne, eine instabile Beckenringfraktur sowie Frakturen zahlreicher Wirbelkörper. Außerdem hatte er sich den linken Unterarm, das Nasenbein und das rechte Jochbein gebrochen. Bis auf eine leichte Quetschung der Milz wurden wie durch ein Wunder keine weiteren inneren Organe verletzt. Dabei hatte er eine gehörige Portion Glück, denn Knochensplitter des Schlüsselbeins drohten zeitweilig Teile der Lunge oder des Herzbeutels zu perforieren. Nach zahlreichen Operationen war er zwischenzeitlich über den Berg, lag aber noch auf der Intensivstation einer Berufsgenossenschaftlichen Unfallklinik. Frühestens in vier bis fünf Wochen würde er das Krankenhaus verlassen können, so lautete die Prognose der behandelnden Ärzte.

Von Felix Brandners Leiche fehlte nach wie vor jede Spur. Die Wahrscheinlichkeit, dass er den Sprung in die Tiefe überlebt haben könnte, war im Grunde gleich null. Aufgrund der für hiesige Gefilde extremen Minusgrade, die seinerzeit schon seit über einer Woche vorgeherrscht hatten, war die große Hauptschleuse des Stausees teilweise eingefroren gewesen, so dass sie sich nicht einmal ganz zu einem Drittel geöffnet hatte. So konnte nur verhältnismäßig wenig Wasser aus dem System austreten, was sich mindernd auf den Sog, beziehungsweise die Saugwirkung, auswirkte. Der resultierende Unterdruck war ebenfalls niedriger als von Felix Brandner kalkuliert, so dass er nicht ausreichte um die dicke Eisschicht nach unten zu ziehen und vollständig zum Einbrechen zu bringen. Diesen physikalischen Umständen also hatten Kurt, Holger, Mark, Simon Brandner, und irgendwie auch Simon Bonfrère, letztendlich das Leben zu verdanken.

Anlässlich der offiziell von Kriminalrat Hans-Dieter Scheible anberaumten gemeinsamen Feier einiger Dezernate saßen sie an diesem Abend zusammen im Restaurant Da Carmine in der Calwer Straße. Auch Dennis Rathvan, der hier aufgrund eines Zwischenfalls mit einem fliegenden Hummer vor einigen Jahren eigentlich lebenslanges Hausverbot hatte, durfte ausnahmsweise zugegen sein, weil es sich um eine geschlossene Gesellschaft handelte

und Carmine persönlich ein Auge zugedrückt hatte.
„Wie ich diese erzwungenen Pflichtveranstaltungen hasse, hier ist doch keine Sau freiwillig", regte sich Kurt auf, den nicht einmal die Aussicht auf ein feines, italienisches Viergänge-Menü milde stimmen konnte.
„Na ja, einige scheinen durchaus Spaß zu haben. Sieh mal da drüben, dein Erzfeind Fred Zimmermann aus dem Betrugsdezernat 3.3 ist schon wieder in Hochform und baggert die dralle Rothaarige vom Dezernat 1.4 an. Die wird doch wohl nicht auf ihn reinfallen, oder?", bemerkte Holger.
Kurt entgegnete mit einer abfälligen Geste: „Und wenn schon, ist doch ihr Problem. Am besten einfach ignorieren, diesen Armleuchter …"
Die Ereignisse der letzten Wochen hatten ihre Spuren hinterlassen. Auch Tatjana von Senden hatte an einigen Dingen noch schwer zu knabbern: „Unfassbar, dass so gut wie nichts an dieser Geschichte im Endeffekt so war, wie es zunächst zu sein schien."
„Alles deutete darauf hin, dass sich Bonfrère in Felix Brandner ein leichtes Opfer gesucht hatte, das er instrumentalisieren und für seine perfiden Spielchen benutzen konnte wie er es brauchte, um am Ende selbst fein raus zu sein. Dass es in Wirklichkeit genau umgekehrt war, kam doch sehr überraschend", sagte Dennis.
„Bonfrères Rolle in der Angelegenheit bleibt dennoch irgendwie rätselhaft. Er hat ja nicht nur mit uns, sondern insbesondere auch mit Jessica gespielt, indem er sie für sein neues Projekt anheuerte und ihr nach und nach Informationen über die Morde und andere Sachverhalte zukommen ließ. Ich verstehe bis jetzt nicht, warum er das getan hat", sagte Holger.
„Jessica vermutet, dass Bonfrère gespürt hat, wie die

Sache aus dem Ruder läuft und indirekt Hilfe suchte. Er hoffte, Jessica würde verstehen und tätig werden. Direkt an die Polizei konnte er sich ja schlecht wenden", bemühte sich Dennis um eine Erklärung.
„Jessica konnte das Ganze aber erst verstehen, als sie die letzten Kapitel gelesen hatte, oder?", wollte Holger wissen.
„So ganz verstanden hatte sie es während des Lesens nicht. Sie hatte lediglich begriffen, dass da was nicht in Ordnung ist. Was es wirklich war, erschloss sich ihr erst hinterher. Auch sie konnte nicht ahnen, dass einfach alles an der Geschichte anders war, als wir glaubten: Simon Bonfrère hat eben nicht Felix Brandner für sein Buchprojekt benutzt, sondern Felix hat Simon dazu benutzt, ein Buch über ihn zu schreiben, das ein völlig falsches Bild von seinem Leben zeichnen sollte", erklärte Dennis.
„Felix' Plan wäre ja auch beinahe aufgegangen. Wenn Bonfrère tot gewesen wäre, hätte niemand geglaubt, dass fast alles nur erfunden war", sagte Tatjana.
Dennis entgegnete: „Erfunden würde ich nicht direkt sagen, denn für Felix existierten einige dieser Dinge tatsächlich … wenn auch nur in seiner Phantasie. Er war es, der alles perfekt inszenieren wollte. Und wie hätte das besser gelingen können, als mit einem Buch aus der Feder eines bekannten Schriftstellers, das sich scheinbar eins zu eins an der Realität orientierte. Dass es Felix war, der Bonfrère dabei benutzt hat und ihn zwang, den Inhalt des Buches so zu schreiben, damit wir alle an der Nase herumgeführt wurden, konnte niemand ahnen. Alle hätten ihm geglaubt, dass er angeblich schwere Kindheitstraumata erfahren und obendrein sehr unter seinen Eltern gelitten hatte."
Kurt schaltete sich in die Unterhaltung ein und griff Dennis' Aussage auf: „Er hatte tatsächlich allen weisgemacht,

seine Mutter sei eine der katholischen Kirche hörige und charakterschwache Frau gewesen, die einfach wegsah, als er vom Pfarrer mehrfach missbraucht wurde. Tja, alles gelogen … Seine Mutter Simone hatte mit der Kirche nichts am Hut und Felix ist niemals sexuell missbraucht worden, schon gar nicht von Fromm. Er hat ihm das einfach nur angedichtet. Gotthilf Fromm mag zwar scheinheilig und ganz bestimmt kein Waisenknabe gewesen sein, doch das ist vor dem Gesetz nicht strafbar. Was er ganz sicher niemals getan hat, war ein Kind auf die falsche Art und Weise anzufassen. Die Vorwürfe gegen ihn hatten sich allesamt als Verleumdungen herausgestellt. Einzig aus diesem Grund wurden die Untersuchungen gegen ihn so frühzeitig eingestellt – nicht weil sich angeblich niemand getraut hatte, gegen ihn auszusagen. Daran zeigen sich exemplarisch die kranke und kriminelle Energie Felix Brandners. Schon im Kindesalter bereitete es ihm großen Spaß, Zwietracht zu säen. Dabei schreckte er nicht einmal davor zurück, das Leben anderer Menschen zu sabotieren oder gar zu zerstören, indem er unfassbare Lügen über sie verbreitete. Felix war das Kind, das den Stein gegen Gotthilf Fromm damals ins Rollen gebracht hatte. Die Eigendynamik, die sich aufgrund dieser haltlosen Anschuldigungen in unserer oberflächlichen Gesellschaft in Gang setzen würde, hatte er vorausgeahnt. Das Klischee vom katholischen Priester, der sich an kleinen Jungs vergreift, passte einfach hervorragend."

„Und was ist mit den Geschichten über das Verhalten der Mutter und des Vaters?", wollte Holger wissen.

„Alles existierte nur in seiner Phantasie, nicht ein Wort davon entspricht der Wahrheit. Er manipulierte die Beziehung seiner Eltern so, dass sie sich schließlich trennten. Aus dieser Situation wiederum zog er den Nutzen, in die

bemitleidenswerte Rolle des von der Trennung der Eltern gebeutelten Kindes zu schlüpfen, was ihm viel Aufmerksamkeit einbrachte“, antwortete Kurt.
Tatjana schüttelte den Kopf: „So schnell kann man ganz böse in Verruf kommen, was sich ja auch an den Beispielen von Elmar Bischof und Henning Gravesen zeigt. Sie mögen beide abgehobene Kotzbrocken gewesen sein, denen die Drogen den Kopf vernebelt und damit wohl auch ihre Familien zerstört haben, aber mit dem Tod des kleinen Oscars hatten sie nichts zu tun. Das war schlicht und ergreifend ein tragischer Unfall ohne Fremdverschulden. Wenn jemand Schuld hatte, dann waren es Eva Becker und Elmar Bischof gleichermaßen, weil sie ihre Aufsichtspflicht verletzt hatten. Aber Henning Gravesen hatte ganz sicher niemanden überfahren, und Bischof in diesem Zusammenhang auch nichts vertuscht. Die komplette Geschichte basiert also auf einem Hirngespinst von Felix Brandner.“
„Wie geht es dem Professor?“, erkundigte sich Holger.
Dennis, der von allen Anwesenden den besten Draht zu Simon Brandner hatte, berichtete: „Natürlich hat ihm die Sache sehr zugesetzt, aber ihr kennt ihn doch: Den wirft so leicht nichts um. Er kümmert sich momentan vermehrt um seine Schwester, die ihr Kind verloren hat und nicht die geringste Ahnung davon hatte, wie krank ihr Sohn in Wirklichkeit war.“
Kurt überlegte kurz, bevor er sagte: „Ich denke, es ist richtig, in diesem Zusammenhang von einer Krankheit zu sprechen, denn Felix Brandner beging die Morde ja angeblich aus Rache und Vergeltung, hatte sich aber in Wirklichkeit alles nur eingebildet. Es wäre nur eine Frage der Zeit gewesen, bis in seinem Hirn wieder neue schräge Gedanken gereift wären, wodurch noch weitere

Menschen zu Schaden gekommen wären. Dass seinem Treiben ein Ende gesetzt wurde, war also notwendig. Vielleicht hätte eine Therapie etwas bei ihm bewirken können. Hätte er überlebt, wäre er wahrscheinlich nie wieder auf freien Fuß gekommen."

„Und was ist mit dem Land der Zypressen?", warf Holger in die Runde.

„Meinst du das Buch oder das gelobte Land , auf der anderen Seite?", fragte ihn Tatjana.

„Ich meine beides."

„Felix glaubte wohl wirklich an die Existenz dieses magischen Ortes, der einzig und allein von seiner Phantasie erschaffen wurde und im Laufe seines Lebens immer mehr Gestalt annahm", vermutete Tatjana.

„Und was ist mit dem Buch?", hakte Holger nach.

Kurt, der Simon Bonfrère am Vortag für einige Minuten in der Klinik besuchen durfte, berichtete: „Bonfrère hat mir erzählt, dass er unbedingt ein Buch mit diesem Titel veröffentlichen möchte, das aber darüber hinaus rein gar nichts mit dem Manuskript in seiner jetzigen Form zu tun haben soll. Man mag es kaum glauben, aber er dachte eine Zeit lang wirklich, dass alles nur eine Geschichte war."

„Wirklich kaum zu glauben, dass er so naiv war", bestätigte Holger.

Kurt stand auf und zog seine Jacke an. Dann sagte er: „So, das war's dann zu diesem Fall, ich denke es ist alles gesagt. Und jetzt entschuldigt mich bitte, ich geh' mal nach draußen, um eine zu qualmen. Den Mief hier drin erträgt ja keine Sau."

38.

Nach dem Essen war die Zeit der Ansprachen vor versammelter Runde gekommen, die jedoch nur von zwei Anwesenden in Anspruch genommen wurde. Zunächst versuchte Kriminalhauptkommissar Fred Zimmermann, etwas Werbung in eigener Sache zu betreiben, was die weitere Subventionierung seiner Abteilung zum Ziel hatte, aber auch seine Chancen bei der drallen Rothaarigen aus dem Dezernat 1.4 stärken sollte, deren Eroberung er sich offensichtlich noch immer erhoffte.
Hans-Dieter Scheibles Geduld war bald am Ende. Er wollte selbst im Mittelpunkt stehen, eroberte wenig galant selbst den Platz auf der Empore und schwadronierte über die Helden seines Dezernats 1.1. Allesamt wurden namentlich erwähnt und über den grünen Klee für ihren Mut und die Entschlossenheit gelobt, die sie im Fall der Zypressenmorde an den Tag gelegt hatten. Einer wurde besonders hervorgehoben, nämlich der Erste Kriminalhauptkommissar Kurt Schockenried. Man konnte fast meinen, er und Kurt seien ein Herz und eine Seele und Partner auf Lebzeiten. Kurt konnte gerade noch von Dennis daran gehindert werden, während der langatmigen Ansprache aufzustehen und den Raum zu verlassen, als Scheible schließlich schneller als befürchtet zum Ende kam: „Liebe Kolleginnen und Kollegen, bevor wir den Abend gemütlich ausklingen lassen und uns auf den Heimweg begeben, möchte ich Ihnen noch jemanden vorstellen ...“
Er winkte eine zierliche Frau mit kurzen, hellbraunen Haaren und Sommersprossen im Gesicht zu sich herauf, die sich selbstbewusst neben ihn stellte und aufmerksam

in die Runde schaute. Kurt scherzte noch: „Kein Wunder, dass die neben dem so selbstsicher auftritt. Der Knilch ist ja tatsächlich kleiner als sie selbst."
Dennis Rathvan war indes das Lachen bereits vergangen. Scheible fuhr fort: „Das ist unsere zukünftige Kollegin – Kriminalmeisterin in spe Jasmin Gut –, die ab dem nächsten Monat unser Team verstärken wird. Sie wird zunächst dem Dezernat 1.1 innerhalb der Kriminalinspektion 1 zugeteilt werden, um dort für den dringend notwendigen frischen Wind zu sorgen. Heißen Sie sie herzlich willkommen bei der Kripo."
Die sympathisch wirkende junge Frau bekam anlässlich ihrer Begrüßung auf Anhieb ziemlich viel Beifall. Auch Holger Grünbaum schien sich zu freuen: „Oh wie schön, die Kleine werde ich vom ersten Tag an unter meine Fittiche nehmen, damit sie bei euch Raubeinen nicht gleich unter die Räder kommt."
Tatjana, die als einzige Frau des Dezernats mit gehobenem Dienstgrad bisher so etwas wie der weibliche Platzhirsch war, witterte direkt potentielle Konkurrenz.
In gewohnter Manier bezog sie Stellung: „Die personelle Verstärkung des Teams ist ja eine gute Idee und auch dringend notwendig, dass die uns aber ausgerechnet so einen Grünschnabel ins Nest setzen müssen, ist wieder mal typisch. Das Küken muss man doch erst einmal ein Jahr lang an die Hand nehmen und davor beschützen, dass es sich vor Angst in die Hosen macht."
„Das glaube ich nicht, Tatjana", sagte Dennis.
„Wie meinst du das?", fragte sie grimmig.
„Glaubt mir, die lässt sich ganz bestimmt nicht unterkriegen. Ganz im Gegenteil, die ist nämlich rotzfrech."
„Woher willst du das wissen, Dennis?", fragte Holger neugierig.

„Ganz einfach: Das ist die Nervensäge aus dem Heslacher Tunnel, von der ich euch erzählt habe. Sie war letztendlich der Hauptgrund, wieso ich an dem Abend nicht rechtzeitig im Rechtsmedizinischen Institut aufgetaucht bin. Hätte Tatjana nicht alle Hebel in Bewegung gesetzt, um mich dort herauszuholen, würde ich jetzt noch festsitzen, und wir wären niemals am Zypressenbergsee angekommen", erklärte Dennis, den schon der bloße Gedanke an sein erstes Treffen mit Jasmin Gut in Missstimmung versetzte.

Er nahm einen großen Schluck aus seinem Bierglas und sagte dann: „Prost Mahlzeit, das kann ja heiter werden …"

Epilog

Tatjana von Senden und Holger Grünbaum hatten sich bereits verabschiedet, als Kurt Schockenried und Dennis Rathvan sich noch gemeinsam vor dem Da Carmine in der Calwer Straße standen und sich unterhielten.
„Da bin ich ja mal gespannt, wie die Neue sich machen wird. Meine erste Begegnung mit ihr war nicht besonders erfreulich“, äußerte Dennis Bedenken bezüglich der neuen Kollegin, die bald ihren Dienst antreten sollte.
„Abwarten, Kleiner. Gib ihr eine faire Chance. Ein wenig frisches Blut schadet unserer Abteilung tatsächlich nicht, da hat der Krawallzwerg schon Recht. Und dass Tatjana mal etwas weiblichen Gegenwind bekommt, ist ganz bestimmt auch nicht zu unserem Nachteil“, sagte Kurt und war dabei für seine Verhältnisse ungewohnt optimistisch, denn für gewöhnlich neigte er eher zum Bruddeln.
„Mir ist aufgefallen, dass du heute Abend gar nichts getrunken hast“, stellte Dennis fest.
„Ich habe durchaus etwas getrunken.“
„Ist schon klar … Ich meinte natürlich, dass du keinen Alkohol getrunken hast“, konkretisierte Dennis.
„Glaub bloß nicht, dass ich jetzt unter die Abstinenzler gegangen bin. Ich werde mir auch künftig das eine oder andere Gläschen genehmigen, habe aber beschlossen, insgesamt ein wenig kürzer zu treten“, relativierte Kurt Dennis’ Feststellung.
„Das ist eine sehr weise Entscheidung, mein Freund. Deine Leber wird dir auf ewig dankbar sein“, lobte Dennis seinen Freund und Vorgesetzten.
Kurz darauf machte er sich zu Fuß auf den Nachhauseweg in Richtung Stuttgart-West. Kurt rauchte noch gemütlich

seine Zigarette zu Ende. Kaum war Dennis weg, sah er den Kriminalrat sichtlich angeheitert auf sich zukommen, der sich eben noch einige Meter entfernt mit Fred Zimmermann unterhalten hatte. Scheible hatte scheinbar nur darauf gewartet hatte, dass Kurt endlich alleine war.
„Na, wieder fit, Herr Schockenried?", fragte er, wobei ein etwas scheinheiliger Unterton mitschwang.
In der Hoffnung, schnell wieder in Ruhe gelassen zu werden, antwortete Kurt kurz und knapp: „Ja, klar … alles paletti." Dann unternahm er einen Versuch, sich aus dem Staub machen.
Aber Scheible hielt ihn auf: „Halt, nicht so schnell mein Lieber. Ich wollte Ihnen nochmals persönlich ein großes Lob für Ihre Arbeit in den vergangenen Wochen aussprechen. Wie Sie und Ihre Leute die Zypressenmorde geklärt haben, war wirklich fabelhaft. Scheint fast so, als hätte meine Gardinenpredigt von neulich ihre Wirkung nicht verfehlt, was? Ich kann Ihnen versichern, dass man das auch in den oberen Etagen mit großem Wohlwollen zur Kenntnis genommen hat."
Mir doch schnuppe, dachte sich Kurt, antwortete aber stattdessen: „Sehr schön, vielen Dank für das Lob. Ich werde es an die Truppe weiterleiten. Bestimmt werden sich alle riesig darüber freuen. So, es ist schon sehr spät, ich würde dann jetzt mal nach Hause gehen."
Scheible reagierte überhaupt nicht auf Kurts eindeutigen Wink mit dem Zaunpfahl, sondern quasselte einfach weiter auf ihn ein: „Ich habe beobachtet, dass Sie heute Abend überhaupt keinen Alkohol getrunken haben. Das ist man gar nicht von Ihnen gewohnt. Ich erinnere da nur an die Weihnachtsfeier vor etwas mehr als einem Monat in der Taverne Astakós, wo Sie die gesamten Ouzo-Vorräte fast im Alleingang vernichtet haben und stunden-

lang wie ein Besessener Sirtaki tanzten. Sie sind heute bestimmt mit dem Auto gekommen und müssen noch fahren, stimmt's?"

„Äh … nein, ich habe heute Abend keinen Alkohol getrunken, bin aber trotzdem mit der Strampe da. Ich hatte Ihnen doch unlängst schon erklärt, dass ich vermehrt auf öffentliche Verkehrsmittel setzen möchte, bis sich die Feinstaubsituation in Stuttgart beruhigt hat."

„So so. Dann können Sie mir doch sicher einen klitzekleinen Gefallen unter Kollegen tun, oder?", fragte Scheible, der ein wenig wackelig auf den Beinen zu sein schien und sich sogar kurz an Kurt festhalten musste.

Verträgt wohl nix, die Luftpumpe, dachte sich Kurt. Scheible entschuldigte sich kurz: „Oh, das tut mir jetzt aber leid, ich wollte Sie nicht anrempeln. Den letzten Ramazotti hätte ich wohl lieber im Glas lassen sollen, was?"

„Ja, ich bin selbst nach jahrelanger Recherche noch nicht hinter das Geheimnis des berühmten letzten Glases gekommen, das so oft schlecht zu sein scheint", erwiderte Kurt scherzhaft und erkundigte sich dann: „Ist alles in Ordnung bei Ihnen, Herr Scheible? Soll ich Ihnen ein Taxi rufen?"

„Nein danke, das schaffe ich schon noch selber. Aber ich kann natürlich nicht mehr Auto fahren."

Kurt ahnte, worum Scheible ihn wahrscheinlich gleich bitten würde und schwindelte vorsorglich: „Es tut mir sehr leid, aber ich kann Sie leider heute Abend nicht nach Hause fahren, da ich meine Brille vergessen habe."

„Seit wann haben Sie denn eine Brille?"

„Äh … erst seit Kurzem. Durch die Erfrierungen neulich Nacht muss irgendetwas mit meinen Augen passiert sein, meinte der Arzt."

„Na ja, wenn der es nicht weiß, wer dann? Sind Sie denn

dann jetzt auf einmal weit- oder kurzsichtig geworden?"
„Wie? Äh … beides, soviel ich weiß."
„Sie Armer, Ihnen bleibt aber auch gar nichts erspart", heuchelte der Kriminalrat Mitleid.
„Sie sagen es, Herr Scheible, Sie sagen es …"
„Gut, dass ich jetzt Bescheid weiß. Ich möchte aber trotzdem, dass Sie mir einen kleinen Gefallen tun. Das geht ganz bestimmt auch ohne Brille."
„Wenn Sie meinen. Worum geht es denn?"
„Mein Auto parkt etwas unvorteilhaft da vorne in der Nähe der Kreuzung. Um diese Uhrzeit stört das natürlich niemanden, aber morgen Früh könnte es durchaus Probleme geben. Und stellen Sie sich nur mal vor, die Kollegen würden dann feststellen, dass das Fahrzeug einem Kriminalrat gehört. Das wäre einfach zu peinlich, oder etwa nicht?"
„Gewiss, aber ich verstehe nicht, was ich da für Sie tun kann?"
„Ganz einfach, Herr Schockenried. Hier ist mein Schlüssel. Fahren Sie das Auto nur kurz um die Ecke in die Lange Straße, denn da halten die Kollegen gerade eine kleine Parklücke für mich frei. Sie stellen die Laube da einfach rein, und damit basta. Das ist doch kein Problem für Sie, wo Sie doch heute Abend nüchtern sind, oder?"
Kurt ging notgedrungen auf die Bitte Hans-Dieter Scheibles ein.
Etwas mulmig war ihm zumute, als er sich hinters Steuer setzte und den Motor des BMW 116 i startete. Problemlos parkte er aus und fuhr langsam los. Dabei fiel ihm ein beißender Geruch auf, der ziemlich schnell an Intensität zunahm. Kurt fürchtete, auf dem Gehweg möglicherweise in einen Hundehaufen getreten zu sein und diesen an seinen Schuhen mit ins Fahrzeug geschleift zu haben. Er ließ

die Seitenscheiben herunter, um für frische Luft zu sorgen und beschloss, sich gleich nach dem Parken darum zu kümmern. Vorschriftsmäßig blinkte er beim Abbiegen in die Lange Straße, als er auch schon die Kollegen sah, die an besagter Parklücke warteten. Lässig parkte er rückwärts ein, schloss die Seitenfenster wieder und stellte den Motor ab. Da stand auch schon Fred Zimmermann vor ihm und öffnete von außen die Fahrertür. „Guten Abend Kurt, so spät noch mit dem Auto unterwegs?“, fragte er. Kurt seufzte. Der hatte ihm gerade noch gefehlt.
„Sag mal, was riecht denn hier so komisch? Hast du etwa im Auto des Kriminalrats einen fahren lassen, und das womöglich noch absichtlich?“, fragte Fred und hielt sich demonstrativ die Nase zu.
„Nein, habe ich nicht. Keine Ahnung, was hier so stinkt, ich hatte extra die Scheiben runter gemacht, um zu lüften“, verteidigte sich Kurt und bemerkte in diesem Moment einen weichen, rundlichen Gegenstand in seiner linken Manteltasche, der in ein Papiertaschentuch eingewickelt war. Vorsichtig zog er ihn heraus und ahnte bereits, was es sein würde.
Hat mir doch dieser Scheißkerl tatsächlich auch einen Stinkekäse untergejubelt. Das muss gewesen sein, als er mich vorhin angeblich aus Versehen im Suff angerempelt hat. Na warte, das werde ich dir heimzahlen, du Giftzwerg, dachte sich Kurt.
Doch Scheibles Rachefeldzug war mit dem Käse noch nicht beendet, denn der nächste Vergeltungsschlag folgte sogleich: „Zeig mir doch bitte mal die Fahrzeugpapiere und den Führerschein, Kurt“, bat Zimmermann recht freundlich.
„Ich habe keine Ahnung, wo Scheible seine Fahrzeugpapiere aufbewahrt, und gegeben hat er sie mir auch nicht.

Und außerdem hast du überhaupt kein Recht, mich hier zu kontrollieren, denn du bist nicht im Dienst und obendrein selbst besoffen."
„Stimmt, Kurt. Ich bin nicht im Dienst und durchaus auch etwas angebrütet. Aber der Herr hier neben mir ist stocknüchtern und sowas von im Dienst. Darf ich vorstellen: POM Schröder, einer unserer fähigsten Leute."
„Hauptkommissar Schockenried, ich muss Sie auffordern, jetzt die gültigen Fahrzeugpapiere und Ihre Fahrerlaubnis vorzulegen", forderte der Polizeiobermeister prompt.
„Ich habe doch eben schon gesagt, dass ich die Fahrzeugpapiere nicht habe."
„Dann zeigen Sie bitte Ihren Führerschein, oder hat den etwa auch der Kriminalrat?", versuchte der Polizist Kurt zu provozieren, was ihm bestens gelang.
In diesem Moment wurde Kurt Schockenried klar, dass er verloren hatte. Wütend fegte er den Kollegen des gehobenen Polizeivollzugdienstes an: „Ich habe keinen Führerschein, du Flachzange. Weder hier noch sonst wo. Den habe ich vor einiger Zeit nämlich an der Führerscheinstelle abgeben müssen. Glaubt ihr ernsthaft, ich würde freiwillig mit den Öffis fahren? So, seid ihr jetzt zufrieden? Pah, einer unserer fähigsten Leute, dass ich nicht lache. Was haben dir Scheible und Fred bezahlt, damit du mich hier aufs Korn nimmst, du Halbdackel?"
Mit einem zufriedenen Grinsen im Gesicht schüttelte Fred Zimmermann den Kopf: „Das sieht jetzt aber ganz und gar nicht gut für dich aus, Kurt. Mehrfache Beleidigung eines Beamten im Dienst und Fahren ohne Fahrerlaubnis – das wird eine empfindliche Strafe setzen."

Ende

Danksagung

Mein Dank gilt allen, die zur Entstehung von „FÜNF-Land der Zypressen“ beigetragen haben. Besonders bedanken möchte ich mich bei allen Leserinnen und Lesern, sowie meiner stetig wachsenden Fangemeinde. Ohne Euch könnte ich diesen Traum nicht leben.

Euer Jeremias Trumpf, Stuttgart im April 2019

Es bleibt spannend und wird weitergehen:
„Fall SECHS“ kommt bestimmt!

Die Handlung des gesamten Buches, sowie alle darin vorkommenden und handelnden Personen, sind völlig frei erfunden. Etwaige Ähnlichkeiten zu lebenden Personen sind rein zufällig und nicht gewollt. Die Handlung spielt teilweise an Originalschauplätzen, wobei der Autor sich erlaubte diese im Rahmen der künstlerischen Freiheit zu verändern. Andere Schauplätze sind völlig frei erfunden. Auch hier sind etwaige Ähnlichkeiten zu real existierenden Orten oder Gebäuden rein zufällig und unbeabsichtigt.

Die Organisation, und die Arbeit der Polizei wurden ausführlich recherchiert. Der Autor nahm vor einigen Jahren unter anderem den Service einer Autorenberatung durch die Berliner Polizei wahr. Zugunsten einer kurzweiligen Handlung, und der Spannung, wurden Arbeitsweisen und Vorgehen jedoch stark vereinfacht und modifiziert.

Neckarufer-Verlag Stuttgart

Außerdem in dieser Reihe erschienen:

Zum Inhalt:

Im Spätsommer 2012 versetzen zwei Serienkiller Stuttgart in Angst und Schrecken. Die Anatomie der Morde könnte kaum unterschiedlicher sein. Die Ermittler Kurt Schockenried, Dennis Rathvan und Tatjana von Senden erhalten Unterstützung durch die Psychologin und Profilerin Jessica Dornfeld vom LKA. Während Kurt um seinen Ruf, Dennis mit seinen schwäbischen Nachbarn, Tatjana mit sich selbst und alle zusammen gegen einen merkwürdigen Geruch im Polizeipräsidium kämpfen, verfolgen sie Spuren vom Monte Scherbelino über das Große Haus zum Bismarckturm und vom Drei-Farben-Haus über Botnang in den Klingenbachpark nach Stuttgart-Ost. Über das Stuttgarter Rathaus führen die Ermittlungen unter anderem zu einer Dating-Agentur und auf einen Friedhof nach Berlin-Charlottenburg.
Viele merkwürdige und gleichermaßen amüsante Begebenheiten sind ständige Begleiter der drei Kommissare. Die Lösung des Falles ist völlig überraschend und nicht vorhersehbar. In einem spannenden Finale bleiben Verluste nicht aus.

Taschenbuch 330 Seiten, Erstausgabe Juni 2013
ISBN 978-3-00-041523-4

www.neckarufer-verlag.de
Jeremias Trumpf

Zum Inhalt:

Der süßlich-faulige Geruch der Verwesung war allgegenwärtig, als in einem Altkleider-Container ganz in der Nähe des Max-Eyth-Sees die Leiche eines achtjährigen Jungen gefunden wurde. Dr. Simon Brandner und sein neuer Assistenzarzt standen vor einer großen Herausforderung, denn der Verwesungsgrad der Leiche und das Entwicklungsstadium der auf ihr gefundenen Insekten, passten nicht zusammen. Das vorweihnachtliche Stuttgart versank im Schneechaos. Aber nicht nur deshalb sah das ungleiche Ermittler-Trio des Dezernats 1.1 kaum die Hand vor Augen. In einem Nebel aus über dreißig Jahren zurückliegenden Verbrechen, die Ihre Schatten bis in die Gegenwart warfen, versuchten sie verzweifelt den richtigen Weg zu finden. Sämtliche Hoffnungen schienen erloschen, als sie ein weiteres Mal zu spät kamen. Wieder begegnet man zahlreichen mehr oder weniger bekannten Orginal-Schauplätzen in Stuttgart. Alte Bekannte, eine gehörige Portion an Humor und Sarkasmus, sowie ein Hauch von Verwesung begleiten die Protagonisten durch die Adventszeit und die Heilige Nacht, in der alles schläft, aber einer wacht....

Taschenbuch 336 Seiten, Erstausgabe Dezember 2013
ISBN 978-3-00-044152-3

www.neckarufer-verlag.de
Jeremias Trumpf

JEREMIAS TRUMPF
II
ZWEI
Die Galerie der Totenbilder
EIN STUTTGART-THRILLER

Zum Inhalt:

Ein Jogger findet den Kopf einer unbekannten Frau im Höhenpark Killesberg. Kriminalhauptkommissar Dennis Rathvan stößt an seine Grenzen, da er sich bei den Ermittlungen zunächst weitestgehend alleine gelassen fühlt. Sein etatmäßiger Vorgesetzter Kurt Schockenried hat sich aufgrund eines Burn-Out-Syndroms auf unbestimmte Zeit an den Ebnisee zurückgezogen, um sich dort in der Einsamkeit ungehindert gehen lassen zu können. Keiner weiß wann, und ob er jemals wieder in den Polizeidienst zurückkehren wird. Seine Kollegin Tatjana von Senden plagt sich mit einer Infektion ihres operierten Kniegelenkes herum und befindet sich außerdem im Vorbereitungsstress auf ihre anstehende Hochzeit. Der Fund weiterer Köpfe, unter anderem auf dem Karlsplatz in der Stuttgarter Innenstadt, erschüttert die Landeshauptstadt in ihren Grundfesten, und deren Bürger in ihrem Glauben. Aber, wo sind die dazugehörigen Körper? Der Rechtsmediziner Dr. Simon Brandner macht interessante Entdeckungen, die sich nach und nach wie die Teile eines Puzzles zusammenfügen lassen. Seine Worte werden Dennis Rathvan auf immer und ewig Albträume bescheren: „Los, Dennis. Schneide endlich die verdammte Leiche auf!" Unter tatkräftiger Mithilfe alter Bekannter wie Jessica Dornfeld, Holger Grünbaum und Mark Scheck nimmt die Stuttgarter Kriminalpolizei eine Spur auf, die bis zum schwindelerregenden Ende verfolgt wird.

Taschenbuch 328 Seiten, Erstausgabe März 2015
ISBN 978-3-00-048584-8

www.neckarufer-verlag.de
Jeremias Trumpf

JEREMIAS TRUMPF
III
DREI
Cernunnos
EIN STUTTGART-THRILLER
Neckarufer Verlag

Zum Inhalt:

Summer in the City! Nicht nur die fast unerträgliche Hitze im Stuttgarter Kessel macht dem Dezernat 1.1 zu schaffen. Während die Kollegin Tatjana von Senden noch im Flitterurlaub weilt, haben die Kommissare Dennis Rathvan und Kurt Schockenried jede Menge private Probleme um die Ohren, denen sie sich dringend widmen sollten. Obendrein sind die beiden absolut urlaubsreif. Doch der Fall Cernunnos war noch nicht einmal zu den Akten gelegt, als sie mit einer Serie mysteriöser Frauenmorde konfrontiert werden. Junge, alleinstehende Frauen werden auf grausame Weise getötet, wobei der Täter stets nach dem gleichen Muster vorgeht: Er erwartet die Frauen bereits in ihren Wohnungen und überrascht sie im Schlaf. Im Anschluss an die Taten hält er sich noch stundenlang bei den Opfern auf und bittet zum Totentanz und Leichenschmaus. Spuren? Stets Fehlanzeige! Wie verschaffte er sich Zutritt zu den Wohnungen und welche Rolle spielt die immer gleiche Musik, die an den Tatorten in einer Endlosschleife gespielt wird? Diese und viele weitere Fragen stellen das Trio der Stuttgarter Kriminalpolizei und Kriminalrat Hans-Dieter Scheible vor eine scheinbar unlösbare Aufgabe. Auf die Unterstützung der Profilerin und Kriminalpsychologin Jessica Dornfeld, des Rechtsmediziners Dr. Simon Brandner, und des leitenden Sachbearbeiters Holger Grünbaum können sie jedoch wie immer zählen. Und auch alte Bekannte, wie Mark Scheck und Bernd Plums sind wieder unter fragwürdigen Umständen in den Fall verwickelt. Die Jagd auf den Piano-Mann kann also beginnen …
Das Buch zeichnet das schockierende Porträt eines soziopathischen Serienmörders und seiner schicksalhaften

Geschichte ebenso, wie das strukturierte und zielstrebige Vorgehen der Kriminalpolizei nach modernsten Methoden. Doch am Ende kann es nur einen Sieger geben …

Taschenbuch 322 Seiten, Erstausgabe September 2016
ISBN 978-3-9818170-4-1

www.neckarufer-verlag.de
Jeremias Trumpf